KiWi 364

Über das Buch
1947 erschien Heinrich Bölls Erzählung »Die Botschaft« in der Zeitschrift »Karussell«, in der die für Böll programmatischen Sätze stehen: »Da wußte ich, daß der Krieg niemals zu Ende sein würde, niemals, solange noch irgendwo eine Wunde blutete, die er geschlagen hat.« Bölls literarisches Werk und seine Rolle im literarischen und politischen Leben der Bundesrepublik sind ohne seine Auseinandersetzung mit dem Krieg nicht zu denken – dem Zweiten Weltkrieg, an dem Böll als einfacher Soldat vom Anfang bis zum Schluß teilnahm, aber darüber hinaus mit dem Phänomen Krieg und seinen Verwüstungen schlechthin.
Der Krieg und seine Folgen für die Nachkriegsgesellschaft sind geradezu das Thema, mit dem Böll sich hartnäckig, wahrhaftig und besessen und gegen alle Abwiegelungsversuche der Unterhaltungsindustrie und des allgemeinen Wunsches nach schnellem Vergessen als Schriftsteller durchgesetzt, ja das seine Identität als Schriftsteller maßgeblich geprägt hat. Er ist, vor allem in den Anfängen, sein beherrschendes Thema: »Krieg, mit all seinen Begleiterscheinungen: Tod, Blut, Dreck, Elend, Krankheit, Hunger, verwundete und verstümmelte Körper, Prostitution. Die Erinnerung an die jüngste Vergangenheit als Warnung vor einer Zukunft, in der sich so etwas wiederholen könnte.« (Herbert Hoven)
Der vorliegende Band versammelt die wichtigsten Erzählungen Bölls zum Thema Krieg, die gegen jede Heroisierung zeigen, was Krieg wirklich bedeutet und was er über das hinaus, was wir allgemein wissen, anrichtet. Geschichten, die fünfzig Jahre nach dem Ende des Zweiten Weltkriegs nichts von ihrer Gültigkeit und Aktualität verloren haben.

Der Autor
Heinrich Böll, 1917 in Köln geboren, nach dem Abitur Buchhandelslehre. 1939–1945 Soldat, dann Gefangenschaft; nach dem Krieg Student und Hilfsarbeiter in der Tischlerei des Bruders; seit 1950 freier Schriftsteller in Köln; für sein Werk erhielt er u.a. 1967 den Büchner-Preis und 1972 den Nobel-Preis für Literatur, war Präsident des bundesdeutschen und des internationalen PEN-Clubs. Er starb am 16. Juli 1985.

Heinrich Böll

Der General stand auf einem Hügel...

Erzählungen aus dem Krieg

Kiepenheuer & Witsch

Die vorliegende Auswahl folgt dem Band *Heinrich Böll, Erzählungen*,
herausgegeben von Viktor Böll und Karl Heiner Busse,
die 1994 im Verlag Kiepenheuer & Witsch erschienen ist.

1. Auflage 1995

© 1994, 1995 by Verlag Kiepenheuer & Witsch, Köln
Alle Rechte vorbehalten. Kein Teil des Werkes darf in
irgendeiner Form (durch Fotografie, Mikrofilm oder ein anderes
Verfahren) ohne schriftliche Genehmigung des Verlages
reproduziert oder unter Verwendung elektronischer Systeme
verarbeitet, vervielfältigt oder verbreitet werden.
Umschlaggestaltung Manfred Schulz, Köln
Satz Fotosatz Otto Gutfreund GmbH, Darmstadt
Druck und Bindearbeiten Clausen & Bosse, Leck
ISBN 3-462-02434-5

Inhalt

Als der Krieg ausbrach   9
Der General stand auf einem Hügel...*   30
Aus der »Vorzeit«   61
Vive la France!   64
Die Botschaft   81
Todesursache: Hakennase   87
Der Angriff   97
Der Mord   104
Siebzehn und vier   108
Die Verwundung   112
Jak, der Schlepper   170
Wiedersehen in der Allee   184
Der unbekannte Soldat   194
Auch Kinder sind Zivilisten   202
Ich kann sie nicht vergessen   206
In der Finsternis   212
Trunk in Petöcki   222
Die Essenholer   227
Wanderer, kommst du nach Spa...   233
Unsere gute, alte Renée   244
Wiedersehen mit Drüng   253
Damals in Odessa   265
Liebesnacht   271
Als der Krieg zu Ende war   273

---

* Diese Erzählung aus dem Nachlaß hatte keinen vom Autor vorgegebenen Titel; er wurde deshalb als Zitat aus der ersten Zeile des Textes gebildet.

Die Erzählungen »Als der Krieg ausbrach« und »Als der Krieg zu Ende war«, die zusammen gehören und in der Regel aufeinander folgen, sind hier aus kompositorischen Gründen an den Anfang und das Ende des Bandes gestellt worden.

Als der Krieg ausbrach

lag ich im Fenster, hatte die Hemdsärmel hochgekrempelt, blickte über Toreinfahrt und Wache hinweg in die Telefonzentrale des Regimentsstabes und wartete darauf, daß mein Freund Leo mir das verabredete Zeichen geben würde: ans Fenster kommen, die Mütze abnehmen, wieder aufsetzen; ich lag, sooft ich konnte, im Fenster und telefonierte, sooft ich konnte, auf Heereskosten mit einem Mädchen in Köln und mit meiner Mutter – und wenn Leo ans Fenster kam, die Mütze abnahm, wieder aufsetzte, würde ich auf den Kasernenhof hinunterlaufen und in der öffentlichen Telefonzelle warten, bis es klingelte.

Die anderen Telefonisten saßen barhaupt da, im Unterhemd, und wenn sie sich vorbeugten, um einzustöpseln, auszustöpseln, eine Klappe hochzuschieben, baumelte aus dem offenen Unterhemd die Erkennungsmarke heraus und fiel wieder zurück, wenn sie sich aufrichteten. Leo hatte als einziger die Mütze auf, nur damit er sie abnehmen konnte, um mir das Zeichen zu geben. Er hatte einen schweren, rosigen Kopf, weißblonde Haare, war Oldenburger, das erste Gesicht, das man an ihm bemerkte, war treuherzig; das zweite war: unglaublich treuherzig, und keiner beschäftigte sich mit Leo lange genug, um mehr als diese beiden Gesichter zu sehen; er wirkte langweilig wie die Jungengesichter auf Käsereklamen.

Es war heiß, Nachmittag; die seit Tagen währende Alarmbereitschaft war schon abgestanden, verwandelte alle verstreichende Zeit in mißglückte Sonntagsstunden; blind lagen die Kasernenhöfe da und leer, und ich war froh, daß ich wenigstens meinen Kopf aus der Zimmerkameraderie heraushalten konnte. Drüben stöpselten die Telefonisten ein, aus, schoben die Klappen hoch, wischten sich den Schweiß ab, und Leo saß da zwischen ihnen, die Mütze auf seinem dichten, weißblonden Haar.

Plötzlich merkte ich, daß der Rhythmus, in dem ein- und ausgestöpselt wurde, sich veränderte; die Armbewegungen verloren das routiniert Mechanische, wurden ungenau, und Leo warf dreimal die Arme über den Kopf: ein Zeichen, das wir nicht verabredet hatten, aus dem ich aber ablesen konnte, daß etwas Außerordentliches geschehen war; dann sah ich, wie ein Telefonist seinen Stahlhelm vom Klappenschrank nahm und ihn aufsetzte; er sah lächerlich aus, wie er da saß, schwitzend im Unterhemd, die Erkennungsmarke baumelnd, mit dem Stahlhelm auf dem Kopf – aber ich konnte nicht über ihn lachen; mir fiel ein, daß Stahlhelmaufsetzen so etwas wie ›gefechtsbereit‹ bedeutete, und ich hatte Angst.

Die hinter mir im Zimmer auf den Betten gedöst hatten, standen auf, steckten sich Zigaretten an und bildeten die beiden bewährten Gruppen; drei Lehramtskandidaten, die immer noch hofften, sie würden aus ›volkserzieherischen Gründen‹ freigestellt, fingen ihr Gespräch über Ernst Jünger wieder an; die beiden anderen, ein Krankenpfleger und ein Kaufmannsgehilfe, fingen ein Gespräch über den weiblichen Körper an; sie machten keine schmutzigen Witze darüber, lachten nicht, sie sprachen darüber, wie zwei ausnehmend langweilige Geographielehrer über die möglicherweise interessante Topographie von Wanne-Eickel gesprochen hätten. Beide Gesprächsthemen interessierten mich nicht. Es mag für Psychologen, für psychologisch Interessierte und für solche, die gerade einen Volkshochschulkursus in Psychologie absolvieren, interessant sein zu erfahren, daß mein Wunsch, mit dem Mädchen in Köln zu telefonieren, heftiger wurde als je in den Wochen vorher; ich ging an meinen Schrank, nahm meine Mütze heraus, setzte sie auf, legte mich mit der Mütze auf dem Kopf ins Fenster: das Zeichen für Leo, daß ich ihn dringend zu sprechen verlangte. Als Zeichen dafür, daß er mich verstanden hatte, winkte er mir zu, und ich zog meine Jacke an, ging aus dem Zimmer, die Treppe hinunter und wartete am Eingang des Regimentsgebäudes auf Leo.

Es war noch heißer, noch stiller, die Kasernenhöfe waren noch leerer, und nichts hat je meiner Vorstellung von Hölle so entsprochen wie heiße, stille, leere Kasernenhöfe. Leo kam sehr rasch; auch er hatte jetzt den Stahlhelm auf und zeigte eins der fünf weiteren Gesichter, die ich an ihm kannte: gefährlich für alles, was er nicht mochte; mit diesem Gesicht saß er, wenn er Spät- oder Nachtdienst hatte, am Klappenschrank, hörte geheime Dienstgespräche ab, teilte mir deren Inhalt mit, riß plötzlich Stöpsel heraus, trennte geheime Dienstgespräche, um ein dringend geheimes nach Köln zustande zu bringen, damit ich mit dem Mädchen sprechen konnte; später übernahm ich dann die Vermittlung, und Leo telefonierte erst mit seinem Mädchen im Oldenburgischen, dann mit seinem Vater; zwischendurch schnitt Leo von dem Schinken, den seine Mutter ihm geschickt hatte, daumendicke Scheiben ab, schnitt diese in Würfel, und wir aßen Schinkenwürfel. Wenn wenig zu tun war, lehrte Leo mich die Kunst, an der Art, wie die Klappe fiel, den Dienstgrad des Telefonierenden zu erkennen; erst glaubte ich, es genüge, an der bloßen Heftigkeit den jeweiligen Dienstgrad sich steigernd abzulesen: Gefreiter, Unteroffizier usw., aber Leo wußte genau zu unterscheiden, ob ein dienstbesessener Gefreiter oder ein müder Oberst eine Verbindung verlangte; sogar die Unterschiede zwischen ärgerlichen Hauptleuten und gereizten Oberleutnants – sehr schwer zu erkennende Unterschiede – las er von der herunterfallenden Klappe ab, und im Laufe des Abends kamen seine anderen Gesichter zum Vorschein: entschlossener Haß; uralte Tücke; mit diesen Gesichtern wurde er plötzlich pedantisch, sprach sein »Sprechen Sie noch«, seine »Jawolls« ganz korrekt aus und wechselte mit beunruhigender Geschwindigkeit die Stöpsel so aus, daß ein Dienstgespräch über Stiefel zu einem über Stiefel und Munition wurde, das andere über Munition zu einem über Munition und Stiefel, oder in das Privatgespräch eines Hauptfeldwebels mit seiner Frau sprach plötzlich ein Oberleutnant hinein: »Ich bestehe auf Bestrafung, ich bestehe darauf.« Blitzschnell wechselte Leo dann die Stöpsel wieder so aus, daß die Stiefelpartner wieder beide über die Stiefel, die anderen wieder über Munition sprachen und die Hauptfeldwebelsfrau mit ihrem Mann wieder über ihre Magenbeschwerden sprechen konnte. Wenn der Schinken aufgegessen war, Leos Ablösung kam und wir über den stillen Kasernenhof auf unser Zimmer gingen, war Leos letztes Gesicht da: töricht, auf eine Weise unschuldig, die ganz anders war als kindliche Unschuld.

Zu jeder anderen Zeit hätte ich über Leo gelacht, wie er da vor mir stand, mit dem Stahlhelm, dem Symbol ungeheurer Wichtigkeit, auf dem Kopf. Er blickte an mir vorbei, über den ersten, den zweiten Kasernenhof, zu den Pferdeställen hin; seine Gesichter wechselten von drei auf fünf, von fünf auf vier, und mit seinem letzten Gesicht sagte er zu mir: »Es ist Krieg, Krieg, Krieg – sie haben's geschafft.« Ich sagte nichts, und er sagte: »Du willst natürlich mit ihr sprechen?«

»Ja«, sagte ich.

»Mit meiner hab ich gesprochen«, sagte er, »sie kriegt kein Kind, ich weiß nicht, ob ich mich darüber freuen soll. Was meinst du?« – »Sei froh«, sagte ich, »ich glaube, es ist nicht gut, im Krieg Kinder zu haben.«

»Generalmobilmachung«, sagte er, »Gefechtsbereitschaft, bald wird es hier wimmeln – und es wird lange dauern, bis wir wieder mit den Rädern wegkönnen.« (Wenn wir dienstfrei hatten, waren wir mit den Rädern über Land, in die Heide gefahren, hatten uns von den Bauersfrauen Spiegeleier braten und Schmalzbrote machen lassen.) »Der erste Kriegswitz ist schon passiert«, sagte Leo: »Ich bin wegen besonderer Befähigung und besonderer Verdienste um das Telefonwesen zum Unteroffizier befördert – geh jetzt in die Öffentliche, und wenn es in drei Minuten nicht klingelt, degradiere ich mich wegen Unfähigkeit.«

In der Telefonzelle stützte ich mich auf das Telefonbuch ›Oberpostdirektion Münster‹, steckte mir eine Zigarette an und blickte durch eine Lücke in der Drahtglaswand über den Kasernenhof; es war nur eine Hauptfeldwebelsfrau zu sehen, ich glaube, in Block 4; sie begoß aus einer gelben Kanne ihre Geranien; ich wartete, blickte auf die Armbanduhr: eine Minute, zwei, und ich erschrak, als es wirklich klingelte, erschrak noch mehr, als ich sofort die Stimme des Mädchens in Köln hörte: »Möbelhaus Maybach, Schubert...«, und ich sagte: »Ach, Marie, es ist Krieg, Krieg« – und sie sagte: »Nein.« Ich sagte: »Doch«, dann blieb es eine halbe Minute still, und sie sagte: »Soll ich kommen?«, und noch bevor ich spontan, meiner Stimmung gehorchend: »Ja, ja, ja« gesagt hatte, schrie die Stimme eines wahrscheinlich ziemlich hohen Offiziers: »Munition brauchen wir, wir brauchen dringend Munition.« Das Mädchen sagte: »Bist du noch da?« Der Offizier brüllte: »Schweinerei«; inzwischen hatte ich Zeit gefunden, darüber nachzudenken, was mir an der Stimme des Mädchens fremd, fast unheimlich gewesen war: sie hatte so nach Ehe geklungen, und ich wußte plötzlich, daß ich keine Lust hatte, sie zu heiraten. Ich sagte: »Wir rücken wahrscheinlich heute nacht noch aus.« Der Offizier brüllte: »Schweinerei, Schweinerei« (es schien ihm nichts Besseres einzufallen), das Mädchen sagte: »Ich könnte den Vier-Uhr-Zug noch kriegen und gegen sieben dort sein«, und ich sagte rascher, als höflich gewesen wäre: »Es ist zu spät, Marie, zu spät« – dann hörte ich nur noch den Offizier, der offenbar nahe dran war, verrückt zu werden. Er schrie: »Kriegen wir nun die Munition oder nicht?« Und ich sagte mit steinharter Stimme (das hatte ich von Leo gelernt): »Nein, nein, Sie bekommen keine Munition, und wenn Sie verrecken.« Dann legte ich auf.

Es war noch hell, als wir Stiefel von Eisenbahnwaggons auf Lastwagen luden, aber als wir Stiefel von Lastwagen auf Eisenbahnwaggons luden, war es dunkel, und es war immer noch dunkel, als wir wieder Stiefel von Eisenbahnwaggons auf Lastwagen luden, dann war es wieder hell, und wir luden Heuballen von Lastwagen auf Eisenbahnwaggons, und es war immer noch hell, und wir luden immer noch Heuballen von Lastwagen auf Eisenbahnwaggons; dann aber war es wieder dunkel, und genau doppelt so lange, wie wir Heuballen von Lastwagen auf Eisenbahnwaggons geladen hatten, luden wir Heuballen von Eisenbahnwaggons auf Lastwagen. Einmal kam eine kriegsmäßig aufgemachte Feldküche, wir bekamen viel Gulasch und wenig Kartoffeln, und wir bekamen richtigen Kaffee und Zigaretten, die wir nicht zu bezahlen brauchten; das muß im Dunkeln gewesen sein, denn ich erinnere mich, eine Stimme gehört zu haben, die sagte: Bohnenkaffee und Zigaretten umsonst, das sicherste Zeichen für Krieg; ich erinnere mich nicht des Gesichts, das zu dieser Stimme gehörte. Es war wieder hell, als wir in die Kaserne zurückmarschierten, und als wir in die Straße einbogen, die an der Kaserne vorüberführte, begegnete uns das erste ausrückende Bataillon. Voran marschierte eine Musikkapelle, die ›Muß i denn, muß i denn‹ spielte, dann kam die erste Kompanie, deren Gefechtswagen, dann die zweite, die dritte und schließlich die vierte mit den schweren Maschinengewehren. Auf keinem, nicht auf einem einzigen Gesicht sah ich eine Spur von Begeisterung; es standen natürlich Leute an der Straße, auch Mädchen, aber ich sah nicht einmal, daß jemand einem Soldaten einen Blumenstrauß ans Gewehr steckte; es lag auch nicht der Hauch einer Spur von Begeisterung in der Luft.

Leos Bett war unberührt; ich öffnete seinen Spind (eine Stufe der Vertraulichkeit mit Leo, die die Lehramtskandidaten kopfschüttelnd als ›zu weit gehend‹ bezeichneten); es war alles an seinem Platz: das Foto des oldenburgischen Mädchens, sie stand, auf ihr Fahrrad gelehnt, vor einer Birke; die Fotos von Leos Eltern; deren Bauernhof. Neben dem Schinken lag ein Zettel: ›Ich bin zum Divisionsstab versetzt, du hörst bald von mir, nimm den Schinken ganz, ich habe noch welchen. Leo.‹ Ich nahm nichts von dem Schinken, schloß den Spind wieder zu; ich hatte keinen Hunger, und auf dem Tisch waren die Rationen für zwei Tage gestapelt: Brote, Leberwurst in Büchsen, Butter, Käse, Marmelade und Zigaretten. Einer von den Lehramtskandidaten, der mir am wenigsten angenehme, verkündete, daß er zum Gefreiten befördert und für die Dauer von Leos Abwesenheit zum Stubenältesten ernannt sei; er fing an, die Rationen zu verteilen; es dauerte sehr lange; mich interessierten nur die Zigaretten, und die verteilte er zuletzt, weil er Nichtraucher war. Als ich die Zigaretten endlich hatte, riß ich die Packung auf, legte mich in den Kleidern aufs Bett und rauchte; ich sah den anderen zu, wie sie aßen. Sie schmierten sich die Leberwurst fingerdick aufs Brot und sprachen über die ›vorzügliche Qualität der Butter‹, dann zogen sie die Verdunkelungsrollos herunter und legten sich in die Betten; es war sehr heiß, aber ich hatte keine Lust, mich auszukleiden; die Sonne schien durch ein paar Ritzen ins Zimmer, und in einem dieser Lichtstreifen saß der zum Gefreiten Beförderte und nähte sich seinen Gefreitenwinkel an. Es ist gar nicht leicht, einen Gefreitenwinkel anzunähen: der muß in einem bestimmten, vorgeschriebenen Abstand von der Ärmelnaht sitzen, auch darf keine Verzerrung der beiden offenen Schenkel des Winkels entstehen; der Lehramtskandidat mußte den Winkel ein paarmal wieder abtrennen, er saß mindestens zwei Stunden lang da, trennte ab, nähte an, und es sah nicht so aus, als ob er die Geduld verlieren würde; draußen kam in Abständen von je vierzig Minuten die Musikkapelle vorbeimarschiert, und ich hörte das ›Muß i denn, muß i denn‹ von Block 7, Block 2, von Block 9, dann von den Pferdeställen her, näher kommen, sehr laut, dann wieder leiser werden; es dauerte fast genau drei ›Muß i denns‹ lang, bis der Gefreite seinen Winkel angenäht hatte, und er saß immer noch nicht gerade; dann war ich mit meinen Zigaretten zu Ende und schlief ein.

Am Nachmittag brauchten wir weder Stiefel von Lastwagen auf Eisenbahnwaggons noch Heuballen von Eisenbahnwaggons auf Lastwagen zu laden; wir mußten dem Regimentsbekleidungsfeldwebel helfen; er hielt sich für ein Organisationsgenie; er hatte so viele Hilfskräfte angefordert, wie Bekleidungs- und Ausrüstungsstücke auf der Liste standen; nur für die Zeltbahnen brauchte er zwei und außerdem einen Schreiber. Die beiden mit den Zeltbahnen gingen voran, legten säuberlich geradegezupft und ausgerichtet die Zeltbahnen auf den Betonboden des Pferdestalls; sobald die Zeltbahnen ausgebreitet waren, ging der erste los, legte auf jede Zeltbahn zwei Kragenbinden; der zweite zwei Taschentücher, dann kam ich mit den Kochgeschirren, und während alle Gegenstände, bei denen, wie der Feldwebel sagte, die Maße keine Rolle spielen, verteilt wurden, bereitete er mit dem intelligenteren Teil des Kommandos die Dinge vor, bei denen die Maße eine Rolle spielten: Röcke, Stiefel, Hosen und so weiter; er hatte ganze Stapel von Soldbüchern dort liegen, suchte nach Körpergröße und Gewicht die Röcke, Hosen und Stiefel heraus, und er schwor uns, daß alles passen müsse, »wenn nur die Scheißkerle im Zivilleben nicht zu fett geworden sind«; es mußte alles sehr rasch gehen, Zug um Zug, und es ging auch rasch, Zug um Zug, und wenn alles ausgelegt war, kamen die Reservisten herein, wurden vor ihre Zeltbahn geführt, banden deren Ende zusammen, nahmen ihr Bündel auf den Rücken und gingen auf ihre Zimmer, um sich umzukleiden. Es kam sehr selten vor, daß jemand etwas umtauschen mußte, und immer nur dann, wenn einer im Zivilleben zu fett geworden war. Es kam auch selten vor, daß irgendwo etwas fehlte: eine Schuhbürste oder ein Eßbesteck, und jedesmal stellte sich heraus, daß ein anderer dann zwei Schuhbürsten oder zwei Eßbestecke hatte, eine Tatsache, die dem Feldwebel seine Theorie bestätigte, daß wir nicht mechanisch genug arbeiteten, unser »Gehirn noch zu viel betätigten«. Ich betätigte mein Gehirn gar nicht, und so fehlte niemals jemand ein Kochgeschirr.

Während der erste der jeweils ausgestatteten Kompanie sein Bündel über die Schulter nahm, mußten die ersten von uns schon wieder die nächste Zeltbahn auslegen; es ging alles reibungslos; inzwischen saß der frisch beförderte Gefreite am Tisch und schrieb alles in die Soldbücher ein; er brauchte fast nur Einsen in die Soldbücher reinzuschreiben, nur bei den Kragenbinden, den Socken, den Taschentüchern, den Unterhemden und Unterhosen eine Zwei.

Es entstanden trotz allem tote Minuten, wie der Feldwebel sie nannte, die durften wir dazu benutzen, uns zu stärken; wir hockten in einer Pferdepflegerkoje, aßen Brote mit Leberwurst, manchmal Brote mit Käse oder Brote mit Marmelade, und wenn der Feldwebel selber einmal ein paar tote Minuten hatte, kam er zu uns und klärte uns auf über den Unterschied zwischen Dienstgrad und Dienststellung; er fand es ungeheuer interessant, daß er selbst Bekleidungsunteroffizier war – »das ist meine Dienststellung« – und doch im Rang eines Feldwebels stand, »das ist mein Dienstgrad«, so könnte zum Beispiel, sagte er, ein Gefreiter durchaus Bekleidungsunteroffizier sein, ja sogar ein einfacher Soldat; er konnte von dem Thema gar nicht genug kriegen und konstruierte dauernd neue Fälle, von denen einige eine fast schon hochverräterische Phantasie voraussetzten: »Es kann zum Beispiel durchaus vorkommen«, sagte er, »daß ein Gefreiter Kompaniechef wird, sogar Bataillonskommandeur.«

Zehn Stunden lang legte ich Kochgeschirre auf Zeltbahnen, schlief sechs Stunden und legte noch einmal zehn Stunden lang Kochgeschirre auf Zeltbahnen; dann schlief ich wieder sechs Stunden und hatte immer noch nichts von Leo gehört. Als die dritten zehn Stunden Kochgeschirrauslegen begannen, fing der Gefreite an, überall, wo eine Eins hätte stehen müssen, eine Zwei hinzuschreiben und überall, wo eine Zwei hätte stehen müssen, eine Eins. Er wurde abgelöst, mußte jetzt Kragenbinden auslegen, und der zweite Lehramtskandidat wurde zum Schreiber ernannt. Ich blieb auch während der dritten zehn Stunden bei den Kochgeschirren, der Feldwebel meinte, ich hätte mich überraschend gut bewährt.

Während der toten Minuten, wenn wir in den Kojen hockten und Brot mit Käse, Brot mit Marmelade, Brot mit Leberwurst aßen, wurden jetzt merkwürdige Gerüchte kolportiert. Eine Geschichte wurde von einem ziemlich berühmten, pensionierten General erzählt, der telefonisch Bescheid bekommen hatte, sich auf einer Hallig einzufinden, um dort ein besonders geheimes, besonders wichtiges Kommando zu übernehmen; der General hatte seine Uniform aus dem Schrank geholt, Frau, Kinder, Enkel geküßt, seinem Lieblingspferd einen Abschiedsklaps gegeben, war mit dem Zug zu irgendeiner Nordseestation gefahren, von dort mit einem gemieteten Motorboot zu jener Hallig; törichterweise hatte er das Motorboot zurückgeschickt, bevor er sich seines Kommandos vergewissert hatte; er war von der steigenden Flut abgeschnitten gewesen und hatte – so hieß es – den Halligbauern mit vorgehaltener Pistole gezwungen, ihn unter Lebensgefahr an Land zurückzurudern. Nachmittags hatte die Geschichte schon ihre Variante: da hatte im Boot zwischen General und Halligbauer eine Art Zweikampf stattgefunden, beide waren über Bord gespült worden und ertrunken. Unheimlich war mir, daß diese Geschichte – und einige andere – zwar als verbrecherisch, aber auch als komisch empfunden wurde, während ich sie weder als das eine noch als das andere empfand; ich konnte weder die düstere, anklägerische Vokabel ›Sabotage‹ annehmen, die als eine Art moralischer Stimmgabel fungierte, noch konnte ich in das Lachen einstimmen oder mit ihnen grinsen. Der Krieg schien dem Komischen seine Komik zu nehmen.

Zu jeder anderen Zeit hätte ich die ›Muß i denns‹, die meine Träume, meinen Schlaf und die wenigen wachen Minuten erfüllten, hätte auch die Unzähligen, die mit ihren Pappkartons von der Straßenbahn her in die Kaserne gerannt kamen und sie eine Stunde später mit ›Muß i denn‹ wieder verließen; sogar die Reden, die wir manchmal mit halbem Ohr hörten, Reden, in denen immer das Wort Zusammenschweißen vorkam – alles hätte ich als komisch empfunden, aber alles, was vorher komisch gewesen wäre, war nicht mehr komisch, und über das, was lächerlich gewesen wäre, konnte ich nicht mehr lachen oder lächeln; nicht einmal über den Feldwebel und nicht über den Gefreiten, dessen Winkel immer noch schief saß und der manchmal drei statt zwei Kragenbinden auf die Zeltbahnen legte.

Es war immer noch heiß, immer noch August, und daß dreimal sechzehn Stunden nur achtundvierzig sind, zwei Tage, zwei Nächte, wurde mir erst klar, als ich sonntags gegen elf wach wurde und zum ersten Mal, seitdem Leo versetzt war, wieder im Fenster liegen konnte; die Lehramtskandidaten waren schon in Ausgehuniform zum Kirchgang bereit und blickten mich halbwegs auffordernd an, aber ich sagte nur: »Geht schon, ich komme nach«, und es war deutlich zu merken, daß sie froh waren, endlich einmal ohne mich gehen zu können. Immer, wenn wir zur Kirche gegangen waren, hatten sie mich angeblickt, als hätten sie mich am liebsten exkommuniziert, weil irgend etwas an mir oder meiner Uniform ihnen nicht korrekt genug war: Schuhputz, Sitz der Kragenbinde, Koppel oder Haarschnitt; sie waren nicht als Mitsoldaten über mich empört (wozu sie objektiv meinetwegen ein Recht gehabt hätten), sondern als Katholiken; es wäre ihnen lieber gewesen, wenn ich gar nicht auf so eindeutige Weise bekundet hätte, daß wir tatsächlich in ein und dieselbe Kirche gingen; es war ihnen peinlich, aber sie konnten einfach nichts machen, weil ich im Soldbuch stehen hatte: r. k.

An diesem Sonntag waren sie so froh, daß sie ohne mich gehen konnten, daß ich's ihnen direkt ansah, wie sie da sauber, aufrecht und flink an der Kaserne vorbei in die Stadt marschierten. Manchmal, wenn ich Anfälle von Mitgefühl für sie hatte, pries ich sie glücklich darum, daß Leo Protestant war; ich glaube, sie hätten's einfach nicht ertragen, wenn Leo auch noch katholisch gewesen wäre.

Der Kaufmannsgehilfe und der Krankenpfleger schliefen noch; wir brauchten erst nachmittags um drei wieder im Pferdestall zu sein. Ich blieb noch eine Weile im Fenster liegen, bis es Zeit war zu gehen, um rechtzeitig nach der Predigt in die Kirche zu kommen. Dann, während ich mich anzog, öffnete ich noch einmal Leos Spind und erschrak: er war leer, bis auf einen Zettel und ein großes Stück Schinken; Leo hatte den Spind nur wieder abgeschlossen, damit ich den Zettel und den Schinken finden sollte. Auf dem Zettel stand: ›Sie haben mich geschnappt und nach Polen geschickt – du hast doch von mir gehört?‹ Ich steckte den Zettel ein, schloß den Spind wieder ab und zog mich fertig an; ich war ganz benommen, als ich in die Stadt ging, in die Kirche trat, und nicht einmal die Blicke der drei Lehramtskandidaten, die sich nach mir umsahen, sich dann kopfschüttelnd wieder dem Altar zuwandten, weckten mich richtig auf. Wahrscheinlich hatten sie rasch feststellen wollen, ob ich nicht doch *nach* Beginn der Opferung gekommen war, und wollten meine Exkommunikation beantragen; aber ich war wirklich *vor* der Opferung gekommen, sie konnten nichts machen, ich wollte auch gern katholisch bleiben. Ich dachte an Leo und hatte Angst, ich dachte auch an das Mädchen in Köln und kam mir ein bißchen gemein vor, aber ich war ganz sicher, daß ihre Stimme nach Ehe geklungen hatte. Um meine Zimmergenossen zu ärgern, öffnete ich noch in der Kirche meinen Kragen.

Nach der Messe lehnte ich mich draußen an die Kirchenmauer in einer schattigen Ecke zwischen Sakristei und Ausgang, nahm meine Mütze ab, steckte mir eine Zigarette an und ließ die Gläubigen an mir vorüberziehen; ich dachte darüber nach, wie ich wohl an ein Mädchen käme, mit dem ich spazierengehen, Kaffee trinken und vielleicht ins Kino gehen könnte; ich hatte noch drei Stunden Zeit, bis ich wieder Kochgeschirre auf Zeltbahnen legen mußte. Ich wünschte, das Mädchen sollte nicht allzu albern und ein bißchen hübsch sein. Ich dachte auch an mein Mittagessen in der Kaserne, das jetzt verfiel, und daß ich vielleicht doch dem Kaufmannsgehilfen hätte sagen sollen, er könnte sich mein Kotelett und den Nachtisch holen.

Ich stand zwei Zigaretten lang da, sah, wie die Gläubigen in Gruppen stehenblieben, sich wieder trennten, und als ich eben die dritte Zigarette an der zweiten anzündete, fiel ein Schatten von der Seite über mich, und als ich nach rechts blickte, sah ich, daß die Person, die den Schatten warf, noch schwärzer war als der Schatten selbst: es war der Kaplan, der die Messe gelesen hatte. Er sah sehr freundlich aus, noch nicht alt, vielleicht gerade dreißig, blond und ein kleines bißchen zu gut ernährt. Er blickte zuerst auf meinen offenen Kragen, dann auf meine Stiefel, dann auf meinen unbedeckten Kopf und schließlich auf meine Mütze, die ich neben mir auf einen Sockel gelegt hatte, von dem herunter sie auf das Pflaster gerutscht war; zuletzt blickte er auf meine Zigarette, dann in mein Gesicht, und ich hatte den Eindruck, daß alles, was er sah, ihm sehr mißfiel. »Was ist denn los?« sagte er schließlich, »haben Sie Sorgen?« Und als ich noch kaum als Antwort auf diese Frage genickt hatte, sagte er: »Beichten?« Verdammt, dachte ich, die haben nichts als Beichten im Kopf und auch davon nur einen bestimmten Teil. »Nein«, sagte ich, »beichten will ich nicht.« – »Also?« sagte er, »was haben Sie denn auf dem Herzen?« Es klang so, daß er statt Herz genausogut hätte Darm sagen können. Er war offenbar sehr ungeduldig, blickte auf meine Mütze, und ich spürte, daß es ihn ärgerte, daß ich die Mütze noch nicht aufgehoben hatte. Ich hätte seine Ungeduld gerne in Geduld verwandelt, aber schließlich hatte ja nicht ich ihn, sondern er mich angesprochen, und so fragte ich – dummerweise stockend –, ob er nicht ein nettes Mädchen wüßte, das mit mir spazierengehen, Kaffee trinken und vielleicht am Abend ins Kino gehen würde; sie brauche nicht gerade eine Schönheitskönigin zu sein, aber doch ein bißchen hübsch und möglichst nicht aus gutem Hause, denn diese Mädchen seien meistens so albern. Ich könnte ihm die Adresse eines Kaplans in Köln geben, wo er sich erkundigen, den er notfalls anrufen könne, um sich zu vergewissern, daß ich aus gutkatholischem Haus sei. Ich sprach viel, zuletzt etwas flüssiger, und beobachtete, wie sein Gesicht sich veränderte: zuerst war es fast milde, es war nahe daran, fast lieb auszusehen, das war im Anfangsstadium, wo er mich noch für einen besonders interessanten, vielleicht sogar liebenswürdigen Fall von Schwachsinn hielt und mich psychologisch ganz belustigend fand. Die Übergänge von milde zu fast lieb, von fast lieb zu belustigt waren nur sehr schwer festzustellen, aber

22

dann wurde er ganz plötzlich – und zwar in dem Augenblick, als ich von den körperlichen Vorzügen, die das Mädchen haben sollte, sprach – knallrot vor Wut. Ich erschrak, denn meine Mutter hatte mir einmal gesagt, daß es schlimm ist, wenn überernährte Leute plötzlich knallrot im Gesicht werden. Dann fing er an, mich anzubrüllen, und Brüllen hat mich immer schon in gereizte Stimmung versetzt. Er brüllte, wie schlampig ich aussähe, mit offener ›Feldbluse‹, ungeputzten Stiefeln, die Mütze neben mir ›im Dreck, ja im Dreck‹, und wie haltlos ich sei, eine Zigarette nach der anderen zu rauchen, und ob ich vielleicht einen katholischen Priester mit einem Kuppler verwechsle. In meiner Gereiztheit hatte ich schon längst keine Angst mehr um ihn, ich war nur noch wütend. Ich fragte ihn, was ihn denn meine Kragenbinde, meine Stiefel, meine Mütze angingen, ob er wohl glaube, er müsse meinen Unteroffizier vertreten, und: »Überhaupt«, sagte ich, »da sagt ihr dauernd, man soll mit seinen Sorgen zu euch kommen, und wenn man euch seine Sorgen erzählt, werdet ihr wütend.« – »Euch, ihr?« sagte er keuchend vor Wut, »haben wir vielleicht Brüderschaft getrunken?« – »Nein«, sagte ich, »getrunken haben wir sie nicht«, aber er hatte natürlich von Theologie keine Ahnung. Ich hob meine Mütze auf, setzte sie, ohne sie anzusehen, auf den Kopf und ging quer über den Kirchplatz weg. Er rief mir nach, ich solle doch wenigstens die Kragenbinde zumachen, und ich solle doch nicht so verstockt sein; ich war nahe daran, mich umzudrehen und ihm zuzubrüllen, *er* sei verstockt, aber dann erinnerte ich mich daran, daß meine Mutter mir gesagt hatte, man könne einem Priester schon die Wahrheit sagen, müsse aber möglichst Frechheiten vermeiden – und so ging ich, ohne mich noch einmal umzudrehen, in die Stadt. Ich ließ die Kragenbinde einfach weiter baumeln und dachte über die Katholiken nach; es war Krieg, aber sie blickten einem zuerst auf die Kragenbinde, dann auf die Stiefel. Sie sagten, man solle ihnen seine Sorgen erzählen, und wenn man sie ihnen erzählte, wurden sie wütend.

Ich ging langsam durch die Stadt, auf der Suche nach einem Café, in dem ich niemand hätte grüßen müssen; die blöde Grüßerei verdarb mir die ganze Lust am Café; ich blickte alle Mädchen an, die mir begegneten, ich blickte ihnen auch nach, sogar auf die Beine, aber es war keine darunter, deren Stimme nicht nach Ehe geklungen hätte. Ich war verzweifelt, ich dachte an Leo, an das Mädchen in Köln, ich war drauf und dran, ihr ein Telegramm zu schicken; ich war fast bereit, eine Ehe zu riskieren, nur, um mit einem Mädchen mal allein zu sein. Ich blieb vor dem Schaufenster eines Fotoateliers stehen, um in Ruhe über Leo nachzudenken. Ich hatte Angst um ihn. Im Schaufenster sah ich mich da stehen – mit der offenen Kragenbinde und den stumpfschwarzen Stiefeln, hob schon die Hände, um den Kragen zuzuknöpfen, aber dann fand ich es doch zu lästig und ließ die Hände wieder sinken. Die Fotos im Schaufenster des Ateliers waren sehr deprimierend. Es hingen fast nur Soldaten in Ausgehuniform da; manche hatten sich sogar im Stahlhelm fotografieren lassen, und ich überlegte gerade, ob ich die mit Stahlhelm deprimierender fand als die mit Schirmmütze, da trat ein Feldwebel mit einem gerahmten Foto aus dem Laden; das Foto war ziemlich groß, mindestens sechzig mal achtzig Zentimeter, der Rahmen war silbrig lackiert, und das Foto zeigte den Feldwebel in Ausgehuniform und Stahlhelm; er war noch jung, nicht viel älter als ich, höchstens einundzwanzig; er wollte erst an mir vorbeigehen, stutzte dann, blieb stehen, und ich zögerte noch, ob ich die Hand hochheben und ihn grüßen sollte, da sagte er: »Laß nur – aber die Kragenbinde würde ich doch zuknöpfen, auch die Feldbluse, es könnte einer kommen, der es genauer nimmt als ich.« Dann lachte er und ging weg, und seit diesem Vorfall ziehe ich die, die sich im Stahlhelm fotografieren lassen (relativ natürlich), denen vor, die sich in Schirmmützen fotografieren lassen.

Leo wäre der Richtige gewesen, mit mir vor dem Fotoladen zu stehen und die Bilder anzusehen; es waren auch Brautpaare zu sehen, Erstkommunikanten und farbentragende Studenten mit Schleifen um den Bauch und Bierzipfeln, und ich überlegte lange, warum sie wohl keine Schleife im Haar trugen; das hätte manchen von ihnen gar nicht übel gestanden. Ich brauchte Gesellschaft und hatte keine.

Wahrscheinlich hatte der Kaplan geglaubt, ich litte an sexueller Not oder ich sei ein antiklerikaler Nazi; aber ich litt weder an sexueller Not, noch war ich antiklerikal oder ein Nazi. Ich brauchte einfach Gesellschaft und keine männliche, und das war so einfach, daß es wahnsinnig kompliziert war; es gab ja auch leichte Mädchen in der Stadt, sogar käufliche (es war eine katholische Stadt), aber die leichten und die käuflichen Mädchen waren auch immer gleich beleidigt, wenn man nicht an sexueller Not litt.

Ich blieb lange vor dem Fotoladen stehen; bis auf den heutigen Tag sehe ich mir in fremden Städten immer die Fotoläden an; es ist so ziemlich überall gleich und überall gleich deprimierend, obwohl es nicht überall farbentragende Studenten gibt. Es war schon fast eins, als ich endlich weiterging, auf der Suche nach einem Café, wo ich niemand hätte zu grüßen brauchen, aber in allen Cafés saßen sie mit ihren Uniformen herum, und es endete damit, daß ich doch ins Kino ging, in die erste Vorstellung um Viertel nach eins. Ich erinnere mich nur der Wochenschau: sehr unedel aussehende Polen malträtierten sehr edel aussehende Deutsche; es war so leer im Kino, daß ich ungefährdet während der Vorstellung rauchen konnte; es war heiß am letzten Sonntag im August 1939.

Als ich in die Kaserne zurückkam, war es längst drei vorüber; aus irgendeinem Grund war der Befehl, um drei wieder Zeltbahnen auszulegen, Kochgeschirre und Kragenbinden draufzulegen, widerrufen worden; ich kam noch rechtzeitig, um mich umzuziehen, Brot mit Leberwurst zu essen, ein paar Minuten im Fenster zu liegen, Bruchstücke des Gesprächs über Ernst Jünger, des anderen über den weiblichen Körper zu hören; beide Gespräche waren noch ernster, noch langweiliger geworden; der Krankenpfleger und der Kaufmannsgehilfe flochten jetzt sogar lateinische Ausdrücke in ihre Betrachtungen ein, und das machte die Sache noch widerwärtiger, als sie ohnehin schon war.

Um vier wurden wir rausgerufen, und ich hatte schon geglaubt, wir würden wieder Stiefel von Lastwagen auf Waggons oder von Waggons auf Lastwagen laden, aber diesmal luden wir Persilkartons, die in der Turnhalle gestapelt waren, auf Lastwagen, und von den Lastwagen luden wir sie in die Halle des Paketpostamts, wo sie wieder gestapelt wurden. Die Persilkartons waren nicht schwer, die Adressen drauf waren maschinegeschrieben; wir bildeten eine Kette, und so wanderte Karton um Karton durch meine Hände; wir machten das den ganzen Sonntagnachmittag bis spät in die Nacht hinein, und es gab kaum tote Minuten, in denen wir etwas hätten essen können; wenn ein Lastwagen vollgeladen war, fuhren wir zur Hauptpost, bildeten wieder eine Kette und luden die Kartons ab. Manchmal überholten wir eine Muß-i-denn-Kolonne oder begegneten einer; sie hatten inzwischen drei Musikkapellen, und es ging alles rascher. Es war schon spät, nach Mitternacht, als wir die letzten Kartons weggebracht hatten – und meine Hände erinnerten sich der Anzahl der Kochgeschirre und stellten nur eine geringe Differenz zwischen Persilkartons und Kochgeschirren fest.

Ich war sehr müde und wollte mich in den Kleidern aufs Bett werfen, aber es lag wieder ein großer Haufen Brot und Leberwurstbüchsen, Marmelade und Butter auf dem Tisch, und die anderen bestanden darauf, daß er verteilt werde; ich wollte nur die Zigaretten, und ich mußte warten, bis alles genau verteilt war, denn der Gefreite verteilte natürlich die Zigaretten wieder zuletzt; er machte besonders langsam, vielleicht, um mich zu Maß und Zucht zu erziehen und um mir seine Verachtung über meine Gier zu bekunden; als ich endlich die Zigaretten hatte, legte ich mich in den Kleidern aufs Bett und rauchte und sah ihnen zu, wie sie sich ihre Leberwurstbrote schmierten, hörte, wie sie die vorzügliche Qualität der Butter lobten und sich auf eine sehr gemäßigte Weise darüber stritten, ob die Marmelade aus Erdbeeren, Äpfeln und Aprikosen oder ob sie nur aus Erdbeeren und Äpfeln sei. Sie aßen sehr lange, und ich konnte nicht einschlafen; dann hörte ich Schritte über den Flur kommen und wußte, daß sie mir galten: ich hatte Angst und war doch erleichtert, und es war merkwürdig, daß sie alle, die am Tisch saßen, der Kaufmannsgehilfe, der Krankenpfleger und die drei Lehramtskandidaten, im Kauen innehielten und auf mich blickten, während die Schritte näher kamen; jetzt hielt es der Gefreite für angebracht, mich anzubrüllen; er stand auf und schrie: »Verflucht, ziehen Sie doch die Stiefel aus, wenn Sie sich aufs Bett legen.«

Es gibt Dinge, die man nicht glauben will, und ich glaube es bis heute nicht, obwohl meine Ohren sich gut erinnern, daß er mit einemmal Sie zu mir sagte; mir wär's überhaupt lieber gewesen, wenn wir von vornherein Sie zueinander gesagt hätten, aber dieses plötzliche Sie klang so komisch, daß ich zum ersten Mal, seitdem Krieg war, wieder lachen mußte. Inzwischen war die Zimmertür aufgerissen worden, und der Kompanieschreiber stand schon vor meinem Bett; er war ganz aufgeregt, und vor lauter Aufregung brüllte er mich, obwohl er Unteroffizier war, nicht an, weil ich in Stiefeln und Kleidern rauchend auf dem Bett lag. Er sagte: »Sie, in zwanzig Minuten feldmarschmäßig in Block vier, verstanden?« Ich sagte: »Ja« und stand auf. Er sagte noch: »Melden Sie sich dort beim Hauptfeldwebel«, und ich sagte wieder ja und fing an, meinen Schrank auszuräumen. Ich hatte gar nicht gemerkt, daß der Kompanieschreiber noch im Zimmer war; ich steckte gerade das Foto des Mädchens in meine Hosentasche, da hörte ich ihn sagen: »Es ist eine traurige Mitteilung, die ich Ihnen machen muß, traurig, und doch ein Grund, stolz zu sein; der erste Gefallene des Regiments war Ihr Stubenkamerad Unteroffizier Leo Siemers.« Ich hatte mich während der letzten Hälfte des Satzes umgedreht, und sie alle, auch der Unteroffizier, blickten mich jetzt an; ich war ganz blaß geworden, und ich wußte nicht, ob ich wütend oder still sein sollte; dann sagte ich leise: »Es ist ja noch gar kein Krieg erklärt, er kann ja gar nicht gefallen sein – und er wäre auch nicht gefallen«, und ich brüllte plötzlich: »Leo fällt nicht, er nicht ... ihr wißt es genau.« Keiner sagte etwas, auch der Unteroffizier nicht, und während ich meinen Schrank ausräumte und den vorgeschriebenen Krempel in meinen Tornister packte, hörte ich, daß er das Zimmer verließ. Ich packte das ganze Zeug auf dem Schemel zusammen, damit ich mich nicht umzudrehen brauchte; von den anderen hörte ich nichts, ich hörte sie nicht einmal kauen. Ich hatte das Zeug sehr schnell gepackt; das Brot, die Leberwurst, den Käse und die Butter ließ ich im Schrank und schloß ihn ab. Als ich mich umdrehen mußte, sah ich, daß es ihnen gelungen war, lautlos in die Betten zu kommen; ich warf dem Kaufmannsgehilfen meinen Schrankschlüssel aufs Bett und sagte: »Räum alles raus, was noch drin ist, es gehört dir.« Er war mir zwar unsympathisch, aber von den fünfen doch der Sympathischste; später tat es mir leid, daß ich doch nicht ganz wortlos gegangen war, aber ich war noch nicht zwanzig Jahre alt. Ich knallte die Tür zu, nahm draußen mein Gewehr vom Ständer, ging die Treppe hinunter und sah unten auf der Uhr an der Schreibstube, daß es schon fast drei war. Es war still und immer noch warm an diesem letzten Montag des August 1939. Ich warf den Schlüssel von Leos Spind irgendwo auf den Kasernenhof, als ich zu Block vier hinüberging. Sie standen schon alle da, die Musikkapelle schwenkte schon vor die Kompanie, und irgendein Offizier, der die Zusammenschweißrede gehalten hatte, ging gerade quer über den Hof, er nahm seine Mütze ab, wischte sich den Schweiß von der Stirn und setzte die Mütze wieder auf. Er erinnerte mich an einen Straßenbahner, der an der Endstation seine Pause macht.

Der Hauptfeldwebel kam auf mich zu und sagte: »Sind Sie der Mann vom Stab?« und ich sagte: »Ja.« Er nickte; er sah bleich aus und sehr jung, ein bißchen ratlos; ich blickte an ihm vorbei auf die dunkle, kaum erkennbare Masse; ich konnte nur die blinkenden Trompeten der Musikkapelle erkennen. »Sie sind nicht zufällig Telefonist?« fragte der Hauptfeldwebel, »es ist nämlich einer ausgefallen.« – »Doch«, sagte ich rasch und mit einer Begeisterung, die ihm überraschend vorzukommen schien, denn er blickte mich fragend an. »Doch«, sagte ich, »ich bin praktisch zum Telefonisten ausgebildet.« – »Gut«, sagte er, »Sie kommen mir wie gerufen, reihen Sie sich irgendwo am Ende ein, unterwegs wird sich alles klären.« Ich ging nach rechts hinüber, wo das dunkle Grau ein wenig heller wurde; beim Näherkommen erkannte ich sogar Gesichter. Ich stellte mich ans Ende der Kompanie. Irgend jemand schrie: »Rechtsum – im Gleichschritt marsch!« und ich hatte kaum meinen Fuß hochgehoben, da stimmten sie ihr ›Muß i denn‹ schon an.

Der General stand auf einem Hügel ...

Der General stand auf einem Hügel und wartete auf den Beginn der Schlacht. Das Fernglas war vor ihm aufgebaut, seine Adjutanten umstanden ihn, Melder standen bereit, Melder liefen ein. Die Standarte stand fest in der Erde. Das wilde Grollen der Artillerie, das pünktlich eingesetzt hatte, sollte noch 25 Minuten dauern. Der Morgen dämmerte über den milden Hügeln und Tälern, die sich östlich bis zu dem Ufer des großen Flusses hinzogen, den man vor acht Tagen in wilder Flucht nach Westen überquert hatte und der heute wieder in einem Angriff erreicht, »wenn möglich« überschritten werden sollte. Der General wußte, daß seine Truppen den Fluß nicht erreichen würden, und wenn er gereizt und ärgerlich war, so war er es deshalb, weil er in seinem Inneren uneins war; weil er sich fürchtete, der klaren Einsicht zu folgen, die ihm sagte, daß es nicht zu verantworten war, auch nur eines Menschen Leben noch in dieses hoffnungslose Spiel zu werfen ...

Durch das Fernglas beobachtete er die Einschläge seiner Artillerie, die erst die vorderen Stellungen des Feindes, dann, sich nach rückwärts wälzend, die Gefechtsstände und die Nachschubwege über den Fluß mit ihrem eisernen Groll belegte. Die Einschläge lagen gut, aber es war zu wenig Munition da, um eine kriegsgerechte, vernichtende Feuerwalze, die wie ein Steppenbrand alles versengt, bis an den Fluß und das jenseitige Ufer zu treiben. Plötzlich blieb dem General fast das Herz stehen ... er entdeckte, völlig unberührt und unbeschädigt vom Feuer seiner Kanonen, einige fabelhaft, auf geheimnisvolle Weise getarnte Batterien jener fürchterlichen Werfer, die die Soldaten »Orgeln« nannten; sie standen in kleinen Lichtungen versteckt, und in dem Augenblick, als der General sich umwenden und seinem Adjutanten einige Befehle zurufen wollte, sah er, wie die Geschütze, als wären sie unter seinem Blick zu Leben erwacht, plötzlich sich bewegten; Soldaten krochen aus unsichtbaren Erdlöchern und entfernten die Tarnmatten, Munition wurde mit ameisenhafter Emsigkeit herbeigeschleppt ... der General blickte auf seine Uhr: in einer Viertelstunde sollte der Angriff beginnen; er zauderte, sollte er alle Befehle widerrufen, oder? Da hörte er das gräßliche, leise und trockene Geräusch der Abschüsse, und kurz darauf riß die furchtbare Rasanz der Einschläge die letzte Müdigkeit aus den Gliedern aller Umstehenden...

Die ersten Strahlen der Sonne, die frisch und zart weit, weit hinter den feindlichen Linien aufging, fingen sich in den roten Aufschlägen am Mantel des Generals. Es war noch sehr früh. Mit fast teuflischer Sicherheit hatte schon die erste Lage fast genau in den Stellungen gesessen; nun folgte eine Salve der Orgeln nach der anderen; Lärm und das schreckliche Schreien der Verwundeten drang immer wieder bis zu dem Hügel, an dessen Hang der Stab des Generals eifrig an Karten, Fernsprechern und Gläsern beschäftigt war; es stand nun fest: in zehn Minuten sollte der Angriff beginnen.

Die Infanteristen lagen unterdessen in Löchern, eingegraben in die Erde, die ihr Element ist...
   Vor acht Tagen waren sie noch in wilder Hast über den Fluß gesetzt, und hatten dann, nachdem die von diesem Rückzug verbliebenen Reste aufgefüllt worden waren, einige Tage in ruhiger Stellung weiter westlich gelegen, wo es sogar an manchen Tagen regelmäßig Essen und Trinken gab. Vor vier Tagen waren sie wieder aufgebrochen und hatten sich in glühender Hitze, immer wieder neue Löcher in die ausgedörrte spröde Erde grabend, bei mangelhaftem Nachschub an Essen und Trinken, in kühlen Nächten, wenn die von Schweiß feuchten und mit Schmutz und Staub durchzogenen Kleider wie nasses Eis wurden; manchmal erschreckt durch einzelne feindliche

Granaten, aber im allgemeinen beunruhigend widerstandslos, hatten sie sich also in viertägiger Strapaze bis in diese Stellung vorgekämpft, vom Feinde getäuscht, der sich schwach verteidigte, und ihnen immer die leere Stellung zum Stoß überließ. Von hier aus nun sollte ein großer Angriff mit anderen Divisionen, die angelehnt waren, beginnen. Vier Tage Hunger und Durst und Qual aller Art sind nicht viel, wenn man den Sieg vor Augen hat, den Sieg einer Sache, für die sich zu leiden und sterben lohnt; aber wenn man jahrelang nichts als Rückzüge erlebt, mit krampfhaften Versuchen zu Angriffen, die aus Mangel an Material immer wieder fehlschlagen; dann wird der Krieg zu einer stumpfen Gewohnheit. Es gibt keinen schärferen und unbestechlicheren Beobachter als den schmutzigen Frontsoldaten, der vorne in seinem Loch liegt; der Krieg ist ein nüchternes Unternehmen; Mangel an Material irgendwelcher Art muß irgendwie ausgeglichen werden, wenn es auch nur der fanatische Glaube an eine falsche Idee ist. Dieser Mangel einem absolut überlegenen Feind gegenüber, immer wieder nur betäubt mit hohlen Phrasen und abgestandenem Gewäsch, das die Offiziere nur verlegen vorlesen, fast errötend über den faustdicken verlogenen Zynismus ... dann wird der Krieg zu einer mörderischen grausamen Mühle, wo kein Schimmer einer Hoffnung oder einer Freude mehr eindringen kann ... das einzig Bindende ist dann noch die Gemeinsamkeit der Leiden, die ja ihren Sinn gefunden hat, seitdem Jesus Christus gekreuzigt ist ...

Lange bevor das Feuer eingesetzt hatte, hockten drei Soldaten in einer kleinen Mulde, die sie während der Nacht mit ihren kleinen Spaten gegraben hatten, und flüsterten miteinander; sie hatten abwechselnd die ganze Nacht gegraben, gewacht und geschlafen; geschlafen mit jenem der Erstarrung ähnlichen Schlaf des fast zu Tode Erschöpften, der den Soldaten vorn im absoluten Geschehen des Krieges manchmal überfällt (ach, es gibt so viele Arten zu schlafen, wie die Völker wissen, die zitternd im Feuerschlund des Krieges gestanden haben). Kurz bevor der Morgen graute, war ein Melder gekommen und hatte die Uhrzeit des Angriffsbeginnes angesagt. Die drei hockten flüsternd zusammen und rauchten Cigaretten; sie hatten zwei Tage nichts gegessen als einige Brocken Brot, die sie von anderen Kompanien erbettelt hatten; sie hatten nichts getrunken als einige Schluck trüben, brackigen Wassers, das sie unterwegs aus Tümpeln geschöpft hatten; und doch waren sie noch sehr reich, denn einer von ihnen hatte einen ganzen Brotbeutel voll Cigaretten...

Die drei saßen in ihre schmutzigen Mäntel gehüllt in drei kleinen Ausbuchtungen ihres Loches; einer mit dem Gesicht zum Feind, die anderen beiden links und rechts an seiner Seite; ihre Gewehre lagen oben auf einer Art von Brüstung, zwischen spärlichem Tarnzeug, Büscheln von Gras und Sträuchern; hinter sich, auf einer tiefer gelegenen Abflachung lagen ihre Koppel, ihre Patronen, Brotbeutel und so vieles unvermeidliche Gerät, das den Infanteristen auch im modernen Krieg zu einem Lasttier macht: die Gasmaske, der Spaten, das Sturmgepäck, schwere Blechkästen mit M. G.-Munition, Handgranaten, Sprengkörper zur Bekämpfung der Panzer; es gab zwar tausend Vorschriften, die die Verteilung dieses Geräts in einer Weise vorsahen, die auf dem Papier vorbildlich war, aber Vorschriften wurden meistens nur dann ernst genommen, wenn der Soldat in seiner Freiheit beschränkt werden konnte, nur selten, wenn sie ihm eine Erleichterung gebracht hätten. Ach, es gibt nichts Widerlicheres als den Krieg, der auf dem Papier geführt wird. Der Arme wird irgendwo immer betrogen, und das windige Spiel hinter den Fronten ist in jedem Krieg gleich.

Der älteste von den dreien, der mit dem Gesicht zum Feind saß, hatte sich einen bequemen Sitz in die Rückwand des Loches gebaut; er hatte eine Decke zur Unterlage, die er unterwegs von irgendeinem zerschossenen Troßwagen gestohlen hatte; daher hatte er auch die Unmenge Cigaretten und ein ganzes Paket feinster Kekse, wie er sie auf normalem Wege noch nie bekommen hatte; die Kekse hielt er noch in Reserve, um die beiden »Jungen« vor dem Angriff ein wenig zu stärken; als Gepäck hatte er nur sein Gewehr und den Brotbeutel; alles Übrige war unterwegs verlorengegangen; sein Gesicht war schmal und bärtig, die Augen dunkel und sehr ernst, nur der Mund wirkte fast üppig, voll und etwas geöffnet; er flüsterte auf die beiden anderen ein: »Also, wenn ich euch raten soll, schmeißt den ganzen Kram weg, bis aufs Gewehr und den Brotbeutel; ich sage euch, es wird nichts mit dem Angriff; es gibt nur eine wilde, wilde Flucht, noch schlimmer als die letzte; ihr müßt nämlich wissen, hier gibt es keinen Krieg zu gewinnen, hier heißt es nur, klug sein, aushalten und nicht feige sein, denn die Feigen sind immer verloren; das Ende von diesem Irrsinn kennt Gott allein, und wenn ich das sage, so meine ich das wortwörtlich: Gott allein.« Er blickte einige Sekunden ernst und starr in den Dämmer, der weit hinter den feindlichen Linien immer heller wurde, und dann sagte er: »Wenn es euch möglich ist, betet ein wenig. Gott ist der Einzige, der uns Soldaten helfen kann; ich sage euch, kein Mensch kann uns helfen.« Er nestelte unter seinem Rock einen zweiten Brotbeutel los, den er dort angeschnallt gehabt hatte, und reichte ihn seinem Nachbarn zur Linken. »Da, teile das in drei Teile.« Die beiden hatten etwas ängstlich zugehört; der links saß, war ein ganz junger, der seinen ersten Angriff vor sich hatte; der andere war eben aus dem Lazarett gekommen, und er fürchtete sich mit der Furcht derer, die schon einmal geblutet haben. Sie verteilten die Kekse und aßen schweigend, mit ihren schmutzigen Fingern. Der jüngste, ein kleiner, blonder Bursche, aß mit der hastigen Freude eines Kindes; er war ein Großstadtkind, blaß und schmächtig und hatte nichts anderes gekannt als Not und Hunger; drei

Jahre hatte er in einer großen Fabrik gearbeitet, nun war er mit siebzehn Jahren Soldat geworden; vor drei Monaten erst hatte er die Uniform angezogen; drei Monate war er in Kasernen gequält worden, immer hungrig und schweigsam, und nun saß er ganz vorne am Feind; vor zwei Tagen war er mit einem sogenannten Marschbataillon 20 Kilometer hinter der Front ausgeladen worden und dann unter wüsten Strapazen nach vorne marschiert, vor wenigen Stunden war er schweißtriefend und völlig erschöpft mit einem Stück Brot im Brotbeutel angekommen, und nun sollte er in einer halben Stunde seinen ersten Angriff laufen; diese Kinder waren alle Muster von Geduld und Ergebung; sie hatten das Leben als nichts anderes kennengelernt als ein graues, eintöniges Schleichen zwischen Hunger und Gefahren, sie kannten keine Kindheit und keine Jugend, alles war eingespannt in das so oft mißbrauchte und besudelte Wort »Einsatz«. Es war fast ganz hell geworden; die Sonne quoll schon über den Rand der Ferne, und ihr zartes Licht fiel auf die wüste und eintönige Landschaft, auf die wilde Schwermut Rußlands, die die Männer aus dem Westen so oft bis zur Verzweiflung packen konnte. Die Gesichter der Soldaten waren grau und hager in diesem jungen Licht; sie waren ganz alterslos, ganz namenlos, ein unbekanntes und unbenanntes Geschlecht, das sich in die Erde wühlte und sich durch Regen von Feuer und Stahl durchkämpfte, getrieben und gehalten von dem erbarmungslosen Phantom der Macht.

Vorne sah man aufgewühlte, verwahrloste Felder, zerrissen von der infernalischen Wut des Krieges; einige zerschossene Höfe, deren Trümmer noch rauchten; dahinter begannen Wälder, die sanft anstiegen zu einer Kette von Hügeln, hinter denen der große Fluß breit und mächtig dahinströmte. An manchen Stellen, wo die Hügel unterbrochen waren von zuströmenden kleinen Bächen, sah man den Strom, dunkel schimmernd, gewaltig und ruhig. Hinter den Linien waren viele zerstreute Waldgruppen und Gebüsche, in denen die Panzer bereitstanden, um den Angriff zu unterstützen. Man hörte Pferde wiehern, das Geräusch von fahrenden Lastwagen. Ach, welch eine Erlösung für den Soldaten, wenn die dunkle unheimliche Nacht vorüber ist; alles dunkel Verschwimmende und bedrohlich Scheinende nimmt wieder Form und Gestalt an, alle Gefahr ist wieder eindeutig, und die Fülle von Geräuschen läßt sich wieder schneller klären nach Herkunft und Bedeutung.

Das angekündigte Artilleriefeuer begann mit einem Schlag; eine unsichtbare unheimliche, heulende Wolke sauste bedrohlich über die vordere Linie weg, und die Neugekommenen duckten sich mit wildem Schrecken in ihre Löcher; als dann eine Welle der anderen folgte und sie die Reihenfolge Abschuß – Heulen, Einschlag, Einschlag vorne beim Feind, allmählich feststellten, wagten sie wieder, ihre Köpfe zu heben.

Der älteste von den dreien, Paul, stand jetzt an der Brüstung und beobachtete zusammen mit Johann die Walze des Feuers, die sich auf den Strom zuwälzte; der Kleine hockte zwischen ihnen, und sie beruhigten ihn, indem sie ihm Hergang und Ablauf eines Angriffs zu erklären versuchten; der kleine Erwin lauschte ernsthaft auf ihre Worte, während er immer wieder bei jeder neuen Welle zusammenzuckte; er wagte es schließlich doch, aufzustehen und nach vorne zu sehen ... nach vorne: er sah riesige Garben von Erde aufwirbeln, in denen lange Stengel von Sonnenblumenpflanzen sich drehten; er sah, wie sich Baumwipfel neigten, und hörte das splitternde Krachen des Holzes, und manchmal auch, in den Pausen des irrsinnigen Lärmes, drang das schreckliche Schreien der Verwundeten an sein Ohr; manchmal sprang eine dunkle Gestalt aus der Erde, huschte zurück und verschwand wieder in der Erde; einzelne mit unwirklich weißen, ach, wirklich weißen Verbänden an Kopf oder Bein sprangen hastig, in fürchterlicher Angst auf die Wälder zu, und der

Kleine beobachtete dann, ob in der Nähe der Stelle, wo sie verschwunden waren, Einschläge niedergingen; er sagte den beiden, daß diese doch die Ärmsten sein müßten, die nun verwundet durch dieses Feuer müßten. Aber Paul wandte ihm sein ernstes Gesicht zu und sagte: »Nein, mein Junge, das sind die Glücklichsten, die dem Schrecken so entrinnen, und in ihrer so ängstlichen Hast liegt auch viel Freude. Die Ärmsten liegen noch irgendwo da vorne, die können nicht mehr laufen und auch nicht getragen werden, die sind verblutet, ehe das Feuer aufhört, und es wird von ihnen heißen, daß sie gefallen sind. Gefallen sein, das heißt ja meistens, an einer schweren Verwundung vorne gestorben sein; die liegen da in einem Trichter oder auf flachem Feld in ihrem eigenen Blut, sie sind schmutzig und stinken, und es gibt nichts Fürchterlicheres als stinkendes Blut ... arm sind auch die, die noch lebend und unverwundet jetzt da vorne in den Löchern hocken, denn sie sind in der Hand einzig und allein Gottes, und es ist furchtbar, in der Hand Gottes zu sein, furchtbar, so absolut *ausgesetzt* zu sein; jede Zehntelsekunde kann den Tod bringen; glücklich, wirklich glücklich sind die, die da vorne liegen und tot sind; denn vielleicht ist Gott ihnen gnädig gewesen ... aber«, er beugte sich nieder und legte dem Kleinen die Hand auf die Schulter, »die Allerärmsten sind wir, denn gleich wird es ein Feuer für uns geben, da wirst du glauben, die Welt geht unter, mein Kleiner.« Seine Augen wurden groß, und der zynische Zug um seinen Mund wurde, wie ausgestrichen von einem inneren Feuer der Ekstase, klar und schön. »Wer könnte uns da anders helfen als Gott, Gott und Seine Mutter, die heilige Frau, die Gott geboren hat, ein Mensch, der einzige Mensch, der vollkommen rein und sündlos ist; ach, und so durchsättigt von Leid, daß sie wohl alles und jeden Schmerz begreift, des Leibes und der Seele; ach, wir sind verloren, wenn wir auf die Menschen vertrauen, auf ihre Kanonen und alles, was sie so für wichtige Errungenschaften halten.« Sie hatten die Geräusche des Abschusses drüben beim Feind überhört; nun rauschte völlig unerwartet die erste Ladung nahe vor ihrem Graben nieder; es war, wie wenn eine Welle des Schreckens mit wildem Getöse vor ihnen aufgeschlagen wäre; sie duckten sich alle drei, bleich und vom Schrecken zerrissen, nieder auf den Boden ihres kleinen Loches; Erde wirbelte durch die Luft und Splitter rauschten vorbei; der Kleine hatte sich vor Angst ganz, ganz nahe an die Erde geschmiegt; er zitterte am ganzen Leibe wie ein kleines Kind, dem etwas Fürchterliches begegnet... nun rauschte das Feuer über sie hin, immer wieder und immer wieder. Alle drei hockten sie tief unten an der Erde; auch Johann zitterte; nur Paul hob manchmal das bleiche Gesicht und blickte nach oben; plötzlich begann Johann zu schreien; wild und klagend: »Gott, Gott, Gott, warum hast Du uns verlassen... oh, wie ich sie hassen werde, die Augen der Frauen, nie mehr werde ich froh sein, nie mehr wird das Entsetzen aus unserem Herzen weichen, immer wird der bleiche Tod vor unseren Augen stehen... oh, Mutter, Mutter, warum bin ich nicht geborgen geblieben in deinem Leib, warum mußte ich herausgezerrt werden an das Licht, das scheußliche Licht der Welt. Immer, immer will ich an diese Not hier denken, an diesen gräßlichen Wahnsinn; wenn ich spazierengehen werde, unter Bäumen, im Frühling und die süßen Düfte atme, dann will ich daran denken, wie verfaultes Blut riecht auf einem Schlachtfeld im Sommer, es kann für uns keine Freude mehr geben; ach, ich werde niemals mehr diese tödliche Angst vergessen können, die mir das Herz zerrissen hat... Gott, Gott, oh, Mutter Gottes, hilf uns...« Die Granaten prasselten regelrecht nieder... es war, als wenn irgendwo jemand stünde mit einem teuflischen Grinsen auf seinem Gesicht und diese Geschosse gegen Menschen jagte; in dem furchtbaren Geräusch des Platzens klang eine dämonische Lust mit, ein unterirdisches Geheul, wie wenn vertierte Menschen, in unbeschreiblichen Lastern gefangen, sich auf dem Boden wälzten; Erde spritzte in das Loch, Splitter schwirrten drohend durch die Luft, summend und dann mit einem kalten, trockenen Geräusch irgendwo aufschlagend; Schwaden von Pulverdampf zogen über die Erde hin und drangen in die Löcher; die Lagen folgten pausenlos aufeinander; kein Unterscheiden war mehr möglich, Abschuß, Einschlag, Explosion, alles kreiste um- und durcheinander, es war ein Regen von Feuer und Eisen; die Hölle lachte und johlte ringsum, ein gräßlicher Samen wurde ringsum ausgespritzt, die kalte, nackte und scheinbar so nüchterne Technik zeigte hier ihre orgiastische Fratze, es war ein wahres Wälzen in der Vernichtung, und die Soldaten, die ärmsten Menschen, waren vollkommen wehrlos hineingesetzt in diesen lodernden Abgrund der Hölle; es war, wie wenn eine riesige scheußliche Hand, mit stinkenden Fingern, geschwollen von greulichen Lüsten, sich erhoben hätte aus der Erde und ausstreute schwelende Tropfen, die platzten und schmorten, und das Blut der Getroffenen tropfte und floß ... keine andere Realität als die der Hölle konnte hinter diesem grausamen Geschehen hocken ...

Die drei hatten sich ganz tief in ihr Loch geduckt, aller Vorschrift zum Trotz eng aneinander, tief, das Gesicht an der Erde, sie hatten sich festgekrallt in die Erde, sie waren alle drei gleich, der alte erfahrene Soldat, der aus der Sicherheit des Lazaretts kommende und der junge, dem das Herz ganz still stand, sie waren alle drei gleich in ihrer absoluten Angst ... Gott, mein Gott, warum hast Du mich verlassen ... sie waren fast besinnungslos vor Angst in den ersten Minuten; ganz langsam wurde wenigstens das Ohr von Paul wieder wach, selbst in diesem Wirrwarr von Geräuschen, in dieser Hölle von Lärm und Tod, unterschied sein Ohr allmählich wieder die Stufen der Gefahr, als die infernalische Wut sich auf ihre Linie festgebissen hatte, und nun losschlug, mit irrsinniger Lust, wie wenn ein vom Blutrausch gepackter Mörder in den

Leichnam seines Opfers immer wieder mit dem Messer sticht, sticht, sticht... als er das spürte, daß es nun ihnen galt – das ist der Augenblick der schlimmsten Angst –, wußte er auch, daß der Kleine nun sterben müßte; diese Jungen mit den schmalen Hälsen, auf denen der Stahlhelm wie ein groteskes Spielzeug sitzt, mit ihren unschuldigen, ängstlichen Augen, haben keine andere Aufgabe zu erfüllen, als die Nachfolger Jesu Christi zu sein, einen blutigen Tod zu sterben als Opfer der Gerechtigkeit dieser Welt; der Finger Gottes führt sie, selbst wenn sie unter dem Gebrüll der Unteroffiziere zittern... Er führt sie bis zu dem Augenblick, wo sie in der Mühle zermahlen werden... Paul packte die Hand des Kleinen und drückte sie fest; dabei betete er still; er konnte nichts anderes tun, als seine Hand nehmen, und wenn er es gekonnt hätte, hätte er alle Schätze der Welt vor diesem kleinen Jungen ausgebreitet, vor diesem unbrauchbaren Soldaten, den alle Götter des Krieges mit Hohngelächter fortgewiesen hätten, der zu nichts anderem nützte als zum Sterben...

Das Feuer hatte bis jetzt in breiter Linie gehämmert, lang und breit verstreut; nun wurden die Bündel und Sträuße gesammelt und auf jeden einzelnen Punkt der Linie gesondert geknallt, wie wenn man plötzlich statt mit der flachen Hand mit der Faust zuschlägt; es war nun, als wenn ein höllisches Gewitter ganz flach über die Erde striche und Blitz und Donner gleichzeitig losplatzten, hell gellend und grollend zugleich; Dampf und Qualm und Erde und Splitter; Feuersträhle, alles krachte und schwelte rings um das kleine Loch, wo diese drei Menschen hockten; ein diabolisches Heulen und Knirschen... eine Granate sauste in die Rückwand des Loches, ein fürchterliches Krachen, ein Schlag, der Geruch von Pulver... Paul spürte, wie ein großer Splitter, ihn kalt anhauchend, an seiner Schulter vorbeisauste... und dann ein gräßliches Geräusch, das Splittern menschlicher Knochen... eine fürchterliche Erinnerung durcheilte sein Gehirn, ohne seinen Willen drängte sich dieser Vergleich ihm auf: er hatte als Kind einmal erlebt, wie einem Arbeiter bei einem Bau ein Ziegelstein mit Wucht gegen das Bein geschleudert wurde, da hatte er auch das Splittern der Knochen gehört ... und schon spürte er das Blut, das warm gegen seinen Hals und sein Gesicht spritzte ... er blickte schaudernd nach links: der Kleine war ganz lautlos zusammengesunken ... ein großes Loch klaffte in seinem Rücken, größer als eine Faust, das Blut quoll daraus, und Fetzen der Uniform, schon schwarz von Blut, umkränzten die schreckliche Wunde; es war so sinnlos, da noch helfen zu wollen; Johann hob zitternd und bleich sein Gesicht und nickte schweigend mit dem Kopf, als wenn er etwas bestätigen müsse ... der Faustschlag hatte getroffen ...

Paul packte den Jungen an der Schulter und drehte sein Gesicht nach oben; die Augen waren geschlossen; gewiß hatte der Kleine die Augen während des ganzen Überfalls nicht offen gehabt vor Schrecken; das Gesicht war grau und fast faltig, der blasse, kleine Mund stand offen, unter dem Helm sahen einige farblos-blonde Haare hervor ... es wäre nicht zu sagen gewesen, ob es das Gesicht eines Kindes war; aus dem Rücken floß das Blut in Strömen; die feste, lehmige Erde konnte es so schnell nicht aufsaugen, und so verteilte es sich auf dem ganzen Boden des Loches so, daß die beiden in einer Blutlache knieten; ganz still strömte das Blut ...

Die Faust der feindlichen Feuerschläge hämmerte nun auf anderen Punkten der Linie, es war, wie wenn ein verderbensprühender Hammer über die Erde tanzte; aufwirbelnde Erde und Pflanzenstengel schwirrten durch die Luft, Lärm und wildes Schreien von Verwundeten schallte in den strahlenden Morgen ...

Paul hüllte mit Hilfe Johanns den toten Jungen in seinen Mantel; dann nahmen sie seine Papiere und Wertsachen aus den Taschen, die Erkennungsmarke von der Brust; wie erschütternd die Hinterlassenschaft eines Kindes in dieser

Hölle: ein billiges Taschenmesser, ein paar Enden Bindfaden, ein fast völlig zerfetzter, zusammengefalteter Prospekt einer Reisegesellschaft, wo Männer und Frauen mit weißen Kleidern unter Palmen am Meeresstrand spazierengingen, einen Brief von ungelenker Frauenhand, Geldscheine und dann die Photos: eine kleine, schmale Frau mit zwei kleinen Mädchen vor einem Häuschen, wie sie die großen Fabriken ihren Arbeitern bauen, möglichst in der Nähe der Fabrik. Mein Gott, diese Habseligkeiten, ausgebreitet auf einem Soldatenmantel, der von Blut und Schmutz befleckt ist, das ist der Krieg...

Die beiden betteten den Jungen auf die hintere Böschung; dann falteten sie die Hände und beteten mit leiser Stimme ein Vaterunser; sie griffen zu ihren Spaten, um die Blutlache mit Erde zu bedecken; in diesem Augenblick gingen grüne Leuchtraketen hoch, das Zeichen zum Angriff; irgendwo links brüllte mit heiserer Stimme der Leutnant: »Dritte Kompanie, auf, marsch!!!« Sie schnallten ihre Koppel um, packten die Gewehre und sprangen aus dem Loch... links und rechts von ihnen, weit, weit schritt eine unendliche Kette von Männern nach vorne...

Eine zweite Linie folgte in zweihundert Metern Abstand der ersten; in den Wäldern und Gebüschen versteckt, sollten noch Reserven liegen, aber die Panzer blieben unbeweglich auf ihren Plätzen; sie hatten keinen Brennstoff...

Der General saß unterdessen mit grauem Gesicht und toten Augen in seinem Gefechtsstand und hörte scheinbar den Meldungen und Vorschlägen der ihn umgebenden Offiziere zu; er hörte in Wirklichkeit keines der Worte; im Geiste sah er ganz deutlich und leibhaftig seine Division, die nun mutlos und zermürbt, hungrig und schmutzig und ohne Glauben für diese aussichtslose Sache in ein neues, blutiges, aussichtsloses Gefecht zog; er hätte sein Leben dafür gegeben, wenn er den Angriffsbefehl hätte zurückziehen können; ach, war es nicht besser, er würde vom nächsten Kriegsgericht verurteilt und erschossen, als wenn er nur für die Ausführung eines lächerlichen Befehls den Tod von Tausenden auf sich nahm; wie sinnlos erschien ihm mit einem Mal der Satz, daß der Soldat nur seinen Befehl auszuführen habe, ohne Nachdenken; waren nicht alle Befehle irgendwie den Gehirnen dieses Komplotts von irrsinnigen Verbrechern entsprungen, die irgendwo die Fäden zogen; er hatte zwei Jahre lang seine Division auf allen Schlachtfeldern Rußlands geführt; immer wieder war Ersatz hineingepumpt worden in seine Einheiten wie in Brunnen, die sich lautlos ins Innere der Erde verströmen; der Tod hatte alle dahingemäht... war es nicht fürchterlich und ausweglos... vor sich den Feind, der immer Feind blieb, und hinter sich das Vaterland, zerstört und geistlosen Verbrechern anheimgegeben... Der General erhob sich ganz plötzlich und gab mit heiserer Stimme den Befehl, daß sein Wagen vorfahren solle; dann kündete er den verblüfften Offizieren an, daß er sich allein an die Front begeben wolle. Alle Umstehenden spürten, daß etwas Außergewöhnliches in der Luft lag; der ganze verrottete Trott des Geschehens; der Krieg auf dem Papier, Meldungen, Bestrafungen, Auszeichnungen, Rückzug, Angriff, Befehle, Belehrungen... ach, in diesem eingefahrenen Spiel voll geheimer Intrigen und Eifersüchteleien geschah es plötzlich, daß ein Mensch, eine entscheidende Person sich zu sich selbst bekannte, es ist ein ergreifendes Fluidum um einen Menschen, der alle Brücken und Stege des Unwesentlichen um sich abbricht; keiner sprach ein Wort; in anderen Fällen hätte sich wohl dieser oder jener eifrig, vielleicht sogar ehrlichen Herzens zur Begleitung aufzudrängen gesucht; alle schwiegen und beugten sich vor dem Geheimnis; diese abgestumpften Menschen, die kein menschliches Elend irgendwelcher Art mehr hätte aufrütteln können, waren plötzlich ergriffen... es war ihnen wie Menschen, denen mit einem Male, im gleichmäßigen Trott ihres Lebens, das Herz stockt...

Der General setzte seine Mütze auf, grüßte schnell und ging hinaus; draußen deutete er dem Fahrer die Richtung, in der er zu fahren habe; dann raste der Wagen zwischen den verirrten Geschossen und Granaten der tobenden Schlacht nach vorne...

Die unabsehbare Linie der Vorschreitenden hatte sich inzwischen zerfleddert; springend und sich niederwerfend, wenn die Granaten heranheulten, wühlten sich die Kämpfer nach vorne, instinktiv, im großen eine Linie haltend. Tote und Verwundete blieben liegen, manche sprangen mitten im Lauf »aus dem Leben«; Wimmern, Lärm, Krachen und Geschrei erfüllten den Morgen; Flugzeuge krochen wie fürchterliche Vögel dicht über der Erde hin und zersägten und zerhieben die Reihen der Kämpfenden; jede aufgehäufte Schaufel Erde wird dem Soldaten im Gefecht wie eine Burg, hinter der er sich verschanzen kann. Maschinengewehre, wahre Maschinen des Mordes, jagten die rasende Folge ihrer tanzenden Geschosse in die Luft. In dieser Atmosphäre ist jedes Verzagen gleich dem Tode. Wenn die Mutigsten fallen, ist auch dem Feigling ein Ende gesetzt; jede Sekunde gilt es wieder, die tödliche Angst an der Gurgel zu packen und abzuwürgen. Die Soldaten, die hier kämpften, waren zu abgestumpft und zu mürbe, um noch als Gesamtheit vom Rausch des Angriffs gepackt zu werden, der so elementar ist wie der Krieg selbst; es war wohl meist Gewohnheit und die Unfähigkeit, als Gesamtheit den Gehorsam zu verweigern, die sie vorwärts trieb; auch die Ungewißheit, ob der Feind vorne oder der Feind hinten im eigenen Land schlimmer oder besser sei, hielt viele noch im Gespann. Bindend und gewaltig allein war die Gemeinsamkeit des großen Leidens und das Gefühl, einem Volk zugehörig zu sein, das einsam einer Vielfalt von Feinden innen und außen ausgesetzt ist; ein so von Zweifeln zerrissenes Heer ist dem Untergang geweiht, das wußte jeder...

Der Angriff gewann langsam Boden; unter schweren Verlusten war der erste feindliche Graben erreicht; der mit mattem »Hurra« genommen wurde; der Graben war leer; einige Tote lagen herum, alles an Gerät und Waffen war mitgenommen; nur leere Hülsen und Leichen; es war wie ein blutiger Stoß ins Leere; die Hoffnung auf Beute, Wasser, Brot oder Tabak, war zerschlagen. Die Offiziere sammelten die Reste ihrer Kompanien zum nächsten Stoß; Paul und Johann hockten bei der Gruppe, die sich rings um den schmalen, bleichen Leutnant gesammelt hatte; die Kompanien, schon unansehnlich, wenn sie in den Kampf zogen, schmolzen beim ersten Angriff zu Gruppen zusammen; schmutzig, von Schweiß beschmiert, erschöpft hockten sie auf dem Boden des Grabens, an die Wand gelehnt und rauchten Cigaretten, die Paul verteilt hatte; nach dem heißen Lauf und dem nervenzerstörenden Hagel der Geschosse und Granaten war dieser in relativer Ruhe gerauchte Tabak wirklich ein unbezahlbarer Genuß; so vergaß man vielleicht für einige Minuten den fürchterlichen Durst, der sich nicht wie der Hunger betäuben ließ; der Durst war so quälend und fürchterlich, daß die Aussicht auf einen erfrischenden Trunk den Angriff gewaltig belebt hätte; ein von wirklichem Durst gequälter Mensch ist zu einem Morde fähig, um eines Trunkes Wassers willen; selbst der eisernste Wille ist da in Gefahr; manche fragten mit heiserer lefzender Stimme den Leutnant, ob er nicht wisse, wo es drüben beim Feind vielleicht Wasser gebe. Der Leutnant lehnte schweigend an der Grabenwand und rauchte; er dachte einen Augenblick nach: »Wartet mal«, ... er deutete mit der Hand auf ein zerschossenes größeres Gebäude, das zwischen dem Kamm eines Hügels und dem großen Fluß herausragte, dann blickte er fragend nach Paul, und als dieser nickte: »Ja, das da ist das Schlößchen, da fließt ein größerer Bach vorbei aus Nordwesten in den Fluß, wir sind ja vor acht Tagen noch da vorbeigekommen, und im übrigen, wo Wald ist, ist auch immer Wasser; ach«, sagte er leise vor sich hin,

»trinken, trinken, trinken.« Er zündete am Stummel der alten eine neue Cigarette an, die er auch mit wildem Genuß zu rauchen begann. Er horchte etwas nervös nach rechts und links, ob nicht der Befehl zum Weiterstürmen durchgegeben wurde. Das war wieder so eine unverständliche Dummheit, hier nach diesem ersten Sturm so lange zu verhalten, bis sich vielleicht der Feind erneut einschießen würde. Die Kopflosigkeit der Führung rieb die Truppen mehr auf als das schlimmste Feuer. Der Leutnant knirschte vor Wut mit den Zähnen. Er knipste die Glut von seinem Cigarettenstummel und steckte den Rest sorgfältig in eine Dose. Verflucht! dachte er, ich gehe weiter vor; ein Trunk Wasser für meine Leute ist mir lieber, als hier zermahlen werden wegen der Dummheit oder Sabotage der Stäbe. Er wandte sich um und wollte seine Leute aufmuntern, da stand Paul neben ihm und deutete ruhig mit der Hand nach hinten: »Sieh mal an, da kommt der Herr General ... siehst du ihn?« Der General kam ganz aufrecht und ruhig nach vorne geschritten. Kein Feuer begegnete ihm; seine roten Aufschläge leuchteten in der Morgensonne. Die beiden, Paul und der Leutnant, wechselten einen fragenden Blick. Es war etwas sonderbar und nicht klar zu deuten, dieser General, der hier wie auf einem wunderbaren Gemälde über das von Blut und Rauch dampfende Schlachtfeld nach vorne schritt ... ob er den Tod suchte? ... alles hatte sich umgewandt und starrte ihm verwundert entgegen ... hier hundertundfünfzig Meter vor dem Waldrand, wo die Russen sich offenbar eingegraben hatten, erschien der General, ganz allein und schutzlos, nur mit einem Stecken in der Hand ...

Eine unheimliche Stille herrschte; nur an den äußersten Flügeln hörte man vereinzelte Schüsse; es war, wie wenn ein Vorhang zugezogen wäre vor einer brüllenden, berstenden Hölle, die sich platzend mit einem Male einen Weg suchen würde. Manche Soldaten schliefen, fast wohlig hingestreckt in der warmen Sonne, auf dem Boden des Grabens; andere blickten dem General entgegen, verwundert und doch im Tiefsten interesselos ... was würde er bringen? Etwas zu trinken hatte er offenbar nicht bei sich, das hätte wohl Interesse erweckt. Er konnte den Angriff befehlen, er konnte den Rückzug anordnen, er konnte schreien oder schweigen, er würde sie nicht retten können aus der Hölle des Krieges, in der es nur die Möglichkeiten Tod, Verwundung und Gefangenschaft gab ... er konnte sterben oder lebend bleiben, es würde schon ein neuer General aufzutreiben sein, Generäle gab es ja fast mehr als Urlaubsscheine ... jedenfalls konnte er nicht den Frieden verkünden; vor allem hatte er keinen Kanister Wasser mit sich, daß man einmal trinken, trinken, trinken konnte ... ach, siebzehn Generäle für einen Trunk Wasser!! Er konnte auch nicht verhindern, daß die Verpflegungswagen Volltreffer bekamen oder aus anderen Gründen ausfielen, er war so machtlos den Unerbittlichkeiten des Krieges ausgeliefert wie sie, was nützte da diese wunderschöne Uniform und der wunderschöne Orden am Hals, wenn der Hunger sie quälte und der Durst sie bis zum Irrsinn trieb ...

Der General sprang in den Graben und hörte mit ruhigem, ernsten Gesicht die Meldung des Leutnants an: Erstes Angriffsziel erreicht; dritte Kompanie bisher neunzehn Ausfälle, Rest der Kompanie: 1 Offizier, 1 Unteroffizier und elf Mann. Der General spürte die eisige Gleichgültigkeit der Soldaten, die ringsum hockten, lagen oder standen. Man schien keine Notiz von ihm zu nehmen. Die Sonne war schon drückend, und schon die fürchterliche Stille erhöhte diesen Eindruck von etwas Furchtbarem, das plötzlich losbrechen könnte; die vom Feinde liegen gelassenen Leichen, manche schon strömten den schrecklich süßen Geruch der Verwesung aus. Der General blickte mit unbewegtem Gesicht zum Feind ... plötzlich sagte er zu dem Leutnant, der neben ihm stand: »Lassen Sie Grün schießen, wir gehen weiter vor!« – »Wir haben keine Leuchtpistole mehr, ich schicke einen Melder zur Nachbarkompanie ...« Als der General nickte, wandte er sich um und blickte Paul an und sagte leise: »Mach schnell, daß einer wegkommt, diese Stille tötet uns alle sonst.« Paul zögerte nicht lange und drängte sich durch den Graben an den Soldaten vorbei, die apathisch zwischen Leichen hockten, bis zur nächsten Kompanie, wo er einen blutjungen Fähnrich fand, der mit glasigen Augen starr zum Feind hinübersah, mit den Ellenbogen auf die Wehr gestützt; er hörte die Meldung gleichgültig an, nickte nur mit dem Kopf und winkte dann, ohne sich umzuwenden, einem Melder, der an der hinteren Grabenwand hockte. Paul eilte durch den Graben zurück zu seiner Kompanie.

Grün und sommerlich strahlend und schön stieg die Rakete in die sonnige Luft, wie ein fröhliches Signal – es hätte bei irgendeiner Regatta sein können, wo Menschen in hellen luftigen Kleidern lachend und winkend am Ufer eines grünen Flusses stehen, sorglos und erfüllt von einer Gegenwart ohne Schwere – hier riß das Signal eine Kette von zermürbten, schmutzigen und ausgemergelten Gestalten in die Höhe, die bereit waren, für eine Feldflasche von Wasser durch einen Hagel von Granaten zu stürmen; Hitze und Staub hatten den Durst ins Fürchterliche gesteigert; der Hunger und die Erschöpfung und die zermürbende Gewalt des Feuers hatten die Widerstandskraft dieser Menschen untergraben, für die der Krieg, ob rückwärts oder vorwärts, nur eine schreckliche Geißel war; die tönerne Hohlheit aller Phrasen, für die Menschen von skrupellosen Verbrechern in Kriege gehetzt werden, wird in solchen Stunden offenbar; als Märtyrer einer Religion zu sterben, muß fürwahr erhebend sein, aber in der Mühle des Krieges zwischen zwei Mächten zerrieben werden, die blindlings, mit unersättlicher Gier, Blut in einen grundlosen Trichter schütten in ihrer geifernden Lust nach Macht, das ist qualvolles und erstickend sinnloses Sterben oder Vegetieren, das sich nur ertragen läßt mit einer Religion, die das Leid in dem blutenden Herzen ihres Gottes verehrt ...

Der General sprang als erster aus dem Graben; ringsum ertönte das Kommandogeschrei der Offiziere, die ihre Gruppen aus Schlaf oder Apathie emporrissen; die drückende Stille war zerrissen und zerschnitten; die Gewehre wurden auf die Waldränder gerichtet, so wälzte sich die vor wenigen Minuten noch völlig erschöpfte Schlange fast mit vorschriftsmäßiger Genauigkeit nach vorne, abwechselnd feuernd und springend; vom Feind kam kein Schuß ... nur wenige hörten im Lärm des Vorgehens das trockene Knirschen, das beim Laden der Orgeln zu vernehmen war; sie warfen sich mit erschreckten Rufen zur Vorsicht nieder und drückten sich platt an die Erde; und wie ein eiserner Vorhang niederrauscht, so schlug vor den Angreifenden eine Lage Granaten ein ... für jeden wie ein Schlag mitten ins Gesicht... Der General, der stehend, von Splittern und Erdschollen umsaust, die Lage überstanden hatte, schrie: »Vorwärts, vorwärts«, ... denn es war ja sinnlos, so ungeschützt und ohne Gräben das nun folgende Gewitter von Granaten abzuwarten; es wäre eine Möglichkeit gewesen, einen rasenden Sprung um 50 Meter nach vorne zu tun und den gefährdeten Raum zu überwinden – oder rückwärts in den schutzbietenden Graben, es war ja so aussichtslos, auf den Schutz eigener schwerer Waffen zu rechnen ... einzelne rannten nach vorne, mit der fürchterlichen, mechanischen Schnelligkeit von aufgezogenen Automaten, mit rasend schnellen, kleinen trippelnden Schritten, einer stieß schrille schreckliche Schreie aus; einzelne rannten zurück; die meisten zögerten noch und lagen festgekrallt in die Erde, mit scheuen, von Angst starren Augen, wie geduckte Tiere, die den Todesstoß erwarten ... dann folgte wieder Krachen auf Krachen, wie wenn riesige Stahlplatten von titanischen Kräften über ihren Köpfen zerschmettert würden ... Qualm und Erde und Splitter und Geschrei ... von den Flügeln, wohin die Gewalt des feindlichen Feuers nicht zu reichen schien, hörte man das bohrende Brummen von Panzern, die quer hinter den Angreifenden umherfuhren und mit dem gräßlichen Knall ihrer Kanonen in die Reihen feuerten; dort sah man die Fliehenden wie gehetztes Wild zwischen den Panzern zurücklaufen, ohne Waffen und Gepäck, nur erfüllt von dem alles überdeckenden Wunsch nach Sicherheit ... es gab nun kein Halten mehr, alles rannte zurück ... nur der General stand mit dem verzweifelten Gesicht eines Selbstmörders vorne, mit wirrem Haar, in den Augen die harte Kälte, die ihm entgegenstieß aus dem Abgrund, in den er sich stürzen wollte...

In die Reihen der Fliehenden schlugen noch wie blutige Peitschenhiebe die Garben der Maschinengewehre ... so flohen die Tapfersten der Tapferen, von vier Jahren eines aussichtslosen Krieges zermürbt, ausgehungert und arm... Verwundete stürzten mitten im Lauf und blieben jammernd liegen, manche fielen still und lautlos und lagen mit dem Gesicht zur Erde da wie weinende Knaben.

Paul und der Leutnant erreichten den Graben und nahmen sich hier Zeit, ihre Wunden zu verbinden; Paul hatte einen Splitter im Unterarm, der Leutnant eine große Fleischwunde an der rechten Schulter; sie umwickelten die Wunden mit Fetzen von ihren Hemden, stopften sich den noch brauchbaren Inhalt ihrer Brotbeutel in ihre Manteltaschen. Ängstlich beobachteten sie die Bewegungen der feindlichen Panzer, die ungestört durch die Reihen der Fliehenden brummten; an dem Wäldchen am Fluß ging die feindliche Infanterie vor, und sie sahen mit Erstaunen statt der dunklen, unheimlichen Gestalten nun Männer mit hellen Khakiuniformen...

Sie duckten sich zitternd in den Graben und warteten ab, bis die Panzer langsam und gleichgültig wie überdrüssige Untiere sich zurückwälzten, und setzten dann in schnellem Lauf den Fliehenden nach, vor der feindlichen Infanterie geschützt durch eine Bodenwelle; hinter ihnen war niemand von den eigenen mehr; sie waren die letzten; erschöpft und schweißtriefend, zitternd vor Ermüdung, Hunger und Durst, erreichten sie, an Leichen vorbei über das Kampffeld des frühen Morgens jagend, die Ausgangsstellung. Welch eine Erlösung, eigene Truppen zu sehen und Sanitäter, sogar einen Kraftwagen für Schwerverwundete; in einer Lichtung standen Bahren mit Stöhnenden herum, weggeworfene Gewehre, blutige Fetzen, Geschrei, Fliegen, Fliegen, Fliegen; ein Arzt verstaute die Bahren auf den Lastwagen und packte in jede Lücke noch einen Stehenden hinein; so geriet der Leutnant, ehe er sich versah, auf den ersten abfahrenden Wagen, weil er zufällig bei einem Bekannten an der Bahre stand. Nachdem der Wagen abgefahren war, blieb der Arzt mit noch zehn Schwerverwundeten zurück; der Fahrer hatte eifrig versichert, daß er sie holen würde, aber konnte er wissen, ob nicht die Russen in einer Viertelstunde da waren? Die Fahrt zur Stadt dauerte fast zwanzig Minuten. So mußte man fast eine Stunde bis zur Rückkehr rechnen ... es wurde unheimlich still, als das Geräusch des abfahrenden Wagens im Walde verhallt war. Mit ängstlichen Augen blickten die Zurückbleibenden, die hilflos auf der Erde lagen, alle auf den Arzt. Der Arzt hantierte verlegen an einer Kiste, die mit Verbandszeug gefüllt gewesen war, und brachte mehrere Packungen Cigaretten heraus. »Nur die Ruhe, nur die Ruhe«, sagte er hastig, »es wird schon werden; der kommt bestimmt zurück, ich kenne den Fahrer.« Er verteilte Tabletten mit blutverschmierten Händen, gab allen Feuer für ihre Cigaretten und setzte sich dann auf seine Kiste. Plötzlich fiel sein Blick auf Paul, der ruhig und fast teilnahmslos auf einem Baumstumpf saß und rauchte. »Was wollen Sie denn noch hier?« schrie er heiser, »Sie können doch laufen, machen Sie daß Sie hier wegkommen.« Pauls Gesicht war so von Dreck und Schweiß verkleistert, daß sein Lächeln wie das eines geschminkten Clowns aussah. »Wenn es Ihnen recht ist, bleibe ich hier«, sagte er ruhig, »Sie wissen doch, daß zwei Mann auf Posten immer mutiger sind als einer ... und außerdem imponiert es mir gewaltig, den einzigen anständigen unverwundeten Offizier einer ganzen Heldendivision kennenzulernen.« Der Arzt sprang auf und kam auf Paul zu. »Sie, Sie ... sind wohl irrsinnig, was ... Sie glauben wohl ... aber lassen Sie mich erst mal Ihre Verwundung sehen ...« Er war ein älterer, kleiner, dicker Mann mit einem roten Gesicht und grauem Schnurrbart; er riß Pauls Fetzen unbarmherzig von der Wunde und umwickelte sie sorgfältig mit Verbandszeug; seine grauen Augen lachten plötzlich. »Sie haben recht, warum sollen wir in dieser Situation nicht so reden, wie es uns ums Herz ist. Kommen Sie, setzen wir uns auf meine Kiste, wenn Sie schon unbedingt mindestens mit mir in Gefangenschaft kommen wollen.« Sie setzten sich auf die Kiste, mitten zwischen die Verwundeten. »Ich glaube nicht, daß wir in Gefangenschaft kommen«, sagte Paul, »Sie werden sehen, es ist für heute genug ... Der Wagen wird zurückkommen und uns abholen, aber für den Fall bitte ich mir eine Gunst aus, lassen Sie mich dann zu Fuß gehen.« Der Arzt blickte ihn prüfend an, etwas beunruhigt. »Nein, nein«, lachte Paul, »keine Angst, wenn ich hätte überlaufen wollen, wäre ich gar nicht erst bis hierher gekommen ... nein, es ist nur so ... eine Laune ...« Die beiden konnten von der Kiste durch den Waldrand hindurch das Gelände gut überschauen; bis zu dem feindlichen Graben, den sie am Morgen erstürmt hatten, bewegte sich nichts; fürchterlich einsam lagen die Toten in der brennenden Sonne; manche waren fast der Erde gleich, kaum zu erkennen, kleine unscheinbare Hügel ... zusammengekrümmte ... viele wie Kinder, die beim Spiel vornüber gestürzt sind und gleich weiterlaufen ... Waffen blitzten in der Sonne, Kleider, Stahlhelme ... Gerät lag über die Erde verstreut ...

Weiter auf den Feind zu sahen sie einige Russen, die langsam und sorglos von Leiche zu Leiche gingen, sie umdrehten, durchsuchten ... Schakale des Schlachtfeldes ... man sah manchmal den grauen Rauch ihrer Cigaretten aufsteigen; sie hatten helle, westlich anmutende Uniformen, es waren wohl dieselben, die Paul und dem Leutnant vor kurzem wie Angreifer erschienen waren, als sie aus dem Walde traten. Es war ganz still, und noch so früh war es, kaum acht Uhr. Plötzlich stieß einer der Plünderer einen hellen, wilden, fremd anmutenden Schrei aus ... mehrere sammelten sich bei ihm ... sie gestikulierten und riefen in den Wald hinein. »Jetzt haben sie den General gefunden«, sagte Paul leise; er sah zu dem Arzt hin und erschrak; dessen Gesicht war ganz grau geworden vor Ekel und Haß. »Mein Gott«, stöhnte er. »Ja, das ist fast das schlimmste«, sagte Paul. »Vielleicht sind das die Toten, die ihre Toten begraben ... von uns habe ich welche schon gesehen, die ganze Beutel voll Goldzähnen von Gefallenen hatten...« Die Leichenfledderer waren alle auf einem Punkt zusammengeströmt, da erhob sich am rechten Flügel des Abschnitts eine große graue Gestalt, die mit rasender Schnelligkeit auf den Wald zugelaufen kam; an ihrer Seite baumelte etwas bis zur Erde herunter; man spürte die furchtbare Verzweiflung und Angst aus der fast unwahrscheinlichen Geschwindigkeit des Laufenden; die Russen bemerkten ihn erst, als er schon einen großen Abstand gewonnen hatte, dann gingen sie in Anschlag und schossen stehend auf ihn, aus dem Walde peitschte ein Maschinengewehr hinter ihm her ... Paul war aufgesprungen und hatte den Arzt am Arm gepackt, beide waren bleich geworden, Pauls Lippen bewegten sich ... die Geschosse spritzten rings um den Fliehenden auf die Erde ... er lief, lief um sein Leben.

Jetzt war zu sehen, daß das, was an seiner Seite herunterbaumelte, ein Arm war, sein rechter Arm, der offenbar nur noch an einem Fetzen hing ... der Fliehende erreichte nun eine kleine Senkung, die von den Infanteriegeschossen nicht zu erreichen war ... er blickte sich um, und als er gewahr wurde, daß er nun in Sicherheit bis zum Walde gelangen könnte, erschlaffte er ganz plötzlich und bewegte sich nur noch taumelnd auf den Wald zu; Paul riß sich von dem Arzt, der ihn festhalten wollte, los und lief auf den Verwundeten zu; als er aus dem Walde trat, schrak der Herankommende erst zusammen, dann, als er den Freund in ihm erkannte, stieß er einen hellen, irren Schrei aus und sank zusammen... Paul kniete neben ihm; der Verwundete war ein ganz junger, großer Bursche, sein Gesicht war ganz fahl, fast gelb, es zuckte in allen Fibern vor Angst, Erschöpfung und Schrecken... Mein Gott, was mochte er ausgestanden haben da vorne, zwischen den Leichen liegend, während die Plünderer das Feld abstreunten... blutend und hilflos und dann die Flucht... Paul richtete ihn mühsam auf und fragte ihn flüsternd, ob er noch die wenigen Schritte bis zum Wald gehen könne... sie gingen langsam auf den Wald zu ... fürchterlich war das Geräusch des herabhängenden Armes, der gegen das Bein klatschte. Als der Schatten der ersten Bäume über sie fiel, sprang der Arzt auf sie zu; er hatte einen Mantel ausgebreitet, machte dem Verwundeten gleich eine Injektion; ehe sich die beiden versehen hatten, war die Sehne, die den Arm noch mit dem Körper verband, durchschnitten; der Verwundete stöhnte wild und dunkel auf, das Blut schoß aus der Wunde; während der Arzt und Paul eifrig den Armstummel mit einem kleinen Riemen abbanden, sog der Liegende gierig an der Zigarette, die der Arzt ihm in den Mund gesteckt hatte ... er fiel fast sofort in einen tiefen Schlaf; es war, als hätte er sich in den Schlaf hineingestürzt, wild und voll Sehnsucht; tief und inbrünstig atmete er ... im Schatten der Bäume sah das zerfallene Gesicht ganz grün aus. Die übrigen Verwundeten lagen da, aufgeschreckt und ängstlich durch die Schüsse, die sie gehört hatten; manche waren trotz des angestrengten Horchens auf die Rückkehr des Wagens doch vor Erschöpfung in Schlaf gesunken; nun waren sie aufgefahren, versuchten, sich zurechtzufinden, und fluchten, daß sie immer noch dort lagen.

Der Arzt erklärte ihnen den Zusammenhang zwischen den Schüssen und der Ankunft dieser neuen Verwundeten und beruhigte sie, indem er bewies, daß der Wagen ja kaum eine halbe Stunde weg sei und noch nicht zurück sein könne; sie stöhnten alle nach Wasser... aber er wollte die Hoffnung, daß der zurückkehrende Wagen etwas mitbringen könnte, gar nicht erst wecken, um so schlimmer dann, wenn er nichts hatte. So tröstete er sie mit der Aussicht, daß sie doch in einer Stunde spätestens auf dem Hauptverbandsplatz seien...

Es war drückend heiß geworden; die Sonne stand halb auf Mittag. Die Plünderer drüben hatten sich verzogen, und das Schlachtfeld lag so verlassen da, als ob es schon seit Tagen von keinem Menschen mehr betreten worden sei ... vor kaum drei Stunden noch war eine ganze Division dort zum Angriff aufgestanden...

Der Arzt wandte sich Paul zu, der wieder neben ihm auf der Kiste saß. »Ich verstehe Ihren Optimismus nicht ganz, wieso glauben Sie, daß es für heute genug ist ... es ist doch wahrhaftig schon Schlimmeres in diesem Kriege geschehen...« Pauls Augen waren fast blind vor Müdigkeit und Trauer; die Hitze und der fürchterliche Durst lähmten ihn; er röchelte fast: »Nein, es gibt wohl Schlimmeres als diese Schlacht heute morgen; ich habe auch schon viel Furchtbareres erlebt, in manchem Kessel bin ich gewesen ... aber heute habe ich das volle Vertrauen, daß uns nicht mehr aufgebürdet wird; es kam so über mich; es ist nicht etwa ein falsches Gefühl, ich bin meiner Sinne ganz sicher ... nennen Sie es meinetwegen eine Eingebung, ich glaube, daß heute Gottes Gnade hier sichtbar werden soll, wenn auch nicht viele es spüren werden, aber Er lenkt doch die Geschicke ... ach, vielleicht liegt da vorne unter den verlassenen Leichen«, mit einer unsagbaren Schwermut ging sein Blick über das öde Schlachtfeld, »so manch einer, der geradewegs zu Ihm eingehen durfte und der Ihn und Seine Mutter inständig für uns gebeten hat, vielleicht wenigstens einmal wenige Tage Ruhe zu schenken...«; sein von Schmerz und Hitze vollkommen entstelltes Gesicht hellte sich auf. »Sehen Sie, ich habe es so oft ganz wirklich erfahren, daß nicht irgendein Vorgesetzter oder ein Hitler oder ein Stalin mein Schicksal lenkt, sondern die Hand Gottes; wenn die Menschen nur dem Zufall einmal genau auf die Finger sehen wollten, würden sie wissen, daß es die Hand Gottes ist...« Der Arzt blickte ihn staunend an. »Sie müssen sehr glücklich sein, wenn Sie so glauben können.« Paul wandte sich zu ihm: »Glauben Sie, daß man sehr glücklich sein kann, wenn man die Wahrheit hat und auf dieser Welt lebt? Glauben Sie, daß Jesus Christus ›glücklich‹ gewesen ist, als Mensch ›glücklich‹? Es muß doch unsagbar schwer gewesen sein für Ihn, mit der Wahrheit seines Vaters jeden Tag seines Lebens der Welt in ihr ewig wüstes Gesicht zu sehen. Ich glaube die Qualen, die Er gelitten hat, können wir nicht erreichen, und wenn wir unser ganzes Leben im Trommelfeuer zubringen müßten. Und ich glaube, etwas von dieser Trauer haben wir alle, die wir Sein Wort angenommen haben, wenn wir auch noch so schlecht in unserem Fleische sind.« Der Arzt blickte ihn wortlos verwundert an; vielleicht hatte er nie in seinem Leben solche Worte gehört; sein rotes, offenes, etwas gewöhnliches Gesicht war seltsam verändert, verjüngt und schamhaft; er sagte leise: »Es sind seltsame Dinge, die ich hier höre, so fremd und doch so sonderbar vertraut... ach«, er überwand nur schwer seine Verlegenheit, »Sie müssen wissen... ich habe nie an Gott gezweifelt... Er schien mir immer als das unendlich Gute und Erhabene... aber jetzt, im Kriege, da habe ich doch oft denken müssen: Entweder gibt es Gott nicht... oder Er hätte doch, wenn Er uns liebt, auch mit uns leiden müssen, selbst wenn all das Leid von uns selbst verschuldet ist... denn die unendliche Liebe fragt wohl nicht nach Schuld. Sehen Sie, Er erscheint mir jetzt in ganz anderem Licht... Jesus Christus.« Er schwieg plötz-

lich, von einer wilden Erregung ergriffen. Paul hatte noch etwas sagen wollen, aber er schwieg, als er das Gesicht des anderen sah...
Wilde Schwermut lag über der Öde des Feldes vor ihnen, die Luft flimmerte genauso, wie sie irgendwo auf einer Wiese flimmern mochte, da unschuldige Kinder unberührt vom Grauen des Krieges spielten mit den süßen Blumen des Sommers; unbarmherzig brannte die Sonne auf die Gefallenen, die dort lagen wie hingemäht...
Der Arzt sprang plötzlich auf; er hielt die Hände von sich gestreckt, wie jemand, der Schweigen gebieten will, um zu horchen. Fern, ganz fern hörte man das Geräusch eines herannahenden Kraftwagens... immer lauter und näher hörte man das Knurren des Motors. Alle Gesichter strahlten glücklich auf. Dann war das Poltern des Wagens über die Unebenheiten der Waldwege zu hören, und brausend bog er in die Lichtung ein. Erst als der Fahrer aus dem Sitz sprang, lösten sich die Stimmen, er wurde mit lauten Freudenrufen begrüßt; während der Arzt und der Fahrer die Verwundeten aufluden, wurde der Fahrer nach Neuigkeiten gefragt; er berichtete, daß die Reste der Division sich in der Stadt sammelten und daß eine große Menge von Leichtverwundeten noch unterwegs dorthin seien, die ihm unterwegs begegnet seien; manche lägen völlig erschöpft am Wegesrand. Ja, in der Stadt gäbe es zu essen und auch zu trinken; sie blickten ihn alle vollkommen verwirrt an... es erschien ihnen so sonderbar, daß er so selbstverständlich vom Trinken sprach... ach, etwas zu trinken, trinken, trinken. Paul half mit seiner unverwundeten Hand, so gut er vermochte. Als sie fertig geladen hatten, setzte der Arzt sich auf den Wagen zu den Verwundeten und ließ Paul zum Fahrer einsteigen... sie blickten noch einmal zurück auf das verlassene Feld mit den Leichen, das sie wohl nie mehr sehen würden...
Als der Wagen den Wald verließ, bat Paul den Fahrer zu

halten; er hatte zwei graue Gestalten gesehen, die an einen Baumstamm gelehnt schliefen; der eine hatte einen Verband um den Kopf, der andere trug den linken Arm in der Schlinge; er stieg aus, weckte die beiden, die ihn völlig verwirrt anstarrten, und half ihnen auf den Wagen; dann reichte er dem Arzt die Hand und sagte: »Ich darf doch nun zu Fuß weiter gehen...? Sie werden unterwegs noch jeden Platz brauchen, wir sehen uns wieder auf der Sammelstelle...« Der Arzt nickte stumm, und Paul rief dem Fahrer zu, daß er weiterfahren könne...

In wenigen Kilometern Entfernung sah man die Stadt liegen, weit verstreut auf sanften Hügeln; zwischen zahlreichen Gärten und Baumgruppen leuchteten die weißen Häuser freundlich und kühl hervor; auf den Spitzen der Türme und auf den Dächern einzelner hoher Gebäude brütete die Hitze: man glaubte sie zu spüren. Zwischen dem Walde und der Stadt lagen Wiesen und Äcker, einzelne Bäume und Gruppen von Sträuchern; tief eingegraben überall die Spuren von Panzern. Paul ging langsam auf die Stadt zu ... aus allen Richtungen sah er Gruppen von grauen Gestalten, auch einzelne, auf die Stadt zukriechen, in glühender Hitze sich bewegend wie Gelähmte; auch die anderen Divisionen schienen hier zu sammeln. Er traf auf ein von Bombern getroffenes Verpflegungsfahrzeug, vollkommen zertrümmert, die Fetzen der Pferde klebten an den Resten des Wagens und waren ringsum zerstreut ... Wolken von dunklen, schillernden Fliegen summten um die blutigen Stücke; auch hier lag überall weggeworfenes Gerät, Munition und Kleidung. Das Gelände fiel vor ihm ab und stieg dann vor der Stadt wieder an ... so konnte er alles übersehen; die Gärten, an denen er vorüberkam, waren zertreten und ausgeplündert; wie eine glühende Schicht lag die Hitze auf der Erde; Paul sog sie mit jedem Atemzug ein wie brennenden Hauch ... und doch, er war nun ganz frei, heiter und ruhig, lockend und schön lag die weiße

Stadt mit ihren kühlen Häusern da; ach, es würde doch einmal wieder etwas zu trinken geben, etwas zu essen, ach, und vielleicht würde man sich waschen können, ach, waschen ... er entsann sich: Das letzte Mal war er nachts verwundet worden im Winter, bei fürchterlicher Finsternis hatte er draußen gelegen mit zerschossenem Bein, vollkommen zerbrochen von Schmerz und Elend und Verlassenheit ... da hatte er in Strömen geweint, als er die schneeweiße Wäsche im Operationssaal sah ...

Er war auf wenige hundert Meter der Stadt näher gekommen, da sah er eine merkwürdige Bewegung in den Soldaten, die immer noch auf allen Straßen und Wegen in die Stadt strömten; sie bogen alle ab und gingen auf die Hauptstraße zu, irgend etwas schien sie dort anzuziehen; manche beschleunigten auch ihren Schritt, und da sah er, was alle die müden, schmutzigen und von Durst gequälten Soldaten bewog, ihre Richtung zu ändern. Am Rande der Straße unter einem kleinen knorrigen Baum stand eine kleine Frau in weißem Gewand; jedem Vorübergehenden schenkte sie aus einem großen irdenen Krug Wein in eine silberne Schale und reichte jedem aus einem großen geflochtenen Korb ein kleines, weißes Brot; oft sammelten sich die Herankommenden zu Gruppen vor ihr zusammen, manchmal war es auch nur ein einzelner, den sie erquickte; niemals entstand Ungeduld oder Gedränge; ihre unsagbar milden, liebevollen Augen und die sanften, liebreichen Gesten ihrer Hände bannten alles Böse und Haßvolle in den oft von Bitternis und Haß zuckenden Herzen dieser völlig zerriebenen Männer. Die Frau war ganz in Weiß gekleidet, ein schneeweißes Tuch umrahmte ihr unbeschreiblich schönes, reines Gesicht; an den kleinen Händen, bei deren Anblick einige aus der wilden, blutigen Zerstörung der Schlacht Kommende in heiße Tränen ausbrachen, glänzten kostbare Ringe mit funkelnden Steinen und doch ... niemand hätte von ihr gesagt, daß sie eine reiche Frau sei; so sehr strahlte eine von niemand je gesehene Armut und Reinheit aus ihrem Gesicht...

Sie sprach kein Wort; lächelnd, milde und ruhig reichte sie jedem ihre kostbare erquickende Gabe, Wein und Brot; nur einmal hielt sie inne und streichelte einem ganz jungen, kleinen Soldaten, der sich mühselig vorbeischleppte, über den wirren Schopf und sagte leise: »Mein Kleiner.« Niemand dankte ihr mit Worten; stumm, mit rührender Freude, Tränen in den Augen dankten die müden, schmutzigen Soldaten...

Paul war stehen geblieben und blickte mit staunendem Schrecken auf die weiße Gestalt; er fühlte sich plötzlich so schmutzig und elend, daß er Ekel vor sich selbst empfand... da hob die Frau, die nun allein da stand, den Arm und winkte ihm; er ging langsam auf sie zu und eine unaussprechliche stille Freude erfüllte ihn, als er das Brot und den Wein aus ihren Händen empfing.

Aus der »Vorzeit«

Nachdem die Kompanie vom Kasernenhof abgerückt war, eilte Renatus noch einmal auf die Stube, um, wie es die Vorschrift zu seinem Dienst verlangte, den weißen Drillich anzuziehen.

Die Stille der Flure erschreckte ihn. Mitten am Tage des gewohnten Lebens entblößt, zeigte die Kaserne ein fremdes Gesicht. Der Boden schien zu erschrecken unter dem Schritt der genagelten Stiefel. Alles schien lautlos zu schreien: »Ich bin tot!« Und als ginge er wirklich durch eine *Gruft*, trat Renatus unwillkürlich leiser auf. Aber hier war nichts, was vom Geiste sprach. Öde war es und leer. Und arm – nicht einmal der Schmerz der Vielen, die hier geschwitzt und geblutet und gestöhnt hatten unter der Last des »Dienstes«, hatte eine Art Genius loci zu schaffen vermocht.

Auf seiner Stube wechselte Renatus mit der Hast eines Diebes seinen Rock und rannte zurück. Es war wie eine Erlösung, als er den untersten Flur erreichte und Stimmen aus der Schreibstube hörte.

Auf der roten, glatten Fläche des Kasernenhofes waren inzwischen andere Kompanien zum sogenannten »Ordnungsdienst« angetreten. Der Dienst der Ordnung bestand darin, daß stundenlang gewisse vorgeschriebene Bewegungen mit Händen und Füßen ausgeführt wurden, jede eine Stufe zu dem Tempel, den die Beherrscher all dieser Manipulationen als »zackige« Soldaten gekrönt betreten durften. Welch eine Fülle menschlicher Kraft und Geschicklichkeit, welch eine Masse solidester Stimmbänder wurde bei dieser Beschäftigung verschlissen! Wie schrecklich diese religiöse Inbrunst, die dem Gewehr galt! Auf welch unwürdige Weise waren hier Askese, Buße und das Erleiden von Strapazen in den Dienst einer Hierarchie des Stumpfsinns gestellt.

Der ganze Hof war mit säuberlich aufgestellten Gruppen besetzt, die sich in einer gewissen Reihenfolge wie am Schnürchen bewegten. Durch einen *Pfiff* des jeweils zuständigen Untergottes wurde die nächste Übung für die nächsten zehn Minuten festgelegt. Die Menschen waren wie Puppen, die sich an irgendeinem Strang des Gehorsams bewegten, einem Strang, der in irgendeinem geistlosen Gehirn endete. Das Denken war den Pferden überlassen!

Auf dem Weg über den dichtbesetzten Kasernenhof mußte Renatus jede Litze, jedes Achselstück grüßen, und der ganze lange Weg von Hunderten von Metern war ein einziges Heben und Herabschnellenlassen der rechten Hand, die mit einem unnatürlichen Ruck in einem bestimmten Winkel zum Kopf geführt werden mußte – mit einer Bewegung, die, absolut gesehen, nichts anderes ist als eine ausgesprochene menschliche *Verhöhnung*. Und bei jeder Bewegung die tief eingefressene Rekrutenfurcht, ob dieser sogenannte Gruß auch mit der Exaktheit ausgeführt wurde, welche die unbarmherzigen Götter im Tempel des Stumpfsinns verlangten.

Aus der großen Exerzierhalle, die quer zum Hof lag, wie ein Riesenschlachthaus, sauber und glatt, drang der schauervolle Gesang einer ganzen Kompanie, die das sogenannte Singen übte. Eine seichte Melodie, mit dem Mischmasch eines faden Textes gefüllt, stieß, von zweihundert lautstarken Stimmen getragen, wie eine mörderische Brandung in die Luft.

Aber lächelnd, lächelnd wölbte sich der sanfte Frühlingshimmel über der Kaserne.

Renatus erreichte die Tür zum Kasino wie einen rettenden Hafen. Er verhielt zuerst im Flur, gegen die Wand gestützt, und stieg dann langsam die Treppe hinauf. Langsam ging er auch den langen Gang hinab, der zum Speisesaal führte. Eine gewisse hochmütige und doch hilflose Eleganz herrschte hier: die Vertäfelung war gediegen und kostbar, aber zu steif, fast spröde; an den Wänden die unvermeidlichen Bilder von

Heerführern, so wie sie in allen Kasinos des Reiches im selben Flur an derselben Stelle hingen. Selbst die lasterhaft wirkenden schweren roten Vorhänge waren wie Uniformen; nicht einmal in den Sünden schien hier eine Ausflucht aus der starren, leeren Form gegeben, der alles, alles diente...

Vive la France!

Der zweite Posten tastete sich in der dunklen Stube zur Tür, öffnete sie und trat in den Flur; eine halbe Sekunde zögerte er zwischen Tür und Angel, da es ihm schwerfiel, sich aus der Wärme der Stube zu lösen und endgültig hinauszutreten in die kalte Nacht. Er zog die Tür langsam hinter sich zu und ließ sich in die dunkle, undurchsichtige Nacht gleiten. Er sah nichts, er spürte nur, daß das Tor offenstand, und im Unterbewußtsein empfand er es als erstaunlich, daß die Kälte, die ihn im Flur empfangen hatte, offenbar draußen noch gesteigert war: feucht, eisig, unbarmherzig zog es durch das offene Loch gerade auf ihn zu. Dann, in der Tür stehend, ganz eingehüllt von dieser nassen Kälte, fühlte er eine wilde Qual. Er unterschied nun, mehr aus der Erinnerung, die verschwimmenden Umrisse der Bäume im Park, den Einschnitt der Allee, rechts die verfallene Fabrik, deren Mauer unheimlich schwarz wie eine Scheidewand zwischen zwei Unterwelten wirkte...

Eine müde, fast verzweifelte Stimme rief: »Bist du's?«

»Ja«, antwortete er, und es schien erstaunlich, daß er die Kraft fand, diese eine Silbe auszustoßen; eine tödliche Müdigkeit floß wie Blei durch seine Glieder, sie zog ihn gleichsam nach unten, die Lider sackten zu, und an die Tür gelehnt fiel er in einen Schlaf, der vielleicht eine Sekunde währte: eine wollüstige schwere Trunkenheit; schlafen, ach, schlafen.

Der abgelöste Posten stieß gegen ihn; mit einem schmerzhaft reißenden Gefühl wurde er wieder wach. »Mach's gut«, sagte die Stimme, und es klang etwas wie Mitleid darin...

Er brachte nicht einmal die Kraft auf, nach einer Zigarette zu fragen, den Mund überhaupt zu öffnen; er war gelähmt von dieser hoffnungslosen Müdigkeit, die ihn erdrosselte.

Er befand sich in jenem Zustand, wo die Müdigkeit tödlich wirken kann; die Augen brannten wie Feuer in den Höhlen, vom leeren Magen her stieg ein säuerlicher, ekelhafter Saft langsam höher; die Glieder waren wie Klumpen ohne Gefühl, abgestorben und bleiern: Ohne es zu wissen, stieß er dumpfe, fast tierische Laute aus und sank auf den steinernen Fliesen in sich zusammen. Aber er konnte nicht schlafen; nicht die Kälte hinderte ihn – er hatte schon unter schwierigeren und kälteren Umständen geschlafen –, nein, er war von Müdigkeit überreizt. Die Müdigkeit war nun nicht mehr wie ein bleiernes Gewicht, das ihn nach unten zog; sie war wie eine schmerzhafte Spirale, die sich durch Ekel und Schleim bohrte, immer tiefer und tiefer und scheinbar endlos; so hockte er, eingehüllt von Kälte und Nacht, auf der obersten Stufe der Freitreppe, ein Bündel Elend, vor sich zwei Stunden: einen Berg qualvoller Unendlichkeit...

Plötzlich hörte er, daß das Fest im oberen Stockwerk des Châteaus noch nicht zu Ende war: Lachen, gedämpftes Gemurmel, teils durch den Flur, teils aus dem Fenster durch die dicken Vorhänge hindurch. Und nun wurde in ihm etwas wach, erst klein, aber doch schon stark, eine wilde, winzige, innere Kälte, eine kristallene geistige Kälte, die emporstieg wie ein aufquellender Brunnen, der sofort erfror und dennoch wuchs; eine sich immer mehr in kleinen Stößen aufstapelnde Eissäule, an der er sich emporklammerte: DER HASS. Ohne es zu wissen, richtete er auch seine Gestalt auf, lehnte sich an die Mauer und horchte. Die Müdigkeit blieb, dieses ekelhafte Gefühl eines säuerlichen Unbehagens blieb, aber der Haß war nun in ihm aufgerichtet wie eine Säule, die ihn hielt.

Gleich über ihm öffnete sich plötzlich die Tür zu dem kleinen Balkon. Ein Schwall von Licht fiel in den Garten, erhellte ihn gespenstisch, dann erkannte er die eitle Stimme des Hauptmanns, und im gleichen Augenblick pinkelte jemand vom Balkon herab auf die Freitreppe. Er sprang erschreckt zurück.

Dann aber war es, als werde das Licht aus dem Garten wieder herausgesogen, fast eingeschlürft, während die Schatten der beiden Türflügel sich verengten, und kurz bevor der letzte Rest des Lichtes gleichsam eingeschlossen wurde, hörte er die eitle Stimme sagen: »Machen wir Feierabend, meine Herren, es ist zwei ...«

Der Geruch der Lache auf der Treppe trieb ihn in den Garten. Mit müden Beinen, die Hände auf dem Rücken um den Gewehrkolben geschlossen, schlenderte er bis an die Hausecke...

Dann schrie die Stimme des betrunkenen Leutnants laut und gellend im Hausflur: »Vive la France!« und brach über den eigenen Witz in schallendes Gelächter aus. In der schwachen, fahlen Helligkeit der Nacht sah der zweite Posten, wie der Leutnant die Freitreppe hinabtaumelte. Er blieb ruhig stehen, während die Gestalt mit der krampfhaften Sicherheit des Trunkenen durch den Garten segelte, parallel zum Hause, dann aber die Kurve zu scharf nahm und auf die Ecke zuschoß ...

»Hallo«, rief die vibrierende Stimme des Leutnants, »was machen Sie da?« Die Stummheit des Postens lag wie eine geheime Drohung in der Luft, er belauerte die schwankende Gestalt, deren verderbtes Kindergesicht mit dem schwülen Atem sich ihm ganz nah zuneigte, wie ein Jäger, ruhig an die Wand gelehnt.

»Hören Sie nicht, können Sie nicht wenigstens anrufen?«

»Jawohl«, sagte der zweite Posten fest.

»Und ich sage Ihnen, jeden niederknallen, der die Parole nicht weiß, jeden, rücksichtslos.« Und als habe er sich verbissen in diesen Gedanken, wiederholte er eigensinnig: »Niederknallen, niederknallen, rücksichtslos, jeden, hören Sie?« Aber er wartete die Antwort des Postens nicht ab und torkelte auf das Tor zu, die Allee hinab, und kurz bevor er nach links in die stille Dorfstraße abschwenkte, rief er noch einmal laut: »Vive la France!« Sein wildes Gelächter schlug von den unsichtbaren Wänden der Häuser zurück in den Park... Der zweite Posten ging mit kurzen schnellen Schritten bis an das Gartentor und blickte in die Dorfstraße; schwarz und stumm lagen die Häuser, und über dem Rand ihrer Dächer milderte sich die Dunkelheit etwas wie eine wässerigere Tinte. Der zweite Posten schupfte fröstelnd seine Schultern, als könne er sich mit sich selbst zudecken. Er hörte die Schritte des Leutnants, der manchmal einen Stein vom Geröll der Straße anstieß, verfolgte ihn in Gedanken, als er um die Ecke nach rechts auf den Kirchplatz bog, und er vernahm das dumpfe Pochen gegen eine Tür. Der Posten nickte wie sich selbst zur Bestätigung, als die heisere kindische Stimme des Leutnants nun in vorwurfsvollem Ton rief: »Yvette! Yvette!«

Der Kirchplatz führte, sich nach rechts von der Ecke aus erbreiternd, in stumpfem Winkel von der Hauptstraße ab, so daß der Leutnant sich mit den letzten dreißig Schritten dem Posten wieder genähert hatte, halb zu ihm gewandt an jenem Haus stand. Seine Stimme kam nun unmittelbar über die niedrigen, dunklen Häuser auf den Posten zu. Es lag etwas Gespenstisches darin, wie sie gleichsam über die einstöckigen Häuser schwebte, immer wieder die gleichen Worte ausstoßend, erst vorwurfsvoll: »Yvette, Yvette!« und dann ungeduldig und kläglicher, kindischer: »Mach auf!« Und wieder vorwurfsvoll: »Yvette, verdammt!« Dann folgte eine seltsame Stille, und der zweite Posten, der mit atemloser Wachsamkeit horchte, hatte die deutliche Vorstellung, daß sich die Tür nun lautlos geöffnet habe und die weißen Arme ihn hineingezogen hatten; aber aus der lähmenden Stille heraus schrie der Leutnant plötzlich laut und gellend: »Yvette, du Biest!«

Dann schien die Tür wirklich aufzugehen, murmelndes Lachen erklang, und der Posten, der mit schmerzlich verzogenem Gesicht und geschlossenen Augen in der kalten Nacht stand, sah es ganz deutlich: das beschwichtigende Lächeln auf dem weißen Gesicht des Mädchens, und die braune alte Tür schloß alle Geräusche ein.

Obwohl er weder Yvette noch den Leutnant liebte, ergriff ihn, während er frierend am Pfeiler des Tores stand, eine schmerzliche Eifersucht, ein wildes Gefühl völliger Verlorenheit; es überdunkelte sogar den Haß. Dann lachte er schrecklich in sich hinein, er ließ den Gewehrkolben los und packte mit beiden Händen einfach hinein in die Luft, und er packte seinen Haß, diesen stumm gewordenen, schüttelte ihn und würgte ihn mit beiden Händen, bis er wieder Leben zeigte... Über dem wachsamen gespannten Lauschen war die Müdigkeit fast ganz verflogen.

Der zweite Posten schritt nach rechts die Dorfstraße hinunter. Da er immer nur wenige Schritt weit sehen konnte, schien die Nacht vor ihm zurückzuweichen; mit jedem Schritt schien er der dunklen, schwarzen Wand näher zu kommen, die seinen Blick aufhielt; er empfand es wie ein grausames Spiel, daß sich dennoch der Abstand nie verringerte. Und durch dieses Spiel wurde das Dorf, dieses arme, elende Kaff mit einer Fabrik, dreiundzwanzig Häusern und zwei schmutzigen Châteaus, unsagbar groß, und es dünkte ihn unendlich lange, ehe er vor dem eisernen Gitter stand, das den Schulhof umsäumte. Aus der Küche drang der Geruch fader, abgestandener Suppe bis auf die Straße. Der zweite Posten beugte sich über die niedrige Mauer, auf der das Gitter befestigt war, und rief leise und doch deutlich: »Hallo, Willi!«

Er hörte Schritte aus der Richtung der Küche, dann trat eine dunkle Gestalt in den Gesichtskreis. »Hier«, rief der zweite Posten, »hier bin ich.« Willi näherte sich mit verschlafenem Gesicht dem Gitter, ging dann daran entlang und trat durchs Tor auf die Straße.

»Wie spät ist es?«

Willi krempelte umständlich seine Feldbluse hoch, fingerte nach der Uhr, zog sie heraus und hielt sie nahe vors Gesicht: »Zehn nach zwei.«

»Das ist nicht möglich, sieh nach, ob sie noch geht, nein, nein, das ist nicht wahr!« Die Stimme bebte von gefährlicher Verzweiflung, der zweite Posten lauerte mit einer atemlosen Spannung, als Willi nun die Uhr ans Ohr hielt, sie schüttelte und dann wieder aufs Zifferblatt blickte.

»Sie geht, ich wußte es ja, meine Uhr ist noch nie stehen geblieben.« Seine Stimme war ganz gleichgültig. Der zweite Posten stand stumm da; sein Gesicht war zusammengekniffen und verschlossen, hart und gequält, als habe er die ganze Trostlosigkeit der Nacht aufgesogen.

»Sei doch still«, sagte Willi, obwohl der zweite Posten nichts gesagt hatte, »sei nicht immer so kindisch; zwei Stunden sind zwei Stunden, du änderst nichts daran.«

Der zweite Posten stand wie eine Salzsäule. »Zehn Minuten!« dachte er nur immer wieder, und dieser einzige Gedanke klopfte in seinem Gehirn wie ein Hammer: »Zehn Minuten, zwölf Mal zehn Minuten, hundertundzwanzigmal eine Minute!«

»Sieh mal«, fuhr Willi mit seiner zufriedenen Stimme fort, »ich denk immer an zu Hause, dann vergeht mir die Zeit; einmal wird der Krieg zu Ende sein; dann gehen wir nach Hause, ziehen unseren Rock aus, küssen unsere Frau ein wenig und gehen an die Arbeit; wir haben unsere Pflicht getan, verstehst du, und wir...«

»Sei still!!!!«

Die beiden blickten einander feindselig an, ohne von einander etwas anderes zu sehen als eine helle, verschwimmende Scheibe unter dem schwarzen Schatten des Stahlhelms; und doch sahen sie ihre Gesichter ganz deutlich; sie bildeten sich ihnen aus dem Klang der Stimmen und aus der Spannung, die in der Luft lag. Willi sah ein schmales, dunkles, bitteres Gesicht mit glanzlosen Augen, von Trauer umschattet: das Gesicht des zweiten Postens; der zweite Posten aber sah dieses gutmütige, etwas verschmitzte biedere Gesicht, ein wenig betroffen und doch lauernd: Willis Gesicht.

»Gib mir eine Zigarette«, sagte der zweite Posten heiser.

»Oh, du, ich bekomme schon drei von dir. Weißt du, machen wir doch die Sache mit der Uhr. Mein Gott, eine kaputte Uhr, was willst du damit machen! Ich geb dir fünfundzwanzig dafür; zehn jetzt, macht dreizehn, und den Rest übermorgen von der Marketenderware; du weißt doch, daß...«

»Sei still, gib sie her!«

Willi stutzte einen Augenblick, dann griff er in die Tasche und zog eine Schachtel Zigaretten hervor...

»Hier... aber wo...«

Der zweite Posten riß ihm die Schachtel aus der Hand, öffnete sie und strich im gleichen Augenblick ein Zündholz an. Die beiden Gesichter waren jäh und grell beleuchtet, und sie waren nun einander erschreckend ähnlich: bleich, unsagbar müde, mit hängenden, schlaffen Mündern...

»Bist du wahnsinnig, Mensch, ich komm doch mit in Verdacht«, schrie Willi auf, »und dann...«

»Sei still«, die Stimme des zweiten Postens klang nun versöhnlicher, »sie sollen mich am...«

Dann wandte er sich plötzlich ab, drehte sich aber noch einmal um und fragte: »Wie spät ist es jetzt?«

Willi krempelte wieder sorgfältig die Feldbluse hoch, fischte nach der Uhr in der kleinen Tasche oben am Hosenbund, hielt sie nahe vor die Augen: »Achtzehn nach... denk an die Uhr!«

Der zweite Posten schlenderte die Straße hinab bis zum zweiten Hause und lehnte sich gegen die Tür zu Madame Sevrys Café; er rauchte in tiefen genußvollen Zügen, und ein

Gefühl unheimlichen Glückes beseligte ihn, das Gift verbreitete einen angenehmen, sanften Schwindel, er schloß die Augen. »Zehn Zigaretten«, dachte er, »zehn Zigaretten sind sechzig Minuten, die ich der Zeit abgewonnen habe.« Ja, er glaubte zu spüren, wie ihm die Zeit nun zwischen den Fingern zerrann; der schwere, schwarze, wesenlose unbarmherzige Block war aufgelöst und zerfloß; es war, als sei eine Schleuse geöffnet und der Inhalt hinter der schwarzen trostlosen Wand, der erst knapp und geizig getröpfelt war, strömte nun und trug ihn mit sich...

Die Straße führte nach rechts und links in den Abgrund der Unendlichkeit; die Stille war nun gelöst, auch sie floß, eine fließende Stille. Achtzehn ewige Minuten lang war die Stille gleichsam wie ein Hemmschuh vor der Zeit gewesen. Nun war die Stille parallel zur Zeit, so nahe und eng neben ihr, daß beide eins schienen...

Da er wußte, wo rechts das Château lag und links die Schule, glaubte er, sie zu sehen. Aber die Allee, die von der Straße zum Château führte, sah er gewiß. Sie war wie eine hohe, durchbrochene Wand, dunkler als die Nacht und gesprenkelt mit der matten Helligkeit des Himmels...

Als er den Zigarettenrest sorgfältig in die Tasche steckte, wußte er, daß höchstens sieben Minuten vergangen waren. Es mußte also fünfundzwanzig nach zwei sein. Er beschloß, einen Gang durch die Fabrik zu machen, das waren zwölf Minuten, einmal langsam, langsam ums Schloß herum, das waren vier Minuten, dann eine Zigarette zu rauchen. Wenn er dann langsam zu Madame Sevrys Tür zurückkehrte, noch eine Zigarette rauchte und zur Schule ging, mußte es drei Uhr sein.

Er löste sich aus der Tür und ging die leicht abschüssige Straße bis zum Eingang des Châteaus hinab, dann langsam weiter, fast bis an die Ecke zum Kirchplatz, siebenundsechzig Schritte, und bog in das verlassene Pförtnerhaus nach links. Vom Torweg aus warf er einen Blick in das Häuschen, aus dem sämtliches Holzwerk herausgestohlen war. Als er schnell weiterging, spürte er plötzlich, daß er Angst hatte. Ja, obwohl es ganz und gar sinnlos war, er hatte Angst. Wer würde in dieser völlig ausgeplünderten Fabrik nachts um halb drei etwas suchen? Aber er hatte Angst. Seine Schritte tönten hohl auf dem Betonboden, und durch das beschädigte Dach sah er Fetzen eines blauschwarzen Himmels. Es schien ihm, als sauge sich der schwarze kahle Raum durch das löcherige Dach voll mit den Drohungen der Stummheit. Die Fabrik war derart ausgeschlachtet, daß man nicht mehr entdecken konnte, wozu sie gedient hatte; eine große kahle Halle, in der noch die Betonsockel der Maschinen wie bockige Klötze festgefroren schienen, scheinbar sinnlose Eisengerüste, Schmutz, Papierfetzen; unheimlich kalt und trostlos! Der zweite Posten ging starr von Angst langsam bis an das Ende der großen Halle, wo ein offenes Tor ins Freie führte. In der finsteren Schwärze der Stirnwand war die Toröffnung wie ein rechteckiges dunkelgraublaues Tuch ausgehängt. Er strebte genau darauf zu, leise auftretend, denn das Geräusch seiner Tritte erschreckte ihn. Dann stolperte er über den Schienenstrang, der durchs Tor nach draußen führte, fing sich taumelnd an der Mauer und stand dann pochenden Herzens in der Öffnung. Obwohl er auch hier kaum zwanzig Schritt weit sehen konnte, glaubte er doch, das weite freie Feld wirklich vor Augen zu haben, denn er wußte es dort und roch es: die herbe Zärtlichkeit der Frühlingsnächte über den Wiesen und Äckern.

Plötzlich spürte er hinter sich die schwarze leere Halle wie eine Drohung, die Angst machte einen Sprung und setzte sich ihm mitten ins Herz. Er wandte sich zitternd um und ging tapfer Schritt für Schritt mitten hinein in die stumme Drohung, und je weiter er ging, um so mehr spürte er, daß sie leer und hohl war, die Angst, und ihm wurde fast heiter ums

Herz. Ja, er lächelte ein wenig, als er durch die kleine Pforte in der schwarzen Mauer nun in den Schloßgarten trat.

Es war wie ein Traum! Lang, lang wie ein ganzes Menschenleben schien ihm dieser eine Rundgang, als er nun die Freitreppe wieder hinaufstieg, über die Lache des Hauptmanns hinweg, und sich in die Tür stellte. Es war ein seltsames Gefühl: spukhaft schnell und irrsinnig träge zugleich schien die Zeit vergangen; wesenlos, unfaßbar, zwiespältig war die Zeit; gräßlich, ihr ausgeliefert zu sein; es war ein Traum! Wirklichkeit war nur die Pfütze, die Kälte und die Feuchtigkeit.

Er verzichtete auf den Rundgang ums Château und zündete sich gleich die Zigarette an. Seine Berechnungen verwirrten sich, er hatte nur noch die dunkle Vorstellung: hier eine Zigarette und in Madame Sevrys Tür eine Zigarette, dann zu Willi, und es mußte drei Uhr sein. Eine Stunde war dann um; er wußte, daß er sich selbst betrog, und doch, während er sich dessen bewußt war, glaubte er an diesen Betrug.

»Wie soll ich Willi nur beibringen, daß ich die Uhr gar nicht mehr habe!« dachte er verzweifelt. »Daß ich sie vorgestern abend schon versoffen habe bei Madame Sevry! Ich muß ihn hinhalten bis übermorgen und ihm dann die Zigaretten zurückgeben von der Marketenderware; Franz bekommt zwölf, Willi dreizehn; bleiben mir also noch 15 Zigaretten und der Tabak!«

Und das Geld, das er gepumpt hatte! Kredit ist das gefährlichste, was es für einen Armen gibt! dachte er bitter. Es war immer dasselbe: Wenn Mariannes Päckchen kamen und die Geldsendungen, dann verpulverte er alles, es zerfloß ihm zwischen den Händen, und dann schleppte er sich auf der gefährlichen und verlockenden Brücke des Kredits durch, schwankend zwischen den Abgründen der Verzweiflung und der Betäubung...

Und der Krieg stand still! Dieses Ungeheuer trat auf der

Stelle! Ein Schrecken ohne Ende. Tag und Nacht die Uniform und die Sinnlosigkeit des Dienstes, die hochmütige, kreischende Gereiztheit der Offiziere und das Gebrüll der Unteroffiziere! Sie waren in den Krieg getrieben wie in eine hoffnungslose große graue Hürde der Verzweiflung. Manchmal erschien ihm die Erinnerung an die Front, wo das Ungeheuer wirklich blutig und zähnefletschend gewesen war, erträglicher als das unabsehbare Warten in diesem Land, das zwischen bösartiger Stummheit und einer liebenswürdigen sanften Ironie schwankte. Immer wieder wurden sie auf dem eintönigen Karussell des sogenannten »Einsatzplanes« vorne für einige Zeit in die Bunker geschoben und wieder zurück in dieses Drecknest, in dem sie jedes Kind kannten, jeden Stuhl in jeder Kneipe. Und der Wein wurde immer schlechter, die Schnäpse immer fragwürdiger, die Zigaretten und die Verpflegung immer knapper; es war ein grauenhaftes Spiel.

Er versenkte den zweiten Zigarettenstummel auch in die kleine Tasche vorne, die für die Uhr bestimmt war, trat gleichgültig mitten hinein in die Lache des Hauptmanns und ging mit schnellen Schritten die Allee hinab, auf die Straße, geradenwegs zur Schule...

Willi stand brav im Eingang des Gebäudes und schien sanft zu schlummern...

»Wie spät ist es?« fragte der zweite Posten kurz und fast herrisch. Ungeduldig und mit einer wahnsinnigen Gereiztheit wartete er, bis Willi in seiner biederen Umständlichkeit das Manöver mit der Uhr vollzogen hatte...

»Viertel vor«, sagte Willi, und gleich darauf, »hast du sie mitgebracht?«

»Was mitgebracht?«

»Die Uhr. Du hättest sie doch eben aus der Stube holen können, weißt du, ich will nämlich morgen früh ein Päckchen nach Hause schicken, und siehst du, da...«

»Ich habe sie doch beim Uhrmacher in Bethencourt; hab ich dir das nicht gesagt, es wird Montag werden, ehe ich sie holen kann.«

»Oh, das hättest du sagen müssen. Dann werd ich die Reparatur bezahlen müssen, wie?«

Der zweite Posten lachte: »Gewiß, dann hast du eine gute Uhr für fünfundzwanzig Zigaretten und ein paar Franken, billig, nicht?«

»Wir haben es ja abgemacht, und ... und meinst du Montag, oder glaubst du ...«

»Nein, Montag bestimmt.«

Der zweite Posten grübelte nur darüber, daß es erst Viertel vor drei war. Nicht einmal eine Stunde, nicht einmal die Hälfte war um! Eine unsagbare Bitterkeit erfüllte ihn, Haß und Wut, eine dunkle Angst und zugleich Verzweiflung; sie schnürten ihm die Kehle zu, es war bitter und heiß und gräßlich trocken wie von gewaltsam verschluckten Tränen in seiner Kehle.

»Bis gleich«, sagte er mit gepreßter Stimme, und er wandte sich wieder ab; er wollte erst noch einmal nach der Zeit fragen, aber es war ja so sinnlos, es würde höchstens zehn Minuten vor drei sein ...

Die Straße, die er am hellen Tage so oft ging; zum Essenholen mittags, und abends, um die Ration zu holen; dieses kurze Stück Straße, das ihm lächerlich klein und dürftig am hellen Tage schien, war nun in der Nacht von einer geheimnisvollen Größe und Weite. Auch die schmutzigen ärmlichen Häuser dem Schloßpark gegenüber waren in der Dunkelheit großartiger. Er aber fühlte sich hoffnungslos erfüllt mit dieser verzweiflungsvollen Bitterkeit, die ihn fast erwürgte. Nicht einmal der Gedanke an die Zigaretten in der Tasche konnte ihn trösten, auch nicht die Vorstellung, daß die unerquickliche Geschichte mit der Uhr nun wenigstens für zwei Tage hinausgeschoben war ... nichts ... nichts ... keinen Trost gab es. Er fror jämmerlich und hatte Hunger, nackten erbärmlichen Hunger. Er steckte die Hände in die Taschen, aber sie waren so hoffnungslos klamm, daß sie auch dort kein Leben gewannen. Der Stahlhelm drückte plötzlich wie ein bleierner Klumpen, und im gleichen Augenblick glaubte er zu wissen, daß alles, alles, Haß und Qual und Verzweiflung in diesem Stahlhelm saß, in diesem lächerlichen schweren Klotz auf seiner Stirn; er nahm ihn ab und trat nun in die Toreinfahrt von Monsieur Dubuc, gerade dem Eingang zum Château gegenüber...

Ihn schwindelte vor Leichtigkeit, als er nun von dem Druck des Stahlhelms befreit war. Er lächelte, ohne es zu wissen, ein leichtes, fast glückliches Lächeln und dachte gleichzeitig: jetzt ist es gewiß drei Uhr; und wenn die erste Hälfte verstrichen war, dann verging die Zeit schneller; die Hälfte war der Grat, den man erklimmen mußte, dann ging es bergab...

Ja, er glitt hinab, hinab in den Abgrund der Zeit; frei und heiter konnte er die sich stauenden Wogen der Zeit mit seinen Händen zerteilen und sie hinter sich bringen! Er wagte nun einen vollen, innigen Gedanken an Marianne. Ja, er würde wieder Post von ihr bekommen, ihre Handschrift sehen... ach, sie! Eines Tages würde er sie wiedersehen, mit ihr zusammen sein. Er stellte sich ihr Gesicht vor, indem er die Augen schloß, so daß es ganz nah und deutlich vor ihm stand, so nahe, daß er den Geruch ihres Haares spüren konnte! Und schüchtern, aufgetaucht aus dem dunklen Grund der Verzweiflung, wagte er sogar ein Gebet:

Heilige Maria, Mutter Gottes!

Die Zeit floß, floß, er spürte es, mit rasenden Schritten ging es auf vier Uhr; schlafen, schlafen, träumen bis sechs. Der Gedanke an den Dienst ließ ihn einen Augenblick verhalten wie ein Pferd vor der Hürde, aber dann, dann hörte er plötzlich, zum ersten Male in dieser Nacht, den Stundenschlag der

Dorfuhr. Viermal und dreimal, unerbittlich! Drei Uhr! Erst drei Uhr!

Er duckte sich erschreckt zusammen wie ein geschlagenes Tier, krümmte sich wie unter einem wirklichen grausamen Schlag, stöhnte animalisch verloren, wild und sanft zugleich, versuchte den zaghaften Selbstbetrug, daß er sich verhört haben könnte: Im gleichen Augenblick spürte er, daß sein bloßer Kopf eiskalt war und jämmerlich schmerzte. Er stülpte den Stahlhelm über und zündete sich eine Zigarette an, und dann rauchte er, in wahnsinniger Hast, den Rauch tief einziehend, zwei Zigaretten hintereinander, lefzend von Haß, Wut und Verzweiflung. Es bebte wie von reißenden Krämpfen in ihm, zerrte und riß wie eine Geburt des Bösen, und obwohl er wußte, daß er sich nun gleichsam mit Bosheit vollsaugte, er ließ es geschehen, er ließ sich versinken in der lockenden grausamen Flut...

Er vergaß sogar, die beiden Zigarettenstummel zu bergen; mit knappen herrischen Gesten warf er sie in die Straße...

Als er danach zum ersten Male zu Willi hinüberlief, war es acht Minuten nach drei; beim zweiten Mal – es schien ihm eine Ewigkeit schmutziger innerer Qual – war es elf Minuten nach drei! Die drei Minuten waren wie eine Ewigkeit gewesen! Ja, er war verloren, das war es: Alles war sinnlos. Niemals würde es vier Uhr werden, niemals würde er lebend die vierte Stunde erreichen, er würde erdrückt sein vom grauenhaften Mahlwerk der bloßen Zeit. Alles Tröstliche und Hoffnungsvolle war versunken, nicht einmal mehr in der Erinnerung heraufzuholen. Es blieb nichts als die nackte Qual der Zeit und die Aussicht, morgen früh mit dem verkaterten Leutnant vier Stunden unausgeschlafen, hungernd und mürbe Dienst zu machen. Griffe, Wendungen, Griffe, Wendungen, Geländedienst, Griffe, Zielübungen, Singen, Singen, Singen!!! Vier Stunden, eine unendliche Kette mörderischer Sekunden. Vier Stunden! Und nicht einmal diese zwei Stunden waren um! Die Zeit war betrügerisch, das war es! Sie betrog ihn, sie machte alle Hoffnungen zunichte. Zwei Stunden! Vier Stunden! Dienst und Wache, hoffnungslos eingespannt in diesen Schraubstock der Gewalt! Singen! Singen! Dem verkaterten Leutnant Lieder singen zur eigenen Sentimentalität!

Aus dem verknäuelten Gewühl von Wut, Verzweiflung und Haß löste sich nun der Haß fast selbständig und rein. Er nahm den Haß in seine Arme und hegte ihn; er fütterte ihn mit boshaften Sentenzen über den Leutnant, den pinkelnden Hauptmann und die Unteroffiziere.

Mit einem schrecklichen Lächeln brannte er die fünfte Zigarette an, nun wieder in Madame Sevrys Tür stehend, und blickte die Straße hinab.

Vom Meer her kam ein matter, feuchtkühler Wind, der seltsame Geräusche wachrief: das sanfte Stöhnen der frischbelaubten Bäume ... Knarren morscher Dächer und das Rappeln alter, ausgeleierter Türen...

Und er wußte mit einem Male, daß die Zeit nun wirklich rasch verflossen war; er wunderte sich nicht, daß es Viertel vor vier schlug; und der Haß wühlte unentwegt in ihm weiter, blähte sich auf, blaffte sich aus und sog sich wieder voll, aus einer unversiegbaren Quelle gespeist...

Er lief schnell durch den raschelnden Gang der Allee, betrat den Flur, die Stube, um den dritten Posten zu wecken. Ja, das Wecken mußte man verstehen, dachte er, keiner verstand es richtig; der Schlaf eines Soldaten ist etwas Heiliges, und deshalb wird er von allen mit Füßen getreten, der heilige Schlaf des Soldaten, der nichts kostet und so unsagbar kostbar ist. Es erfüllte ihn ein schmelzendes Mitleid mit all denen, die dort in der dumpfen Stube lagen und ihren kostbaren Schlaf schliefen, der jeden Augenblick zerrissen werden konnte ...

Er tastete sich behutsam durch die Stube und weckte sorgfältig den dritten Posten, so wie es richtig war: nicht zu zaghaft und nicht zu brutal; so, daß er gleich wach war und doch nicht rücksichtslos aus der tiefen Schönheit des Schlafes gerissen; das Wecken war eine Kunst, die keiner verstand; entweder waren sie zu bange und ließen dem allzusanft Geweckten die törichte Illusion, er könne weiterschlafen; oder sie waren zu gemein, sie zerrten ihn so, daß er gleich mitten hinein in die Verzweiflung der zwei Stunden stürzte...

Er rüttelte den dritten Posten einige Male sanft und doch energisch; man mußte es richtig verstehen, und eine traurige und doch gefaßte Stimme sagte: »Ja, ich komme gleich.«

Das Mitleid überschwemmte ihn; alle, alle waren sie eingespannt in dieses sinnlose grausame System! Alle arm und alle hungrig... und sein Haß speiste sich nun nach der wilden Bitternis wollüstiger Vernichtung mit dieser süßen, köstlichen Speise des Mitleids, und er wurde rund und glatt, geschmeidig und von einer tänzerischen Elastizität wie ein Panther...

Er wartete draußen am Eingang zur Allee; er spürte keine Kälte mehr, keinen Hunger, kaum noch Müdigkeit, nun, da ihm das Bett gewiß war. Aber dann hörte er plötzlich Schritte vom Kirchplatz her, seltsame Schritte, Stöhnen und halbe Schreie unterdrückter Lust. Das Torkeln war so plastisch in der Dunkelheit zu hören, daß er den Leutnant deutlich vor sich sah, im Zickzack gehend, einige Schritte forsch und schnell, dann wieder taumelnd. Yvette mußte ihm ordentlich aufgetischt haben mit ihren falschen Likören! Nun bog er in die Dorfstraße ein... zehn Schritte ging der Leutnant fast ganz normal, ein Liedchen summend... dann taumelte er wieder, fluchte... ging wieder; und dann, dann sah der Posten die glühende Spitze seiner Zigarette!

»Niederknallen, niederknallen«, dachte er, und kaum hatte er den Gedanken erkannt, der in ihm aufzuckte, da schlug es seltsam zwingend heiß und kalt in ihm hoch! Es zwang ihn einfach! Er entsicherte das Gewehr, legte an, indem er die linke Hand an den Torpfeiler stützte und den Lauf daraufschob, wie in eine Kerbe. Ganz kalt und wach war er, gespannt von dem herrlichen Spiel, auf den Leutnant zu zielen! Und nachdem er das Gewehr genau auf die glühende Zigarette eingerichtet hatte, rief er halblaut: »Parole – – Wer da?« Und er richtete das Gewehr neu ein, da die Gestalt näher gekommen war und nun stehen blieb. Als die eitle Stimme rief: »Vive la France!« durchzuckte ihn etwas Schreckliches, Wildes, wie es nur die Spieler kennen, die plötzlich mit einem Ruck alles auf eine Karte setzen! Er drückte ab! Und in der billionstel Sekunde zwischen Abdruck und Knall wünschte alles in ihm, was noch menschlich war, alles, alles wünschte, daß der Schuß fehl gehen möge, aber ein gräßliches, kurzes, schauderhaftes Gurgeln belehrte ihn eines anderen ... er stand starr und unbeweglich, als der dritte Posten mit erschreckter Stimme fragte, indem er die Hand auf seinen Arm legte: »Mensch, was ist passiert?«

»Vive la France«, sagte der zweite Posten mit schneeweißem Gesicht.

Die Botschaft

Kennen Sie jene Drecknester, wo man sich vergebens fragt, warum die Eisenbahn dort eine Station eingerichtet hat; wo die Unendlichkeit über ein paar schmutzigen Häusern und einer halbverfallenen Fabrik erstarrt scheint; ringsum Felder, die zur ewigen Unfruchtbarkeit verdammt sind; wo man mit einem Male spürt, daß sie trostlos sind, weil kein Baum und nicht einmal ein Kirchturm zu sehen ist? Der Mann mit der roten Mütze, der den Zug endlich, endlich wieder abfahren läßt, verschwindet unter einem großen Schild mit hochtönendem Namen, und man glaubt, daß er nur bezahlt wird, um zwölf Stunden am Tage mit Langeweile zugedeckt zu schlafen. Ein grauverhangener Horizont über öden Äckern, die niemand bestellt.

Trotzdem war ich nicht der einzige, der ausstieg; eine alte Frau mit einem großen braunen Paket entstieg dem Abteil neben mir, aber als ich den kleinen schmuddeligen Bahnhof verlassen hatte, war sie wie von der Erde verschluckt, und ich war einen Augenblick ratlos, denn ich wußte nun nicht, wen ich nach dem Wege fragen sollte. Die wenigen Backsteinhäuser mit ihren toten Fenstern und gelblichtrüben Gardinen sahen aus, als könnten sie unmöglich bewohnt sein, und quer zu dieser Andeutung einer Straße verlief eine schwarze Mauer, die zusammenzubrechen schien. Ich ging auf die finstere Mauer zu, denn ich fürchtete mich, an eins dieser Totenhäuser zu klopfen. Dann bog ich um die Ecke und las gleich neben dem schmierigen und kaum lesbaren Schild »Wirtschaft« deutlich und klar mit weißen Buchstaben auf blauem Grund »Hauptstraße«. Wieder ein paar Häuser, die eine schiefe Front bildeten, zerbröckelnder Verputz, und gegenüber lang und fensterlos die düstere Fabrikmauer wie eine Barriere ins Reich der Trostlosigkeit. Einfach meinem Gefühl nach ging ich links herum, aber da war der Ort plötzlich zu Ende; etwa zehn Meter weit lief noch die Mauer, dann begann ein flaches, grauschwarzes Feld mit einem kaum sichtbaren grünen Schimmer, das irgendwo mit dem grauen himmelhohen Horizont zusammenlief, und ich hatte das schreckliche Gefühl, am Ende der Welt wie vor einem unendlichen Abgrund zu stehen, als sei ich verdammt, hineingezogen zu werden in diese unheimlich lockende, schweigende Brandung der völligen Hoffnungslosigkeit.

Links stand ein kleines, wie plattgedrücktes Haus, wie es sich Arbeiter nach Feierabend bauen; wankend, fast taumelnd bewegte ich mich darauf zu. Nachdem ich eine ärmliche und rührende Pforte durchschritten hatte, die von einem kahlen Heckenrosenstrauch überwachsen war, sah ich die Nummer, und ich wußte, daß ich am rechten Haus war.

Die grünlichen Läden, deren Anstrich längst verwaschen war, waren fest geschlossen, wie zugeklebt; das niedrige Dach, dessen Traufe ich mit der Hand erreichen konnte, war mit rostigen Blechplatten geflickt. Es war unsagbar still, jene Stunde, wo die Dämmerung noch eine Atempause macht, ehe sie grau und unaufhaltsam über den Rand der Ferne quillt. Ich stockte einen Augenblick lang vor der Haustür, und ich wünschte mir, ich wäre gestorben, damals ... anstatt nun hier zu stehen, um in dieses Haus zu treten. Als ich dann die Hand heben wollte, um zu klopfen, hörte ich drinnen ein girrendes Frauenlachen; dieses rätselhafte Lachen, das ungreifbar ist und je nach unserer Stimmung uns erleichtert oder uns das Herz zuschnürt. Jedenfalls konnte so nur eine Frau lachen, die nicht allein war, und wieder stockte ich, und das brennende, zerreißende Verlangen quoll in mir auf, mich hineinstürzen zu lassen in die graue Unendlichkeit des sinkenden Dämmers, die nun über dem weiten Feld hing und mich lockte, lockte ... und mit meiner allerletzten Kraft pochte ich heftig gegen die Tür.

Erst war Schweigen, dann Flüstern – und Schritte, leise Schritte von Pantoffeln, und dann öffnete sich die Tür, und ich sah eine blonde, rosige Frau, die auf mich wirkte wie eins jener unbeschreiblichen Lichter, die die düsteren Bilder Rembrandts erhellen bis in den letzten Winkel. Golden-rötlich brannte sie wie ein Licht vor mir auf in dieser Ewigkeit von Grau und Schwarz. Sie wich mit einem leisen Schrei zurück und hielt mit zitternden Händen die Tür, aber als ich meine Soldatenmütze abgenommen und mit heiserer Stimme gesagt hatte: »'n Abend«, löste sich der Krampf des Schreckens aus diesem merkwürdig formlosen Gesicht, und sie lächelte beklommen und sagte »Ja«. Im Hintergrund tauchte eine muskulöse, im Dämmer des kleinen Flures verschwimmende Männergestalt auf. »Ich möchte zu Frau Brink«, sagte ich leise. »Ja«, sagte wieder diese tonlose Stimme, die Frau stieß nervös eine Tür auf. Die Männergestalt verschwand im Dunkeln. Ich betrat eine enge Stube, die mit ärmlichen Möbeln vollgepfropft war und worin der Geruch von schlechtem Essen und sehr guten Zigaretten sich festgesetzt schien. Ihre weiße Hand huschte zum Schalter, und als nun das Licht auf sie fiel, wirkte sie bleich und zerflossen, fast leichenhaft, nur das helle rötliche Haar war lebendig und warm. Mit immer noch zitternden Händen hielt sie das dunkelrote Kleid über den schweren Brüsten krampfhaft zusammen, obwohl es fest zugeknöpft war – fast, als fürchte sie, ich könne sie erdolchen. Der Blick ihrer wäßrigen blauen Augen war ängstlich und schreckhaft, als stehe sie, eines furchtbaren Urteils gewiß, vor Gericht. Selbst die billigen Drucke an den Wänden, diese süßlichen Bilder, waren wie ausgehängte Anklagen.

»Erschrecken Sie nicht«, sagte ich gepreßt, und ich wußte im gleichen Augenblick, daß das der schlechteste Anfang war, den ich hatte wählen können, aber bevor ich fortfahren konnte, sagte sie seltsam ruhig: »Ich weiß alles, er ist tot... tot.« Ich konnte nur nicken. Dann griff ich in meine Tasche, um ihr die letzten Habseligkeiten zu überreichen, aber im Flur rief eine brutale Stimme: »Gitta!« Sie blickte mich verzweifelt an, dann riß sie die Tür auf und rief kreischend: »Warte fünf Minuten, verdammt –«, und krachend schlug die Tür wieder zu, und ich glaubte, mir vorstellen zu können, wie sich der Mann feige hinter dem Ofen verkroch. Ihre Augen sahen trotzig, fast triumphierend zu mir auf.

Ich legte langsam den Trauring, die Uhr und das Soldbuch mit den verschlissenen Fotos auf die grüne samtene Tischdecke. Da schluchzte sie plötzlich wild und schrecklich wie ein Tier. Die Linien ihres Gesichtes waren völlig verwischt, schneckenhaft weich und formlos, und helle, kleine Tränen purzelten zwischen ihren kurzen, fleischigen Fingern hervor. Sie rutschte auf das Sofa und stützte sich mit der Rechten auf den Tisch, während ihre Linke mit den ärmlichen Dingen spielte. Die Erinnerung schien sie wie mit tausend Schwertern zu durchschneiden. Da wußte ich, daß der Krieg niemals zu Ende sein würde, niemals, solange noch irgendwo eine Wunde blutete, die er geschlagen hat.

Ich warf alles, Ekel, Furcht und Trostlosigkeit von mir ab wie eine lächerliche Bürde und legte meine Hand auf die zuckende, üppige Schulter, und als sie nun das erstaunte Gesicht zu mir wandte, sah ich zum ersten Male in ihren Zügen Ähnlichkeit mit jenem Foto eines hübschen, liebevollen Mädchens, das ich wohl viele hundert Male hatte ansehen müssen, damals...

»Wo war es – setzen Sie sich doch –, im Osten?« Ich sah es ihr an, daß sie jeden Augenblick wieder in Tränen ausbrechen würde.

»Nein ... im Westen, in der Gefangenschaft ... wir waren mehr als hunderttausend ...«

»Und wann?« Ihr Blick war gespannt und wach und unheimlich lebendig, und ihr ganzes Gesicht war gestrafft und jung – als hinge ihr Leben an meiner Antwort.

»Im Juli 45«, sagte ich leise.

Sie schien einen Augenblick zu überlegen, und dann lächelte sie – ganz rein und unschuldig, und ich erriet, warum sie lächelte.

Aber plötzlich war mir, als drohe das Haus über mir zusammenzubrechen, ich stand auf. Sie öffnete mir, ohne ein Wort zu sagen, die Tür und wollte sie mir aufhalten, aber ich wartete beharrlich, bis sie vor mir hinausgegangen war; und als sie mir ihre kleine, etwas feiste Hand gab, sagte sie mit einem trockenen Schluchzen: »Ich wußte es, ich wußte es, als ich ihn damals – es ist fast drei Jahre her – zum Bahnhof brachte«, und dann setzte sie ganz leise hinzu: »Verachten Sie mich nicht.«

Ich erschrak vor diesen Worten bis ins Herz – mein Gott, sah ich denn wie ein Richter aus? Und ehe sie es verhindern konnte, hatte ich diese kleine, weiche Hand geküßt, und es war das erste Mal in meinem Leben, daß ich einer Frau die Hand küßte.

Draußen war es dunkel geworden, und wie in Angst gebannt, wartete ich noch einen Augenblick vor der verschlossenen Tür. Da hörte ich sie drinnen schluchzen, laut und wild, sie war, an die Haustür gelehnt, nur durch die Dicke des Holzes von mir getrennt, und in diesem Augenblick wünschte ich wirklich, daß das Haus über ihr zusammenbrechen und sie begraben möchte.

Dann tastete ich mich langsam und unheimlich vorsichtig, denn ich fürchtete, jeden Augenblick in einem Abgrund zu versinken, bis zum Bahnhof zurück. Kleine Lichter brannten in den Totenhäusern, und das ganze Nest schien weit, weit vergrößert. Selbst hinter der schwarzen Mauer sah ich kleine Lampen, die unendlich große Höfe zu beleuchten schienen. Dicht und schwer war der Dämmer geworden, nebelhaft dunstig und undurchdringlich.

In der zugigen, winzigen Wartehalle stand außer mir noch

ein älteres Paar, fröstelnd in eine Ecke gedrückt. Ich wartete lange, die Hände in den Taschen und die Mütze über die Ohren gezogen, denn es zog kalt von den Schienen her, und immer, immer tiefer sank die Nacht wie ein ungeheures Gewicht.

»Hätte man nur etwas mehr Brot und ein bißchen Tabak«, murmelte hinter mir der Mann. Und immer wieder beugte ich mich vor, um in die sich ferne zwischen matten Lichtern verengende Parallele der Schienen zu blicken.

Aber dann wurde die Tür jäh aufgerissen, und der Mann mit der roten Mütze, dienststeifrigen Gesichts, schrie, als ob er es in die Wartehalle eines großen Bahnhofs rufen müsse: »Personenzug nach Köln fünfundneunzig Minuten Verspätung!«

Da war mir, als sei ich für mein ganzes Leben in Gefangenschaft geraten.

Todesursache: Hakennase

Als der Leutnant Hegemüller in sein Quartier zurückkehrte, zitterte sein schmales Gesicht von einer bleichen Nervosität; die Augen waren fast erloschen, das längliche, weißlichblond umrahmte Antlitz war wie eine bebende, zerfleischte Scheibe. Den ganzen Tag hatte er in seiner Funkbude gesessen, Meldungen angenommen und weitergegeben, immer begleitet vom gräßlichen Geschnatter der Maschinenpistolen, die draußen, am Rande der Stadt, ihre Geschosse in den fahlen Tag gurgelten; immer wieder dieses wie ein Lachen aufkreischende Schreien einer neuen Garbe, und wissen müssen, daß jede einzelne Perle aus dieser rasselnden Kette ein vernichtetes oder angeschlagenes Menschenleben bedeutete, eben so viel angeschlagen, daß der Körper ohne einen Tritt, sich im Staube des Abhanges wälzend, hinunterkollerte! Und jede halbe Stunde, mit einer teuflischen Regelmäßigkeit, eine dumpf grollende Explosion, und wissen müssen, daß dieses Geräusch wie ein abziehendes Gewitter die Totengräberarbeit ersetzte, Totengräberarbeit im Dienste der Hygiene, wissen müssen, daß ein Teil des Steinbruches nun über die Ernte der letzten halben Stunde hinunterstürzte und die Lebenden und die Toten begrub ...

Wie eine Wolke des Entsetzens hatte es sich über dem scheinbar friedlichen und ruhigen Himmel gesammelt ...

Zum tausendsten Male wischte der Leutnant sein bleiches, von Schweiß überströmtes Gesicht, trat die Tür zu seiner Behausung mit einem Fluch auf, stolperte in sein Zimmer und setzte sich stöhnend in seinen Stuhl. Weiter, weiter, immer weiter raste die geifernde Maschinerie des Todes, fast schien es ihm, als sei dieses zerrende und knatternde Geräusch das Kreischen einer ungeheuren Säge, die den Himmel entzweischnitt, so daß er einstürzen würde, wenn das Werk des Tages vollendet war. Oft hatte es ihm geschienen, als müsse die Spur dieser Zerstörung schon sichtbar sein, und er hatte für einen Augenblick das zuckende Gesicht aus dem Fenster gehalten, um zu sehen, wirklich um zu sehen, ob das riesige graue Gewölbe des Himmels nicht schon schief hing, wie der Bug eines Schiffes, das kurz vor dem Untergang steht: ach, er glaubte das Gurgeln der lauernden schwarzen Wasser schon zu hören, die das Wrack der Welt umspülen und mit grausiger Ruhe zernagen würden...

Bebend an allen Gliedern, rauchte er mit zitternden Fingern, wissend, daß etwas geschehen mußte, geschehen von seiner Seite gegen diesen Irrsinn. Denn er fühlte es, daß er nicht unschuldig war. Er wußte sich hineingedrängt in ein steinernes, zentrales Herz der Schuld, das diesem ewig, ewig mahlenden Greuel innewohnen mußte. Nicht der Schmerz, den er litt, nicht das namenlose Grauen und die tödliche Angst konnten ihn befreien von dem Bewußtsein, daß er es war, der schoß, und er es war, der erschossen wurde. Nie noch hatte er so sehr die große kosmische Heimat gespürt, die alle Menschen umschloß, die Wirklichkeit Gottes...

Immer weiter ging dieses beißende, bohrende, geifernde, rasende Sägen der Maschinenpistolen. Dann kamen einige Minuten einer gräßlichen Stille, von der die Vögel in ihren Schlupfwinkeln erzittern mußten, und dann eine Detonation; eine Ladung Sprengstoff, eingebohrt in die Wand der Schlucht, ersetzte die ungeheure Arbeit des Totengräbers; und wieder Schüsse, Schüsse, aneinandergereiht wie eine unendliche, häßliche Kette, und jeder dieser Schüsse traf den Leutnant Hegemüller mitten ins Herz.

Plötzlich aber hörte er ein Geräusch, ein stilles, kleines Geräusch, es war das Schluchzen einer Frau. Er lauschte gespannt, denn er glaubte Marjas Weinen zu erkennen, dann stand er nervös auf, trat in den Flur, lauschte wieder eine

Sekunde, riß dann die Tür zur Küche auf und blieb betroffen stehen: die Russin lag auf den Knien, die Fäuste vor die Ohren gepreßt und weinte, weinte, daß die Tränen von ihrer Bluse auf die Erde tropften. Einen Augenblick lang hielt den Leutnant eine seltsam kalte Neugierde gefangen: »Tränen«, dachte er, »Tränen, niemals im Leben hätte ich gedacht, daß ein Mensch so viele Tränen haben könnte.« Der Schmerz tropfte in großen, klaren Perlen aus der ältlichen Frau heraus und sammelte sich wie eine richtige Lache zwischen ihren Knien auf dem Boden.

Noch ehe er fragen konnte, sprang die Frau auf und schrie: »Sie haben ihn geholt, auch ihn, Piotr Stepanowitsch – ... Herr! Herr!«

»Aber er ist doch...«, schrie der Leutnant ihr entgegen.

»Nein, Herr, kein Jude, nein. Herr! Herr!« Die Tränen tropften zwischen ihren Fingern heraus, die sie stets vors Gesicht hielt, gleichsam als müsse sie eine blutende Wunde zuhalten...

Mit einer unheimlichen Heftigkeit, krampfhaft fast, so als werde er von einer überwältigenden, inneren Kraft gezwungen, machte der Leutnant kehrt, rief der Frau im Fortlaufen etwas zu und raste auf die Straße...

Das Städtchen war völlig ausgestorben. Nicht einmal Hunde und Katzen schienen sich hinauszuwagen. Eine seltsame Spannung lag in der Luft; nicht nur die Angst der Unzähligen, die in ihren Verstecken hockten, nicht nur die lähmende Peitsche des Todes schwebte über der Stadt, etwas höhnisch Grinsendes, etwas unsagbar Grauenhaftes, so als lächle ein Teufel dem anderen zu, war in dieser Schweigsamkeit, die die Straßen füllte wie ein fader, grauer Staub...

Der Leutnant raste, während ihm der Schweiß aus allen Poren triefte; dieser Schweiß auch hatte etwas Grauenhaftes, nicht erlösend war er, nicht fließend, er war wie Totenschweiß, kalt und ohne die mildernde Gelöstheit, die aller Feuchtigkeit innewohnt; er war gleichsam vergiftet von der bestialischen Atmosphäre, die mit der geifernden Wollust der Mörder vollgesogen war. Eine merkwürdig heiße Kälte strömte auf ihn ein von den toten Fassaden der Häuser. Und doch erfüllte ihn etwas wie Freude, nein, es war wirklich Freude, herrlich war es, um das Leben eines Menschen zu laufen. In diesen zehn Minuten, die er in rasendem Tempo durch die Straßen der Stadt eilte, halb besinnungslos von Qual und Angst, angestrahlt von den Ausdünstungen der Trostlosigkeit, begriff er vieles halb bewußt; tausend Dinge gingen ihm auf aus der Verschwommenheit einer angedeuteten »Bildung«, aus diesem nebelvollen Dunst, den er Weltanschauung genannt hatte, stiegen sie wie Sterne auf, leuchteten strahlend in ihn hinein und erloschen wie Kometen, aber ihr Glanz blieb in ihm und sammelte sich wie eine Quelle matten und doch gewissen Lichtes...

Keuchend, staubbedeckt erreichte er den Rand der Stadt, wo die Todgeweihten am Rand der beginnenden Steppe zusammengetrieben waren.

Sie waren wie eine Herde aufgestellt; mit pedantischer Regelmäßigkeit waren Wagen mit MGs um das Karree aufgefahren, wo sich die Posten rauchend hinter den schlanken Läufen lümmelten...

Hegemüller achtete erst nicht des Postens, der ihn auf der Straße anhielt; er ließ es geschehen, daß dieser ihn am Ärmel festhielt, und starrte wenige Sekunden lang – aber es schien ihm wie eine Ewigkeit – in das Gesicht der Masse, die, wie ihm schien, auf knapp tausend zusammengeschmolzen war. Er war erstaunt und auf eine seltsame Weise beglückt, wie nah und deutlich ihm jedes einzelne Gesicht war. Ja, es war ihm, als seien die Gesichter der Absperrposten alle gleich stumpf und tierisch, die der Eingesperrten aber auf eine köstliche Weise hinausgehoben aus der Masse und hinaufgestellt in die

Höhe der menschlichen Persönlichkeit. Ein dunkles Schweigen lag über der Masse, etwas merkwürdig Schwingendes, fast Flatterndes darin wie vom Wehen schwerer Fahnen, etwas unsagbar Feierliches, und – Hegemüller spürte es mit stockendem Herzen – etwas auf eine unheimliche Weise Tröstliches, Freude, und er fühlte, wie diese Freude gleichsam auf ihn einströmte, und in diesem Augenblick beneidete er die Todgeweihten und wurde sich mit Schrecken bewußt, daß er die gleiche Uniform trug wie die Mörder. Mit schamrotem Gesicht wandte er sich nun dem Posten zu und stammelte heiser: »Mein Quartierwirt ist hier. Kein Jude...«, und da der Posten stumpfsinnig schwieg, fügte er hinzu: »Grimschenko, Piotr...«

Ein Offizier trat auf die Gruppe zu, musterte erstaunt den staub- und schweißbedeckten Leutnant, der ohne Koppel und ohne Mütze war, und nun erkannte Hegemüller, daß die Henkersknechte alle betrunken waren. In ihren Augen war die stierige Röte des schnapserfüllten Blutes, und ihr Atem war wie heißer Mist. Erneut stammelte Hegemüller den Namen seines Wirtes, und es geschah das Schreckliche, das Unsagbare, daß der Leutnant der Henkersknechte sich mit einer grauenhaften Gutmütigkeit am Kopf kratzte und verlegen fragte: »Unschuldig also?«

»Auch unschuldig«, sagte Hegemüller kurz. Der Fremde stutzte einen Augenblick, als dieses kleine Wort in den Tümpel seines Herzens fiel, aber es schien, als habe sich die Oberfläche seines verschwommenen Inneren lautlos und spurlos, ohne Ringe zu werfen, hinter diesem Stein wieder geschlossen, als er nun vor die Todgeweihten hintrat und mit lauter Stimme rief: »Grimschenko, Piotr, vortreten!« und da sich nichts rührte, sondern nur dieses seltsam wehende Schweigen, wie von starken Ruderschlägen angeregt, weiterging, rief er noch einmal den Namen und fügte hinzu: »Kann nach Hause gehen!« und da wiederum keine Antwort erfolgte, trat er zurück, ohne sich der zwingenden Gewalt der Dreizahl zu fügen und noch einmal zu rufen, und sagte verlegen: »Weg, vielleicht schon erledigt, vielleicht auch noch dort, kommen Sie!« und nun blickte Hegemüller dem weisenden Finger nach auf die Richtstätte.

Er sah den Rand eines riesigen Steinbruches, der sich auf den Sammelplatz zu senkte, so daß man ihn bequem erklimmen konnte, und an diesem Rand entlang war die Postenkette mit Maschinenpistolen dicht aufgestellt. Vom Sammelplatz aus führte eine Schlange der Todgeweihten bis an den höchsten, eben verlaufenden Rand des Steinbruches, von woher das stetige, gleichmäßig peitschende Knallen der Maschinenpistolen in den Nachmittag klang...

Und wieder, während er dem betrunkenen Leutnant der Henkersknechte am Rande der Schlucht entlang folgte, schien es Hegemüller, als sei die Masse, die todgeweihte Masse, aufgelöst in eine Reihe erhebender Persönlichkeiten; während die wenigen Mörder wie Klötze des Stumpfsinns wirkten. Jedes dieser Gesichter, das er, unruhig nach Grimschenko suchend, betrachtete, schien ihm ruhiger, lächelnder, von einem unaussprechlich menschlichen Gewicht. Die Frauen mit Kindern auf den Armen, Greise und Kinder, Männer, Männer, völlig mit Kot beschmierte Mädchen, die man offenbar aus Kloaken zusammengesucht hatte, um sie zu ermorden; reiche und arme, zerlumpte und elegante, ihnen allen war eine Hoheit verliehen, die Hegemüller die Sprache nahm. Der Leutnant der Henkersknechte warf ihm gesprächsweise seltsam entschuldigende Brocken zu, nicht zur Entschuldigung des Mordes, sondern um die unvorschriftsmäßige Trunkenheit zu bemänteln: »Schwerer Dienst das, Herr Kamerad.« – »Ohne Schnaps nicht zu ertragen.« ... »Müssen verstehen.« ...

Aber in Hegemüller, in dem das Grauen eine seltsam starre Nüchternheit erweckt hatte, bohrte immer nur die eine Frage:

»Wie machen sie es bloß mit den Säuglingen, diesen ganz kleinen, die weder stehen noch laufen können; wie ist das technisch möglich?« Währenddessen ließ er kein Auge von den schlangestehenden Todgeweihten, ließ den Blick nicht hinaufgehen an den oberen Rand der Schlucht, wo der fahle Nachmittag von dem flappenden Geifern der Maschinenpistolen durchlöchert wurde. Aber als er die obere Ebene erreicht hatte und, gleichsam gezwungen durch die aufhörende Steigung, den Blick hob, sah er die Antwort auf diese stetig in ihm bohrende Frage. Er sah einen schwarzen Stiefel, der die blutbefleckte Leiche eines Säuglings in den Abgrund stieß, und da sein Blick gleichsam vor Schrecken ausglitt, am Rande der Schlucht entlang, sah er plötzlich am Ende der Kette Grimschenko, der eben unter einem Schuß zusammensackte, und mit einem wilden, schrecklichen Schrei rief er: »Halt, halt!!« so laut, daß die Henker erschreckt innehielten, packte den Leutnant der Henkersknechte beim Arm und zerrte ihn am Rande der Schlucht vorbei, bis dorthin, wo Grimschenko blutüberströmt halb über dem Rande der Schlucht hing. Gemäß einer unergründlichen Fügung war er nicht nach vorne in die Schlucht gekippt, sondern, mit dem Rücken zu seinem Mörder, nach hinten zusammengebrochen. Hegemüller packte ihn, hob ihn auf, und im gleichen Augenblick schrie irgendwo eine dienstliche Stimme: »Alles zurücktreten, Sprengung!« Hegemüller sah nicht mehr, wie die Mörder mit einer unheimlichen Angst fünfzig Schritte zurückliefen, er sah nicht das erstaunte, verwirrte Gesicht des Leutnants der betrunkenen Henkersknechte, Hegemüller hatte Grimschenko um den Leib gefaßt, ihn mühsam auf die Achsel gehoben, und er spürte, wie das strömende Blut sich zwischen seinen Fingern sammelte, steif wurde und klebrig. Hinter ihm brach die Detonation wie eine Wolke dunklen Geräuschs in den Himmel, kaum einen Schritt hinter Hegemüller löste sich der Rand der Schlucht, und die Erde begrub die Toten und Halbtoten, die Säuglinge, die sechs Wochen alt waren, und die Greise, die vierundneunzig Jahre die Last des Lebens getragen hatten ...

Keinen Augenblick schien es Hegemüller verwunderlich, daß die Kette der Mörder, die mit rauchenden Läufen stieren Auges der nächsten Serie entgegenstarrten, sich widerstandslos vor ihm öffnete. Er fühlte die Kraft in sich, mit einem einzigen Blick und einem Wort sie alle in die Knie zu zwingen, diese Menschenmetzger in funkelnagelneuen Uniformen, deren Dekorationen von Staub überkrustet waren, denn er hatte inmitten des roten Nebels von Verwirrung, Angst und Lärm, Gestank und Not etwas Beglückendes gespürt: den leisen Atem Grimschenkos, der seine Schulter streifte wie eine Liebkosung aus einer anderen Welt, dieser kleine, winzige Atem des Schwergetroffenen, dessen Blut seine Finger zugekleistert hatte ...

Ungehindert also durchschritt er die Kette der Mörder, hörte die neu aufflammenden Schüsse, fand ein wartendes Auto und schrie den halbschlummernden Fahrer an: »Los, ins nächste Lazarett«, während er schon die Tür des Wagens aufriß, Grimschenko von der Schulter gleiten ließ und ihn in die Polster bettete ...

Es dünkte ihn, als habe er etwas Merkwürdiges geträumt: er lief und lief, lief mit einer Reihe von anderen, einen hetzenden, rasenden, grausam schnellen Wettlauf zu einem See, in dessen Fluten sie sich kühlen wollten. Die Hitze brannte über ihnen, in ihnen und um sie herum. Die ganze Welt war nur unbarmherzige Glut, und sie liefen, liefen, während der Schweiß aus ihren Poren rann wie Bäche von saurem Blut. Es war eine unheimliche Qual, dieser Lauf über eine staubige Straße zu diesem See, den sie hinter einer Straßenbiegung wußten, und doch war es ein unsagbarer Genuß, dieses Schwitzen, es war ein Schwimmen in Qual, eine unsagbar scheußliche und doch auf eine geheimnisvolle Weise genußvolle Qual, während der Schweiß lief, lief, lief. Und dann kam jene Straßenbiegung, hinter der der See liegen mußte, er raste mit einem wilden Schrei durch die Kurve, sah die silbern blitzende Oberfläche des Wassers; stürzte sich mit einem Jauchzen hinein, kniete jubelnd nieder und tauchte sein Gesicht in das Wasser, und während er sich wunderte, wie wunderbar kühl das Wasser trotz der sengenden Glut war, erwachte er und schlug die Augen auf:

Er sah das gleichgültige Gesicht eines Sanitätssoldaten, eine leere Kanne in dessen Hand und begriff im gleichen Augenblick, daß er ohnmächtig gewesen und mit einem Guß kalten Wassers wieder erweckt worden war: er roch irgendein Desinfektionsmittel, hörte eine Schreibmaschine klappern. »Grimschenko?« flüsterte er fragend, aber der Soldat antwortete ihm nicht, sondern wandte sich um:

»Also Grimschenko heißt der Russe, nun können Sie den Kopf der Krankengeschichte ausfüllen, Schwester...«

Der Soldat trat beiseite, und Hegemüller fühlte nun die geschäftsmäßige Kühle einer Arzthand auf seiner Stirn und hörte eine biedere Stimme sagen: »Ein bißchen übernommen, was?« Dann glitt die Hand den Ärmel hinab zu seinem Puls, und während Hegemüller seinen eigenen Puls unregelmäßig gegen die sanften Finger des Arztes klopfen fühlte, sprach wieder die biedere Stimme: »Gut, Schwester, haben Sie? Und dann also schreiben Sie: Todesursache – – – – na, Hakennase«, und dann lachte die biedere Stimme, während die Hände, die zu der biederen Stimme gehörten, immer noch fast liebevoll Hegemüllers Puls fühlten. Hegemüller aber richtete sich auf, umfing den weißen Raum mit einem seltsam fremden Blick, dann lachte auch er, und sein Lachen war ebenso seltsam wie sein Blick; und seine Augäpfel drehten sich merkwürdig, während er immer lauter lachte; sie trübten sich und schienen immer weiter nach innen gedreht zu werden wie die Blenden eines Scheinwerfers, und sie nahmen die ganze Welt mit nach innen hinein, und es blieb nichts als matte Ausdruckslosigkeit in ihnen stehen, und Hegemüller lachte, und die einzigen Worte, die er fortan sprach, waren: »Todesursache: Hakennase.«

Der Angriff

Über den müden, grauen Gestalten, die in ihren Erdlöchern hockten, stieg mit seiner unbarmherzigen Rosigkeit, zärtlich und lächelnd, der Tag auf; erst huschten wie tastend einige Lichter über den Horizont, dann quoll es unaufhaltsam auf, rötlich und hell, als werde es mit vollen Händen ausgestreut, bis der ganze Ball der Sonne frei über der fernen Linie jenseits des Flusses schwebte...

Sie duckten sich fröstelnd in den frisch aufgeworfenen Gruben und schüttelten mit schaudernden Schultern die Last der Nacht von sich ... immer wieder ... aber ihre Schultern wurden nicht frei; es war ein vergebliches Spiel, ein sinnloses, törichtes Unterfangen. Wer hätte die Last von ihren Schultern nehmen können? Mit verzagten Augen blickten sie in der sich ausbreitenden Helligkeit um sich, um die Stellung zu besichtigen, die sie in der Nacht erst bezogen hatten. Sie lagen auf einem kleinen Kamm vor einer Geländewelle, die nach Osten jäh wieder anstieg bis zu den dunklen, feindlichen Wäldern, die das Steilufer des Flusses umsäumten. Hinter ihnen spärliche Büsche, ein von Panzern zerwühltes Sonnenblumenfeld, und wieder ein Wald, ein hellerer, grüner Wald; aber es war ja so gleichgültig: Erde blieb Erde und Krieg blieb Krieg.

Am Tage vorher waren sie viele Kilometer weit durch die sengende Glut marschiert; umwirbelt von Staubwolken, die von den zerpulverten trockenen Äckern und Wegen aufstiegen. Erschöpft waren sie im Dunkeln in diese sogenannte Bereitstellung getaumelt, hatten mit ihren letzten Kräften – ach, wieviel letzte Kräfte hatten sie! – ihre Erdlöcher mühevoll in den Boden gewühlt und hatten sich schlaflos, schlotternd und schweißnaß, durstig, mit schrecklichen Wunschträumen nach Wasser und Wärme, durch den finsteren Berg der langen Nacht gekämpft. Die gleichgültige Starre der grauen Gestalten belebte sich mit einer gespenstischen Schnelligkeit, als plötzlich jemand mit einem ganzen Kochgeschirr voll Wasser auftauchte und mit einem triumphierenden Lächeln in die Richtung wies, woher er es geholt. »Es ist ein wenig schmutzig«, sagte er wie entschuldigend, immer noch lächelnd. Es war ein junger blasser Bursche, hilflos und verschmiert. Eine wilde Meute stob mit klappernden Kochgeschirren davon. Ein Melder huschte von Loch zu Loch und sagte hastig: »Uhrzeit vier Uhr fünfundvierzig. Angriff fünf Uhr fünfzehn.« Aber die Gedanken aller Zurückgebliebenen kreisten nur um die Kochgeschirre voll schmutzigen Wassers, die sie an den Mund setzen und trinken würden ... trinken ... trinken. Sie rissen den Zurückkommenden die Näpfe aus den Händen und setzten das kalte Blech an die zuckenden Lippen. Aber der unsagbar köstliche, elementare Genuß des Trinkens währte nach der stundenlangen Qual des Durstes nur wenige Sekunden; die leeren Mägen nahmen die lauwarme, schmutzige Brühe nur widerwillig auf. Ein ekelhaftes Aufstoßen, das scheußliche Gefühl, sich noch mehr beschmutzt zu haben, und es blieb nichts als das gräßliche Bewußtsein, mit einem Magen voll kalten, dreckigen Wassers in den Angriff zu laufen.

Kurz vor fünf ging der blasse Leutnant an den Löchern vorbei, erklärte noch einmal das Vorhaben, versuchte ein paar tröstende Worte auszustreuen, schreckte aber vor der starren Gleichgültigkeit der Männer zurück. Als das vorbereitende Feuer der Artillerie einsetzte, duckte er sich unwillkürlich und sprang dann, da die Lage unmittelbar vor die Stellung ging, mit ärgerlichem Gesicht in das zunächst liegende Loch und rief laut nach rechts: »Lassen Sie durchsagen – Bauer soll Grün schießen ... die schießen uns selbst noch mit ihren paar Granaten kaputt.« Aber die nächste Lage ging schon weiter nach vorne, auch sinnlos, ins feindliche Gelände. Dann wälzte sich das kümmerliche Feuer bis zum Wald, schlug splitternd in die Bäume, und man hörte, wie es mit fernerem Grollen in das breite Flußtal krachte.

Der Leutnant blickte in dem Loch um sich; seine Augen glitten von dem kühlen Gesicht eines älteren Soldaten verwirrt ab und trafen auf einen Kleinen, der sich in hilfloser Angst vor dem eigenen Feuer flach an den Boden der Grube drückte. Man sah die zitternden Schultern, die Hände wie zum Gebet vorne auf der Brust. Der Leutnant packte ihn mit einem gequälten Lächeln am Arm, zog ihn hoch und sagte lachend: »Komm, Junge..., das ist nicht gefährlich... das ist unsere eigene Vorbereitung für den Angriff.« Und er erklärte ihm mit ein paar Worten die simple Technik eines Angriffs. Der junge Soldat, ein rundköpfiger, fast noch rotwangiger Bauernjunge, mit borstigem, braunem Haar, blickte gläubig in das schmerzlich verzogene Gesicht des Offiziers, setzte die heruntergerutschte Mütze auf und wandte sich gehorsam zum Feind. Aber bei jedem neuen Feuerschlag zuckte er ängstlich zusammen.

Unwillkürlich blickte der Offizier nun auf die Zigarette des älteren Soldaten und zog schnuppernd den so geliebten Geruch des Tabaks ein; das gleichgültige und kalte Gesicht des bärtigen, schmalen Soldaten verzog sich zu einem merkwürdigen, halb spöttischen, halb mitleidigen Lächeln: »Wollen Sie eine? Da!« Er hielt die ganze Schachtel hin, packte dann, als habe er sich plötzlich entschlossen, mehrere Schachteln aus der Tasche und sagte gleichmütig: »Lassen Sie jedem eine geben!« Der junge Offizier konnte das Zittern seiner Hände nicht zurückhalten, als er seine Zigarette an der Glut des anderen entzündete. Er sog mit wildem, fast sehnsüchtigem Behagen den Rauch tief, tief ein. Dann stammelte er verlegen »Danke« und fragte stockend: »Mensch, woher haben Sie die...?«

»Geklaut«, sagte der Soldat lakonisch. »Woher sonst? Von den Panzern, diese Nacht.« Der Leutnant blickte sich plötzlich erschreckt um und murmelte: »Wo bleiben überhaupt die Panzer? – es ist fünf Uhr drei...« Dann rief er wieder zum nächsten Loch, lauter: »Bauer soll kommen ... sofort ... es gibt für jeden eine Zigarette!«

In der verlegenen Pause murmelte die schwache Artillerie mit regelmäßigem Kauen über sie hinweg. Fremd und seltsam grell krepierten die Granaten jenseits des Waldes, dort, wo der Fluß sein mußte ... der Fluß, den sie mindestens erreichen, wenn möglich überschreiten sollten. Aber es war kein Mensch in der ganzen Division, einschließlich des Generals, der glaubte, daß sie ihn überhaupt zu sehen bekämen.

Der Soldat schnippte die Glut von seiner Zigarette, barg den Rest sorgfältig in seiner Tasche und fragte dann höhnisch: »Haben Sie wirklich geglaubt, die Panzer würden uns unterstützen?« Das junge Gesicht des Leutnants veränderte sich in einer heftigen Angst, die wie eine Maske der Starrheit über das noch kindliche Gesicht fiel.

Er starrte den Soldaten an, murmelte verloren: »Ja!« Dann sprang er aus dem Loch und rief noch im Wegrennen: »Mal sehen...« Es war fünf Uhr und fünf Minuten.

Das Feuer steigerte sich ein wenig, schwoll drohender und gefährlicher an und schlug dann mit glühenden Fäusten wieder vorne in den Wald. Der Soldat wandte sich zu dem immer noch zitternden Kleinen, faßte ihn ruhig an der Schulter und sagte fast liebevoll: »So, nun wollen wir uns mal fertigmachen...«

Er schnallte ruhig das Koppel um, an dem nur der pralle Brotbeutel hing, nestelte den blinkenden Orden los, steckte ihn in die Tasche, dann rückte er seine Mütze zurecht. Der Kleine hatte das ganze Gerät der Infanterie vor sich auf der Brüstung liegen: Gasmaske, Panzerfaust, einen Munitionskasten, Handgranaten, das Sturmgepäck, den Spaten, eine Tuchhülle, die Flaggen enthielt, das Koppel mit schweren Patronentaschen und dem Brotbeutel; und er fing nun an, mit bebenden Händen den ganzen Krempel aufzuladen ... bebend, denn immer drohender schwoll das Feuer nun wirklich wie eine Walze gegen den Fluß.

Die Sonne war schon hochgestiegen, sie schwamm schon im eigenen Licht, warm und hell floß es über die dunkle Erde. Die Soldaten, kaum erwacht aus der kalten Umarmung der Mainacht, fürchteten schon wieder die langsam steigende Wärme, die heiß, heiß, mit dem Staub vermengt ebenso grausam sein würde wie die Kälte der Nacht.

Paul, der schmale Soldat, packte plötzlich, das Gesicht von einer blinden Wut verzerrt, das ganze Gerät des Kleinen, alles bis aufs Gewehr, und schleuderte es nach rückwärts den sanften Abhang hinunter. Er hielt erschöpft inne, holte tief Atem und zündete eine neue Zigarette an. Sein zitterndes Gesicht beruhigte sich allmählich, er klopfte dem erschreckten, entsetzten Kleinen beruhigend auf die Schulter und sagte heiser: »So, das brauchst du alles nicht ... ist schon manch einer gefallen, weil er wegen dieses ganzen Krempels nicht schnell genug zurücklaufen konnte ... sei ruhig!« Der Kleine blickte verstört seinem Gerät nach und wollte den Mund öffnen: »Herr ... Ober ...« Aber Paul machte ihn mit einem energischen Kopfschütteln verstummen.

Der Lärm der Artillerie erlosch plötzlich, und eine halbe Sekunde lang schwebte eine grauenhafte Stille über den Linien, dann aber erhob sich hilflos und seltsam kreischend die helle Stimme des Leutnants, die sich mit gröberen Stimmen von rechts und links vereinte: »Auf! Marsch, marsch!« Die spitze Stimme stieg wie ein dünner Vogel in die Höhe, zerriß die lähmende Stille. Und die grauen Gestalten sprangen aus ihren Löchern und sahen nun rechts und links die unabsehbare Kette der Division wie eine Schlange, die sich quer wälzt – dem stummen, feindseligen Wald entgegen.

Der Leutnant ging mit großen, nervösen Schritten an der Spitze und blickte unruhig, ob die Kette nach rechts und links angeschlossen war. Der Hang zog sie fast hinunter; sie erreichten die Sohle der Mulde. Paul hielt sich in der Nähe des Kleinen, der sein Gewehr verstört von einer Hand in die andere wechselte und sich nervös bemühte, die vorschriftsmäßigen Abstände zu halten. Nur wenige hörten das leise, knackende Geräusch der Abschüsse. Paul warf sich plötzlich, den Kleinen, der harmlos voranrannte, nachzerrend, zu Boden ... und dann rasselte der eiserne Vorhang eines irrsinnigen Feuers vor ihnen nieder in die aufwirbelnde Erde. Und nun wühlte sich Wurf auf Wurf in die verstörte Reihe; mit einer grinsenden Wollust brachen die Granaten, kaum durch ein sanftes Summen hörbar, wie eine reißende Mauer in die Erde: vor ihnen, hinter ihnen und mitten hinein in die erstarrte Kette der grauen Leiber. Jaulend und pfeifend und brüllend und krachend öffnete das grausame Schweigen seinen abscheulichen Rachen und spie das Verderben aus. In die kleinen Pausen hinein schrie die arme Stimme des Leutnants: »MG hierher ... das MG ...« Einer erhob sich plötzlich mit einem starren, schrecklichen Schrei und lief, die Glieder bewegend wie eine aufgezogene Puppe, in irrsinniger Schnelligkeit gegen den Wald; er verschwand wie in einem Abgrund.

Der erste Schock entschied über den Verlauf des Angriffs. Noch wäre es Zeit gewesen, in einem Sprung sinnlos, aber tapfer durch den Vorhang zu stürmen; aber die Sekunde der Entscheidung war schon vorbei; die Lähmung der Angst war vollzogen, und die grauen Leiber lagen auf der Schlachtbank ausgestreckt; das Geschrei der Verwundeten brach gräßlich und unablässig durch die Pausen hindurch.

Paul hatte den Kleinen fest an sich gezogen, als könne er durch die Nähe seines Leibes dieses hilflose, wimmernde Bündel beruhigen. Er hatte ihn in einen der seltsam flachen, harmlos aussehenden Trichter gezerrt.

Und wieder fiel die Stille wie ein Würgengel über die Liegenden. Sie türmte sich über ihnen auf wie ein Gebirge aus

Blei und Grauen. Selbst die Verwundeten schwiegen eine Weile. Und wieder brach das schrille »Auf! – Marsch, marsch!« des Leutnants auf. Er sprang hoch, lief einige Schritte und brach dann, hilflos mit den Armen wirbelnd, zusammen. Aus dem Walde wälzten sich mit dunklem Brummen Panzer vorwärts. Lähmung löste sich. Die Überlebenden erhoben sich mit wildem Geschrei und rasten gegen den Hügel zurück, schreiende Verwundete mit sich schleppend.

Paul rüttelte den Kleinen, aber der rührte sich nicht mehr: kein Splitter und kein Geschoß hatte ihn erreicht; sein Kinderherz war von der Angst erdrosselt worden ... und noch im Tode bebte es – leise, leise wie der Wind, der morgens in den Bäumen vor seines Vaters Haus gespielt hatte.

Als Paul schließlich, fast wider seinen Willen, floh vor den anrollenden Ungeheuern, mußte er sich immer wieder umwenden und hinabblicken auf den grauen Körper des Kleinen, der unten im Tale lag, still und ruhig. Und er wußte es selber nicht, daß er heulte – einfach losheulte, obwohl er schon so viele Tote gesehen hatte.

Der Mord

»Der Alte ist verrückt«, sagte ich leise.

»Ich glaub eher, daß er besoffen ist. Er ist immer besoffen, wenn er Angriff befiehlt. Ja, Mensch, so ist es doch.« Ich schwieg, und Heinis müde Stimme fuhr fort: »Er pumpt sich voll, daß ihm Hören und Sehen vergeht, und dann: Los! Ran! Ich scheiß was auf diese Art Tapferkeit ... schläfst du?« – seine Hand tastete sich zu mir und er zog mich am Koppel.

»Laß«, sagte ich ein bißchen ärgerlich, »ich bin ja wach. Aber ich möcht nur wissen, wie man sich drücken kann. Ich hab gar keinen Appetit auf den Heldentod, warum, weiß ich selbst nicht. Und zuletzt, du weißt ja, blieben fuffzehn Mann liegen; wir mußten stiften gehen, und der Alte krakeelte vor Wut, weil seine Halsschmerzen noch nicht kuriert waren...«

»Nix zu machen, du; vorne die Russen und hinten die Preußen, und in der Mitte sind wir auf einem sehr kleinen und schmalen schwarzen Streifen; man muß sehen, ob man durchkommt...«

Vorne irgendwo fuhr eine Leuchtgranate hoch, und es floß wie ein bleicher Schimmer über die arme, hügelige Erde...

»Sieh da!« rief Heini plötzlich hastig, »da haben sie Licht gemacht, die Idioten, paß auf, gleich knallt's.«

Hinter uns, wo am Hügelrand die Befehlsstände lagen, wurde anscheinend vor einem Bunkerloch die Decke weggezogen, eine krumme Silhouette wurde sichtbar, dann war es wieder finster dort; auch die Leuchtgranate war erloschen, als sei ihr Licht von der unendlichen schwarzen Finsternis aufgesogen...

»Das war dem Alten sein Loch, hoffentlich setzen sie ihm ordentlich eins davor, oder gar mitten hinein, dann fällt morgen der Angriff aus...«

Wir duckten uns schnell, denn irgendwo vor uns hatten wir das sanfte Knacken gehört, dann gab's einen schlimmen Krach, und hinten am Hügelrand brachen ein paar kurze, schwärzlichrote Flammen aus der Erde, dann war's wieder still, und wir lauschten gespannt, ob hinten nun Lärm und Geschrei wach werden würde; aber es blieb alles still...

»Scheint gutgegangen zu haben«, murmelte Heini böse, »ja, ist doch wahr, ein ordentlicher Volltreffer beim Alten hinein, und morgen haben wir zwanzig Tote gespart...«

Wir drehten uns wieder um und hielten unsere Gesichter der rabenschwarzen Wand der Nacht entgegen...

»Da sitzt er nun und brütet, die Sau, säuft und brütet seinen Plan zurecht...«

»Glaub eher, daß er pennt«, sagte ich müde.

»Aber er hat doch Licht gehabt.«

»Hat immer Licht brennen, auch wenn er pennt; bin ein paarmal dagewesen mit Meldungen. Zwei Kerzen brannten, und er pennte. Mit offnem Maul, schnarchend, wahrscheinlich besoffen...«

»So«, sagte Heini nur, und etwas in diesem SO ließ mich plötzlich wachwerden. Ich blickte dorthin, wo er stehen mußte, und lauschte seinem Atem. »So«, sagte er noch einmal, und ich hätte viel darum gegeben, wenn ich sein Gesicht hätte sehen können; so sah ich nur, schwärzer noch als die schwarze Nacht, die groben Umrisse seiner Gestalt und hörte plötzlich, daß er begann, aus dem Loch zu klettern; kleine Brocken fielen von der Brüstung herab, und ich hörte, wie er mit den Händen kratzend oben Halt suchte...

»Was ist los«, fragte ich unruhig, denn ich hatte Angst, allein in diesem Loch zu hocken.

»Mensch, ich muß mal, ganz kräftig, sag ich dir; hab den Durchfall, kann was dauern.« Er war schon oben, und ich hörte bald seine Schritte nach rechts verschwinden, und die Dunkelheit schluckte alle Geräusche...

Als ich allein war, griff ich nach der Fuselflasche, die ich im Dunkel gleich packte unter dem kühlen Blech des MG-Kastens. Ich zog den Stopfen heraus, wischte mit der Hand über die Öffnung der Pulle und trank einen tiefen Schluck. Erst schmeckte es scheußlich, als es so den Gaumen berührte, aber dann verbreitete sich langsam eine wohlige Wärme in mir; ich trank noch einmal und noch einmal; dann noch einmal, und nun duckte ich mich auf den Boden des Loches, warf die Decke über mich und zündete meine Pfeife an. Ich hatte gar keine Angst mehr. Ich stützte meine Ellenbogen auf, deckte meine Hände vors Gesicht, so daß eben noch Platz für meine Pfeife war, und döste ein bißchen vor mich hin...

Ich wurde wach von dem unheimlich klapprigen Geräusch des Nachtfliegers, der hinter seiner scheinbaren Hinfälligkeit Tücke und peinlichste Genauigkeit verbarg. Wir hatten Grund, ihn zu fürchten. »Wo wohl Heini bleiben mag?« dachte ich und wandte mich um. Da erblickte ich etwas Unglaubliches: Hinten, am Rande der Hügelkette, wo die Befehlsstände waren, sah ich einen großen hellen Fleck in der Nacht, ein offenes Bunkerloch, und in der Mitte des hellen, flimmernden und fließenden Fleckes flackerte eine Kerze. Geschrei, Stimmen von Leuten, die hin und her rannten, wurden lebendig, die Decke wurde hastig vorgezogen, aber es war zu spät, denn im gleichen Augenblick setzte das Motorengeräusch des Nachtfliegers für eine Zehntelsekunde aus, und dort, wo das Licht gewesen, brach eine Flamme aus, die gleich von der Nacht erstickt wurde. Es wurde so still, daß man gleichsam spürte, wie sich alles duckte, zitternd an die Erde geschmiegt. Aber der Flieger flog langsam weiter. Vorne am Rand der Hügelkette wurden nun Rufe laut, und man hörte die Geräusche von Grabenden: Hacken fuhren in die steinige Erde, und Balken wurden herausgezerrt...

Endlich kam Heini von rechts wieder zurück; er kletterte mühsam in das Loch und fluchte: »Verdammt du, ich hab vielleicht einen Durchfall, ich hätte noch stundenlang scheißen können. Gib mir doch mal die Pulle, du...«

Seine Stimme war ganz ruhig, aber als ich ihm die Flasche reichte, im Dunklen wartend, bis seine Hand meine berührte, und ich wissen konnte, daß er nun die Pulle gepackt hatte, da spürte ich, daß er heftig zitterte. Er trank oft und lange, und ich hörte ihn schnaufen, und es schien mir, als sei es noch dunkler geworden und noch stiller...

»Weißt du übrigens«, sagte Heini ein wenig später, »daß der Alte tot ist? Das war seine Bude eben, Volltreffer. Er wird nichts gespürt haben, denke ich, er war ja besoffen...«

Siebzehn und vier

Ich zog ein As, setzte freudig auf den Pott, zog dann eine Neun und sagte »Passe«.

Fips deckte seine Karte auf, es war eine Zehn; dann lächelte er mir zu, denn es waren hundertundzwanzig Pengö im Pott. Langsam nahm er die zweite Karte, es war eine Dame, dann zog er einen König, und lächelte wieder. Und als er die vierte Karte aufhob, lachte ich ... aber er hatte sie noch nicht angesehen, da duckten wir plötzlich nieder: Es war ein seltsames ganz sanftes Rauschen in der Luft, als sei irgendwo nahe bei uns ein Zunder angesteckt und glimme weg, ein ganz harmloses sanftes plustriges Geräusch, aber unsere Gesichter waren bleich wie der Tod. Und dann gab's rechts von uns im Wald einen furchtbaren Knall, und gleich drauf hörten wir einen schrecklichen Schrei, dem nichts mehr folgte. Es blieb ganz still. Fips hielt die vierte Karte noch mit der Rückseite nach oben in der Hand und blickte mich an: »Das war Alfred«, sagte er leise. »Du mußt mal nach ihm sehen.« Es blieb ganz still, und dann zuckten wir wieder zusammen, denn im Bunker neben uns schrillte das Telephon. Fips sprang über mich hinweg, schmiß die übrigen Karten auf den Pott und riß die Decke beiseite. Ich hörte, wie er sich meldete, und wie er dann »Jawoll« sagte, dann noch einmal »Jawoll« und wieder nach einer kleinen Pause ein drittes Mal: »Jawoll«...

Dann kam er raus, immer noch mit der Karte in der Hand. Sein Gesicht war ganz verstört, und völlig gedankenlos steckte er die Karte unter seine Unteroffizierslappe auf der Schulter. »Was war los?« fragte ich ruhig...

»Mensch«, schrie er mich an, »willst du nicht mal nach Alfred sehen!« In seinen Augen war eine schreckliche Angst, und ich verzieh ihm, daß er mich anschrie, und hatte keinen Mut, noch einmal zu fragen, wer am Telephon gewesen war.

Er ging mit mir die wenigen Schritte bis zum Waldrand und zeigte mir den Draht, an dem ich entlang gehen mußte, um nach Alfred zu suchen. Alfred war vor einer halben Stunde losgezogen, um eine Störung zu suchen. Ich warf noch einen Blick zurück in den Graben, und sah Fips dort stehen mit dieser ganz fremden und neuen Angst im Gesicht, wie er sich auf die Böschung stützte und in das zerwühlte Vorgelände blickte. Dann nahm ich die Strippe in die Hand und marschierte los in das unbekannte Dickicht. Ich folgte der Spur, die Alfreds Fuß vor mir ins Farnkraut gepflügt hatte; mit einer leisen Angst sah ich, daß der Weg rechts sich immer mehr aus meinen Augen verlor und daß die Leitung mich ins völlig Unbekannte führte. Es war so still im Wald, daß der Schritt meiner Füße mich erschreckte, jenes leise, flatternde Geräusch, wenn ich die Blätter der Kräuter streifte, das Kratzen der Ranken an meinem Rock und das leise schwirrende Wippen der Brombeeräste...

Plötzlich spürte ich, daß die Schnur in meinen Händen sich straffte, ich zog an ihr, aber sie gab nicht nach. Irgendwo an der Erde mußte sie von einem Stein, einem Ast oder etwas Schwerem festgehalten werden. Ich zog heftiger und entdeckte nun wenige Schritt vor mir, wo sie sich an der Erde klemmte. Unruhig ging ich näher, und dann sah ich ihn dort liegen, Alfreds graue Gestalt, die mir ihr Gesicht zukehrte. Im gleichen Augenblick warf ich mich schnell hin, denn ich sah jetzt erst, daß ich in einer Lichtung stand, die sich trichterförmig in eine Senkung hin öffnete; langsam kroch ich näher und blickte erst über den Toten hinweg in dieses fremde flache Tal, das von einer bedrückenden Stille erfüllt war. Unten zwischen Wiesen verlief ein kleiner Bach, und darüber war ein steiler Hang mit kahlem Kamm.

Dann erst betrachtete ich Alfred. Seine starren Augen blickten nach oben, und ich folgte unwillkürlich seinem Blick in das schweigende grüne Dach der Buchenblätter oben, und in diesem Augenblick begriff ich, warum er lächelte und so still lag. Mit der rechten Hand hatte er noch den Hörer des Prüfapparates umkrallt, und es schien mir, als sei sein Kopf noch im Hören nach rechts geneigt. Ich drückte ihm vorsichtig die Lider zu und löste seine Hände von der Leitung, dann umfaßte ich den Toten und zog ihn langsam kriechend mit mir fort in den Wald... Es war so unsagbar still, wie es nur im Kriege sein kann. Jene sanften zirpenden Geräusche des sommerlichen Waldes umschwirrten mich, vorne irgendwo war das gutmütige Orgeln eines Geschützes zu hören, aber die Stille war stärker. Ich bückte mich und nahm Alfred das Soldbuch aus der Brusttasche, und dabei, als ich mich leise mit der Linken auf seine Brust stützte, hörte ich ein seltsames Geräusch, fast so wie wenn man einen Schwamm ausdrückt. Ich zog ihn erschreckt hoch und entdeckte in seinem Rücken ein faustgroßes Loch, dessen Ränder von zerfetzten Tuchstücken umkränzt waren. Sein ganzer Rücken klebte von Blut. Ich ließ ihn wieder nieder, nahm den Stahlhelm von seinem Kopf und betrachtete schweigend diese Kinderstirn und diesen Kindermund, der vor einer halben Stunde noch leise lachend auf Pott gesetzt hatte. Ohne es zu wollen und zu wissen, rief ich heftig und ängstlich »Alfred, Alfred!«, und es schien mir, als müsse er sich rühren, aber mitten in meine Versunkenheit drang wieder jenes unsagbar drohende, grausam sanfte Geräusch, wie wenn Watte glimmend verbrennt ... und ich warf mich neben Alfred, und hörte nun den Knall links von mir, genau dort, wo Fips zurückgeblieben sein mußte. Und dann war wieder Stille, und ich riß den Prüfapparat von Alfreds Schulter, schloß ihn an die Leitung und wählte. »Kirschkern, Vermittlung.« Meldete eine gleichgültige Stimme...

»Bitte Kirschkern drei«, sagte ich, und er wiederholte: »Kirschkern drei.« Und dann hörte ich, wie er stöpselte und kurbelte, und es kam jene amtliche Stille, in der nur ein leises Klacken hörbar war; und wieder hörte ich ihn kurbeln, und dann sagte die Stimme: »Kirschkern drei meldet sich nicht...«

»Ist die Leitung defekt«, fragte ich unruhig...

»Nein, die Verbindung ist da, es scheint niemand dort zu sein.«

Hastig steckte ich Alfreds Soldbuch ein, riß den Apparat wieder los und lief, meiner Spur folgend, zurück, und als ich in den Graben zurücksprang, lauschte ich erst eine Weile, aber es war nichts zu hören, und ich lief gebückt vor, bis ich auch Fips dort liegen sah...

Es war nicht mehr viel von ihm zu erkennen, sein Oberkörper war zerfetzt und Blut und Knochensplitter hatten das Gesicht überschwemmt, nur seine Schultern waren unverletzt, und unter der linken Unteroffiziersklappe steckte noch die Karte; ich zog sie heraus: es war ein König...

»Einundzwanzig«, sagte ich leise. »Du hast gewonnen.« Dann ging ich die wenigen Schritte zurück, wo unser Pott lag, nahm die Geldscheine, zerriß sie in kleine Fetzen und streute die bunten Fetzen über ihn wie kleine Blumen. In diesem Augenblick klingelte das Telephon, ich stieg über Fipsens Leiche hinweg in den Bunker, nahm den Hörer ab und meldete mich; aber es war nichts zu hören als jenes amtliche Schweigen, und einem dumpfen Drange folgend, sagte ich: »Jawoll«, und ich begriff nun die Angst, die in Fipsens Augen gewesen war; noch immer meldete sich niemand, und ich sagte noch einmal laut und höhnisch »Jawoll«, und folgend dem uns innewohnenden Gesetze der Dreizahl, sagte ich noch einmal, jetzt brav und schüchtern: »Jawoll«; dann hängte ich ein, und auch ich ging hinaus, stützte mich auf die Böschung und wartete auf ihn...

Die Verwundung

Dort, wo vor einer halben Stunde die Staubwolke der Angreifenden gewesen, war nun die Staubwolke der Fliehenden. Der staubige Dunst zog über der flirrenden Steppe heran, verwirrte die Feldjäger und machte sie noch wütender. Sie hoben ihre Maschinenpistolen und schrien: »Halt, ihr Schweine, halt, zurück in die Stellungen.« Es war ein wildes Schreien von Verwundeten, die liegen geblieben waren, Schreien der Russen, ein heiseres und beängstigendes Bellen, und die Rufe der Fliehenden. Die Fliehenden stoppten wie eine Horde wilder Pferde, die den Zaun wittert, trat sich ein wenig kurz vor den Pistolenläufen aus und machte müde und gehorsam kehrt. Ich hörte hinten die Rufe der Offiziere, die ihre Haufen wieder um sich scharten zu einem neuen Stoß, das Brummen von Panzern, Heulen von Granaten und immer noch das Schreien der Schwerverwundeten, die liegen geblieben waren. Langsam und mit einem Gefühl unheimlichen Glückes ging ich der Kette der Feldjäger entgegen, mir konnten sie nichts wollen, ich war verwundet. Aber von vorne konnte man mir nichts ansehen. »Halt!« schrien sie. »Zurück, du Schwein.«

»Ich bin verwundet«, schrie ich ihnen entgegen.

Sie ließen mich mißtrauisch näher kommen. Ein nervöser Leutnant empfing mich mit zornigem Gesicht, ich präsentierte ihm meinen Rücken. Es mußte ein ziemlich großes Loch sein, ich hatte einmal danach gefühlt, feuchtes klebriges Blut und Stoffetzen, aber ich spürte gar nichts, es war eine herrliche Verwundung, eine Verwundung wie gemalt, sie konnten mir gar nichts wollen. Es muß wirklich schlimmer ausgesehen haben, als es war. Der Leutnant brummte etwas und sagte dann ruhiger: »Da ist ein Arzt.«

Ich ging seinem Finger nach. Das Tal war ganz leer und still, vor einer halben Stunde waren Panzer darin gewesen, Artillerie, Stäbe mit ihren Wagen, das ganze hysterische Getümmel vor einem Angriff, jetzt war es ruhig... Der Arzt saß unter einem Baum. Von hinten kamen langsam noch mehr Verwundete. Ich war der erste Patient des Angriffs. »Komm her, Freund«, sagte der Arzt. Er hob die Stoffetzen hoch – ich spürte da, es kitzelte ein bißchen, dann schnalzte er mit der Zunge und sagte: »Spuck mal.« Ich würgte an meiner trockenen Kehle herum und brachte tatsächlich noch einen Flatschen zustande. »Nichts«, sagte der Arzt, »hast Schwein gehabt, nichts in der Lunge, scheinbar. Junge, Junge, das hätte schiefgehen können.« Er spritzte mir Tetanus, ich bat ihn um einen Schluck Wasser. Er zog eine Feldflasche, ich wollte danach greifen, aber er hielt sie mir an den Mund und ließ mich nur einen kleinen Schluck tun. »Sparsam, Freund, hast du Schmerzen?«

»Ja.«

Er gab mir 'ne Tablette. Ich ließ sie verschwinden. Ich spürte ja gar nichts, es war 'ne prachtvolle Verwundung, wie gemalt, es würde mindestens vier Monate dauern, ehe das Loch zu war, dann war der Krieg zu Ende.

»So, nun geh«, sagte der Arzt. Neben mir stand jetzt einer, dem hatten sie in die Wade geschossen, er stöhnte vor Schmerzen, aber er war bisher gegangen, sein Gewehr wie einen Stock benutzend.

Ich ging. Das Tal war prachtvoll, es war das schönste Tal, das ich je gesehen hab. Nur kahle Hänge mit Steppengras, die in der Sonne schwelten. Ein dunstiger Himmel darüber, sonst nichts. Aber es war das prachtvollste Tal, so herrlich wie meine Verwundung, die nicht schmerzte und doch schwer war. Ich ging ganz langsam, ich hatte auch keinen Durst mehr und kein Gepäck, alles war da vorne geblieben. Und ich war allein... sogar Tabak hatte ich, ich setzte mich irgendwohin und rauchte. Das geht alles vom Krieg ab, dachte ich, sie können dir nichts wollen, du bist verwundet und darfst dich ein wenig ausruhen. Oben sah ich die Stelle, wo der Arzt war. Dort waren jetzt viele, und manche kamen zu Fuß das Tal hinunter, sie sahen aus wie Spaziergänger in der Wüste, so öde war das Tal... Auch ein Auto stand da, oben beim Arzt, aber ich mochte nicht mit dem Auto fahren, ich hatte Zeit, sie konnten mir nichts wollen...

Ich ging langsam weiter. Es war sehr weit. Jetzt erst sah ich, wieviel Kilometer wir von Jassy aus vorgestoßen waren. Sooft ich auch einen Hügelkamm erreichte, nirgends war etwas von den weißen Mauern der Stadt zu sehen. Es war ganz still, niemand zu sehen, und vorne schienen sie sich auch beruhigt zu haben. Ein paar gemütliche Schüsse... dann sah ich einen Wald, und aus dem Wald kam ein wütendes großes Auto, das viel Staub aufwirbelte. Es war richtig zornig, das Auto, ich sah es, es war ungeduldig, gereizt, ärgerlich. Dann hielt das Auto genau vor mir. Es war 'n General drin, unser General, ich sah es, er hatte den Stahlhelm auf. Wenn Generäle 'nen Stahlhelm aufhaben, dann stimmt was nicht. Auch ein Oberst war drin, der hatte 'ne Mütze auf und hatte nurs Ritterkreuz, sonst gar nichts. Das sah sehr schick und vornehm aus. Der Fahrer war ein Unteroffizier. Der hatte den Stahlhelm auf. Der General stand im Wagen auf und schrie mich an: »Was ist denn mit Ihnen?«

»Bin verwundet, Herr General«, sagte ich und drehte mich rum und zeigte ihm den Flatschen. Aber ich mußte bald lachen, es war ja komisch, wie ich dem General den Hintern zudrehte.

»Es ist gut, mein Sohn.« Ich drehte mich wieder um. Sein rundes rotes Gesicht war immer noch wütend, so wütend wie das Auto, auch wenn er mein Sohn sagte, Generäle sagen immer mein Sohn, sie haben wenig Phantasie in Anreden.

»Wie steht's vorne«, fragte er noch.

»Erst sind sie zurückgegangen, dann wieder vorne, weiß nicht.«

»Wo hast du denn deine Waffe, mein Sohn?«

»Kaputt, Herr General. Es war 'ne Handgranate, die fiel direkt neben mich. Lag auf der Seite, es Gewehr war ganz kaputt.«

»Da, rauch ein bißchen.« Er gab mir 'ne ganze Packung Zigaretten. Generäle geben meistens Zigaretten. Ich dankte ihm durch 'ne stramme Haltung, dann fuhr er los. Der Oberst nahm die Hand an die Mütze. Das fand ich sehr schick, wo er doch 's Ritterkreuz hatte und ich gar nichts auf der Brust.

Als ich durch den Wald war, sah ich die Stadt. Sie lag weiß auf ihren Hügeln und sah prachtvoll aus. Ich war sehr glücklich. Sie konnten mir nichts anhaben, ich war ganz, ganz vorne verwundet worden, zehn Meter vor den Russen, und vielleicht war ich ein Held. Sie konnten mir nichts. Ich hatte meinen Brotbeutel umhängen, da waren zwei Paar Socken drin, und dafür würde ich Wein trinken in der Stadt, vielleicht etwas essen. Aber mir wurd ganz schlecht, wie ich ans Essen dachte. Ich hatte einundeinhalb Tage nichts gegessen und getrunken. Aber als ich an den Wein dachte, ging ich schneller. Ich ging über eine Heide, die war ganz zerwühlt von Panzerspuren und Bomben, und ein paar tote Pferde lagen da, auch Tote, und plötzlich war ich in der Stadt. Vor mir ging es ganz steil runter, und da waren Häuser, und da stand 'ne Straßenbahn. Ich lief, um die Straßenbahn noch zu kriegen, es war wie zu Hause. Ich kriegte sie noch. Sie fuhr sofort ab. Vielleicht hat der Fahrer mich gesehen, dachte ich, und hat gewartet. Die Straßenbahn war ganz leer. Es mußte Mittag sein. Es war heiß, und rechts und links schliefen die Häuser in der Sonne. Nur ein paar Hunde liefen herum und Hühner. Die Schaffnerin kam mit ihrer Tasche auf mich zu und wollte Geld.

»Stimmt«, dachte ich, »die Rumänen sind ja Verbündete, da muß man zahlen.« Ich zuckte die Schultern und lachte. Aber sie war ernst. »Nix«, sagte sie energisch. Ich drehte ihr meine

Wunde zu und sagte: »Kaputt, da«, aber das rührte sie wenig. Sie zuckte die Schultern und rieb die Finger, Daumen und Zeigefinger. »Nix«, sagte sie, ich kramte in meinem Brotbeutel, da war Briefpapier, ein paar kaputte Zigarren, die ich in der Pfeife rauchen wollte, und die Socken. Und eine Nagelschere. Ich zeigte ihr die Nagelschere. Der Fahrer vorne fuhr mit einer abenteuerlichen Geschwindigkeit für eine Straßenbahn. Es waren auch ein paar Leute eingestiegen. Die Schaffnerin bediente sie, dann kam sie zurück. Ich zeigte ihr die Schere. »Wieviel Lei«, fragte ich, sie rümpfte die Nase, es war ein ganz hübsches Ding, aber ich sah, daß sie Spaß an der Schere hatte. Sie schnippte sich an den Nägeln damit herum, dann lächelte sie mich an, dann machte sie mit den Fingern »Zwanzig«. Ich nickte, ich war ja so glücklich, sie konnten mir ja nichts anhaben, ich war vielleicht ein Held, ich war ganz, ganz vorne verwundet worden, zehn Meter vor den Russen. Die Schaffnerin gab mir 'nen Zehnleischein und 'nen Fahrschein, der lautete über fünf Lei. Sonst nichts. Aber mir war's egal. Ich war glücklich, mir konnten sie nichts wollen.

Dann sah ich mir an, wo wir vorbei fuhren. Dann sah ich ein Café, und mir fiel ein, daß ich seit zwei Tagen nichts getrunken hatte, und daß ich wie ein Irrer gelechzt hatte nach was zu trinken. Und die Bahn hielt gerade. Da stieg ich aus. Es war ein großer Platz, da war ein Soldatenkino, Cafés und Kaufhäuser, und es war ziemlich Betrieb da, viele Soldaten und Händler mit Karren, und Huren. Die Huren waren furchtbar schön, mit Mandelaugen und Knallmündern, aber ich glaub, daß sie teuer waren. Ich ging in das Café. Niemand achtete auf mich, keiner sah, daß ich einen Flatschen im Rücken hatte, einen Prachtflatschen. Der ganz blutig war mit Stoffetzen, und der mindestens vier Monate brauchen würde, um heil zu werden. Im Café war's fast ganz leer, nur hinten saß ein Soldat, der war besoffen, ich sah's gleich, es war'n Unteroffizier. Und links saß ein Mann, ein ganz schwarzer

Mann, kohlrabenschwarz mit einem dicken bleichen Gesicht, der aß 'ne rohe Gurke und rauchte 'ne schwarze Zigarre dazu. Zu trinken hatte er gar nichts. Und rechts saß 'ne Frau, die rauchte und lachte mich an. Sie rauchte ganz dämonische Kringel und lachte. Es war 'ne Jüdin, 'ne blonde Jüdin. »Spätzchen«, rief sie, aber ich mochte sie nicht, und sicher war sie sehr teuer.

Der Unteroffizier hinten rief »Kamerad«, ich ging auf ihn zu. Seine Augen waren ganz verschwommen und trübe, und ziemlich dick, er war wirklich besoffen. Er hatte die ganze Brust voll Orden und hatte 'ne große Karaffe voll Wein vor sich stehen...

Ich trank... ich trank... ich trank. Mein Gott, war das herrlich, das Trinken. Ich trank, direkt aus der Karaffe. Mein Gott, war das wunderbar, das Trinken. Ich spürte direkt, wie ausgetrocknet ich war... und es war Wein, ein bißchen herb, und kühl. Ich trank... mein Gott, war das köstlich, das Trinken...

»Sauf«, sagte der Unteroffizier, aber die Karaffe war leer.

»Kollege«, rief der Unteroffizier, und sofort kam ein schmieriger Bursche hinter 'nem Vorhang vor, schnappte ohne ein Wort die Karaffe und ging damit fort... Der schwarze Mann saß jetzt bei der blonden Jüdin, und sie war so blond, wie er schwarz war. Er ließ sie in die Gurke beißen, und sie zog an seiner Zigarre... dann lachten sie... und dann rief der schwarze Mann was hinter den Vorhang, das bald wie Latein klang, ein matschiges Latein...

Der schmierige Junge kam mit der Karaffe, aber die war größer als die letzte... und er brachte auch noch ein Glas mit.

»Sauf«, sagte der Unteroffizier.

Er goß voll, und wir soffen. Ich soff, ich soff, es war herrlich, es war wunderbar.

»Rauch«, sagte der Unteroffizier, aber ich packte die Schachtel von dem General aus und knallte sie auf den Tisch –

vorne lachte die blonde Jüdin mit dem schwarzen Mann, und sie tranken jetzt Wein. Wein auf Gurke, dachte ich, das geht sicher schief, aber es schien ihnen Spaß zu machen, und sie bliesen dämonische Kringel in die Luft.

»Sauf«, sagte der Unteroffizier, »ich muß heut abend wieder an die Front, zum fünften Mal, verdammt...«

»Fahr mit der Straßenbahn«, sagte ich, »ich komm daher, zum dritten Mal...«

»Wo kommst du her?«

»Von der Front.«

»Bist stiften gegangen.«

»Nee, verwundet.«

»Glaub ich nicht.«

Ich zeigte ihm meinen Rücken.

»Verdammt«, sagte er, »hast du Massel. Das ist ja prachtvoll. Verkauf es mir.«

»Was?«

»Das Ding da, den roten Klatsch auf deinem Kreuz, verkauf ihn mir.«

Er schlug einen ganzen Packen Geldscheine auf den Tisch, dann nahm er die Karaffe und setzte sie an den Mund, dann setzte ich sie an den Mund, dann er, dann ich.

»Kollege«, rief der junge Unteroffizier.

Der schmierige Junge kam wieder und brachte 'ne neue Karaffe, die war noch größer als die letzte. Und wir tranken.

»Verkauf's mir, du Feigling«, rief der Unteroffizier, »ich geb dir tausend, zweitausend, dreitausend Lei... du kannst dir die schönsten Huren kaufen, Tabak und Wein... und du –«

»Du kannst doch hier auch Verwundungen kaufen, am Bahnhof haben sie mir angeboten...«

Der Unteroffizier war mit einem Schlag nüchtern, er packte mich am Arm.

»Wo«, fragte er heiser.

»Am Bahnhof«, sagte ich, »haben sie's mir angeboten...«
»Kollege«, rief der Unteroffizier.
»Zahlen.« Er knallte Geld hin, packte mich am Arm und sagte: »Warte hier.« Er zog die Mütze, schnallte das Koppel fester und ging.

Der schmierige Junge brachte eine neue Karaffe... »Ist ihm bezahlt«, sagte er grinsend. Ich trank, es war keine sehr große Karaffe, aber es war Wein... und ich trank, die blonde Jüdin saß auf dem Schoß von dem schwarzen Mann... und sie kreischte wie verrückt... sie hatte 'ne Zigarre im Mund und in der Hand 'nen kaltes Kotelett, der schwarze Mann war schon ganz besoffen, vielleicht tat er auch nur so, oder vielleicht hatte er vorher schon viel getrunken, bevor er die Gurke gegessen hatte. Ich trank... ich trank... ich trank und rauchte. Es war herrlich, ich war besoffen, wunderbar besoffen, und ich war verwundet, und sie konnten mir nichts anhaben, ich war vielleicht ein Held. Zum dritten Male verwundet. Der Wein war herrlich, herrlich...

»Kollege«, rief ich... der schmierige Junge kam und stand grinsend vor mir.

Ich zog die Socken aus meinem Brotbeutel und hielt sie ihm hin. »Wieviel Wein?« Er zuckte die Schultern und rümpfte die Nase, dann nahm er die Socken und hielt sie vors Gesicht. Er roch daran. »Ist ihm nicht neu«, sagte er und schnuffte wieder mit seiner langen Nase. »Wieviel«, fragte ich.

»Geben ihm Wein, zwei soviel«, er zeigte auf die Karaffe, es war nicht die große. »Bring ihm«, sagte ich, »bring ihm her, dem Wein...«

Er brachte ihn. Gleich zwei Karaffen. Ich trank, ich trank, es war herrlich, es war wunderbar, ich war vollkommen besoffen, aber so nüchtern, wie nur die Glücklichen sind. Ich trank... es war wunderbar... es war unbeschreiblich, wie kühl und herb der Wein war, und ich hatte ihn bezahlt, mit zwei Paar Socken... ich trank... Die Jüdin aß das zweite

Kotelett und rauchte eine Zigarette dazu. Sie war ein mageres Ding, und sie schrie wie verrückt auf dem Schoß von dem schwarzen Mann. Ich sah alles ganz genau, obwohl ich besoffen war. Ich sah, daß sie keinen Unterrock anhatte, keine Hose und der schwarze, schwarze Mann sie in den Hintern kniff, darum schrie sie auch, ach, darum schrie sie. Dann schrie der schwarze Mann wie ein Wahnsinniger, stemmte die Jüdin ganz hoch und trug sie zur Tür hinaus ...

In diesem Augenblick kam der Unteroffizier wieder herein ...

»Sauf«, rief ich ihm zu.

»Kollege«, rief der Unteroffizier, und der schmierige Junge kam direkt.

»Wein«, rief der Unteroffizier, »ganzes Faß Wein«, und ich wußte, daß es geklappt hatte. Er nahm meine zweite Karaffe, trank sie mit einem Zug aus und knallte sie an die Wand ...

»Diese Burschen«, sagte der Unteroffizier zu mir, »machen das prima. Pistole mit Schalldämpfer, du stellst dich um eine Ecke herum und hältst die Flosse vor und petsch, guck her.« Er zog den Ärmel hoch. Sie hatten ihm wunderbar sauber durch den Unterarm geschossen und hatten ihn sogar verbunden. Und 'nen Verwundetenzettel hatte er.

Der schmierige Junge brachte eine große, große Karaffe mit Wein. Der Unteroffizier war ganz verrückt. Er schrie und soff und schrie und soff ...

Und ich trank, es war wunderbar ...

Dann gingen wir zum Verbandsplatz, der Unteroffizier wußte genau Bescheid. Da luden sie gerade ein paar Wagen mit Leichtverwundeten ab. Kurz bevor wir kamen, und es stand eine lange Schlange vor dem Arzt. Es waren zwei Ärzte, und vor jedem war eine lange Schlange mit Leichtverwundeten. Wir waren ganz besoffen, und wir wollten zuletzt drankommen, wir gingen zur zweiten Schlange, denn da war ein Arzt, der war sympathischer wie der bei der ersten Schlange.

Da stand ein Unteroffizier dabei, der rief immer: »Der nächste«, und dann kam der nächste dran. Es standen bei jeder Schlange zwanzig Mann, und es ging ziemlich schnell. Bei manchen dauerte es lange. Und die fertig waren, gingen durch einen Flur, da kam man auf einen Hof, und da stand ein fertiger Lazarettzug. Ein Behelfsverwundetenzug mit Güterwagen...

Wir setzten uns auf eine Bank, weil wir ja besoffen waren und ziemlich schwach auf Beinen. Neben mir saß einer, dem hatten sie die Flosse kaputt geschossen, vorne in den Handteller, der blutete wie ein Schwein auf die Bank. Er war ganz grau im Gesicht.

Die Ärzte arbeiteten bei offner Tür, die Zigarette im Mund, und manchmal tranken sie was aus 'ner Flasche. Sie schufteten wie verrückt, und der, bei dem ich in der Schlange stand, hatte ein nettes Gesicht, ein intelligentes Gesicht, und ich hatte bei seinem ersten Handgriff gesehen, daß er geschickte und ruhige Hände hatte. Dann kam ein Auto mit Schwerverwundeten, und wir mußten alle warten, und der Unteroffizier machte die Tür zu, als sie alle sechs hineingetragen worden waren, und wir hörten doch das Schreien, und es roch jetzt noch mehr nach Blut und Äther. Der neben mir mit der blutenden Flosse war eingeschlafen, er blutete auch nicht mehr, aber das Blut von seiner Flosse hatte mich ganz vollgemacht und meine ganze linke Tasche war voll Blut, und als ich das Soldbuch herauszog, war es ganz mit Blut verschmiert, man konnte auf den ersten Seiten nichts mehr lesen. Aber ich war ja besoffen, mir war's egal, und sie konnten mir nichts anhaben, sie konnten mir nichts wollen, ich war verwundet, ganz vorne war ich verwundet worden, und ich war vielleicht sogar ein Held.

Jetzt war ich also der unbekannte Soldat.

Ich sagte laut vor mich hin: »Ich bin der unbekannte Soldat«, aber die anderen, die alle am Boden hockten oder auf der

Bank saßen, riefen: »Halt die Schnauze...« Ich hielt die Schnauze und blickte auf die Straße. Der Unteroffizier neben mir war eingeschlafen. Er hielt seine kaputte Flosse fein brav vorgestreckt, und es sah schön aus, richtig kriegsmäßig, sie hatten gute Arbeit geleistet, ich mußte ihn doch fragen, was das kostete. Wenn in den vier Monaten der Krieg doch nicht aus war, dann würde ich mir auch durch die Flosse knallen lassen, und dann bekam ich das Goldene, dann war ich ein richtiger amtlicher Held, und sie konnten mir überhaupt nichts mehr wollen. Aber er schlief ja jetzt, und sie waren immer noch nicht fertig mit den sechs Schwerverwundeten, und man hörte das Schreien, das wilde Schreien ... und dann trugen sie ein paar Bahren hinaus. Ich war gar nicht mehr so sehr besoffen. Einer aus der Schlange sagte plötzlich ganz leise: »Wer hat was zu rauchen...« Ich erkannte den mit dem Bein, der das Gewehr gehabt, worauf er sich gestützt hatte. Aber er erkannte mich nicht. Er hatte immer noch das Gewehr, und sein Gesicht war ein wirkliches, ein richtiges Heldengesicht. Er war stolz. Ich gab ihm ein paar von den Zigaretten des Generals...

Der Unteroffizier schlief fest und schnarchte jetzt. Er hatte ein ganz glückliches Gesicht, dann öffnete sich die Tür und der Unteroffizier von dem Arzt rief wieder: »Nächster...«

Dann ging es sehr schnell, es kam auch gar kein Auto mehr. Ich war doch noch besoffen, aber es war herrlich, ich fühlte mich prachtvoll und hatte nicht für fünf Pfennig Schmerzen.

Auf der Straße war es jetzt lebhafter geworden, es mußte später Nachmittag sein. Es waren ein paar ganz flache Häuser drüben ... ein paar Läden. Und es war sehr durcheinander, alles war durcheinander in Rumänien. Die Straßenbahn fuhr vorbei. Mädchen und Frauen und schwarze Männer mit dämonischen Gesichtern und viel schmieriges liebenswürdiges Volk, und sie sprachen sehr laut und rauchten. Und ich war doch noch besoffen. Die Straßenbahn klingelte wie zu Hause.

Aber ich war gar nicht zu Hause, ich war in Jassy, es roch nach Zwiebeln und Braten und nach Wein, ja, ein bißchen fast nach Essig und auch Tabak, ja der Geruch von Tabak war in der Luft, und der Himmel war taubengrau und sanft, und die Frauen hatten schrecklich bunte Kleider an, und die Huren lächelten so süß wie Sirup... ich war in Jassy, und ich war vollkommen besoffen und immer noch besoffen, und ich war glücklich, sie konnten mir gar nichts wollen. Es war viel Staub in der Luft, und die Straßenbahn klingelte wie zu Hause, mein Soldbuch war vollkommen mit Blut befleckt, und ich war der unbekannte Soldat...
»He, der nächste, du bist dran«, rief der Unteroffizier von dem Arzt mit dem sympathischen intelligenten Gesicht. Ich ging auf ihn zu, ich ging ganz gerade. Ich war sehr brav und zog sofort die Feldbluse aus. Es roch entsetzlich nach Blut und Äther, und es war ein Schulzimmer, sie hatten die Bänke hochgestapelt, und der Marschall Antonescu hing an der Wand, und der Kronprinz Michael. Und dann zog ich das Hemd auch aus, ganz allein, ich war immer noch besoffen. »Schneller«, sagte der Unteroffizier. Und der Prinz Michael hatte ein richtiges blödes Hohenzollerngesicht, und über all die schwarzen Leute und die Huren und die schmierigen Jungen, die Zwiebeln und Gurken und den Wein hatte er zu sagen. Aber es war durcheinander in Rumänien, und er würde es nie schaffen, auch der Antonescu...
In diesem Augenblick wurde ich ganz nüchtern, denn der Arzt schnippelte mir im Rücken herum. Ich spürte gar nichts, er hatte mich betäubt, aber es ist ein ganz seltsames Gefühl, wenn sie so an dir rumschneiden. Ich sah es jetzt ganz genau. Denn vor mir stand ein großer gläserner Wandschrank und hinter mir stand ein gläserner Besteckkasten, und ich sah alles ganz genau. Meinen glatten Rücken und das große Loch im Rücken, und der Arzt schnitt den Rand ganz glatt und holte irgend etwas aus dem Loch heraus. Ich fühlte mich wie ein

Eisblock, den sie an zwei Metzger verteilen, er schnippelte flink und geschickt, und dann betupfte er mich, und ich sah, daß das Loch in meinem Rücken noch viel größer geworden war. »Mach's noch ein bißchen größer«, dachte ich, »dann dauert's sechs Monate.« Vielleicht dachte der Arzt dasselbe. Er fing noch einmal an zu schnippeln und zu bohren. Dann betupfte er mich, und dann ging der Unteroffizier, der mich formhalber festgehalten hatte, zur Tür und rief: »Der nächste«, das war der Unteroffizier, er war der letzte ... »Handgranate, was, Freund?« fragte mich der Arzt und tat einen großen Klatschen Watte auf das Loch in meinem Rücken.

»Ich glaub, ja«, sagte ich.

»Ein ganz nettes Ende, mein Lieber, willst du das Stück haben?« Der Arzt hielt mir ein ziemlich verknülltes blutiges, ganz nettes Stück Blech vor die Nase.

»Nee«, sagte ich, »danke.« Er schmiß es in den Abfallkasten, und ich sah, daß da ein Bein lag, ein richtiges ganz heiles, prachtvolles Bein... Ich war ganz nüchtern.

»Es ist sicher noch ein Stück Holz drin und bestimmt Stoffetzen, die müssen alle noch rauseitern, paß schön auf, daß nichts drin bleibt.« Er lachte. Der Unteroffizier verband mich. Er wickelte viel Zeug um mich herum, und ich kam mir jetzt verdammt wie ein Held vor. Verdammt noch mal, von 'ner Handgranate verwundet, ganz vorne.

Der Arzt sah sich dem Unteroffizier sein sauberes Loch an, dann sah er den Unteroffizier an, wurde ernst. »Wie gemalt, mein Lieber, wie auf Bestellung.« Mir wurde es ganz heiß, aber der Unteroffizier war ganz kalt.

»En richtiger prachtvoller Heimatschuß, es fünfte Mal«, sagte der Unteroffizier. »Prachtvoll«, sagte der Arzt, aber er tat nichts dran und blickte nur den Unteroffizier an, und der Unteroffizier, der mich verband, ging rüber, sah sich's auch an, dann sah auch er den anderen Unteroffizier an. »Prachtvoll«, sagte er. Der Arzt rauchte und hatte die Beine übereinander geschlagen. Er tat nichts. An der Wunde. Der Unteroffizier war ganz ruhig, aber er war gar nicht mehr besoffen. »Was ist denn«, fragte er verwundert. »Kann ich gehen ... dort hinaus...? Wir sehen uns wohl noch, Hans«, sagte er zu mir... Er wollte tatsächlich gehen. »Halt«, sagte der Arzt, »was denken Sie dazu, Müller?« Er wandte sich an den Unteroffizier, der mich verbunden hatte, ich war jetzt fertig. Und schnallte mein Koppel mit dem Brotbeutel um. »Faule Sache«, sagte der Unteroffizier, der mich verbunden hatte, »wie gemalt.«

»Gehst du mit, Hubert«, fragte ich den Unteroffizier mit dem wie gemalten Schuß.

»Sie kennen sich?« sagte der Arzt.

»Mein Gruppenführer«, sagte ich ruhig, »er lag neben mir und...«

»Ach so«, sagte der Arzt, und auch der Unteroffizier, der mich verbunden hatte, sagte »Ach so«, und sie glaubten mir, weil ich so ein prachtvolles Loch im Rücken hatte, ein Heldenloch...

Wir gingen hinaus...

Der Unteroffizier drückte mir die Hand.

Draußen auf dem Gleis war's sehr lustig. Die drei Waggons waren voll und hatten sicher nur auf uns gewartet. Die anderen sangen alle, und es roch hier richtig nach Eisenbahn, nach Kohle und trockenem Holz, nicht mehr nach Rumänien, es roch wie auf allen Bahnhöfen der Welt. Es roch nach Krieg. Und es war schade, daß wir gar nicht, gar nicht mehr besoffen waren. Der Unteroffizier sprang in einen Waggon, und dann half er mir rauf, denn ich war ein bißchen steif von dem vielen Verband, und ich hatte ja jetzt auch ein riesengroßes Loch in meinem Rücken. Und der Unteroffizier zog aus der linken und aus der rechten Tasche eine Pulle und steckte mir eine zu, und er rief mit jubelnder Stimme: »Da sauf... sauf«, und wir tranken... und es war wunderbar, und es war ganz herrlich, und sie konnten uns gar nichts wollen, wir waren verwundet, richtig verwundet, und vielleicht waren wir Helden, und der Unteroffizier würde das Goldene kriegen, dann konnten sie ihm überhaupt nichts mehr wollen...

Und der Zug fuhr ab, er würde durch die Karpaten fahren, durch die Puszta, durch ganz Ungarn bis in den Wiener Wald ... und es war ganz herrlich, und sie konnten uns gar nichts wollen, und wir tranken...

Der Unteroffizier hatte viel Geld. Seine Taschen platzten bald. Weiß Gott, was er verscheuert hatte. Wir fuhren gar nicht weit, nur ein paar Kilometer, bis zum Hauptbahnhof. Da wurden wir verpflegt. Es gab Weißbrot, Käse und Tabak. Auch Kaffee, aber wir hatten keine Kochgeschirre. Wenn wir verwundet waren, schmissen wir immer alles weg. Dann kamen Decken in den Waggon und Stroh, und wir machten uns prachtvolle Lager, wir waren nur zu vierundzwanzig Mann. Es war 'n französischer Waggon, und da, wo stand: 8 chevaux 40 hommes, hatte ein Witzbold drunter geschrieben: 1/2 Elephant 20000 weiße Mäuse. Ich mußte lachen. Wir waren alles »Sitzende«. Ich hatte gehofft, ich würde ein Liegender werden, die Liegenden fuhren nämlich später dann in weißen Betten in einem richtigen Lazarettzug nach Hause. Aber der Arzt am Bahnhof sagte, ich sei ein Sitzender. Wir lagen mit zwölf Mann auf jeder Seite, immer sechs sich gegenüber. Und in der Mitte war ein freier Raum, da standen die Kaffeekannen und die Eßnäpfe. Wir tranken Kaffee und aßen Weißbrot mit Käse. Es wurde dämmerig und dann fuhren wir.

Der Arzt, der uns am Bahnhof in Sitzende und Liegende eingeteilt hatte, hatte den Unteroffizier zum Führer in unserem Waggon bestimmt. Er verteilte die Liegeplätze und die Decken, und ehe wir abgefahren waren, hatte er einen ganzen Kanister Wein in den Waggon geschleppt. »Sauft, Kumpels«, rief er, dann fuhren wir.

Es wurde langsam, langsam dunkel, und wir fuhren durch eine wunderbare graue Ebene mit Wiesen und riesigen Viehherden. Hirtenfeuer standen gegen den flachen Horizont und die Feuer von Zigeunerlagern, und es war schwarzer Rauch am Himmel wie große Fahnen, und die Zigeuner sangen, und wir tranken. Jeder hatte einen Liter Wein gekriegt, und sie soffen alle, es war wunderbar. Jetzt saßen wir wirklich wieder in einem Verwundetenzug, und ich war ein Held, ich würde das Silberne kriegen und der Unteroffizier das Goldene, bei ihm war es das fünfte Mal. Dann schliefen die anderen alle, und ich saß allein vorne mit dem Unteroffizier an der offenen Tür, auf einer Kiste, und wir tranken den Rest von dem Wein, der im Kanister war, und wir rauchten und sagten kein Wort.

Der Himmel war ganz dunkelgrau, und darunter waren schimmernde kühlgrüne Maisfelder, die ganz leise sangen, und oft fuhren wir durch die Steppe und hörten das dumpfe Blöken der Herden und die stillen Feuer der Hirten, und manchmal fuhren wir durch eine Station, da standen die Leute und warteten auf die Züge in die andere Richtung, Soldaten und Rumänen in bunten Kleidern, und ich dachte, daß es furchtbar sein mußte für die Soldaten, dort zu stehen und an die Front zu fahren. Und es wäre schön gewesen, hätte man ihnen die Adresse von den Heimatschußverkäufern geben können, da wären sie gleich vom Bahnhof wieder zurückgefahren. Aber die meisten hatten sicher Angst. Ich hätte Angst gehabt. Ich hätte bestimmt Angst gehabt, so was zu tun, und ich fand, daß der Unteroffizier ein Held war. Verdammt, dazu gehörte Mut.

»Du bist ein Held«, sagte ich leise.

»Halt die Schnauze.«

Dann wurde es ganz dunkel, aber der Himmel blieb noch grau, ganz sanft hellgrau, und man sah die Ziehbrunnen aufragen gegen ihn wie schwarze Schreie der Qual, und Dörfer lagen ganz still und geduldig unter dem grauen Himmel in ihren Maisfeldern, und ich hatte gar keine Lust zu schlafen, es war so herrlich, es war wunderbar, und das Wunderbarste war, daß sie mir gar nichts wollen konnten. Wir rauchten und tranken, und keiner sagte ein Wort...

Dann hielt der Zug auf einer erleuchteten Station, und wir sahen, daß es eine große Station war, und wir standen auf einem richtigen Bahnsteig. Der Bahnsteig war ganz voll von Leuten. Es waren ganz zerlumpte Leute dabei, völlig verrissen, und ganz elegante, rumänische Offiziere mit ihren Huren und rumänische Soldaten, die ihren Sold in Prügel ausgezahlt bekommen. Irgendwo vorne in einem Waggon, wo die Liegenden waren, da schrien sie, ganz schrecklich schrien sie. Dann machte die Menge auf dem Bahnsteig Platz, und es kamen zwei Ärzte und ein Unteroffizier. Der Unteroffizier neben mir pfiff durch die Zähne. »Wir werden gesiebt«, sagte er. Er schnappte den leeren Kanister und verschwand nach hinten aus dem Zug, auf der Seite, wo kein Bahnsteig war. Und ich blickte den Leuten ins Gesicht auf den Bahnsteigen, in ihre ernsten Gesichter, und fühlte, daß ich ein Held war. Vorne schrien sie immer noch, und ich sah auf der Uhr im Bahnhof, daß es erst halb zwölf war, und ich hatte gedacht, die Nacht müßte bald um sein.

Dann kamen die Ärzte in unseren Waggon. »Aufstehen«, schrie der eine, »alles aufstehen.« Mir konnten sie nichts wollen, ich hatte ein Riesenloch im Kreuz, das mindestens vier Monate dauerte. Ich war ganz ruhig. Aber ich spürte, daß die anderen nervös wurden. Ich zeigte mich ihm zuerst. »Gut«, sagte er, »Schmerzen?« »Ja«, sagte ich. »Tablette, Schwitzkowski.« Der Unteroffizier gab mir 'ne Tablette. Der nächste flog raus, er hatte nur 'nen ganz kleinen Splitter im Arm. Er hatte nicht einmal geblutet. Der Arzt beleuchtete alle Wunden mit 'ner Taschenlampe. Es war ganz dunkel und still im Waggon. Er sagte mehrmals »raus«, und die, zu denen er »raus« sagte, stiegen gleich aus und mußten auf dem Bahnsteig warten. Zuletzt ging er in die Ecke zu einem, der lag ganz still. »Stehen Sie auf, verdammt«, sagte der Arzt. Aber der da lag, sagte nichts und lag still. Vielleicht ist er tot, dachte ich, aber er war nicht tot. »Was haben Sie?« schrie der Arzt. Da sagte der, der da lag: »Bauchschuß.«

»Sie sind doch ein Liegender, wie kommen Sie hier rein. Mal sehen«, er kniete sich nieder und drückte dem Liegenden auf den Bauch. »Da?« fragte er, »hier?« fragte er und jedesmal, der Liegende stöhnte. »Na«, sagte der Arzt, »nicht so zimperlich.« Dann sagte er: »Raustragen bei die Liegenden.« Zwei Mann packten ihn, und der Unteroffizier leuchtete mit der Lampe, aber als sie ihn an mir vorbeitrugen, sah ich, daß er schon tot war. Ich sah's ganz gewiß, er war tot. »Er ist ja tot«, sagte ich zu dem Unteroffizier mit der Taschenlampe. »Halt die Schnauze«, sagte der Unteroffizier mit der Taschenlampe. Und sie trugen ihn hinaus, und die Leute auf dem Bahnsteig machten Platz. Einer von den rumänischen Offizieren nahm die Hand an die Mütze. Er hatte sicher auch gesehen, daß er tot war. Der Arzt hatte ihn da in der Ecke totgefummelt.

Dann kam einer und sagte, wieviel wir noch seien, und wir mußten abzählen, und ich zählte im Dunklen mit zwei verschiedenen Stimmen. Da waren wir noch zu vierzehn, und sie brachten uns heiße Milch und jedem ein paar rumänische Zigaretten. Dann fuhren wir los, und im letzten Augenblick sprang der Unteroffizier von hinten wieder auf, es war noch einer bei ihm, und der bei ihm war, lachte, er sagte, er hätte gar nichts, er wär nur fast blind, und er hätte seine Brille kaputtgemacht. Sie könnten ihm gar nichts wollen, sagte er. Er hätt's von seinem Leutnant bescheinigt, daß ihm die Brille durch »Feindeinwirkung« kaputtgegangen sei. Der Halbblinde legte sich irgendwo in die Ecke, und der Unteroffizier schenkte ihm die Milch, die ich für ihn aufgehoben hatte. Wir aber tranken Schnaps, den er mitgebracht hatte. Aber nach der heißen Milch mußten sie alle viel pinkeln, und wir hatten lange keine Ruhe auf unserer Kiste. Auch kühl wurde es, und ganz dunkel war es geworden. In den stillen Feldern, an denen wir vorbeifuhren, war etwas Lauerndes. Und die dumpfen Dörfer, die zwischen Gebüschen schliefen, schienen gefährlich.

Es war sehr starker Aprikosenschnaps, und die heiße Milch wollte nichts von ihm wissen. Es wurde mir plötzlich ganz erbärmlich schlecht. Bei jedem Hopser des Zuges stieg's mir bis zum Halse und rutschte wieder zurück, und die dunkelgrauen Felder verschwammen vor meinen Augen zu einem sich drehenden Brei. Dann erbrach ich mich, und ich schnappte mir eine Decke und legte mich aufs Stroh. Der Unteroffizier schob mir noch 'ne Decke als Kopfpolster hin. Er sagte nichts. Es war unheimlich still.

Und ich schlief ein.

Als ich wach wurde, fror ich ein bißchen. Wir standen in einer engen Schlucht. Es war noch dämmerig. Der Unteroffizier stand draußen und rauchte eine Zigarette. »Hallo«, rief er, »gut geschlafen...?« Ich zündete mir 'ne Zigarette an und ging auch raus, fast alle Leichtverwundeten standen draußen. Es waren sehr steile Berge, und oben, oben sehr hoch irgendwo sah ich einen Hirtenknaben stehen, der schwenkte mit dem Hut. Keiner sah ihn an. Da nahm ich die Mütze ab und schwenkte die Mütze. Der Junge rief etwas, es war ihm sicher einsam dort oben, sehr, sehr einsam, und er war froh, wenn ein Zug vorbeikam. Die Lokomotive dampfte so stark, daß man nicht sehen konnte. Ich hatte plötzlich Hunger und ging in den Wagen. Ich aß den Rest von dem Weißbrot und den Käse auf und trank kalten Kaffee dazu. Ich war gar nicht mehr glücklich, ich sehnte mich nach Hause. Die Wunde schmerzte mir auch jetzt, und ich spürte, daß es angefangen hatte zu eitern, mir war sehr schlecht. Ich freute mich auf ein Bett... und gewaschen hätte ich mich gerne mal. Ich hatte mich drei Tage nicht gewaschen. Wir waren marschiert, gestürmt, marschiert gestürmt, die Essenwagen hatten Volltreffer bekommen, dann war ich verwundet worden und hatte viel gesoffen, kein Wunder, daß es mir schlecht war. Und ich fror...

Einer stand ganz nah bei mir und pinkelte am Waggon raus. Aber er pinkelte genau verkehrt und pinkelte innen gegen die Waggonwand.

»He«, rief ich, »was machst denn du da...«
»Ich pisse«, sagte er ruhig.
»Piß richtig...«
»Ich pisse richtig...« Ich wollte aufstehen und ihm zeigen, wie er zu pissen hatte. Aber es war schon zu spät. Er war fertig und machte sich die Hose zu. Da sah ich, daß es der Halbblinde war, und dachte, daß er markierte.

Ich nahm meine Decke und legte mich anderswohin...

Mir war ganz elend zumute, und ich dachte jetzt nicht mehr, daß sie mir nichts wollen konnten, sondern überlegte, was ich ihnen wollen konnte.

Dann pfiff die Lokomotive, und wir fuhren sehr langsam über eine von den schwankenden, sehr bedenklichen Karpatenbrücken, und dann war eine Station, und wir wurden wieder gesiebt. Der Unteroffizier machte es wieder genauso, aber den Halbblinden schnappten sie diesmal und noch andere. Einer hatte nur ein Ekzem.

»Ekzem«, sagte der Arzt, »Sie sind wohl wahnsinnig, mit 'nem Ekzem bis nach Ungarn zu fahren...«

Wir waren nur noch zu acht, und dann wurden wir aus drei Waggons in einen gesteckt, und es war seltsam, daß wir wieder genau zu vierundzwanzig waren. Vielleicht hatten sie nur den einen Waggon. Und der mit dem Ekzem und der Halbblinde und all die einfachen Durchschüsse mußten deshalb dort bleiben, weil nur ein Waggon da war. Wir wurden an die Liegenden drangehängt. Und von den Liegenden trugen sie auch welche raus, die nicht mehr transportfähig waren. Einer war überhaupt nicht mehr viel. Der hatte beide Beine ab, und es sah schrecklich wenig aus, als sie die Bahre vorbeitrugen. Er war weiß wie Milch im Gesicht und sah sehr wütend aus. Und sein Verband war schwarz von Blut. Auch einen Toten trugen sie raus, und dann noch einen, das war der mit dem Bauchschuß, den der Arzt in unserem Waggon in der Ecke totgefummelt hatte...

Mir war's immer noch elend, und es war jetzt wieder sehr eng in dem Waggon. Vierundzwanzig Mann, und 'nen sehr strengen Unteroffizier hatten sie zum Führer gemacht. Er war groß und breit und hatte 's Verdienstkreuz, und ich war sicher, daß er 'nen Schulmeister und kurz vor der Beförderung zum Feldwebel war. »Plätze einnehmen«, rief er. Er hatte die Gelbsucht, und sein dickes Gesicht sah aus wie 'ne Bronzestatue von Mussolini.

Wir nahmen die Plätze ein.

»Hinsetzen«, rief er.

Wir setzten uns alle schön hin. Auf jeder Seite sechs. Viermal sechs. Nein, dreimal sechs und einmal fünf. Denn der dicke Unteroffizier stand ja.

»Abzählen.« Wir zählten ab.

Ich überschlug einfach 'ne Zahl und sagte vierzehn statt dreizehn, und er merkte es nicht, weil er vergaß, sich selbst mitzuzählen. Keiner merkte es. Wir waren alle scheußlich müde und hungrig, und allmählich taten uns die Wunden weh.

Dann gab es was zu essen, Weißbrot und Käse und heißen Kaffee. Und wir standen lange da. Es war 'ne dreckige Station. Viel Holz und Kohle lag da. Und es stand ein anderer Zug da mit Panzern und noch ein Zug mit geschlossenen Waggons, auf den Panzern waren Panzersoldaten, die winkten uns zu, und wir winkten zurück. Es war uns allen etwas besser, weil wir was gegessen hatten. Die Panzerleute hatten auch müde Gesichter, und man sah, daß sie die Nase voll hatten. Sie fuhren bald ab, und ich sah, daß sie uns beneideten.

Wir hatten es wieder für eine Weile hinter uns. Vor drei Wochen hatte ich hier auf demselben Bahnhof gestanden, da war auch ein Verwundetenzug gewesen, und ich hatte sie auch alle beneidet...

Ich hatte Sorge um meinen Unteroffizier mit dem Unterarmdurchschuß. Ich konnte ihn nirgends entdecken. Da war das Bahnhofsgebäude, eine Kneipe, die mich lockte, aber ich hatte keinen Lei in der Tasche, und dann stieg ich aus, und der strenge Unteroffizier fragte, wohin ich wollte, aussteigen sei verboten. Da sagte ich, ich müsse scheißen, da konnten sie nie was gegen haben, und er sagte, ich müsse mich beeilen. Ich beeilte mich gar nicht. Ich brauchte gar nicht zu scheißen, ich wollte ja nur wissen, wo mein Unteroffizier mit dem Unterarmschuß war. Mein Hubert. Da sah ich, daß sie einen richtigen Lazarettzug gemacht hatten, mit D-Zug-Wagen und weißen Betten und Ärzten und Schwestern. Und wir hingen hinten dran. Wir waren keine Liegenden und auch keine richtig Sitzenden, wir waren so 'n Mittelding, und ich dachte, daß meine Wunde doch vielleicht ein bißchen wenig war.

Die Lokomotive war schon vorne, und es sah aus, als ob wir gleich abfahren wollten. Ich rief laut »Hubert«. Dann ging ich in die kleine Kneipe, eine Bretterbude, und da saß Hubert. Er war besoffen. »Ich wechsle mein Geld«, rief er, »wir kommen gleich nach Ungarn, da muß man Pengö haben. Komm, setz dich.« Ich setzte mich. Wir konnten den Zug genau beobachten. Und ich sah den strengen Unteroffizier ein paarmal den Kopf zum Waggon rausstrecken.

»Sie haben abgezählt.«

»Das macht nichts.«

»Aber er ist streng, der Kapo.«

»Macht nichts.«

»Und es ist ein Transportführer dabei, ein Arzt, der weiß genau, wieviel es sind.«

»Macht nichts.«

Er war vollkommen besoffen.

»Aber was willst du denn tun. Du bist doch überzählig.«

»Weil ich schon mi'm Arzt gesprochen hab.«

Das Mädchen brachte Braten und Brot. Es war ein großes Stück, Schweinebraten – und es roch prachtvoll und mußte sehr teuer gewesen sein. Wir aßen den Riesenbraten und tranken Wein dazu, und ich dachte, weil er doch mi'm Arzt gesprochen hatte, könnte ihm nichts passieren, und ich fühlte mich wieder prachtvoll.

Wir tranken noch ein Glas Wein und kauften viel Tabak und noch ein paar Flaschen Wein, dann gingen wir und stiegen ein, und gleich drauf pfiff die Lokomotive, und der Zug fuhr ab.

Der strenge Unteroffizier fragte den mit dem Armschuß: »Was ist denn mit dir, du gehörst nicht hierher.«

»Ich ... ich gehöre sogar sehr gut hierher, ich war nämlich immer drin.«

»Das ist nicht wahr.«

»Jungens«, rief der Unteroffizier mit dem Armschuß, »war ich nicht immer drin?«

Die meisten schwiegen und sagten gar nichts, aber die acht, die aus unserem alten Waggon waren, riefen: »Klar, er gehört hierhin.«

»Aber wir sind nur mit vierundzwanzig gemeldet«, sagte der strenge Unteroffizier.

»Das ist ein Irrtum.«

»Es gibt keine Irrtümer.«

»Es ist aber ein Irrtum.«

»Wir waren eben doch auch fünfundzwanzig«, sagte ich.

»Halten Sie den Mund.«

»Weil Sie sich doch gar nicht mitgezählt haben«, sagte ich.

»Sie sind betrunken«, rief der strenge Unteroffizier streng, und jetzt wußte ich, daß er wirklich ein Schulmeister war.

»Die Sache muß geklärt werden«, sagte er zu dem Unteroffizier mit dem Armschuß.

»Ist schon geklärt«, sagte der und setzte sich.
»Ich bin verantwortlich.«
»Du bist ein Arschloch.«
»Das verbitte ich mir in Gegenwart von Mannschaften.«
»Und doch bist du eins.«
»Ich werd dem Arzt melden.«
»Und ich hab's dem Arzt schon gemeldet.«
»Was gemeldet?«
»Daß du ein Arschloch bist.«

Alle lachten, und der strenge Unteroffizier setzte sich auch. Es war jetzt sicher acht oder neun Uhr. Ich fühlte mich prachtvoll, und wir tranken jetzt Wein. Und ich fand, daß es draußen schon richtig ungarisch aussah, aber wir waren noch in Rumänien. Ich sah, wenn wir an einer Station vorbeikamen, an den Lokussen, da stand in Ungarn was ganz anderes drauf. Also waren wir noch in Rumänien. Es waren Bauern auf den Feldern, und die schwenkten die Hüte und riefen uns etwas zu, das nach Ungarisch klang. Vielleicht waren wir doch in Ungarn, und ich hatte mich verlesen auf den Lokussen.

Aber dann kam eine sehr große Stadt, und wir waren doch noch in Rumänien. Ich dachte mit Schrecken, daß wir hier vielleicht alle abgehängt würden und daß ich also nicht einmal bis Ungarn zurückkäme. Es war 'ne ziemlich große Stadt, sogar 'ne Straßenbahn war da und ein großer Bahnhof mit Wartesälen. Und viel Volk stand auf dem Bahnhof, aber wir wurden nicht einmal gesiebt. Jetzt kommt der Arzt, dachte ich, und er hat gar nicht mit dem Arzt gesprochen, und es kommt alles raus.

Der Arzt kam. Es war ein ganz junger. Er lachte. Er freute sich sicher auch, daß er den Zug hatte und mitfahren konnte, vielleicht bis in den Wiener Wald. »Wie geht's, Jungens?« rief er, »hat einer Schmerzen?« Und der strenge Unteroffizier wollte eben den Mund aufmachen, da sahen sich mein Unteroffizier und der Arzt an, und sie lachten beide. »Kramer«, rief der Arzt, »was machst du denn hier? Hat's dich wieder erwischt.«

»Ja, Berghannes, sie haben mich wieder erwischt.« Und er sprang raus und ging mit dem Arzt auf dem Bahnsteig auf und ab. Der strenge Unteroffizier machte ein ziemlich blödes Gesicht, aber dann gab's wieder zu essen, und er hatte viel zu tun, die Portionen zu verteilen. Es gab Weißbrot und Käse und 'ne Rolle Drops und Zigaretten, und Kaffee. Dann gab's auch warmes Essen, Nudeln mit Goulasch, und ich aß mit großem Appetit. Mein Unteroffizier ging immer noch mit dem Arzt auf dem Bahnsteig spazieren. Es wurde überhaupt keiner ausgeladen, dann fuhren wir wieder ab, und mein Unteroffizier sprang wieder auf.

»Scheiße«, sagte er, »wir kommen nur ganz vorne nach Ungarn rein.«

»Wer sagt's?«

»Der Arzt.«

»Scheiße.«

»Ja, Scheiße, aber es gibt vielleicht 'ne Masche«, er lachte.

»Was für 'ne Masche?«

»Vielleicht können wir umsteigen bei die Liegenden, wenn sie wieder welche ausladen müssen.«

»Dann fahren wir nach 'm Wiener Wald.«

»Scheiße, Wiener Wald. Der ganze Zug geht nur nach Debrecen.«

»Nun, ja, Debrecen ist ja nah an Budapest...«

»'s geht, aber hoffentlich klappt's.«

»Kennst du den Arzt gut?«

»War mit ihm auf der Universität.«

Au, dachte ich, der war auf der Universität. Ich sagte kein Wort mehr.

Der Unteroffizier hielt mir die Pulle hin. Wir fuhren jetzt in die Karpaten rein, mitten hinein, das war herrlich, und es war warm, und der Schnaps schmeckte herrlich nach Aprikosen...

»Warum sagst du nichts mehr...?«

»Och...«

»Los, was ist denn los...«

»Ich dachte, daß du doch ein besseres Tier bist, wenn du auf der Universität warst.«

»Scheiße, sag ich dir, stell dir nichts zu Dolles vor von die Universitäten. Was bist du denn?«

»Ich bin 'n Ofensetzer.«

»Sei stolz und froh, daß du 'nen Ofen anständig aufsetzen kannst, daß er zieht und daß die Leute warm werden und drauf kochen können. Das ist doch wohl ein feines und sehr schönes Handwerk, mein Lieber... Da, trink, aber 'nen großen Schluck...« Ich trank 'nen großen Schluck.

»Aber auf die Universitäten, da lernen sie Arzt und Richter und Lehrer, das sind doch verdammt hohe Tiere«, sagte ich.

»Viel zu hohe Tiere. Sie sind eben nur hohe Tiere, weil sie hohe Nasen haben, das ist alles. Scheiß doch was drauf...«

»Bist du denn ein Arzt oder ein Lehrer oder ein Richter...?«

»'ne L..., ich bin ja nicht fertig geworden. Da haben sie mich Soldat gemacht... ich wollte Lehrer werden.

»Nunja, auf die Universität können sie die Dümmsten nicht gebrauchen...«

»Sag's nicht, manchmal sind ihnen die am liebsten.«

»Kann's nicht glauben...«

»Es is nur Brei, sag ich. So 'ne Universität, das ist 'ne große Breifabrik, mein Lieber. Sie kauen und kauen und würgen jahrhundertelang. Immer dasselbe. Sie fressen es jahrelang, und dann spucken sie jahrelang wieder aus. Und manchmal gibt es einen, irgendeinen, 'nen Bauernjungen, oder auch 'nen anderen, die finden, daß Goldklümpchen in diesem grauen Brei sind. Und sie stürzen sich drauf, und in einer wilden

Schufterei, in irrer Leidenschaft nächtelang, wochenlang, jahrelang durchwühlen sie den grauen Brei nach Goldklümpchen, sie verlieren die Farbe im Gesicht und ihre Gesundheit, so furchtbar ist ihre Leidenschaft nach den Goldklümpchen, und dann haben sie eine Anzahl gefunden, da machen sie ein köstliches Geschmeide draus, diese Burschen, ein Buch, ein kostbares Buch, das wirklich wert ist, gelesen zu werden. Aber wenn sie dann sterben, dann wird es alles in den großen Breipott hineingeschmissen, es wird durchgemengt mit dem anderen Gekaue, es wird zerkleinert wie in einer richtigen Papiermühle, und die anderen, die Breikauer, sind froh, wenn sie ihren Brei nun noch dicker und noch grauer kriegen. Sie müssen viel Wasser auf den Brei tun und viel graue Masse, viel Gefasel, damit möglichst wenig von dem Gold übrigbleibt. Und dann kommt wieder so ein Besessener, jede Generation einer, so 'n Verrückter, der im Klick was begriffen hat, und wühlt und wühlt, bis er wieder 'nen Haufen Gold zusammengescharrt hat aus der irrsinnig großen grauen Bücherhalde, diesem abgestanden trockenen Brei. Und die anderen, die berufsmäßigen Breikauer, die lachen über ihn, oder sie erklären ihn für gefährlich, oder sie spotten über ihn und sorgen dafür, daß er nur ja keine Revolution macht, damit ihnen der wunderbare Brei, den sie in Jahrhunderten angesammelt haben, nicht weggeschwemmt wird.

Und die Studenten, weißt du, da gibt es verschiedene Sorten. Die einen glauben alles, sie schlucken es brav und gehorsam, das unverdauliche gräßliche Zeug, so wie 'n Rekrut die Dienstvorschrift schluckt. Und sie tragen den Brei gehorsam weiter in die Schulen, in die Gerichte, in die Operationssäle. Das sind die meisten, sagen wir: fünfundneunzig Prozent. Das sind brave Breifresser, die den Brei auch brav glauben und weitergeben, das sind Akademiker. Sie machen selbst ein bißchen Brei, aber nicht genug, um an die Breifabrik angestellt zu werden. Sie werden Studienrat oder Richter oder

Wirtschaftsprüfer oder Arzt. Dann sind da ein paar, die glauben an gar nichts, manche von diesen wissen wohl, daß es Gold zu finden gibt, aber sie spüren keine Lust, es auszugraben. Sie lassen sich den Brei einflößen, weil es ihnen ums nackte Fressen geht, um die sogenannte Existenz, verstehst du. Die scheißen was auf alles, haben ihre Weiber und all den Kram, und machen mit, weil sie's müssen. Dann gibt es aber auch ein paar, die haben plötzlich 'ne Goldspur entdeckt. Vielleicht sind sie gerade so 'nem Goldsucher in die Finger gefallen, und nun sind sie von der Leidenschaft ergriffen, auch Gold zu finden. Aber da müssen sie – immer schön den Satzungen der Breifabrik nach – erst all den großen grauen Plunder schlucken, ehe sie einmal so weit sind, daß sie nach dem Gold suchen dürfen. Viele verzweifeln und schießen sich 'ne Kugel durch den Kopf oder gehen zu den Huren, auf ihr lebenslang. Manche werden auch so wie die zweite Sorte, die's wohl wissen, aber keine Lust haben: sie machen die Breifresserei mit. Aber da ist immer wieder einer, der sich durchfrißt durch den Berg von grauem Schlabberquatsch, damit er zu den Schächten gelangen kann, wo das wahre Gold gefunden wird.

So ähnlich ist das. Aber ich hab keinen Goldsucher und keinen Goldfinder gefunden, nur brave Staatsbürger, und wenn einer ein braver Staatsbürger ist, dann mißtrau ich ihm immer...« Der Unteroffizier schwieg. Dann zeigte er auf den strengen Unteroffizier und sagte: »Guck dir den an. Das ist 'n braver Staatsbürger. Der glaubt selbst, daß er's um des Staates willen tut, aber in Wirklichkeit geht's ihm um seinen Staatsbürgerbauch und seinen Arsch. Der frißt gern gut und ist ein bißchen feige, und schnauzt gern die Leute an. Und im Grunde denkt er nur an sich. Der hat Angst, weil ich eingestiegen bin, könnt er rausgeschmissen werden, weil er ja nur die Gelbsucht hat und ich doch immerhin in Ehren verwundet bin... bin ich's nicht?«

»Du bist.«

»Nu ja. Der Staat hat diese Burschen gern, obwohl er weiß, daß sie nur an sich denken. Er gibt ihnen 'ne Stellung, wo sie was zu verlieren haben und was zu sagen haben, und schon ist's gut. Die werden schon dafür sorgen, daß die, über die sie zu sagen haben, kaduk sind, kaduk, verstehst du. Ich scheiß was auf alles. Die werden sich wundern, wozu ich fähig bin...«

Er nahm wieder einen Schluck Schnaps, und ich dachte, daß er vielleicht ein bißchen viel gesoffen hatte.

»Was machst du eigentlich da?« rief er dem strengen Unteroffizier zu, der irgend etwas auf 'nem Stück Papier auf seinen Knien am Ausrechnen war.

»Ich zähl meine Sturmtage und meine Nahkampftage«, sagte der ganz bescheiden, denn seitdem der Arzt sich auf die Seite von meinem Unteroffizier gestellt hatte, war er ganz bescheiden.

»Was für Sturmtage?«

»Meine Sturmtage.«

»Wo hast du denn gestürmt und nahgekämpft...?«

»Oben, weißt du, bei Kischinew...«

»Bei Kischinew, bei welchem Haufen denn?«

»Bei den Panzern, weißt du...«

»Da hast du nahgekämpft und hast gestürmt, was. Du siehst mir verdammt stürmisch aus, mein Lieber.«

Der strenge Unteroffizier wurde rot. Und es tat mir fast ein bißchen leid.

»Na«, sagte er, »... immerhin, ich kann es dir ja zeigen. Ich bin an drei Sturmtagen vorne gewesen und hab's Essen gebracht... und hab Verwundete mit zurückgenommen...«

»Du bist ein Schwein, sage ich dir, und du hast den Landsern die Portionen weggefressen und hast den Verwundeten die Wertsachen aus den Taschen geklaut, so einer bist du...«

»Nu, das verbitte ich mir. Hör auf, du bist ja besoffen.«

»Klar, Besoffene sagen die Wahrheit. So 'n Schwein bist du. Hier«, sagte er plötzlich und riß sich alle Dinger von der Brust, »hier hast du's Ekaeins und Sturmabzeichen und's Nahkampfabzeichen, mir steht's schon lange am Halse heraus...«

Der strenge Unteroffizier wich zurück, denn mein Unteroffizier hatte ihm die Blechdinger wirklich fast ins Gesicht geschmissen. Er war jetzt total besoffen. Ich schnappte ihn mir einfach, legte ihn flach auf die Decke, und er sagte kein Wort...

»Siehst du«, sagte ich, »der ist ja voll.« Der strenge Unteroffizier sagte nichts. Ich nahm die Orden wieder von der Erde auf und steckte sie in die Tasche. Es sagte keiner ein Wort, nur der strenge Unteroffizier fing ganz leise an zu sprechen, denn mein Unteroffizier war eingeschlafen. Sowie ich ihn umgelegt hatte, war er eingeschlafen. Er schlief bis Ungarn. Wir fuhren jetzt durch 'ne herrliche Gegend, prachtvolle Berge und schöne Dörfer und Städtchen, und mein Unteroffizier schlief. Es war fast Mittag, und wir fingen an, unser Weißbrot und unseren Büchsenkäse zu essen, und wir hatten alle Durst. Dann hielten wir mal auf freier Strecke, nahe bei 'nem Dorf, und einer fragte den strengen Unteroffizier, ob wir uns was zu trinken holen könnten.

»Ich sag nichts mehr« – und ich glaub, verdammt, er war immer noch auf den Knien irgend etwas am Ausrechnen –, »ich sag nichts mehr. Ich hab euch ja die Portionen weggefressen und die Wertsachen aus den Taschen geklaut. Ich sag nichts mehr.« Ich glaub fast, er weinte bald, und nun war ich ganz sicher, daß er ein Schulmeister war.

»Mach kein Quatsch«, riefen sie, »er war doch besoffen.«
»Besoffene sagen die Wahrheit – –«
»Kapo, sei nicht blöd. Es war ja gemein von ihm – –«
»Nee, ich bin ja ein Schweinehund –«
»Komm, sei wieder brav, wir glauben's ja nicht.«

»Ich hab meine Pflicht ja nicht getan...«

»Hast du, hast du... Komm, Kopf hoch. Er ist ja total besoffen... können wir uns was zu trinken holen...?«

»Es ist ja verboten... und wenn der Zug plötzlich anfährt, seid ihr nicht mit... aber ich bin ja nicht verantwortlich. Er kennt ja alle Ärzte per du, und mich hat er gleich durchschaut...«

Ein paar stiegen aus und liefen zum nahen Haus, und sie kamen mit Wasser und einer mit Kaffeesuppe wieder. Sie gaben zuerst dem strengen Unteroffizier was zu trinken. Einer wollte ihm 'nen ganzen Becher voll machen.

»Halt«, sagte der, »denk an die Kameraden«, und wies die Flasche zurück.

Dann stiegen die anderen auch aus, und der strenge Unteroffizier sagte, ein bißchen lachend: »Ich bin ja nicht mehr verantwortlich, das ist schön, wenn man nicht mehr verantwortlich ist. Der Verantwortliche schläft und ist besoffen. Das ist die richtige Dienstauffassung...«

Keiner sagte ein Wort, und ich meinte, sie blickten jetzt alle sehr bös auf meinen Unteroffizier, der schlief. Er schlief ganz ruhig, aber auf seinem Gesicht war ein gequälter Zug, und ich sah ihn mir jetzt mal erst genau an. Er war älter als ich, sicher sechs, sieben Jahre älter. Mindestens fünfundzwanzig. Und er war hellblond und hatte ein schmales Gesicht und sah schlecht aus. Nun ja, er hatte ganz schön gesoffen die letzten Tage...

Dann kam der junge Arzt wieder und rief: »Kramer«. Ich zeigte auf den Unteroffizier, und der Arzt sagte: »Laß ihn schlafen...« Und dann sagte er zu uns: »Ihr könnt hier ruhig ein bißchen aussteigen, die Lok ist kaputt, das kann was dauern. Wir liegen fest. Wir sind jetzt in Ungarn. In der Nähe der Badeörter.«

Aha, dachte ich, da kommen wir also in die Badeörter. Wir stiegen alle aus. Es war 'ne sehr kleine Station. Das Stationshaus sah regelrecht verschlafen aus. Es roch nach Harz und reifem Mais. Viel Holz lag herum und seltsame Stapel von rostigem Eisen und undefinierbaren Gegenständen, wie sie auf fast allen Stationen mal irgendwann liegen bleiben. Es schien gar kein Ort da zu sein, und wir gingen alle auf den Bahnhof zu. Der Zug stand ohne Lok da wie 'ne Schlange ohne Kopf. Der Bahnhof schien ganz allein zu liegen. Kein Mensch war zu sehen.

Ich schnupperte ein bißchen, und dann roch ich plötzlich, daß Sonntag war. Es roch nach Nichtstun. Ich ging am Bahnhof vorbei, wo sie sich alle wie die Fliegen in die Kneipe stürzten. Es war da 'ne wunderbar friedliche kleine sanfte Allee, die nirgendwo hinzuführen schien, es war ganz herrlich, und ich dachte mir, daß hier so etwas ähnliches wie Frieden sein müßte. Es roch so herrlich nach Sommer und Sonntag, und dann hörte ich eine ganz tolle Schluchzgeigenmusik, die mich ganz verrückt machte, und plötzlich war ich in 'nem kleinen Städtchen. Kein Hund war auf der staubigen Straße, kein Mensch zu sehen.

»Aha«, dachte ich, »jetzt haben sie sich den Bauch voll Goulasch geschlagen, und jetzt pennen sie, und einer spielt die Geige«, denn die Geige war immer noch zu hören, und sie kam aus einer ganz kleinen Kneipe, und ich spürte gleich, daß ich durstig war ... ich ging in die Kneipe rein ...

Da war's sehr leer und warm, nur ein paar dunkle Burschen saßen auf ärmlichen Stühlen und sahen eigentlich schlecht aus, sehr mager und ein bißchen gelb, und ich dachte, daß sie doch vielleicht nicht alle Goulasch gegessen hätten. Und einer stand gegen die Theke gelehnt und ließ die Geige schluchzen, daß es ganz toll war. Ich guckte ganz erstaunt auf die Geige, denn ich meinte, die Tränen müßten nur so an ihr runterrinnen, aber die Geige war ganz trocken. Nur der Mund von der hübschen dicken Frau hinter der Theke, der war feucht. Auch die Burschen sahen furchtbar ausgetrocknet aus. Vielleicht kommt's von dem vielen Paprika, dachte ich, ich war noch nie in Ungarn gewesen, und ich dachte, sie äßen alle viel Paprika und Goulasch und ließen die Geigen schluchzen, daß es Gott erbarmte. Aber es war gar nicht so, ich hab's später erfahren. Nur der Mund von der hübschen dicken Frau hinter der Theke war feucht, und als ich nun reinkam und rief: »Tag, Kameraden«, da lachten sie alle und riefen irgend etwas Freundliches auf ungarisch, und die Frau war ganz besonders nett, und sie sagte sogar: »Guter Tak«. Ich ging auf die Theke zu. Der Bursche mit der Geige ließ es weiter schluchzen und lächelte mir zwischendurch freundlich zu.

»Könnt ich bitte ein Glas Wasser haben?« sagte ich sehr höflich, denn ich hatte keinen Pfennig in der Tasche.

Die Frau lachte, so wie wir auch manchmal lachen, wenn einer ganz und gar ausländisch spricht. Dann sagte sie, und es gurrte in ihrem schönen dicken glatten Hals wie bei 'ner Taube, sie sagte: »Bor«.

Aber ich wollte kein Borwasser, und ich sagte es ihr; da lachte sie noch mehr, und sie hatte ganz herrliche Grübchen in ihrem schönen Gesicht, und sagte sie: »Birr«. Das hätt' ich gern gehabt, denn ich hatt' 'nen schrecklichen Durst. Ich schüttelte den Kopf, sagte: »Nix Pengö ich«, und verlangte hartnäckig Wasser. Derweil hatte ich die Hände in die Taschen gesteckt und dem schluchzenden Bengel zugehört. Auch die anderen hörten ganz fasziniert dem schluchzenden Bengel zu, und nur wenn ich sie ansah, lächelten sie. In meiner Tasche entdeckte ich aber noch ein ganz neues, fabrikfrisches Wehrmachtstaschentuch, so 'n grünseidenes, und das hielt ich der Wirtin hin und fragte: »Wieviel Pengö du?« und ich find's herrlich, daß man einen dann mit du ansprechen kann. Aber sie schüttelte gleich den Kopf, und ich merkte jetzt, daß ich nicht mehr in Rumänien war. In Rumänien konnte man jedem alles verkaufen. Die Frau wurde ganz ernst, und ich war auch traurig, weil ich dachte, ich hätte sie beleidigt, aber sie lächelte gleich wieder, stellte mir auf 'nen Tisch 'ne Flasche und 'nen Glas und deutete mir, ich sollte mich setzen. »Du nix Pengö«, sagte sie aufmunternd. Ich setzte mich neben einen von den dunklen Burschen und hörte dem Schluchzer zu. Er schluchzte immer noch, und ich fand's grausam traurig und schön, und es roch gleichsam nach Heide und wilden Küssen und vergossenen Tränen wegen 'nem total gebrochenen Herzen. Ich fühlt's Weinen kommen, aber dann machte ich die Flasche auf, und da kam ein wunderbares braunes Bier heraus, dick, und es sah prächtig aus. Mir lief das Wasser im Munde zusammen. Der Schluchzer hatte gerade 'ne kleine Pause gemacht, und ich erhob mich, hob das vollgegossene Glas in die Höhe und rief: »Zuerst, ihr ungarischen Kameraden, trink ich auf die schönste der Frauen.« Dabei hob ich das Glas gegen die Wirtin, sie lächelte wirklich schön mit ihrem schönen Gesicht. »Und dann«, sagte ich und neigte mich gegen den Schluchzer, »trink ich auf dich, Kamerad, du schluchzst wie ein Schluchzgott. Ich will dich nicht veräppeln, das liegt mir fern, aber schluchz dich durch und scheiß auf alles.« Und da ich mir dachte, daß Ungarisch vielleicht eine Art Mischung von Latein und richtigem Ungarisch war, fügte ich hinzu: »Schluchzi, schluchziste, schluchzaveramus. Und nun trink ich auf Ihren ausgedörrten ungarischen Populus, nehmt mir nicht übel. Aber ich weiß nichts mehr zu sagen.« Und dann trank ich das ganze große herrliche Glas, und es schmeckte so prachtvoll, daß ich mich vor Lust verschluckte. Es war ein herrliches Bier, dick und ein bißchen süß, und mein Durst wurde riesengroß und schön. Meine Rede hatte großen Beifall gefunden. Die hatten mich prächtig verstanden, sie lachten wie die Kinder und tranken mir aus ihren Gläsern zu, auch die Wirtin winkte mir holdselig, und sie war wirklich ein schönes Weib, und ich dachte im stillen, ob ich vielleicht einen Kuß von ihr bekommen würde, wenn die Schluchzer nicht mehr da wären. Einer von den Burschen stieß ganz furchtbare Worte aus, tolle Gurgellaute, und ich dachte, sie wollten mich kaltmachen, vielleicht wegen dem neuen Taschentuch, aber sie wollten mir nur ihre Zuneigung kundtun. Er kam auf mich zu, goß mein Glas voll, und ich mußte es ganz leertrinken, und sie hatten sofort 'ne neue Flasche bei der Hand, und ich trank auch diese Flasche schnell leer. Das Bier war wirklich prachtvoll, und es war so warm draußen, und es war Sommer und ich war in Ungarn, und sie konnten mir gar nichts wollen, und ich würde schön hören, wenn der Zug pfiff, daß ich schnell noch laufen und aufspringen konnte. Ich war bald ein bißchen besoffen, und ich bedauerte nur, daß ich kein Geld hatte, um mich ein bißchen bei meinen ungarischen Freunden zu revanchieren. Aber sie lächelten immer nur, wenn ich irgendwelche Andeutungen mit Gesten machte, und vor allem die Wirtin war lieb zu mir, ich glaub, sie hatte mich gern, ich hatte sie auch gern, wenn sie auch viel älter war als ich, aber sie war lieb und gastfreundlich zu mir, und sie war 'ne schöne Frau, ein Prachtweib von 'ner ungarischen Wirtin... Nach der vierten Flasche fing ich an, auf Hitler zu schimpfen: »Kameraden«, rief ich pathetisch, »Hitler ist ein Arschloch.« Sie fanden es ganz richtig und trampelten vor Freude auf den Boden, und der Schluchzer war ganz entzündet von meinen Reden, er griff zur Geige und ließ eine ganze wilde revolutionäre Schluchzerei hören, die ganz fabelhaft war. Es war ganz halsbrecherisch, wie der Bursche auf der Geige rumhantierte. Plötzlich aber, ich trank gerade während des Schluchzens meine vierte Flasche, packte mich einer von meinen neuen Kumpels am Arm und machte etwas, das genau wie »Pst, pst« klang, und sie waren alle direkt still, und dann horchte ich auf, als der Bursche mich am Arm zog, und ich hörte da, wo der Bahnhof sein mußte, ein lautes Rufen. Mir wurd ein ganz klein bißchen schlecht, aber ich dachte mir, daß nur schlechte Leute es eilig haben, ich erhob mich: »Kameraden, die Stunde, nee, die Minute des

Abschieds ist gekommen, nehmt mir's nicht übel, aber ich möcht doch gerne möglichst weit nach hinten in ein Lazarett, und nah an Deutschland, sonst würd ich ja den ganzen Sommer hier sitzen und Bier trinken und dem Schluchzen zuhören. Nehmt mir's nicht übel.« Sie verstanden's gut und drängten mich zur Eile. Ich lief schnell zu der Wirtin und küßte ihr die Hand, sie stieß mich neckisch zurück...

Die Allee war ganz herrlich, sehr schön kühl und roch doch nach Sommer und Sonntag und nach Ungarn. Dichte Kastanienbäume, die üppig und dick und wunderbar schön aussahen wie das prachtvolle Bier. Ich merkte gleich, daß ich ein bißchen besoffen war, die Allee schien ein bißchen zu schwanken, aber ich wußte ja, daß ich schwankte, aber ich fand es herrlich, so besoffen an einem Sonntag im Sommer durch 'ne ungarische Kastanienallee zu schwanken. Sie konnten mir ja gar nicht viel wollen. Ich war eben mal austreten gewesen und der Zug war angefahren und ich würd ihnen schon nachfahren. Aber der Zug war noch da. Ich sah zuerst zur Lokomotive und sah direkt, daß noch gar keine dran war. Und es war keiner zu sehen, aber da rief irgendwo jemand: »Da ist er ja«, und ich sah sie alle aus den beiden Waggons zusammen, und der Arzt war bei ihnen. Der Arzt war böse, es war der, zu dem mein Unteroffizier du gesagt hatte. Ich sah gleich, daß er böse war, gereizt und aufgeregt, und ich dachte, er wär's wegen mir, weil ich doch weg war, aber er war's gar nicht wegen mir. »Oh, kommen Sie her«, rief er streng, aber er ließ mich gar nicht antworten, sondern sagte nur: »Treten Sie ein.« Ich trat ins Glied, und die anderen lachten, weil sie doch sehen konnten, daß ich richtig besoffen war. Der Arzt guckte uns alle noch einmal streng an, dann sah er auf 'nen Zettel und sprach ziemlich pathetisch: »Kameraden, ich habe Ihnen eine Mitteilung zu machen, die Sie alle interessieren wird. Wir haben's als Sondermeldung im Radio durchbekommen, und ich möchte es Ihnen nicht vorenthalten.« Er guckte uns alle noch einmal ernst an, dann fuhr er fort: »Heute morgen in den frühen Morgenstunden sind die vereinten englisch-amerikanischen Streitkräfte an der Westküste Frankreichs gelandet. Der Kampf ist in aller Heftigkeit entbrannt. Kameraden, in dieser ernsten Stunde, wo sich die feigen Lügner uns endlich stellen, wollen wir nicht versäumen, ein dreifaches Sieg Heil auf unseren Führer auszurufen, dem wir alles verdanken. Kameraden, Sieg –«... »Heil«, riefen wir. Und so machte er's noch zweimal mit uns. Dann war's ganz mäuschenstill, und in diese Mäuschenstille hinein rief plötzlich die Stimme von meinem Unteroffizier: »Hurra, hurra, hurra.« Wir blickten erschreckt und entsetzt auf, auch der Arzt, und da stand mein Unteroffizier an der Tür von unserem Waggon, er sah ganz verschlafen aus, hatte noch Falten im Gesicht und Strohflusen am Rock. »Was soll das heißen, Kramer?« rief der Arzt wütend.

»Herr Oberarzt, weil sie sich uns doch jetzt stellen, verstehen Sie; deshalb ruf ich hurra, jetzt werden wir sie verhaften, gründlich verhaften, und dann ist der Krieg aus. Hurra, hurra, hurra.« Er strahlte übers ganze Gesicht, auch der Oberarzt lachte jetzt und wir auch, und ich sah, daß mein Unteroffizier wieder gewonnen hatte. »Wegtreten«, sagte der Arzt, »und keiner entfernt sich vom Zuge, die Lokomotive kann jeden Augenblick kommen.«

Mein Unteroffizier sprang aus dem Waggon und ging auf den Arzt zu, und ich sah, daß sie miteinander sprachen, die anderen krochen in den Waggon zurück, manche setzten sich auf die komischen Stapel und aßen Käsebrote und tranken kalten Kaffee, denn sie hatten alle keine Pengö. Manche tranken auch Bier und Wein oder Schnaps aus der Bahnhofskneipe. Die hatten was verscheuert und hatten Pengö, und die, die keine Pengö hatten, waren empört und fanden es »unmöglich«. Ich war richtig ganz nett besoffen. Ich hielt mich in der Nähe vom Ausgang und wartete auf meinen

Unteroffizier, er mußte mir Geld geben oder mit mir gehen, und dann wollten wir die Ausgedörrten und den Schluchzer freihalten, bis die Wirtin nichts mehr hatte von dem prachtvollen Bier.

Hubert schlug mir auf die Schulter und sagte leise zu mir: »Zwei Stunden mindestens noch, aber ich soll's keinem sagen. Bist du besoffen?«

»Ja.«

»Wovon?«

»Von Bier.«

»Ist gut?«

»Herrlich«, sagte ich.

»Los«, sagte Hubert, »wo ist die Kneipe?« Wir verdrückten uns ganz langsam, und dann, als wir in die schöne kühle Allee gekommen waren, gingen wir langsamer. Es war wirklich schön, warm und sommerlich, und wir waren verwundet, und sie konnten uns gar nichts wollen, wir waren in einem richtigen Lazarettzug, mein Gott, wie herrlich das war.

»Hör mal«, sagte Hubert, während wir weitergingen, »weißt du auch, daß wir 'nen richtigen handfesten Grund haben, uns richtig zu besaufen?«

»Nee«, sagte ich.

»Mensch«, sagte er, »sie sind doch gelandet, jetzt geht's dem Ende zu, sag ich dir, unweigerlich dem Ende. Jetzt dauert's wenigstens nicht mehr so unabsehbar lange.«

»Der Krieg?« fragte ich.

»Klar, Mensch, der Krieg. Jetzt geht's zu Ende, paß mal auf.«

Hubert blieb plötzlich stehen und hielt mich am Arm. »Sei mal still«, wir hörten das Schluchzen, und ich fand's schön und traurig, wie die Geige schluchzte. »Da spielt einer ganz fabelhaft die Geige«, sagte Hubert.

»Das ist doch in der Kneipe«, sagte ich lachend.

»In unserer Kneipe?« fragte Hubert.

»Ja«, sagte ich, und Hubert wieder: »Hurra, hurra, hurra«, und jetzt liefen wir. Es war noch immer niemand auf der heißen stillen Straße zu sehen, auch kein Hund und kein Huhn. Und dann traten wir in die Kneipe, und während wir die Tür aufmachten, dachte ich, daß sie doch vielleicht alle Goulasch die Masse ⟨*gegessen hatten und jetzt am*⟩ Pennen waren...

Die Ausgedörrten empfingen mich mit lautem Lachen, auch der Schluchzer unterbrach sein Spiel und nickte mir zu. Und die Wirtin, meine dicke schöne Wirtin, war direkt entzückt, mich wiederzusehen. Ich sah es ihr an. Ich hielt ihnen eine kleine Rede und stellte ihnen meinen Freund Hubert vor, und sie hatten ihn gleich ins Herz geschlossen. Hubert bestellte sieben Flaschen Bier, für die drei Ausgedörrten, für den Schluchzer, für die Wirtin und für uns zwei. Er schlug einen ganzen Packen Scheine auf den Tisch, und ich sah's an den Augen der Ausgedörrten und an den Augen des Schluchzers, an ihren großen und sehr schamhaft guckenden Augen sah ich, daß sie arm waren, und ich fand es prachtvoll, daß sie mir Bier spendiert hatten, und ich wünschte, ich hätte alle Reichtümer der Welt gehabt, um sie ihnen zu Füßen zu legen und auch der Wirtin, der schönen dicken Wirtin, denn auch an ihren Augen konnt man sehen, daß sie nicht viel Geld hatte. Aber sie trug es lächelnd, während die Ausgedörrten und der Schluchzer doch ein trauriges Gesicht machten, und sie hatten sicher viel, viel weniger als die Wirtin. Hubert ging rund und füllte allen die Gläser, und dann sprang er auf einen Stuhl, hob sein Glas – auch wir hoben sie alle – und hielt 'ne Rede, die ich ganz prachtvoll fand. »Kollegen«, rief er, »und meine liebenswerte Kollegin, pardon. Ist es nicht ganz herrlich, daß wir Menschen sind. Ist es nicht wunderbar, daß wir Brüder sind – – und ist es nicht gräßlich, daß die Schweine den Krieg angefangen haben, in dem sie uns gerne kaputtschießen wollen? Aber wir sind Menschen, und wir wollen uns an ihnen rächen, indem wir Brüder bleiben, indem wir sie beklauen und bescheißen – pardon, meine Schönste –, daß ihnen die Spucke wegbleibt. Kumpels«, rief er, »ungarische Kumpels, wir sind Menschen, vergeßt das nicht, hört ihr, und nun sauft.« Er trank sein Glas leer, und auf seinem Gesicht war ein ganz erstaunter Ausdruck: »Kinder«, rief er dann, »das Bier ist wirklich prachtvoll.«

Die Begeisterung aller war groß. Wir umarmten uns bald, und ich dachte schon, daß ich nun vielleicht auch die schöne Wirtin einmal küssen könnte, aber sie stieß mich lachend zurück, und ich sah, daß sie rot wurde. »Verdammt«, dachte ich, »du bist vielleicht ein Schwein, sie ist verheiratet und hat ihren Mann gern, und du junger Schnösel willst sie küssen, verdammt.« Und dann stand ich auf und hielt wieder eine kleine Rede, in der ich mich entschuldigte und mich als Schwein bezeichnete. Sie verstanden mich alle gut, auch die Wirtin, sie lächelte mir verzeihend zu und sagte auf ungarisch, sie verstände es ja gut und nehme mir nicht übel, aber sie hätt' eben einen Mann und den hätt' sie gern und sie wollt' sich nicht küssen lassen, wenn ich auch ein lieber junger Bengel sei. Auch die Ungarn verstanden, und Hubert lachte sich krank, und dann lachten wir alle zusammen. Und die Ungarn hielten tolle Reden und sagten, daß wir Brüder seien und daß Hitler und Horthy Schweine seien, und sie spuckten auf die Erde und schütteten ein bißchen Bier drauf. Jedesmal, wenn die Wirtin neues Bier brachte, machte sie sieben Striche an eine Tafel, und ich sah bald, daß es 'ne ganze Menge Striche waren...

Wir hatten sehr viel Spaß miteinander, wir erzählten uns die tollsten Dinge, ohne ein Wort zu verstehen, und verstanden uns glänzend, wir tranken zwischendurch einen prächtigen Schnaps, und ich sah's ganz genau, daß die Wirtin nur sechs Striche machte, auch bei dem Bier, weil sie schon lange nicht mehr mittrank, dann verschwand die Wirtin, und der

Schluchzer spielte etwas Wunderbares, es klang wie Wein und Seide zusammen, dunkle traurige Seide und schwerer Wein, und als der Schluchzer zu Ende war, rief Hubert plötzlich laut »Tokayer«, aber jetzt merkten wir, daß die Wirtin nicht mehr da war, und Hubert nahm dem Schluchzer sanft die Geige ab, nahm ihn am Arm und setzte ihn auf einen Stuhl. Er schlief sofort ein, und ich sah jetzt erst, daß er vollkommen besoffen war. Der arme Schluchzer hatte ein sehr schmales, hungriges Gesicht, und ich sah's ganz gut, daß Hubert ihm 'nen Packen Scheine in die Tasche steckte. Hubert hatte wirklich unheimlich viel Geld, und ich nahm mir vor, ihn doch mal zu fragen, was er eigentlich verscheuert hätte. Die Ausgedörrten tanzten dann, und Hubert spielte dazu, und ich fand, daß er wunderschön spielte, die Ausgedörrten weinten bei Huberts Spiel, sie weinten ganz hemmungslos und ohne Scham, es lief ihnen einfach wie Wasser runter, und ich muß sagen, auch mir kamen die Tränen, so schön spielte Hubert. Er war selbst ganz weg und stand an der Stelle, dort an der Theke, wo eben noch der Schluchzer gestanden hatte. Ich hatte eigentlich Lust, wieder eine Rede zu halten, ich hatte so viel auf dem Herzen, aber ich wußt einfach nicht, wie ich anfangen sollte... Da kam plötzlich die Wirtin wieder, und sie lachte ganz laut und herzlich, und sie hatte 'ne große Schüssel in der Hand und 'nen Teller mit vielen Weißbrotschnitten. Hubert setzte sofort die Geige ab und ging an der Schüssel riechen. »Kinder«, rief er, »das ist Braten, prachtvoller kalter Braten«, und er fiel der Wirtin um den Hals, und sie konnte gar nichts machen, weil sie die beiden Schüsseln in der Hand hatte.

Dann aßen wir, und die Wirtin sah uns mit glücklichem Lächeln zu. Die Ausgedörrten aßen ganz manierlich, und ich dachte mir, daß sie Hunger hatten, richtigen Hunger, keinen Appetit, und es schmeckte ganz herrlich, der kalte Braten und das Weißbrot, und wir tranken Wein dazu, und ich wußte inzwischen, daß »Bor« Wein war, das einzige ungarische

Wort, das ich kannte, dabei verstanden wir uns herrlich. Wir ließen dem Schluchzer was auf dem Teller, und ich deckte mein neues grünseidenes Taschentuch darüber, damit die Fliegen nicht drankamen. Nach dem Essen fingen noch zwei von den Ausgedörrten an zu pennen, sie sanken in die Stühle, schlossen die Augen, waren weg, waren weg wie Blei, und ich dachte mir, daß sie die ganze Woche sicher schwer gearbeitet hatten, irgendwo im Wald, beim Holzschlagen oder bei den Bauern, die mit ihrem Bauch voll Goulasch nun in der Heia am Pennen waren...

Aber ⟨als wir gegessen⟩ hatten, kamen neue Gäste, feinere Gäste; sie guckten uns erst ganz erstaunt an und, wie es schien, ein bißchen komisch, ein bißchen beleidigt, aber wir ließen uns nichts merken, und sie waren ganz freundlich. Wir waren gar nicht mehr so furchtbar besoffen, aber wir tranken jetzt wieder neu, und der eine Ausgedörrte, der noch nicht am Pennen war, trank ordentlich mit. Dann kamen auch ein paar Soldaten von unsrem Zug. Die waren ziemlich frech zu der Wirtin, sie wollten Bier haben oder Wein und hatten gar keine Pengö, und die Wirtin guckte uns ganz traurig an, sie wußt nicht, was sie machen sollte. Sie hatten uns gar nicht gesehen, wir saßen in der Ecke und schwätzten mit dem Ausgedörrten über byzantinische Kunst. Er verstand nicht viel davon, aber ich glaub, er hat doch 'nen Schimmer mitgekriegt. Und plötzlich hörten wir, daß die Landser vorne an der Theke ganz laut wurden und auf die Platte schlugen. Da stand Hubert auf, packte sie beide am Kragen und schleppte sie in die Ecke, sie waren ganz platt und wurden ein bißchen bleich, weil er doch Unteroffizier war, aber er stupste sie auf zwei Stühle und sagte nur: »Ihr seid Schweine«, dann ließ er ihnen Bier kommen. Und die Wirtin hatte ein ganz ernstes und trauriges Gesicht, und die anderen Gäste sahen alle sehr betreten in unsere Ecke. »Ist doch Krieg«, sagte der eine. Er trank ganz ruhig, es war ein Obergefreiter, der hatte 'nen Kopfschuß und sah ganz toll aus, wie Gottfried Körner, er hatte auch ein ganz edles Gesicht, aber er war doch Schwein, und der Hubert sagte es ihm noch einmal. Sie waren ganz still und tranken ihr Bier, und Hubert ließ noch einmal kommen. Aber der letzte Ausgedörrte war jetzt auch eingeschlafen, und wir waren nicht besoffen genug, um noch Spaß zu haben.

»Schnaps«, rief Hubert, und die Wirtin verstand sofort, was er meinte, sie brachte 'ne Pulle, und dann fragte Hubert nach Tabak. Aber sie lächelte nur verständnislos.

»Tabak«, sagte Hubert, »Tabak.«

Sie lächelte nur.

»Tabacko, tabac, fumer, rauchen, priemen, Tabak, Mädchen, Tabak...«

Aber sie lächelte nur, und wir waren alle vier ganz erstaunt, das war das erste Land der Welt, wo Tabak nicht Tabak war. Erst als Hubert auf die leere Zigarettenschachtel zeigte, lachte sie plötzlich und rief: »Dohany ... ah ... dohany«, dann verschwand sie schnell und brachte 'ne ganze Kiste voll Zigarren, Zigaretten hatte sie keine; und es waren Virginiastumpen, die schmeckten ganz prächtig zu dem hellen Schnaps, und die beiden Landser schmunzelten. Wir hätten gerne über den Krieg gesprochen. Über die Landung, und daß nun bald alles zu Ende sein würde, aber wir trauten uns nicht, und es war sehr ungemütlich, obwohl wir jetzt wieder ein bißchen besoffen waren...

Hubert stand plötzlich auf und sagte: »Wir müssen gehen.« Er ging an die Theke, und die Wirtin zählte alle Striche zusammen und rechnete lange herum.

»Was ist'n das für'n Kapo?« fragte mich der mit dem Kopfschuß.

»'n Prachtbengel.«

»Hat er auch keine Lust mehr?«

»Nee.«

»Dann ist er richtig. Auf sein Wohl.« Er goß sich ein Glas

voll und trank es ganz aus. »Prima, ob man davon nicht 'ne Flasche mitgehen lassen kann?« fragte er seinen Kumpel.

»Sicher kannst du mitnehmen davon«, sagte ich, »aber hast du Pengö?«

»Mitgehen lassen, Mensch, das hat doch nichts mit bezahlen zu tun.«

»Laß das«, sagte ich, »der Kapo hat ja noch 'ne Pulle.« Hubert kam und hatte 'ne Flasche unter dem Arm und die Zigarrenkiste. »Kommt.«

Ich verschwand noch einmal schnell nach hinten raus, und ich fand es nett von der schönen Wirtin, daß sie mir nachkam. Sie guckte mich traurig an und sagte was sehr Zärtliches zu mir, indem sie mir über den Kopf strich; sie sagte sicher auf ungarisch so was Verrücktes zu mir, wie die Frauen zu den ganz kleinen Kindern sagen. Und dann gab sie mir ganz plötzlich 'nen Kuß auf den Mund, und ich sah, daß sie ganz rot wurde und schnell wieder in der Kneipe verschwand.

Ich ging durch den Garten raus, und ich fand die Allee noch schöner, noch herrlicher, und ich war wieder besoffen, und die ungarische Frau hatte mich ganz flink geküßt, und ich glaube, ich liebte sie, aber ich weiß es nicht, ob ich sie liebte oder den schönen flinken schnellen Kuß, es war auch egal, ich war sehr glücklich, und ich kam mir entsetzlich jung vor, weil ich doch besoffen war und verwundet, und ich spürte plötzlich, daß mein ganzer Rücken von Eiter klebte ... Die Allee war schön, und ich hätte gewünscht, daß sie nie zu Ende gehe. Sie war ganz dicht, und es roch süß und ein bißchen staubig nach Ungarn, nach Sommer und Sonntag, und ich war prachtvoll verwundet, und sie konnten mir gar nichts anhaben, und ich fand, daß meine Verwundung doch groß genug sei, weil ich doch den ganzen Rücken voll Eiter kleben hatte, und ich fand es prächtig, daß es so eiterte, es sollte nur nicht zu schnell heilen ... ich würde saufen, saufen ... dann heilt's nämlich nicht so schnell, weil das Blut zersetzt wird; ja, das hatten sie mir alles im Lazarett gesagt, als ich es erste Mal verwundet war, aber in Deutschland gab's nichts zu saufen, und meine Wunde war damals schnell geheilt. Die Allee ging doch zu Ende, und ich fand den Zug scheußlich, wie er da so trocken in den Gleisen stand, in der Hitze des Nachmittags, und ich war plötzlich traurig und hatte Lust zurückzugehen und die ungarische Frau noch mal zu küssen, ach, vielleicht auch bei ihr schlafen, das mußte schön sein, bei so 'ner Frau zu schlafen, ich hatte es noch nie getan ... und ich dachte mir, daß es so schön sei, wie durch so 'ne prächtige Allee zu gehen und ein bißchen besoffen zu sein ...

Aber ich war ziemlich viel besoffen, ich merkte es, als plötzlich die Lok pfiff und wir laufen mußten und sogar noch aufspringen, und als ich aufsprang, gab mir Hubert, der schon drin war, 'ne Hand, ich stolperte ein bißchen, bückte mich, dabei platzte mein Verband, und ich fühlte, wie es warm und ziemlich viel an meinem Rücken runterfloß, das war 'ne ganze Masse Eiter ... und es war gar kein schönes Gefühl, es floß mir bis an den Hintern und in die Unterhose rein, und ich hatte das ⟨*scheußliche Gefühl*⟩, die Hose vollgemacht zu haben, und ich begriff jetzt, daß die ⟨Kinder⟩ schreien, wenn sie die Hose voll haben, es ist ein ganz fieses Gefühl, kalt auf dem Rücken.

Wir fuhren ...

Sie lachten alle, als ich mir so an den Rücken und zur Hose fühlte, wie wenn ich in die Hose geschissen hätte. Verdammt, ich riß mir den Rock ab, zog das Hemd aus, aber das klebte, als hätte mir jemand einen ganzen Suppentopf voll Brei ins Kreuz geschüttet. Sie sprangen alle zu und sahen sich die Brühe an. Mein Unteroffizier schnappte mich, und ich legte mich mit dem Bauch auf einen Strohsack. Er warf das Hemd in vollem Bogen aus dem fahrenden Zug raus. »Das soll die ungarische Erde düngen, dein Eiter«, sagte er. Die anderen lachten. Der andere Unteroffizier, mit dem wir Krach gehabt hatten, kniete sich neben mich und putzte mir den Rest der Soße ab, und dann machte er mir einen wunderbaren Verband. So geschickt war ich noch nie verbunden worden. Er packte einen dicken sauberen Tampon in das Loch im Rükken, umwickelte alles fein mit Mull, und zuletzt rollte er noch ein ganzes Verbandspäckchen drum und schnürte es vorne auf meiner Brust zusammen. »Das nennt man Rucksackverband«, sagte er. Er war sehr froh. Auch ich war froh, der Verband saß herrlich, und ich spürte überhaupt nichts. Ich hatte überhaupt noch nie etwas gespürt, es war eine ganz prachtvolle Verwundung. Ich fühlte mich großartig, jetzt wo die ganze Suppe rausgekocht war. Dabei sah die Verwundung so schrecklich aus, daß alle mich richtig ernst ansahen. Mein Unteroffizier blickte den einen Unteroffizier lachend an. »Komm«, sagte er, »gib mir die Hand, du altes Arschloch.« Sie gaben sich die Hand und lachten...

»Kinder«, rief mein Unteroffizier, »jetzt tun wir singen, was, ich stifte Schnaps...«

Er hatte tatsächlich zwei Pullen Schnaps in der Tasche, die ließ er jetzt rumgehen, dann war da noch einer, der hatte 'nen Verband am rechten Arm, ein ganz ruhiger dicker Infanterist, der den ganzen Tag und die ganze Nacht ununterbrochen die Pfeife rauchte, der stiftete auch noch 'ne Pulle und der Saniunteroffizier auch, der hatte richtigen Likör, und jeder bekam ganz nett zu saufen. »Was sollen wir denn singen?« rief der dicke Infanterist mit der Pfeife.

»Auf, ihr Huren von Damaskus«, schlug mein Unteroffizier vor.

Wir sangen das prachtvolle Lied: Auf, ihr Huren von Damaskus... Es hatte siebzehn Strophen und 'ne vollkommen unmilitärische Melodie, und zwischendurch tranken wir Schnaps, und es war ein wundervoller Sommersonntagnachmittag in Ungarn, und wir fuhren durch Gegenden, wo die Badeörter sind. Manchmal in den Dörfern standen Leute an den Wegen und winkten uns, und wir sangen ihnen alle Lieder, die wir kannten, und ich fühlte mich prachtvoll, noch nie im Leben hatte ich mich so wohl gefühlt, und in meinem Rücken der Suppentopf fing ganz langsam an, wieder zu brodeln, ganz langsam füllte er sich wieder mit Brühe, und – ich kann's nicht anders sagen – das war ein prachtvolles kitzeliges Wohlgefühl, wie es sich in meinem Rücken so langsam, langsam wieder füllte. »Raus mit dem Dreck«, dachte ich, »jetzt kannst du ruhig gesund werden, solange das prachtvolle Loch dich sowieso untauglich macht...«

Mein Unteroffizier war ganz begeistert, weil der Zug so schnell fuhr. Er stand in der offenen Tür und schrie immer: »Fahren... weiter... fahren... bis nach Deutschland...«

Der dicke Infanterist war ganz allein noch am Singen. Er war ganz rührselig. Er sang vom Spinnrad im Großmutterstübchen, und zwischendurch zog er an seiner Pfeife und verschluckte einen Vers, aber er setzte immer richtig ein...

Ich setzte mich neben ihn, vorne an den Rand des Waggons, und ließ die Beine raus baumeln und blickte in die lachende ungarische Landschaft, und es war herrlich, wenn manchmal irgendwo buntgekleidete Leute standen und uns winkten... Mädchen mit hübschen Gesichtern und Männer mit schwermütigen Schluchzaugen... Ich hatte einen ganz langen Virginiastumpen im Mund, und es schmeckte wunderbar bitter und mild, und in meinem Rücken kochte, kochte das Süppchen aus Eiter und Blut und Tuchfetzen und Granatsplitterstückchen.

»Kumpel«, sagte der Infanterist zu mir, »du hättest das Hemd nicht wegschmeißen sollen.«

»Wie?« sagte ich.

»Waschen«, sagte er, »kalt waschen und verscheuern... für Wäsche geben sie hier viel...«

»Warst du schon mal hier...?«

Er nickte, zog an der Pfeife und stieß den Rauch aus. »Ja«,

sagte er, »...ich war mal hier, bei meiner letzten Verwundung, hier kannst du alles kaufen, was es gibt. Du mußt nur Pengö haben. Und Pengö bekommst du nur durchs Verscheuern. Zu fressen und zu saufen haben sie genug, aber Wäsche und Schuhe, da sind sie scharf drauf...«

»Wie«, machte ich.

»Verdammt«, er zog erst wieder an der Pfeife. »Ja«, sagte er, »für so'n Hemd, wenn's gewaschen wär – hättest du deine zwanzig bis dreißig Pengö direkt gekriegt, und das sind mindestens zwei Pullen Schnaps – – dreihundert Zigaretten ... oder drei Weiber...«

»Weiber auch...?«

»Ja«, sagte er, »Weiber sind hier teuer, weil sie selten sind ... auf der Straße schon gar nicht...« Er wurde plötzlich lebhafter, blickte raus, beugte sich vor und sagte: »Hallo, wir halten, Kinder, hier ist ein großes Nest...«

Wir hielten tatsächlich. Auf der Rampe am Güterbahnsteig standen schon Autos mit roten Kreuzen. Mein Unteroffizier war ganz nahe zu mir getreten. »Jetzt«, sagte er leise zu mir, »jetzt kommt's drauf an...«

Schon kam ein Feldwebel nähergelaufen und schrie unserem Waggon und dem Nachbarwaggon zu: »Alles raus ... alles raus, ihr werdet hier ausgeladen.«

»Scheiße«, sagte der dicke Infanterist, »... wir sind ja kaum aus Rumänien raus ... das liegt ja ganz nahe bei Kronstadt hier.«

»Kennst du das Nest?« riefen ein paar.

»Klar«, sagte der dicke Infanterist, »... oh«, er hatte doch permanent die Pfeife in der Schnauze, »das heißt Siebenheiligegeorge ... das war früher rumänisch, als wir hier ... hier erobert haben. Piß«, fuhr er fort, »ich dachte, wir wären doch ein bißchen näher nach Hause gekommen.«

Wir stiegen alle aus und standen auf dem Bahnsteig, bis der Arzt kam. Wir mußten alle an ihm vorbei ... den

einen schrieb er L auf den Verwundetenzettel, den anderen Krs.
»Das heißt Lazarett oder Krankensammelstelle«, sagte der dicke Infanterist.
Mein Unteroffizier stand vor mir in der Schlange, als wir dran waren, blickte der Arzt auf.
»Klar«, sagte der Arzt, »Sie fahren ⟨weiter. Es hat⟩ keinen Zweck, mit einer solchen Verwundung hier hinten liegen zu bleiben... Der«, sagte er zu dem Feldwebel, der neben ihm stand, »kommt auf den Platz von dem Doppelamputierten, den wir hier ausgeladen haben...«
»Der auch«, sagte mein Unteroffizier und zeigte auf mich.
»Wie«, machte der Arzt...
»Mein Kumpel, weißt du«, sagte der Unteroffizier, »...wir haben siebzehn Sturm- und fünfundzwanzig Nahkampftage nebeneinander in der Scheiße verbracht... und der Junge hat ein Riesenloch im Kreuz...«
Der Arzt blickte mich an, und ich dachte, jetzt ist Feierabend, jetzt laden sie dich hier aus und der ganze Flatschen lohnt sich gar nicht, du hast kein Geld mehr, kannst nicht mehr saufen, und es heilt alles wie im Nu. Bei mir heilte ja alles immer im Nu. Und dann bist du in zwei Monaten wieder vorne im Loch, und wer weiß, ob es noch einmal so gut geht.
»Hm«, machte der Arzt und blickte mich noch immer an, »gut, der kommt an die Stelle von dem schweren Bauchschuß, verstehen Sie?«
Der Feldwebel nickte, packte meinen Unteroffizier und zeigte ihm den Waggon, wo wir einsteigen und uns melden sollten...
Ich hatte gar kein anderes Gepäck als die Hände in den Taschen, und es war herrlich, so auf den Waggon zuzuschlendern, aber ich schämte mich doch, jetzt zurückzublicken, wo die anderen alle auf Lkws verladen und in die Stadt gefahren wurden...

»Moment«, sagte mein Unteroffizier, als ich schon einsteigen wollte, »die Sache hat einen Haken, jetzt müssen wir im Bett liegen und können nichts mehr zu saufen holen. Kommt doch mal mit...«
Wir gingen über die Schienen zurück und traten vom Bahnsteig aus in die Bahnhofskneipe. Die war ganz leer, und es gab nichts wie ein paar leere Biergläser mit viel Fliegen und Hitze und schwülem Dunst von lauwarmem Essen. Er ging an die Theke und klopfte mit seinem Ring auf die Nickelplatte. Jetzt erst sah ich, daß er 'nen Trauring hatte. »Hallo«, rief er, »Kollege...« Ich war durchgegangen und blickte auf die Straße hinaus: da war ein sehr breiter staubiger Weg, wo links und rechts flachdachige Häuser unter kleinen alten Bäumen lagen. Eine Kutsche fuhr langsam zwischendurch, in den fernen grauen Himmel mitten hinein... Es war still und leer, bis plötzlich einer von den Lastwagen schnell und hart hineinsauste in diese Straße, daß der Staub zu beiden Seiten in einer hohen Wolke hochstieg. Der Staub deckte den ganzen Himmel zu, hüllte den kleinen Kirchturm ein... Ich wandte mich ab...
Der Unteroffizier stand an der Theke und verhandelte mit einer sauberen, alten Frau, die kein Wort verstand. Sie lachten beide. Die Frau griff unter die Theke und stellte eine Flasche auf die Theke, ich trat näher und sah, daß es richtiger Sherry-Brandy war.
»Noch eine«, sagte der Unteroffizier lachend... mit einer Handbewegung. Die nächste Flasche tauchte auf, es schien so etwas wie Aprikosenschnaps zu sein ... und dann kam Whisky, verdammt richtiger englischer Whisky... und immer weiter machte der Unteroffizier mit der Hand, bis die ständig lachende Frau sechs Pullen auf den Tisch gestellt hatte...
Sie schrieb mit Kreide den Preis an den Pfeiler neben der Tür zur Küche, addierte dann schnell und zeigte dem Unter-

offizier die Summe. Es waren hundertundzweiundneunzig Pengö...

Der Unteroffizier legte zwei Hundert-Pengö-Scheine hin und machte zu mir: »Einpacken.« Ich bekam mit knapper Not vier Flaschen in die Packtasche, und wir steckten jeder noch eine in die Hosentasche.

»Mensch«, fragte ich den Unteroffizier, »wie kommst du bloß an die Moneten...?«

»Weiß der Teufel«, sagte er lachend, »wie ich dran komme, es lag, glaube ich, auf der Straße, und ich hab's aufgehoben...«

In dem richtigen Lazarettzug war es so nobel, daß ich mir wie ein Verbrecher vorkam. Weiße Betten, die wunderbar schaukelten, und eine nette sanfte Schwester und immer Musik, kein Radio. Die hatten einen wundervollen Plattenspieler und eine Liste von ihren Schallplatten und die ließen sie rundgehen, und man konnte sich was wünschen. Ich wünschte mir Beethoven, mein Unteroffizier wünschte sich Liszt... beim zweiten Male wünschte ich wieder Beethoven, und er wünschte sich Chopin... Er lag neben mir, oben lagen wir, auf der ersten Etage einander nahe genug, daß er mir die Flasche reichen konnte. »Damit es nicht heilt«, sagte er. »Prost«, wir tranken... Unter mir lag einer mit einem Oberschenkelschußbruch und unter dem Unteroffizier einer, dem der Arm, der linke Arm, amputiert war...

Wir ließen die beiden mittrinken...

Der mit dem amputierten Arm war ganz redselig, als er zwei Sherrys getrunken hatte...

»Denk euch nur«, sagte er, »der Arm war glatt abgeschnitten wie mit dem Messer. Ich denk mir, daß ein Splitter einfach quer durchgerast ist, aber er war nicht ganz ab. Er hing noch an einer Sehne, denk euch nur. An einer Sehne, und ich hab überhaupt nichts gespürt, ich bin aufgesprungen, der Leutnant hat mir aus dem Graben geholfen, und ich bin zum Arzt gerannt, und der Arm ... der Arm – – denk euch nur! – –, der Arm hat gebaumelt, wißt ihr, wie so die Gummibällchen, die man auf der Kirmes früher kaufen konnte – wie die Strohbällchen an 'nem Gummifaden ... auf und ab – – manchmal bis zur Erde – – ist er gebaumelt ... und es kam viel Blut, aber ich bin schnell gerannt, denk euch nur ... und der Arzt hat ritsch gemacht mit 'ner Schere, einfach ritsch ... so wie man beim Friseur ein lästiges Härchen abgeschnippt kriegt – – und da lag mein Arm.« Er lachte. »Ich möchte nur wissen, wo sie ihn begraben haben ... gib mir noch einen. Der Arzt sagt, es wäre eine ganz unkomplizierte Sache, es würde prima heilen...« Er trank ...

»Willst du auch noch einen?« fragte der Unteroffizier den mit dem Oberschenkelschußbruch, der unter mir lag...

»Nee«, stöhnte der, »ich glaub, es ist nicht gut für mich. Mir ist schlecht...«

»Ich ...«, fuhr der mit dem einen Arm fort, »ich muß jetzt eigentlich es Goldene kriegen. Was meint ihr? Ich war drei Wochen vorne, gleich am ersten Tage hab ich 'ne Schramme gekriegt, da ist Blut geflossen, das zählt doch, nicht wahr? Aber ich mußte vorne bleiben, und nach 'ner Woche hab ich wieder einen abgekriegt unten am Bein ... wieder ist Blut gekommen, das sind doch zwei Verwundungen, nicht wahr, und jetzt das ... das zählt doch als drei, eigentlich müssen sie mir doch das Goldene geben ... nicht wahr, gib mir noch einen Trank«, und fuhr fort: »Junge, Kinder, mein Spieß beim Ersatz, der wird gucken, wenn ich mit dem Goldenen und dem EK zum Ersatz zurückkomme, nach vier Wochen schon es Goldene und es EK, denn es EK müssen sie mir doch dazugeben.« Er lachte. »Der wird gucken und wird die Schnauze halten, der hat nämlich immer gesagt, ich sei ein Schlot, ein ganz großer Schlot, und ich wäre der größte Schlot, den er je gesehen hätte ... der wird gucken ... meint ihr nicht ... verdammt, eine Station?« Die Fenster waren abgedunkelt, aber man hörte das Getriebe auf einem Bahnsteig, und wenn ich die Rollos etwas beiseite schob, konnte ich tatsächlich 'nen großen Bahnsteig sehen...

»Siehst du was?« fragte der mit dem einen Arm, »hier ist nämlich nur Schienen und Waggons.«

»Ja«, sagte ich, »hier ist ein Bahnsteig, da stehen Offiziere, Ungarn und Deutsche, und Frauen ... es ist dunkel ... da tragen sie ein paar raus...«

»Wie heißt die Station«, fragte mein Unteroffizier. »Da, trink noch mal.«

Ich nahm erst 'nen Zug aus der Flasche und guckte dann noch mal raus ... ich suchte nach dem Schild, aber es mußte doch quer über dem Bahnsteig hängen. Ich sah nichts. Dann kam die Schwester rein mit einem Sani. Es gab Butterbrote und Kakao. Der mit dem Oberschenkelschußbruch unter mir fing schwer an zu stöhnen. »Scheiße«, schrie er die Schwester an, »ich will nichts zu fressen ... holt mir den Dreckeisen aus dem Bein ... ich scheiß auf euer Fressen, ich scheiß auf euren Kakao, ich will keinen Kakao, genausowenig wie ich das Eisen ins Bein gewollt hab ...«

Die Schwester war blaß geworden. »Aber ...«, flüsterte sie, »ich kann doch nichts dafür -- warten Sie ...« Sie stellte das Tablett auf den Stuhl neben dem Bett des Einarmigen und lief in die Mitte des Waggons, wo ein kleiner weißer Tisch mit Medikamenten stand... Es war ganz still geworden, und alle hörten auf das Fluchen von dem mit dem Oberschenkelschußbruch. »Kakao ...«, fluchte er, »Kakao ... da glauben sie, ich würde vor Entzücken schwachsinnig, weil ich in 'nem weißen Bett liege und Kakao zu saufen kriege. Ich hab weder den Kakao noch diesen Schaukelstuhl gewollt, ich wollte auch kein Eisen im Bein ... ich wollte zu Hause bleiben, ich scheiß auf ... ich scheiß auf alles ...« Er schrie jetzt, als wenn er verrückt geworden wäre. In seinem Schreien hörte man die

Stille von den anderen noch viel schlimmer. Die Schwester kam blaß mit 'ner Spritze zurück. »Helfen Sie mir«, sagte sie zu dem Sani, der stumm und blöde neben meinem Bett stand. Die Schwester blickte auf die Fieberkurve. »Grolius«, sagte sie leise, »wollen Sie ein bißchen vernünftig sein, Sie haben Schmerzen, nicht wahr ... ich ...«

»'ne Spritze«, schrie der mit dem Oberschenkelschußbruch, »klar, 'ne Spritze ... gib mir 'ne Spritze. Ich will nicht diese Schmerzen haben. Aber«, er stöhnte plötzlich wieder gräßlich in der Stille, »aber glaub nicht, daß ich vor Entzükken umfallen werde, weil ihr so gnädig seid, mir 'ne Spritze zu geben ... gebt dem Führer 'ne Spritze.« Es wurde mäuschenstill im Waggon. »Ja, gebt diesem Arschloch endlich 'ne Spritze. Au.« Die Schwester hatte ihn in den Arm gepiekt. Es war ganz still, und die Schwester murmelte: »Er ist außer sich ... ja, er ist außer sich ...«

»Scheiße«, murmelte der Oberschenkelschußbruch ... ganz leise sagte er noch einmal Scheiße ... Ich beugte mich runter und sah, daß er eingeschlafen war. Sein Mund hing bitter und fast schwarz im Gesicht zwischen rötlichen Bartstoppeln ...

»So, Kinder«, sagte die Schwester fröhlich, »jetzt wird Abend gegessen ...«

Sie begann Kakao und Butterbrot rundzureichen ... die Portion von dem Oberschenkelschuß stand noch auf dem Stuhl von dem Einarmigen.

Der Kakao war wirklich gut, und die Butterbrote waren mit Büchsenfisch belegt. Die Schwester kam zurück mit ihrem leeren Tablett. »Hallo«, sagte sie dem Sani, »geben Sie dem Kleinen da die Portion von dem ...« Sie zeigte auf den schnarchenden Oberschenkelschußbruch. »Der Kleine«, sagte sie und lachte mir zu, »der hat ja immer Hunger ...« Sie blieb mit dem leeren Tablett in der Tür stehen und fragte: »Sonst noch jemand was ... was Dringendes ...?«

»Tabletten«, schrie einer aus dem Fond des Wagens, »Tabletten, ich hab Schmerzen...«

»Wie?« fragte die Schwester, »... nein, jetzt nicht, in einer halben Stunde gibt es sowieso Tabletten für die Nacht...«

»Schwesterchen«, fragte mein Unteroffizier. »Wo sind wir hier eigentlich...?«

»Wir sind in Nagykároly...«, sagte die Schwester.

»Scheiße«, schrie der Unteroffizier, »oh, verdammte Scheiße...«

»Warum denn nun schon wieder...?« fragte die Schwester.

»Oh, nichts...« Die Schwester ging hinaus...

»Was ist denn...?« fragte ich den Unteroffizier.

»Weil wir doch nur bis Debrecen fahren, der ganze Zug... das ist höchstens noch die halbe Nacht. Dann kommt wieder so ein Scheißlazarett, wo man keinen Ausgang bekommt...«

»Wir kommen doch nach Wien, hab ich gehört«, fragte der Einarmige, »wie...«

»Quatsch«, rief einer von vorne aus dem Wagen, »nach Dresden geht der Zug...«

»Unsinn... Wiener Wald...«

»Ach, Kinder«, rief mein Unteroffizier, »ihr werdet ja sehen, in Debrecen ist Feierabend.«

»Wirklich...?« fragte ich leise.

»Ja«, sagte er traurig, »komm trink... ich weiß es doch...«

Ich wollte auf den Kakao keinen Likör trinken... ich wollte dieses wunderbare Wohlbefinden nicht zerstören. Ich rauchte eine Zigarette, legte mich ganz leise zurück in die Kissen und blickte hinaus in die Nacht, ich hatte den Verdunklungsvorhang ein bißchen zur Seite geklemmt und sah in die weiche, dunkelgraue Nacht, die vorüberzog. Der Zug fuhr wieder... Es war ganz still, und ich hörte nur das sanfte Stöhnen des schlafenden Oberschenkelschußbruches. Hoffentlich schläft er bis Debrecen, dachte ich, hoffentlich hält der Einarmige die Schnauze von seinem Goldenen und seinem Spieß ... und hoffentlich fängt nicht irgendwo hinten oder vorne einer an zu brüllen und Scheiße zu rufen, und wenn die Schwester kommt, die sanfte kleine Schwester, dann laß ich mir wieder den Puls fühlen, um ihre warme und liebe kleine Hand zu spüren, und wenn sie mir Tabletten geben will, laß ich mir die Tabletten in den Mund stecken von ihr wie gestern, und ich habe ihre weißen warmen Finger eine Zehntelsekunde auf den Lippen liegen. Es war ein herrliches Gefühl, einen vollkommen unhungrigen Magen zu haben, so zurück zu liegen und in die weiche dunkelgraue Nacht zu blicken.

Aber als der Sani das Geschirr vom Abendessen wieder eingesammelt hatte, fingen sie an, die Schallplatten laufen zu lassen, und es kam zuerst mein Beethoven, und da fing ich an zu weinen, ich fing einfach an zu weinen, weil ich an die Mutter denken mußte ... ich konnte einfach nicht mehr. Mein Gott, dachte ich, laß doch laufen, es sieht ja keiner, es war fast ganz dunkel im Abteil, und wir wurden hin- und hergeschaukelt ... und ich weinte ... es war ja bald mein neunzehnter Geburtstag, und ich war schon es dritte Mal verwundet und war schon ein Held, und ich weinte, weil ich an die Mutter denken mußte ... ich sah ganz deutlich die Severinstraße vor mir, so wie sie war, als noch keine Bomben fielen. Ein gemütliches Wohnzimmer, sehr eng und warm und bunt, und es wimmelte von Leuten, von denen man nicht wußte, was sie alle da wollten. Und ich hatte die Mutter im Arm, und wir schwiegen, es war Sommerabend, und wir kamen aus dem Konzert ... und die Mutter sagte gar nichts, als ich mir plötzlich eine Zigarette ansteckte, obwohl ich doch erst fünfzehn war ... auch Soldaten waren auf der Straße, es war ja Krieg und doch kein Krieg ... wir hatten gar keinen Hunger und waren gar nicht müde, und zu Hause würden wir vielleicht sogar 'ne Flasche Wein trinken, die Alfred aus Frankreich mitgebracht hatte, und ich war fünfzehn Jahre alt, und ich würde niemals Soldat zu werden brauchen ... und die Severinstraße war so gemütlich. Beethoven, wie schön war doch so ein Beethovenkonzert. Ich sah alles ganz deutlich, an St. Georg waren wir vorüber, und da hatten im Dunkeln ein paar Huren am Pissoir gestanden ... nun waren wir schon an dem reizenden kleinen Platz vorbei, auf dem St. Johann lag, die kleine sanfte romanische Kirche ... und dann wurde die Straße enger ... wir mußten auf das Pflaster gehen und manchmal der Straßenbahn ausweichen ... dann kam der Tietz und bald ... wieder eine Verbreiterung, wo der hohe breite Turm von St. Severin stand ... ich sah alles ganz genau, alle Läden mit ihren Auslagen ... Zigarettenpaketen, Brillengläser und Büstenhalter und Kaffeetüten und Schokolade und Kochlöffel und Ledersohlen ... ich sah ja alles ganz genau ...

Es war die sanfte Hand der Schwester, die mich aufschrekken ließ. »Hier, Kleiner«, sagte ihre Stimme, »ist das Novalgin-Chinin für dein Fieber, und da!« sie steckte mir das Thermometer zu, »messen ...« Das gelinde Fieber verursachte mir Wohlgefühl ... es brachte auch die Suppe wieder zum Kochen auf meinem Rücken. Und ich war jetzt wieder ein Held, vier Jahre älter als damals, dreimal verwundet und ein richtiger vollamtlicher Held, auch mir würde der Spieß beim Ersatz nicht mehr viel wollen können, denn wenn ich da wieder ankam, hatte ich es Silberne, und auch das EK hatte ich, was wollten sie denn da noch.

Jetzt hatte ich sogar Fieber, 38,6, und die kleine Hand der Schwester machte einen blauen Strich auf meine Kurve, die jetzt richtig gefährlich aussah, mit einer Zacke, mein Gott, ich hatte eine Suppe auf dem Kreuz, eine stets kochende Suppe, ich hatte Fieber, und von Debrecen war es gar nicht mehr so weit bis Wien, und von Wien ... Vielleicht würde die Front mal wieder an einer Ecke zusammenbrechen, und es würde plötzlich einen großen Schupps geben, und wir würden alle nach rückwärts verlegt, wie ich es schon so oft erzählt bekommen hatte, und, rutsch, waren wir in Wien oder Dresden, und von Dresden...

»Schläfst du, Kleiner?« rief der Unteroffizier, »oder willst du noch einen Schluck?«

»Nee«, sagte ich, »... ich schlafe...«

»Gut... dann gute Nacht...«

»Gute Nacht...«

Aber es gab noch nichts mit Schlafen. Irgendwo vorne fing einer ganz verrückt an zu schreien, so verrückt, daß ich glaubte, er hätte 'nen Kopfschuß... es wurde Licht gemacht ... gerufen... gelaufen, die Schwester kam... und dann kam der Arzt... und dann war er wieder still, ebenso still wie der Oberschenkelschußbruch, der immer noch im Schlafe leise stöhnte und schnarchte ... draußen war die Nacht wieder ganz dunkel, nicht mehr so grau... bläulich und still, und ich konnte gar nicht mehr an die Severinstraße denken. Ich dachte nur an Debrecen... seltsam, dachte ich, als wir in der Erdkunde Ungarn durchgenommen haben, hast du so oft den Zeigefinger auf Debrecen gehabt, es lag mitten in einem grünen Fleck, aber nicht weit davon wurde es ein bißchen braun und dann ganz dunkelbraun, das waren die Karpaten, und wer hätte das gedacht, daß du einmal so schnell und leise auf Debrecen würdest zuschaukeln mitten in der Nacht. Ich versuchte, mir vorzustellen, wie es in Debrecen aussehen würde ... vielleicht gab's schöne große Cafés und alles zu kaufen und Pengö in der Tasche... Ich blickte noch einmal zu dem Unteroffizier rüber, aber der war eingeschlafen, und die Schallplattenmusik hatte schon aufgehört... es war sehr still, leise, und ich hätte am liebsten wieder geweint, aber das Bild von der Mutter und von der Severinstraße war vollkommen ausgelöscht ... und ich fühlte mich wohl, ganz schrecklich wohl...

Jak, der Schlepper

Er kam nachts mit den Essenholern als Ersatz für Gornizek, der hinten am Gefechtsstand lag. Es war sehr dunkel in jenen Nächten, und die Angst stand wie ein Gewitter über der fremden, finsteren Erde. Ich stand vorne auf Horchposten und lauerte ebensosehr nach hinten, wo die Geräusche der Essenholer zu hören waren, wie nach vorne in das dunkle Schweigen bei den Russen.

Gerhard war es, der ihn mitbrachte, zugleich mit meinem Kochgeschirr, den Zigaretten. »Willst du auch das Brot«, fragte Gerhard, »oder soll ich es dir aufbewahren bis morgen früh?« Ich hörte an seiner Stimme, daß er es eilig hatte, wieder zurückzukommen.

»Nein«, sagte ich, »gib alles her, alles wird gleich gegessen.«

Er reichte mir das Brot und das Büchsenfleisch in einem Stück Fettpapier, die Rolle Drops und Butterschmalz auf einem Stück Pappdeckel. »Hier...«

Die ganze Zeit über stand der Neue zitternd und stumm daneben. »Und hier«, sagte Gerhard, »ist ein Neuer, der für Gornizek gekommen ist ... der Leutnant hat ihn zu dir rausgeschickt, auf Horchposten...«

»Ja«, sagte ich nur; es war üblich, die Neuen auf die schwierigsten Posten zu stecken. Gerhard schlich sich nach hinten weg.

»Komm runter«, sagte ich leise, »nicht so laut, verdammt!« Er klapperte blödsinnig mit seinem Koppelzeug, dem Spaten und der Gasmaske. Ungeschickt trat er ins Loch und stieß fast mein Kochgeschirr um. »Idiot«, murmelte ich nur und machte Platz. Mehr hörend als sehend, wußte ich, wie er nun vorschriftsmäßig abschnallte, den Spaten zur Seite legte, die Gasmaske daneben und das Gewehr vorne auf die Brüstung, in Richtung zum Feind, und wie er dann das Koppel wieder umschnallte. Die Bohnensuppe war kalt geworden, und es war gut, daß ich im Dunkel die vielen Maden nicht sehen konnte, die aus den Bohnen herausgekocht waren. Es war viel Fleisch drin, knusprige angebratene Stücke, die ich wohlig zerbiß. Dann aß ich das Büchsenfleisch, so wie es war, aus dem Papier, und quetschte das Brot ins leere Kochgeschirr. Er stand ganz stumm neben mir, immer das Gesicht zum Feind, und ich sah in der Finsternis ein stumpfes Profil, und wenn er sich zur Seite wandte, sah ich an seinem schmalen Nacken, daß er noch jung war, der Stahlhelm war fast wie der Schild einer Schildkröte. Diese ganz Jungen hatten etwas ganz Bestimmtes an ihren Nacken, das ans Soldatenspielen erinnerte auf einem Felde in der Vorstadt. »Mein roter Bruder Winnetou«, schienen sie immer zu sagen, und ihre Lippen zitterten vor Angst, und ihr Herz war ganz steif vor Tapferkeit. Diese armen kleinen Burschen...

»Setz dich ruhig ein wenig«, sagte ich leise, in jenem mühsam angelernten Ton, den man gut verstehen, aber kaum einen Meter weit hören konnte.

»Hier«, fügte ich hinzu und zog ihn am Mantelschoß, und zwang ihn fast in die eingebaute Sitzgelegenheit. »Du kannst sowieso nicht die ganze Zeit stehen...«

»Aber auf Posten«, sagte eine schwache Stimme, die brüchig war wie ein sentimentaler Tenor. »Still, Mensch!« fauchte ich ihn an.

»Auf Posten«, flüsterte er, »darf man doch nicht sitzen.«

»Nichts darf man, auch keinen Krieg anfangen.«

Obwohl ich nur seine Umrisse sah, wußte ich doch, daß er nun dasaß wie ein Rekrut im Unterricht, die Hände auf den Knien, ganz gerade und bereit, jede Sekunde wie ein Irrsinniger in die Höhe zu springen. Ich duckte mich nach vorne, zog meinen Mantel über den Nacken ganz herüber und zündete eine Pfeife an.

»Willst du auch rauchen?«

»Nein.« Ich war erstaunt, wie gut er schon flüstern konnte.
»Komm her«, sagte ich, »dann trink einen.«
»Nein«, sagte er wieder, aber ich packte ihn beim Kopf und hielt ihm den Hals der Flasche an den Mund – geduldig wie ein Kalb, das die erste Pulle kriegt, ließ er ein paar Schlucke einlaufen, dann machte er eine so heftige Bewegung des Abscheus, daß ich absetzte.
»Schmeckt's nicht?«
»Doch«, stotterte er, »aber ich hab mich verschluckt.«
»Dann trink selbst.«
Er nahm die Flasche aus meiner Hand und tat einen ordentlichen Schluck. »Danke«, murmelte er. Auch ich trank.
»Ist dir besser, wie?«
»Ja ... viel ...«
»Nicht mehr soviel Angst, wie?«
Er schämte sich zu sagen, daß er überhaupt Angst hatte, aber so waren sie alle.
»Ich hab auch Angst«, sagte ich deshalb, »immer ... darum nehm ich die Tapferkeit aus der Pulle ...«
Ich spürte, wie er sich mit einem heftigen Ruck mir zuwandte, und ich beugte mich nah zu ihm, um sein Gesicht zu sehen. Aber ich sah nichts als das helle Glitzern der Augen, die mir gefährlich erschienen, und nur dumpfe dunkle Umrisse, aber ich roch ihn, er roch nach Kammer, nach Schweiß und Kammer und Suppenresten und ein wenig nach dem Schnaps. Es war ganz, ganz still, auch hinter uns schienen sie mit dem Verteilen des Fressens fertig geworden zu sein. Er wandte sich wieder ab zum Feind. »Bist du's erste Mal draußen?«
Er schämte sich wieder, ich spürte es, aber dann sagte er: »Ja.«
»Wie lange denn Soldat?«
»Acht Wochen.«
»Und wo kommt ihr her?«

»Aus St. Avold.«
»Wo?«
»St. Avold, Lothringen, weißt du...«
»Wie lange unterwegs?«
»Vierzehn Tage.«
Wir schwiegen eine Weile, und ich versuchte, das undurchdringliche Dunkel vor uns mit meinen Blicken zu durchschneiden. Ach, wenn es doch Tag würde, dachte ich, wenn man wenigstens etwas sehen könnte, wenigstens Dämmer, wenigstens Nebel, wenigstens etwas, etwas sehen, etwas Licht... aber wenn Tag war, würde ich denken: wenn es doch dunkel wäre, wenn es doch wenigstens schon dämmerte, oder wenn plötzlich Nebel käme; es war immer dasselbe...

Vorne war nichts. Ganz ferne ein sanftes Brummen von Motoren. Auch die Russen bekamen zu fressen. Irgendwo auch vorne hörte man eine zwitschernde Russenstimme, die jäh unterdrückt wurde, als werde einem der Mund zugehalten. Es war nichts...

»Weißt du, was wir zu tun haben?« fragte ich ihn. Ach, wie schön war es, daß ich nicht mehr allein war. Wie herrlich, den Atem eines Menschen zu hören, seinen dumpfen Geruch zu spüren, eines Menschen, von dem man wußte, daß er einen nicht in der nächsten Sekunde kaltzumachen beabsichtigte.

»Ja«, sagte er, »Horchposten.« Wieder wunderte ich mich, wie gut er flüstern konnte, fast besser als ich. Es schien so mühelos bei ihm, für mich war es immer eine Anstrengung, ich hätte am liebsten gebrüllt, geschrien, gerufen, daß die Nacht zusammengefallen wäre wie schwarzer Schaum, für mich war es eine wahnsinnige Anstrengung, dieses Flüstern; meine Stimme zu unterdrücken. Ich hätte am liebsten gesungen, geknallt mit einer Stimme oder hysterisch gejunkert...

»Gut«, sagte ich, »Horchposten. Also, wir müssen aufpassen, wenn die Russen kommen, angreifen. Dann schießen wir Rot, schießen ein bißchen mit den Gewehren und hauen ab, nach hinten, verstanden? Wenn aber nur ein paar kommen, ein Spähtrupp, dann müssen wir die Schnauze halten, ihn durchlassen, und einer muß zurück, den anderen Bescheid, dem Leutnant, du warst bei ihm im Loch, wie?«

»Ja«, sagte er mit zitternder Stimme.

»Gut. Und wenn der Spähtrupp uns beide angreift, dann müssen wir ihn kaltmachen, mausetot, verstehst du? Vor einem Spähtrupp dürfen wir nicht stiften gehen. Verstanden, wie?«

»Ja«, sagte er, und seine Stimme zitterte wieder, und dann hörte ich ein furchtbares Geräusch: er klapperte mit den Zähnen.

»Da«, sagte ich und reichte ihm die Flasche.

Auch ich trank wieder...

»Wenn nun ... wenn nun...«, stotterte er, »wenn nun wir gar nicht sehen, daß sie kommen...«

»Dann sind wir verratzt. Aber sei ruhig, wir sehen es, wir hören es bestimmt...«

»Und wenn es uns verdächtig vorkommt, dürfen wir eine Leuchtrakete schießen, dann sehen wir alles...«

Er schwieg wieder; es war schrecklich, daß er nie von sich aus anfing zu sprechen.

»Aber sie kommen nicht«, schwätzte ich weiter, »nachts kommen sie nicht, höchstens morgens. Zwei Minuten vor dem Dämmer...«

»Zwei Minuten vor dem Dämmer?« unterbrach er mich.

»Zwei Minuten vor dem Dämmer machen sie sich los, dann sind sie beim Hellwerden hier...«

»Aber dann ist es doch zu spät?«

»Dann heißt es eben schnell Rot schießen und ab... keine Angst, dann kann man laufen wie ein Hase. Und wir hören es ja auch vorher. Wie heißt du eigentlich?« Es war lästig, jedesmal, wenn ich mit ihm sprechen wollte, mußte ich ihm einen Rippenstoß geben, die Hände aus den warmen Taschen nehmen und wieder zurückwusteln und wieder warten, bis sie warm wurden...

»Ich«, sagte er, »ich heiße Jak...«

»Englisch, wie?«

»Nein«, sagte er. »Von Jakob... Jod... A... K, nicht Jäck, Jak, einfach Jak.«

»Jak«, fragte ich ihn weiter, »was hast du denn bisher gemacht, wie?«

»Ich«, sagte er, »zuletzt war ich Schlepper.«

»Wie?«

»Schlepper.«

»Was... was schlepptest du denn?«

Er wandte mir wieder den Kopf zu, ganz ruckartig, und ich spürte, daß er sehr erstaunt war.

»Was ich schleppte... was ich schleppte... na, ich war eben Schlepper...«

»Wie?« fragte ich. »Irgend etwas mußtest du doch schleppen.«

Er schwieg eine Weile, blickte wieder nach vorne, dann kam sein Kopf wieder auf mich zu in der Dunkelheit.

»Ja«, sagte er, »... was ich schleppte – –«, er seufzte tief, »ich stand am Bahnhof, zuletzt wenigstens immer... und wenn jemand kam, vorbeikam von den vielen da, jemand, von dem ich dachte, daß er in Frage käme, meistens waren es ja Soldaten, also wenn jemand kam, dann fragte ich ihn leise, ganz leise, weißt du: ›Mein Herr, wollen Sie glücklich werden...‹, so fragte ich...«, seine Stimme zitterte wieder, und es mag sein, daß es diesmal nicht Angst, sondern die Erinnerung war...

Vor Aufregung vergaß ich, einen Schluck zu nehmen. »Und«, fragte ich heiser, »wenn er glücklich werden wollte?«

»Dann«, sagte er mühsam, und wieder schien es mir die Erinnerung zu sein, die ihn übermannte, »dann brachte ich ihn zu einem von den Mädchen... die gerade frei war...«

»Ins Puff, wie...?«

»Nein«, sagte er sachlich, »ich arbeitete nicht für die Puffs, ich hatte ein paar Wilde, weißt du, ein paar Freie, die mich zusammen hielten. Drei ohne Schein, Käthe, Lilli und Gottliese...«

»Wie?« unterbrach ich ihn...

»Ja, sie hieß Gottliese. Komisch, nicht wahr? Sie sagte mir immer, ihr Vater hätte immer gern einen Sohn statt ihrer gehabt, den hätte er dann Gottlob nennen wollen, und deshalb hat er sie Gottliese genannt. Komisch, nicht wahr...?« er lachte tatsächlich ein wenig...

Wir beide hatten vergessen, warum wir da in dem Dreckloch hockten. Und jetzt brauchte ich ihn nicht mehr mühevoll anzuzapfen wie ein stures Faß, er schwatzte fast ganz von selbst.

»Gottliese«, fuhr er fort, »war die netteste. Sie war immer großzügig und traurig und eigentlich auch die hübscheste... und«–

»Dann«, unterbrach ich ihn, »dann warst du also Zuhälter, wie?«

»Nein«, sagte er, etwas belehrend, wie mir schien, »nein, ach«, er seufzte wieder, »Zuhälter, das sind große Herren, Tyrannen sind das, die schleppen eine Masse Marie weg und pennen ja auch mit den Mädchen...«

»Das tatest du nicht?«

»Nein, ich war ja nur Schlepper. Ich mußte die Fische angeln, die sie brieten und aufaßen, und dann bekam ich etwas von den Gräten...«

»Die Gräten?«

»Ja«, er lachte wieder etwas, »eben ein Trinkgeld, verstehst du, und davon lebte ich, seit Vater gefallen und Mutter verschwunden war. Ich taugte ja nicht zur Arbeit wegen der Lunge. Nein, die Mädchen, für die ich arbeitete, hatten keinen Zuhälter, Gott sei Dank! Da hätte ich manche Prügel einstecken müssen. Nein, sie arbeiteten ganz allein, ganz wild, weißt du, ohne Schein und alles, und sie durften sich nicht so auf der Straße sehen lassen wie die anderen ... es war zu gefährlich, und deshalb machte ich den Schlepper für sie, ja«, wieder seufzte er, »du, darf ich noch mal die Flasche haben?«

Während ich nach unten langte, um die Pulle hochzuheben, fragte er: »Wie heißt du denn eigentlich?«

»Hubert«, sagte ich und gab ihm die Flasche.

»Das tut gut«, sagte er, aber ich konnte ihm keine Antwort geben, weil ich die Flasche am Halse hatte. Sie war jetzt leer, und ich ließ sie sanft zur Seite rollen.

»Hubert«, sagte er nun, und seine Stimme zitterte jetzt heftig. »Sieh doch mal!« Er zog mich nach vorne, wo er flach auf der Brüstung lag. »Sieh doch mal!« Wenn man ganz, ganz fest zublickte, dann sah man sehr, sehr weit irgendwo so etwas wie einen Horizont, eine pechschwarze Linie, über der etwas, etwas heller wurde, und in dem helleren Dunkel über der pechschwarzen Linie bewegte sich etwas ... sehr, sehr weit, so unwahrscheinlich weit ... es war wie ein sanftes Sichregen von Sträuchern ... es konnten auch heranschleichende Menschen sein, unheimlich viele ganz lautlos heranschleichende Menschen ...

»Schieß doch mal Weiß!« flüsterte er mit verlöschender Stimme.

»Junge«, sagte ich und legte ihm die Hand auf die Schulter. »Jak, das ist nichts; das ist unsre Angst, die sich da bewegt, das ist die Hölle, das ist der Krieg, das ist die ganze Scheiße, die uns verrückt macht ... es ist ... es ist nichts Wirkliches ...«

»Aber ich seh es doch, es ist ganz bestimmt etwas ... etwas Richtiges ... sie kommen ... sie kommen ...«, wieder hörte ich, daß ihm die Zähne klapperten.

»Ja«, sagte ich, »sei still. Es ist etwas Richtiges. Das sind

Sonnenblumenstengel, morgen früh wirst du sie sehen und lachen; wenn es ganz hell geworden ist, dann siehst du und lachst, das sind Sonnenblumenstengel, die stehen vielleicht einen Kilometer weit, und es sieht aus, als ob sie am Ende der Welt ständen, nicht wahr? Ich kenne sie ... verdorrte, schwarze – – dreckige und zum Teil zerschossene Sonnenblumenstengel, deren Köpfe die Russen gefressen haben, und unsere Angst macht, daß sie sich bewegen...«

»Ach ... schieß doch Weiß ... schieß doch Weiß ... ich seh es doch...«

»Ich kenne sie doch, Jak.«

»Schieß doch Weiß. Eine einzige Patrone...«

»Ach, Jak«, flüsterte ich zurück, »wenn sie wirklich kommen, dann hört man es ja auch, horch doch mal?« Wir hielten den Atem an und lauschten; es wurde ganz, ganz still, und es war nichts zu hören als jene furchtbaren Geräusche der Stille.

»Ja«, flüsterte er, und ich hörte an seiner Stimme, daß er bleich war wie der Tod, »ja, ich höre sie ... sie kommen ... sie schleichen ... sie kriechen über die Erde ... es klirrt ein wenig ... ganz leise kommen sie, und wenn sie nahe sind, ist es zu spät...«

»Jak«, sagte ich, »ich kann nicht Weiß schießen. Ich hab nur zwei Patronen, verstehst du? Und eine brauch ich morgen früh, ganz früh, wenn die Stukas kommen, damit sie wissen, wo wir liegen und uns nicht kaputt schmeißen ... und die andere, die andere brauch ich, wenn es wirklich ernst wird. Morgen früh wirst du lachen...«

»Morgen früh«, sagte er sehr kalt, »morgen früh bin ich tot.«

Jetzt wandte ich ihm erstaunt und plötzlich meinen Kopf zu, so platt war ich. Er hatte das sicher und bestimmt gesagt.

»Jak«, sagte ich, »du bist verrückt.«

Er schwieg, und wir setzten uns wieder zurück. Ich hätte so gerne sein Gesicht gesehen. Das Gesicht eines richtigen

Schleppers, ganz nah. Immer nur hatte ich sie flüstern hören, an den Ecken und Bahnhöfen in allen Städten Europas, und immer hatte ich mich mit einer jähen heißen Angst im Herzen weggewandt...

»Jak«, wollte ich anfangen...

»Schieß doch bitte Weiß«, flüsterte er nur wie ein Irrer.

»Jak«, sagte ich, »du wirst mich verfluchen, wenn ich jetzt Weiß schieße, wir haben noch vier Stunden, weißt du, und es wird laut werden, das kenne ich. Heute ist der 21., und da kriegen sie Schnaps da drüben, jetzt eben mit dem Fressen haben sie Schnaps gekriegt, verstehst du, und in einer halben Stunde werden sie anfangen zu schreien und zu singen und zu schießen; und vielleicht kommt wirklich was; und wenn die Stukas morgen früh kommen, dann bricht dir der Schweiß aus vor Angst, so nah schmeißen die, und dann muß ich weiß schießen, sonst sind wir Marmelade, und du wirst mich verfluchen, wenn ich jetzt Weiß schieße, wo doch nichts ist; glaub es mir; erzähl mir lieber noch was. Wo hast du denn zuletzt... geschleppt?«

Er seufzte tief. »In Köln«, sagte er.

»Am Hauptbahnhof, wie?«

»Nein«, fuhr er müde fort, »nicht immer. Manchmal an Süd. Ja, es war praktischer, weil die Mädchen dort näher wohnten. Lilli am Opernhaus und Käthe und Gottliese da am Barbarossaplatz. Ja, weißt du«, seine Stimme war jetzt träge, als sei er beim Einschlafen, »wenn ich am Hauptbahnhof manchmal einen geschnappt hatte, der ging mir unterwegs wieder durch, und es war ärgerlich; sie kriegten manchmal Angst unterwegs oder was anderes, ich weiß nicht, und dann gingen sie mir wieder durch, ohne was zu sagen. Es war eben zu weit vom Hauptbahnhof da runter, und zuletzt stand ich oft an Süd, denn viele Soldaten stiegen dort aus, weil sie meinten, es sei Köln, ich meine Hauptbahnhof. Und von Süd war's nur ein Katzensprung, da ging so leicht keiner durch.

Zuerst«, er beugte sich mir wieder zu, »zuerst bin ich immer zu Gottliese gegangen, sie wohnte in einem Haus, da war ein Café drin, später ist es ausgebrannt. Gottliese, weißt du, die war die netteste. Sie gab mir aus am meisten, aber deshalb bin ich nicht zuerst zu ihr gegangen, wirklich nicht, du, glaub mir, bestimmt nicht. Ach, du glaubst's nicht, deshalb bin ich aber wirklich nicht zuerst zu ihr gegangen, weil sie das meiste gab, glaubst du?« Er fragte jetzt so eindringlich, daß ich mich gezwungen sah, ja zu sagen.

»Aber Gottliese war oft besetzt, komisch, nicht wahr? Sie war sehr oft besetzt. Sie hatte viele Stammkunden, und manchmal ging sie auch auf die Straße, wenn es zu lange dauerte. Und wenn Gottliese besetzt war, war ich traurig, dann ging ich erst zu Lilli. Lilli war auch nicht übel, aber sie soff, und Weiber, die saufen, sind furchtbar, unberechenbar, manchmal grob, manchmal freundlich, aber Lilli war immer noch netter als Käthe. Käthe, die war ganz kalt, sag ich dir. Die gab zehn Prozent und Feierabend. Zehn Prozent! Da rannte ich oft 'ne halbe Stunde durch die kalte Nacht, stand stundenlang am Bahnhof oder hockte bei schlechtem Bier in der Kneipe, setzte mich der Gefahr aus, von der Polizei geschnappt zu werden, und dann zehn Prozent! Scheiße, sag ich dir; Käthe kam also immer zuletzt dran. Am anderen Tage, wenn ich den ersten brachte, bekam ich das Geld. Manchmal nur fünfzig Pfennig, einmal sogar nur 'nen Groschen, verstehst du, einen Groschen...«

»Einen Groschen?« fragte ich entsetzt.

»Ja«, sagte er, »sie hatte nur 'ne Mark bekommen. Einfach nicht mehr bei sich, der Kerl.«

»Ein Soldat?«

»Nein, ein Zivilist, ein ganz Alter noch dazu. Und geschimpft hat sie mich auch noch. Ach, Gottliese war anders. Die gab mir immer viel, immer mindestens zwei Mark. Auch wenn sie gar nichts bekommen hatte. Und dann...«

»Jak« fragte ich, »manchmal nahm sie nichts?«

»Ja, manchmal nahm sie nichts. Im Gegenteil, glaub ich. Sie schenkte den Soldaten noch Zigaretten oder Butterbrote oder irgend etwas einfach dazu.«

»Dazu?«

»Ja. Dazu. Sie war sehr großzügig. Ein furchtbar trauriges Mädchen, sag ich dir. Und sie kümmerte sich auch ein bißchen um mich. Wie ich wohnte und ob ich zu rauchen hatte und so, weißt du. Und sie war hübsch, eigentlich die hübscheste.«

»Wie«, wollte ich fragen, »wie sah sie aus?«

Aber in diesem Augenblick fing der erste Russe an zu schreien wie ein Wahnsinniger. Es stieg wie ein Heulen hoch und versammelte andere Stimmen um sich, und schon knallte der erste Schuß. Ich konnte Jak gerade noch am Mantelsaum erwischen, mit einem Satz wäre er draußen und davon gewesen und den Russen in die Arme gelaufen. Alle laufen den Russen in die Arme, die so abhauen. Ich zog den Zitternden zurück, ganz nah an mich. »Sei doch still, es ist ja nichts. Sie sind nur ein bißchen besoffen, und dann schreien sie und schießen blindlings über die Böschung. Und du mußt dich ducken, denn gerade diese Schüsse treffen manchmal...«

Jetzt hörten wir eine Weiberstimme, und obwohl wir kein Wort verstanden, wußten wir, daß sie irgend etwas sehr Gemeines geschrien und gesungen haben mußte. Ihr gelles Lachen riß die Nacht in Fetzen...

»Sei doch ruhig«, sagte ich zu dem zappelnden und stöhnenden Jungen, »es dauert ja nicht lange, ein paar Minuten, bis der Kommissar es gemerkt hat, dann schlägt er sie in die Schnauze. Sie dürfen es ja nicht, und was sie nicht dürfen, wird ihnen schnell ausgetrieben, genau wie bei uns...«

Aber das Schreien hielt an und das wilde Knallen, und zu allem Unglück schoß auch hinten noch einer von uns. Ich hing mich an den Jungen, der mich von sich stoßen und abhauen wollte. Vorne hörte man Schreien, dann Gebrüll ... noch einmal Schreien ... Schüsse und einmal noch die furchtbare Stimme eines besoffenen Weibes. Dann war es ganz still, schrecklich still ...

»Siehst du«, sagte ich ...
»Jetzt ... jetzt kommen sie ...«
»Nein ... horch doch mal!«

Wir horchten wieder, und es war nichts zu hören als dieses grauenvolle Mahlen der Stille.

»Sei doch vernünftig«, fuhr ich fort, weil ich wenigstens meine eigene Stimme hören wollte. »Hast du nicht das Mündungsfeuer gesehen, sie liegen mindestens zweihundert Meter von hier, und wenn sie kommen, das hörst du, das hörst du ganz bestimmt, sag ich dir.«

Es schien ihm jetzt alles gleichgültig zu sein. Er hockte stumm und steif neben mir.

»Wie« fragte ich jetzt, »wie sah sie denn aus, diese Gottliese ...«

Widerwillig antwortete er mir. »Hübsch«, sagte er ganz kurz. »Dunkles Haar und große, ganz helle Augen, sehr klein war sie, furchtbar klein, weißt du«, er wurde plötzlich wieder gesprächig, »und ein bißchen verrückt. Man kann's nicht anders nennen. Oft legte sie sich jeden Tag einen anderen Namen zu ... Inge Simone, Kathlene, was weiß ich, jeden Tag fast einen neuen ... oder Susemarie. Sie war ein bißchen verrückt, und oft nahm sie gar kein Geld ...«

Ich packte ihn heftig am Arm. »Jak«, sagte ich, »ich werde jetzt Weiß schießen. Ich glaub, ich hör was.«

Sein Atem stockte. »Ja«, flüsterte er, »schieß Weiß, ich hör sie, ich werde sonst verrückt ...«

Ich hielt seinen Arm fest, packte die geladene Leuchtpistole, hielt sie hoch über den Kopf und drückte ab; es rauschte wie vor dem Jüngsten Gericht, und als das Licht sich wie eine sanfte silberne Flüssigkeit ausbreitete – wie ein schimmernder

Weihnachtsschneeregen, als sei der Mond geschmolzen und an die Erde verschenkt, da hatte ich keine Zeit mehr, sein Gesicht anzusehen, denn ich hatte nichts gehört, gar nichts, und hatte nur Weiß geschossen, um sein Gesicht zu sehen, das Gesicht eines echten Schleppers. Ich hatte keine Zeit mehr dazu, denn wo vorher dieses Heulen gewesen war, schrilles Schreien eines besoffenen Weibes, da wimmelte es nun von stummen Gestalten, die sich im Licht nun zur Erde duckten und dann plötzlich mit ihrem irren »Hurrä« vorstürmten. Auch hatte ich keine Zeit mehr, noch Rot zu schießen, denn hinter uns, vor uns brach die furchtbare Furche des Krieges auf und deckte uns zu...

Ich mußte Jak hinter mir herziehen aus dem Loch, und als ich ihn mühsam hochgezogen hatte und mich schreiend vor Angst über ihn beugte, um wenigstens im Tode noch sein Gesicht zu sehen, da flüsterte er nur noch leise: »Wollen Sie glücklich werden, mein Herr...«, und ich wurde über ihn gestoßen, rauh und jäh von einer wilden, schrecklichen Hand, aber meine Augen sahen nichts mehr als nur Blut, dunkler als die Nacht, und das Gesicht einer verrückten Dirne, die sich verschenkt hatte für nichts und noch etwas dabeigegeben hatte...

Wiedersehen in der Allee

Manchmal, wenn es wirklich still wurde, wenn das heisere Knurren der Maschinengewehre erloschen war und jene gräßlich spröden Geräusche schwiegen, die den Abschuß der Granatwerfer anzeigten; wenn über den Linien etwas für uns Unnennbares schwebte, was unsere Väter vielleicht Frieden genannt hätten; in jenen Stunden unterbrachen wir das Läuseknacken oder unseren schwachen Schlaf, und Leutnant Hecker fingerte mit seinen langen Händen am Verschluß jener Munitionskiste, die in die Wand unseres Erdloches eingelassen war und die wir unseren Barschrank nannten; er zog an dem Lederstückchen, so daß der Nagel der Schnalle aus seinem Loch flutschte und sich unseren Blicken die Herrlichkeit unseres Besitzes bot: links standen des Leutnants und rechts meine Flaschen, und in der Mitte war ein gemeinsamer besonders köstlicher Besitz, der jenen Stunden vorbehalten war, wo es wirklich still wurde...

Zwischen den dunkelweißen Pullen mit Kartoffelschnaps standen zwei Flaschen echten französischen Kognaks, des prächtigsten, den wir je tranken. Auf eine wahrhaft geheimnisvolle Weise, durch vieltausendfache Möglichkeiten der Unterschlagung, hindurch durch den Dschungel der Korruption, kam in gewissen Abständen wirklicher Hennessy in unsere Löcher vorne, wo wir gegen Dreck, Läuse und Hoffnungslosigkeit zu kämpfen hatten. Wir pflegten den jungen Burschen, die sich vor Schnaps aller Art schüttelten und mit dem Heißhunger bleicher Kinder nach Süßigkeiten verlangten, ihren Anteil an diesem köstlichen gelben Getränk in Schokolade und Bonbons zu vergüten, und wohl selten wurde ein Tauschhandel geschlossen, der beide Partner mehr beglückte.

»Komm«, pflegte Hecker zu sagen, nachdem er möglichst

eine saubere Kragenbinde eingeknöpft hatte und sich wohlig über sein rasiertes Kinn gefahren war. Ich richtete mich langsam aus dem düsteren Hintergrund unseres Loches auf, streifte mit matten Handbewegungen die Strohflusen von meiner Uniform und beschränkte mich auf die einzige Zeremonie, zu der ich noch Kraft fand: ich kämmte mich und wusch mir in Heckers Rasierwasser – einem Kaffeerest in einer Blechbüchse – meine Hände lange und mit einer fast perversen Innigkeit. Hecker wartete geduldig, bis ich auch meine Nägel gesäubert hatte, baute unterdes einen Munitionskasten als eine Art Tisch zwischen uns auf und rieb mit einem Taschentuch unsere beiden Schnapsgläser sauber: dickwandig stabile Dinger, die wir ebenso wohl zu behüten pflegten wie unseren Tabak. Wenn er dann die große Schachtel Zigaretten aus den Hintergründen seiner Tasche hervorgesucht hatte, war auch ich mit meinen Vorbereitungen fertig.

Meist war es nachmittags, und wir hatten die Decke vor unserem Loch beiseite geschoben, und manchmal wärmte eine bescheidene Sonne unsere Füße...

Wir blickten uns an, stießen die Gläser gegeneinander, tranken und rauchten. In unserem Schweigen war etwas herrlich Feierliches. Das einzig feindliche Geräusch war der Einschlag eines Scharfschützengeschosses, das mit minutiöser Pünktlichkeit in gewissen Abständen genau vor den Balken schlug, der die Böschung am Eingang unseres Bunkers stützte. Mit einem kleinen und fast liebevollen »Flapp« raschelte das Geschoß in die spröde Erde. Es erinnerte mich oft an das bescheidene und fast lautlose Huschen einer Feldmaus, die an einem stillen Nachmittag über den Weg läuft. Dieses Geräusch hatte etwas Beruhigendes, denn es vergewisserte uns, daß die köstliche Stunde, die nun anbrach, nicht Traum war, nichts Unwirkliches, sondern ein Stück unseres wahrhaften Lebens.

Nach dem vierten oder fünften Glase erst fingen wir zu sprechen an. Unter dem müden Geröll unseres Herzens wurde von diesem wunderbaren Getränk etwas seltsam Kostbares geweckt, das unsere Väter vielleicht Sehnsucht genannt hätten.

Über den Krieg, unsere Gegenwart, hatten wir kein Wort mehr zu verlieren. Zu oft und zu innig hatten wir seine zähnefletschende Fratze gesehen, und sein grauenhafter Atem, wenn die Verwundeten in dunklen Nächten in zwei verschiedenen Sprachen zwischen den Linien klagten, hatte uns zu oft das Herz erzittern gemacht. Wir haßten ihn zu sehr, als daß wir noch glauben mochten an die Seifenblasen der Phrase, die das Gesindel hüben und drüben aufsteigen ließ, um ihm den Wert einer »Sendung« zu geben.

Auch die Zukunft konnte nicht Gegenstand dieser Gespräche sein. Sie war ein schwarzer Tunnel voll spitzer Ecken, an denen wir uns stoßen würden, und wir hatten Furcht vor ihr, denn das grauenhafte Dasein, Soldat zu sein und wünschen zu müssen, daß der Krieg verlorengeht, hatte unser Herz ausgehöhlt.

Wir sprachen von der Vergangenheit; von jener kümmerlichen Andeutung dessen, was unsere Väter vielleicht Leben genannt hätten. Jener allzu kleinen einzigen Spanne menschlicher Erinnerungen, die gleichsam eingeklemmt gewesen war zwischen dem verfaulenden Kadaver der Republik und jenem aufgeblähten Ungeheuer Staat, dessen Sold wir einstecken mußten.

»Denk dir ein kleines Café«, sagte Hecker, »vielleicht gar unter Bäumen, im Herbst. Der Geruch von Feuchtigkeit und Fäulnis ist in der Luft, und du übersetzt ein Gedicht von Verlaine; du hast ganz leichte Schuhe an den Füßen, und später, wenn der Dämmer in dichten Wolken niedersinkt, gehst du schlurfend nach Hause, schlurfend, verstehst du; du läßt deine Füße durch das nasse Laub schleifen und siehst den

Mädchen ins Gesicht, die dir entgegenkommen...« Er goß die Gläser voll, mit ruhigen Händen wie ein liebevoller Arzt, der ein Kind operiert, stieß mit mir an, und wir tranken... »Vielleicht lächelt dich eine an, und du lächelst zurück, und ihr geht beide weiter, ohne euch umzuwenden. Dieses kleine Lächeln, das ihr getauscht habt, wird nie sterben, niemals, sage ich dir ... es wird vielleicht euer Erkennungszeichen sein, wenn ihr euch in einem anderen Leben wiederseht... ein lächerliches kleines Lächeln...«

Es kam etwas wunderbar Junges in seine Augen, er blickte mich lachend an, und auch ich lächelte, ich ergriff die Flasche und goß ein. Dann tranken wir drei oder vier hintereinander, und kein Tabak schmeckte köstlicher als jener, der sich mischte mit dem kostbaren Aroma des Kognaks...

Zwischendurch mahnte uns das Scharfschützengeschoß, daß die Zeit unbarmherzig vertropfte; und hinter unserer Freude und dem Genuß der Stunde drohte wieder die Unerbittlichkeit unseres Lebens, die durch eine plötzlich einschlagende Granate, durch den Alarmruf eines Postens, Angriffs- oder Rückzugsbefehl uns zerreißen würde. Wir begannen hastiger zu trinken, wildere Worte zu wechseln, und in die sanfte Freude unserer Augen mischte sich Lust und Haß; und wenn sich unweigerlich der Boden der Flasche zeigte, wurde Hecker unsagbar traurig, seine Augen wandten sich wie verschwimmende Scheiben mir zu, und er begann leise und fast irr zu flüstern: »Das Mädchen, weißt du, wohnte am Ende einer Allee, und als ich zuletzt in Urlaub war...«

Das war für mich das Zeichen, daß ich Schluß zu machen hatte. »Leutnant«, sagte ich kalt und scharf, »sei still, hörst du?« So hatte er selbst mir gesagt: »Wenn ich anfange, von einem Mädchen zu sprechen, das am Ende einer Allee wohnte, dann mußt du mir sagen, daß ich die Schnauze halten soll, verstehst du mich, du mußt, du mußt!!«

Und ich folgte diesem Befehl, wenn es mir auch schwerfiel, ihn auszuführen, denn Hecker erlosch gleichsam, wenn ich mahnte; seine Augen wurden hart und nüchtern, und um seinen Mund kam die alte Falte der Bitterkeit...

An jenem Tage aber, von dem ich erzählen will, war alles anders als sonst. Wir hatten Wäsche bekommen, ganz neue Wäsche, neuen Kognak; ich hatte mich rasiert und mir anschließend sogar die Füße gewaschen in der Blechbüchse; ja, eine Art Bad hatte ich genommen, denn sogar neue Strümpfe hatte man uns geschickt, Strümpfe, an denen die weißen Ringe wirklich noch weiß waren...

Hecker lag zurückgelehnt auf unserer Liegestatt, rauchte und sah mir zu, wie ich mich wusch. Es war ganz still draußen, aber diese Stille war bösartig und lähmend, es war eine drohende Stille, und ich sah es an Heckers Händen, wenn er eine neue Zigarette an der alten entzündete, daß er erregt war und Angst hatte, denn wir alle hatten Angst, alle, die noch menschlich waren, hatten Angst...

Plötzlich hörten wir das leise Huschen, mit dem das Geschoß des Scharfschützen in die Böschung zu schlagen pflegte, und dieses sanfte Geräusch nahm der Stille alles Beängstigende, und wie in einem Atemzug lachten wir beide auf; Hecker sprang hoch, stapfte ein wenig mit den Füßen und rief laut und kindlich. »Hurra, hurra, jetzt wird gesoffen, gesoffen auf das Wohl des Kameraden, der immer in dieselbe Stelle schießt und immer verkehrt!«

Er öffnete den Verschluß, klopfte mir auf die Schulter und wartete geduldig, bis ich meine Stiefel wieder angezogen und mich zu unserem Trunke bereitgesetzt hatte. Hecker breitete ein neues Taschentuch über die Kiste und zog zwei prachtvolle lange, hellbraune Zigarren aus seiner Brusttasche.

»Das ist was ganz Feines«, rief er lachend, »Kognak und eine gute Zigarre.« Wir stießen an, tranken und rauchten in langsamen, genußvollen Zügen.

»Erzähl mir was«, rief Hecker, »du mußt mal was erzählen, los«, er blickte mich ernst an. »Mensch, nie hast du was erzählt, immer hast du mich quatschen lassen.«

»Ich kann nicht viel sagen«, warf ich leise hin, und nun blickte ich ihn an, goß ein und trank erst mit ihm, und es war wunderbar, wie das kühle, uns so köstlich wärmende Getränk dunkelgelb in uns hineinfloß. »Weißt du«, fing ich zaghaft an, »ich bin jünger als du und ein wenig älter. Ich bin immer sitzengeblieben in der Schule, dann mußte ich in eine Lehre, ich sollte Schreiner werden. Das war erst bitter, aber später, so nach einem Jahr, gewann ich Freude an der Arbeit. Es ist was Herrliches, so mit Holz zu arbeiten. Du machst dir eine Zeichnung auf schönes Papier, richtest dein Holz zurecht, saubere, feingemaserte Bretter, die du liebevoll hobelst, während dir der Geruch von Holz in die Nase steigt. Ich glaube, ich wäre ein ganz guter Schreiner geworden, aber als ich neunzehn wurde, mußte ich zum Kommiß, und ich habe den ersten Schrecken, nachdem ich durchs Kasernentor gegangen war, nie überwunden, in sechs Jahren nicht, deshalb sprech ich nicht viel ..., bei euch ist das etwas anderes...« Ich errötete, denn noch nie im Leben hatte ich so viel gesprochen ...

Hecker sah mich nachdenklich an. »So«, sagte er, »ich glaub, das ist schön, Schreiner.«

»Aber hast du nie ein Mädchen gehabt«, fing er plötzlich lauter an, und ich spürte schon, daß ich bald wieder Schluß machen mußte. »Nie? Nie? Hast du nie deinen Kopf auf eine sanfte Schulter gelegt und gerochen, ihr Haar gerochen ... nie?« Diesmal schenkte er wieder ein, und die Flasche war leer mit diesen beiden letzten Schnäpsen. Hecker blickte mit einer schaurigen Trauer um sich. »Keine Wand hier, an der man die Pulle kaputtschlagen könnte, was?« – »Halt«, rief er plötzlich und lachte wild auf, »der Kamerad soll auch was haben, er soll sie kaputtschießen.« Er trat einen Schritt vor und stellte die

Flasche an jene Stelle, wo die Geschosse des Scharfschützen einzuschlagen pflegten, und ehe ich es verhindern konnte, hatte er die nächste Flasche aus unserem Schrank genommen, sie geöffnet und eingeschenkt. Wir stießen an, und im gleichen Augenblick ertönte draußen auf der Böschung ein sanftes »Pong«, wir blickten erschreckt hoch und sahen, daß die Flasche einen Augenblick nachher noch fest stand, fast starr, dann aber glitt ihr oberer Teil herab, während die untere Hälfte stehen blieb. Die große Scherbe rollte in den Graben, fast bis vor unsere Füße, und ich weiß nur noch, daß ich Angst hatte, Angst von diesem Augenblick an, in dem die Flasche zerbrochen war...

Zugleich ergriff mich eine tiefe Gleichgültigkeit, während ich so schnell, wie Hecker eingoß, half, die zweite Flasche zu leeren. Ja, Angst und Gleichgültigkeit zugleich. Auch Hecker hatte Angst, ich sah es; wir blickten gequält aneinander vorbei, und an jenem Tage brachte ich nicht die Kraft auf, ihn zu unterbrechen, als er wieder von dem Mädchen anfing...

»Weißt du«, sagte er hastig, an mir vorbeiblickend, »sie wohnte am Ende einer Allee, und als ich zuletzt in Urlaub war, da war Herbst, richtiger Herbst, ein später Nachmittag, und ich kann dir gar nicht beschreiben, wie schön die Allee war – –«, ein wildes, köstliches und doch irgendwie irres Glück tauchte in seinen Augen auf, und um dieses Glückes willen war ich froh, ihn nicht unterbrochen zu haben; er rang im Weitersprechen die Hände, wie jemand, der etwas formen will und weiß nicht, wie, und ich spürte, daß er nach den richtigen Ausdrücken suchte, um mir die Allee zu beschreiben. Ich schenkte ein, wir tranken schnell aus, und ich schenkte wieder ein, und wir kippten die Gläser hinunter...

»Die Allee«, sagte er heiser, fast stammelnd, »die Allee war ganz golden, das ist kein Quatsch, du, sie war einfach golden, schwarze Bäume mit Gold, und graublaue Schimmer darin – –, ich war irrsinnig glücklich, während ich langsam in ihr hinabschritt bis zu jenem Haus, ich fühlte mich eingesponnen von dieser kostbaren Schönheit, und ich saugte die rauschhafte Vergänglichkeit unseres menschlichen Glückes in mich hinein. Verstehst du? Diese zauberhafte Gewißheit ergriff mich namenlos ... und ... und ...«

Hecker schwieg eine Weile, während er wieder nach Worten zu suchen schien, ich goß die Gläser wieder voll, stieß mit ihm an, und wir tranken: in diesem Augenblick zerschellte auch der untere Teil der Flasche auf der Böschung, und mit einer aufreizenden Langsamkeit purzelten die Scherben eine nach der anderen in den Graben.

Ich erschrak, als Hecker plötzlich aufstand, sich bückte und die Decke ganz beiseite schob; ich hielt ihn am Rockärmel zurück, und nun wußte ich, warum ich die ganze Zeit über Angst gehabt hatte. »Laß mich«, schrie er, »laß mich... ich geh, ich geh in die Allee...« Draußen stand ich neben ihm, die Flasche in meiner Hand. »Ich geh«, flüsterte Hecker, »ich geh ganz hinein bis ans Ende, wo das Haus steht! Es ist ein braunes Eisengitter davor, und sie wohnt oben und...« Ich bückte mich erschreckt, denn ein Geschoß pfiff an mir vorbei in die Böschung, genau an die Stelle, wo die Flasche gestanden hatte.

Hecker flüsterte stammelnd sinnlose Worte, ein inniges, jetzt ganz sanftes Glück war auf seinen Zügen, und vielleicht wäre noch Zeit gewesen, ihn zurückzurufen, so wie er mir befohlen hatte. In seinen sinnlosen Worten erkannte ich nur immer die einen: »Ich geh – – ich geh einfach dorthin, wo mein Mädchen wohnt...«

Ich kam mir sehr feige vor, wie ich unten auf dem Boden hockte, die Flasche mit dem Kognak in der Hand, und ich fühlte es wie eine Schuld, daß ich nüchtern war, grausam nüchtern, während auf Heckers Gesicht eine unbeschreiblich süße und innige Trunkenheit lag; er blickte starr gegen die feindlichen Linien zwischen schwarzen Sonnenblumensten-

geln und zerschossenen Gehöften, ich beobachtete ihn scharf; er rauchte eine Zigarette. »Leutnant«, rief ich leise, »trink, komm, trink«, und ich hielt ihm die Flasche entgegen, und als ich mich aufrichten wollte, spürte ich, daß auch ich betrunken war, und zu tiefinnerst verfluchte ich mich, daß ich ihn nicht früh genug zurückgerufen hatte, denn jetzt schien es zu spät zu sein; er hatte meinen Ruf nicht gehört, und eben, als ich den Mund öffnen wollte, noch einmal zu rufen, um ihn wenigstens mit der Flasche aus der Gefahr oben zurückzuholen, hörte ich ein ganz helles und feines »Ping« von einem Explosivgeschoß. Hecker wandte sich mit einer erschreckenden Plötzlichkeit um, lächelte mich kurz und selig an, dann legte er seine Zigarette auf die Böschung und sank in sich zusammen, ganz langsam fiel er hintenüber – – es griff mir eiskalt ans Herz, die Flasche entglitt meinen Händen, und ich blickte erschreckt auf den Kognak, der mit leisem Glucksen ihr entfloß und eine kleine Pfütze bildete. Wieder war es sehr still, und die Stille war drohend ...
Endlich wagte ich aufzublicken in Heckers Gesicht: seine Wangen waren eingefallen, die Augen schwarz und starr, und doch war auf seinem Gesicht noch ein Schimmer jenes Lächelns, das auf ihm geblüht hatte, während er irre Worte flüsterte. Ich wußte, daß er tot war. Aber dann schrie ich plötzlich, schrie wie ein Wahnsinniger, beugte mich, alle Vorsicht vergessend, über die Böschung und schrie zum nächsten Loch: »Hein! Hilf! Hein, Hecker ist tot!« und ohne eine Antwort abzuwarten, sank ich schluchzend zu Boden, von einem gräßlichen Grauen gepackt, denn Heckers Kopf hatte sich ein wenig gehoben, kaum merklich, aber sichtbar, und es quoll Blut heraus und eine fürchterliche gelblichweiße Masse, von der ich glauben mußte, daß es sein Gehirn war; es floß und floß, und ich dachte mit starrem Schrecken nur: woher kommt diese unendliche Masse Blut, aus seinem Kopf allein? Der ganze Boden unseres Loches bedeckte sich mit Blut, die

lehmige Erde sog schlecht, und das Blut erreichte den Fleck, wo ich neben der leeren Flasche kniete...

Ich war ganz allein auf der Welt mit Heckers Blut, denn Hein antwortete nicht, und das sanfte Schlurfen des Scharfschützengeschosses war nicht mehr zu hören...

Plötzlich aber barst die Stille mit einem Knall, ich zappelte erschreckt hoch und erhielt im gleichen Augenblick einen Schlag gegen den Rücken, der seltsamerweise gar nicht schmerzte; ich sank nach vorne mit dem Kopf auf Heckers Brust, und während der Lärm rings um mich her erwachte, das wilde Bellen des Maschinengewehrs aus Heins Loch und die grauenhaften Einschläge jener Werfer, die wir Orgeln nannten, wurde ich ganz ruhig: denn mit Heckers dunklem Blut, das immer noch auf der Sohle des Loches stand, mischte sich ein helles, ein wunderbares helles Blut, von dem ich wußte, daß es warm und mein eigenes war; und ich sank immer, immer tiefer, bis ich mich glücklich lächelnd am Eingang jener Allee fand, die Hecker nicht hatte beschreiben können, denn die Bäume waren kahl, Einsamkeit und Öde nisteten zwischen fahlen Schatten, und die Hoffnung starb in meinem Herzen, während ich ferne, unsagbar weit, Heckers winkende Silhouette gegen ein sanftes goldenes Licht sah...

Der unbekannte Soldat

Irgendwo da vorne fing die Front an. Er dachte immer, sie wären jetzt da, wenn die Wagenkolonne stockte und in einem Dorf anhielt, wo im Schmutz und Schlamm Feldwebel und Soldaten mit grimmigen und gleichgültigen Gesichtern herumliefen. Aber es ging immer wieder weiter, und er hatte Angst, denn sie hörten schon lange da Schießen, und das hörte sich ganz nah an. Aber daß sie schon über die Stellungen der schweren Artillerie hinauswaren, war ganz klar. Es war ganz eindeutig, daß die Abschüsse von hinten kamen, von da, wo sie hergekommen waren. Aber es ging immer weiter. Es war kalt, und es nützte gar nichts, den Mantel immer enger zu ziehen und am Kragen zu zerren, als könnte man ihn verlängern. Auch die Handschuhe waren zu dünn, und er hatte nicht einmal Lust zu rauchen, so kalt war ihm, und er war gräßlich müde. Die Augen fielen ihm immer wieder zu, aber er konnte nicht schlafen, weil ihm schlecht war. Es war ihm richtig übel von dem Benzingestank, und es war so beunruhigend, daß keiner etwas sagte, von denen, die mit ihm im Wagen saßen, sonst quatschten sie immer wie verrückt, im Waggon noch, im Zug, auf dem Transport hatten sie den ganzen Tag geredet von ihren Weibern und Heldentaten und von den feinen Wohnungen, die sie zu Hause hatten, und den tollen Berufen. Es war keiner da, der keine schöne Wohnung hatte und keinen schönen Beruf. Aber jetzt waren sie alle furchtbar still, und man hörte an ihrem Atem, daß sie froren. Die Straße war furchtbar uneben. Halbe Meter hoch lag da der Dreck und war durchfurcht von Panzerspuren, und manchmal dazwischen konnte man noch irgendwo einen Pferdehuf sehen. Die armen Pferde, dachte er. Und er dachte nicht einmal an die Infanteristen, die zu Fuß gehen mußten. Es war herrlich, daß sie gefahren wurden, aber vielleicht wäre es schöner gewesen zu gehen, man wäre warm geworden, und es hätte nicht so schnell gegangen...

Aber jetzt wünschte er, daß es sehr schnell ging. Er wollte nicht mehr leben. Ihm war wirklich sterbenselend zumute. Mit jedem Atemzug schien er neue Übelkeit einzuziehen. Er roch nicht nur den fürchterlichen Gestank des Auspuffs, der direkt unter seiner Nase war. Auch die furchtbaren Ausdünstungen derer, die hinter ihm saßen und die sich alle – wie er auch, seit vierzehn Tagen nicht mehr richtig gewaschen hatten, nur die Hände und das Gesicht. Eine üble Wolke säuerlichen, ekelhaften, schmutzigen, alten Schweißgeruchs kam von hinten. Einige rauchten. Und es war ihm zum Kotzen schlecht und er wäre froh gewesen, wenn jemand Mitleid mit ihm gehabt hätte und hätte ihm die Pistole an den Kopf gesetzt und abgedrückt...

Und sie waren immer noch nicht vorne. Jetzt hörte er das Schießen der Maschinengewehre so nah, daß er glaubte, sie führen mit dem Auto mitten hinein. Und das Dorf, durch das sie jetzt fuhren, sah richtig so aus, wie er sich ein Frontdorf vorgestellt hatte. Soldaten mit schmutzigen Stiefeln und vollkommen gleichgültigen Heldengesichtern, ordenbedeckt und stur, und Feldwebel, die gar nicht mehr so feldwebelig aussahen, und auch Leutnants sah er und eine Feldküche hinter einer schmutzigen Kate, auf einem Hof, der nur Jauche und Dreck zu sein schien, aber sie waren auch aus diesem Kaff schnell hinaus und waren immer noch nicht vorne. Mein Gott, dachte er, wo ist denn bloß endlich die Infanterie? Aber sie hielten jetzt plötzlich an einem kleinen Wald, der einen Hügel bedeckte. Irgendwo vorne brüllte eine Stimme: alles absteigen, und er sprang sofort vom Wagen und fing an, sich warm zu treten, die anderen schmissen das Gepäck runter, er mußte ein Maschinengewehr annehmen, nahm auch die Kästen und ließ sie in den Dreck fallen. Der Unteroffizier war mit ausgestiegen, er war ganz blaß und zitterte, und er schnauzte ihn an, weil er die MG-Kästen in den Dreck hatte fallen lassen, er blickte den Unteroffizier ganz erstaunt an, als ob ihm das nicht vollkommen scheißegal wäre, sie konnten ihn auf der Stelle kaputtschießen, wenn sie wollten, so sterbenselend war ihm. Er schnappte sich sein Gewehr, sein Sturmgepäck und zwei Kästen und trat in das Gebüsch, denn von vorn war der Befehl gekommen: von der Straße weg. Ihm war ganz erbärmlich kalt, und im Gebüsch war es naß. Einige rauchten, und er griff jetzt in die Tasche und holte auch eine Zigarette heraus. Und obwohl es ihm schlecht war, rauchte er. Er sah alles und hörte alles, und doch hörte und sah er nichts: der Himmel war ganz grau ohne ein dunkles oder helles Tüpfelchen, und es mußte nachmittags so gegen fünf Uhr sein, die Kumpels hockten auf ihren Kästen, manche trampelten auch herum, aber sie gaben es auf, weil der Boden ganz weich und naß war, so naß, daß es spritzte, wenn man trampelte. Es wurde nicht viel geredet, und irgendwo standen die Unteroffiziere beim Leutnant, und auf dem Wege, der in den Wald hineinführte, kam jetzt ein Hauptmann mit einer Liste. Es war ein junger Hauptmann, der den Leutnant jetzt aus irgendeinem Grunde anschnauzte, und der Leutnant stand stramm. Und das Schießen der Maschinengewehre fing jetzt wieder an, und es hörte sich so an, daß es ganz lächerlich war, der MG-Schütze konnte keine zehn Meter von ihm weg liegen, und dann hörte er ein ganz anderes MG schießen, und er wußte, dieses rauhe, etwas langsamere dunkle Schießen, das waren also die russischen MGs. Und einen Augenblick in seiner furchtbaren Gleichgültigkeit spürte er etwas wie Erregung, etwas Seltsames, das ihm schön dünkte: die Gewißheit der nahen Gefahr, aber das war nur einen Augenblick, und er wünschte im nächsten schon wieder, nur zu sterben, einfach kaputtgeschossen zu werden. Das alles hörte er, und er sah jetzt, daß der Hauptmann mit seinen schmutzigen Stiefeln und seinem verflucht jungen Gesicht eindringlich auf den Leutnant und die Unteroffiziere einsprach...

Er warf die Zigarette weg und drehte sich zu dem um, der ihm am nächsten stand. Es war Karl, und er blickte Karl an, und es dauerte lange, bis er sich bewußt wurde, daß es wirklich Karl war. Karl, der stille unscheinbare Bursche, der auch während der Fahrt wenig gesprochen hatte, ein älterer Mann mit einem Trauring, der ihm immer, sooft er ihn angesehen hatte, so furchtbar bieder vorgekommen war. »Karl«, sagte er leise, und in diesem Augenblick erst erkannte er wirklich Karl. Er fror bis ins Innerste und ihm war sterbenselend von der Fahrt, und er hatte vielleicht auch Hunger und Durst...

»Was ist denn«, sagte Karl ruhig.

»Etwas zu trinken«, fragte er. Karl nickte und nestelte an der Feldflasche, die im Brotbeutel hing. Er spürte den Verschluß der Flasche in einer Hand, drehte ihn lose und setzte ihn an den Mund, und als der erste Tropfen auf seinen Gaumen rann, wußte er plötzlich, daß er einen höllischen Durst hatte, er hätte trinken trinken trinken mögen, in alle Ewigkeit nur trinken ... er stöhnte vor Erleichterung und Lust und trank in tiefen Zügen, aber plötzlich rief ihr Unteroffizier »sammeln« und Karl riß ihm ängstlich die Flasche vom Mund und hing sie wieder fest, und alle Gruppen wurden jetzt von den Unteroffizieren gerufen und sammelten sich auf dem Waldweg, und sie gingen jetzt Reihe um Reihe hinter dem Hauptmann her in den Wald hinein. Er hatte nur den Wunsch weiterzutrinken. Der Durst war tierisch, und er fühlte wirklich die Versuchung, sich auf die Erde zu schmeißen und die Pfütze auf dem Waldwege auszutrinken... und plötzlich kam ihm der Waldweg so unsagbar vertraut vor. Dieses dünne, fast gebüschartige Zeug, diese windigen Buchenstämmchen sehr weit auseinander und dazwischen die braune weiche Erde und der graue, endlos graue Himmel darüber und dieser Weg weich und matschig und sich vorne verengend und alle die

Uniformen, vorne der Hauptmann, der auf den Leutnant einredete, und die Unteroffiziere neben ihren Gruppen, das war genau wie auf dem Übungsplatz, wenn sie zum Scharfschießen marschierten ... das war alles Unsinn, sie waren nicht in Rußland, sie waren nicht diese vielen tausend Kilometer mit der Bahn gefahren, um sich hier kaputtschießen oder kaputtfrieren zu lassen ... es war alles Mache ... nur ein Traum vielleicht, und er hatte nur Durst, Durst und war so unendlich müde, daß er nur zu sterben wünschte, um zu schlafen. Wenn man tot war, durfte man vielleicht erst schlafen, vielleicht durften die toten Soldaten erst mal schlafen ... schlafen ... und es wurde ihnen vielleicht etwas gegen ihre furchtbare Übelkeit gegeben ...

Da vorne schoß irgendeine Kompanie schon. Es klang alles sehr regelmäßig und schön, und sie hatten dem Schützen eine ganze Reihe von Schüssen freigegeben, und auch andere schossen, auch Gewehre, und irgendwo auch Artillerie, und es ging immer weiter auf dem matschigen Weg nach vorne ...

Plötzlich hielten sie, und er blickte auf, und sie standen vor einer Baracke, die unter den Bäumen an dem Waldweg stand. Vorne waren noch mehr Baracken, und tiefer im Wald drin sah er Löcher, und Eingänge zu Bunkern, vor denen Decken hingen und Telephonleitungen, und eine Küche stand irgendwo unter einem brüchigen Schuppen. Sie mußten wieder vom Weg ab unter die schmalen kümmerlichen Bäume treten, und er sah jetzt, daß aus den Löchern Landser herauskamen, auch Unteroffiziere und noch ein Leutnant, und sie sahen alle ziemlich dreckig aus und furchtbar gleichgültig ... sie kamen aus verschiedenen Löchern und gingen alle zu dem Hauptmann, der vorne mit ihrem Leutnant stand.

Das ist doch nicht Rußland, dachte er. Es war alles so furchtbar selbstverständlich. Der Landser, der zu ihnen trat, hatte eine Maschinenpistole umhängen und eine Pfeife im Gesicht, und sein Gesicht war ganz grau und vollkommen gleichgültig. Er hatte immer gedacht, wenn sie nach vorne kämen, richtig nach vorne, würden sie verächtlich angesehen, weil sie doch das erstemal kämen. Aber keiner guckte sie verächtlich an, sie waren eher gleichgültig und ein bißchen mitleidig...

Sie spielen hier fabelhaft Krieg, dachte er. Es war alles wahnsinnig echt, hoffentlich ist auch das Schießen echt, und sie schießen mich tot. Die Übelkeit hatte nicht nachgelassen, sein Kopf schmerzte und sein säuerliches gräßliches Unwohlsein stieg ihm vom Magen her in den Kopf und schien alle seine Adern und Venen und alle Nerven auszumachen, er hätte am liebsten gekotzt, aber er konnte nicht, er atmete in tiefen Zügen, weil die frische Luft wenigstens für eine Zehntelsekunde wohltat. Sie spielen verdammt echt, dachte er, denn der Landser, der zu ihnen getreten war, kam jetzt nahe auf den Unteroffizier zu und sagte: »Zur dritten.« – »Jawohl«, sagte der Unteroffizier, und der Landser guckte ihn komisch an. »Dann man los«, sagte der Landser, und er ging einfach quer in den Wald hinein und der Unteroffizier ihm nach und sie alle in Reihe hinterher. Er mit seinem MG-Kasten war der vorletzte, zuletzt ging einer, der hieß Fritz, Fritz rauchte auch die Pfeife, und er wunderte sich, daß es noch Menschen auf der Welt gab, denen es nicht schlecht war... Seine Finger waren ganz schlapp, und er schwitzte jetzt einen ekelhaften säuerlichen kalten Schweiß aus, er torkelte hinter seinem Vordermann her durch dieses magere Buchengebüsch, und es war ihm jämmerlich kalt und kotzelend zumute...

Plötzlich legte sich der Landser, der sie führen mußte, einfach auf den Boden und rief Deckung. Und im gleichen Augenblick schlugen irgendwo rechts von ihnen Granaten ein. Es konnte nicht sehr weit sein: er hörte ein grauenhaftes leises Rauschen wie ein Wehen, dann den Krach, und eines von den Buchenbäumchen wurde glatt umgeknickt. Er sah ganz genau, wie zwanzig Meter von ihm entfernt ein Stämmchen barst und langsam umsank, bis er das weiße, grünlichweiße Innere sehen konnte oben an der Stelle, wo der Baum gebrochen war. Und sie hörten die Erdbrocken runterfallen, und manche kleine Spritzer fielen mit einem leichten Summen in seiner Nähe. Es war wunderbar, zu liegen. Obwohl er genau wußte, daß es ernst war, daß sie in Rußland waren, wirklich in Rußland und fast schon ganz vorne an der Front, fühlte er nur, wie wunderbar es war zu liegen, richtig ausgestreckt, obwohl es auch naß war und die Kühle und Nässe sehr schnell durch seinen Mantel drangen, ihm war das alles gleichgültig, er wollte hier liegen bleiben ... hier schlafen oder besser noch: sterben, ihm war so schlecht ... keinem Menschen hätte er sagen können, wie schlecht ihm war. Sein Magen schien sich aufgelöst zu haben und sich wie eine ekelhafte Substanz in seinem ganzen Körper verteilt zu haben. Da, wo der Magen gewesen war, spürte er nur ein wundes scheußliches Nichts aus Übelkeit...

Mein Gott, betete er, laß die nächste Granate mitten auf mich drauffallen... Aber der Landser vorne war aufgestanden und rief: »Weiter«, und sie gingen weiter und hatten bald den Rand des Waldes erreicht, am Waldrand wartete der Landser, bis sie alle daran waren, und erklärte ihnen irgend etwas. Er hörte alles ganz genau, aber es war ihm furchtbar gleichgültig, nie im Leben war er so gleichgültig gewesen. Er fror jetzt auch so sehr, daß er richtig mit den Zähnen schlotterte. Vorne war ein großer Acker, der war ganz zerwühlt, und da lag ein ausgebrannter Panzer mit einem Sowjetstern. Und links und rechts von dem Panzer waren Stellungen. Er sah das ganz genau. Es sah ziemlich so aus wie auf dem Übungsplatz. Richtige Laufgräben und Bunkererhöhungen, und er sah jetzt ganz genau, welches Maschinengewehr schoß, und es schien ihm, als höre es sich jetzt viel weiter an als eben, wo sie im Auto gewesen waren – und das Maschinengewehr schoß irgendwo auf die Reste eines Hauses, das am Ende dieses Ackers stand, er sah die Einschläge, wie der Lehm von den Mauerresten spritzte, und von ganz anderswoher beschoß ein dunkleres, langsameres MG jetzt den Waldrand, wo sie standen. Der Landser, der sie geführt hatte, schmiß sich gleich hin, und sie warteten gar nicht erst, bis er schrie: »Deckung«, denn sie hatten noch kaum das Schießen gehört, da lag schon einer von den Kumpels da und schrie, er schrie furchtbar, und das MG schoß weiter. Er wollte zu dem Kumpel rüberrutschen, der schrie, und er hörte an der Stimme, daß es Willi war, aber da waren schon zwei Mann, die lagen ganz flach neben Willi und wickelten ihm Verbandszeug um das Bein. Er hörte deutlich, wie manchmal einer von den Schüssen in die weichen jungen Stämmchen flatschte, und die Querschläger, die wie rasende Bienen absummten ins Unendliche, und auch, wenn die Schüsse vor ihnen in die Erde schlugen, das machte bloß flapp, und es war, als blase jemand etwas.

Als er spürte, daß die anderen vorsichtig zurückkrochen, kroch er auch zurück, obwohl sich ihm vor Müdigkeit und Übelkeit alles vor den Augen drehte. Es war wahnsinnig anstrengend, sich nach rückwärts zu schieben, und das Maschinengewehr sägte jetzt über ihre Köpfe weg, und es war gräßlich, wie die Geschosse nun hinter ihnen in den Waldboden flappten und wie sie in das weiche Holz schlugen, so daß man die jungen grünweißen Wunden sehen konnte. Und dann schlug wieder eine Granate ein, dann mehrere, es war nur noch Krach und ein grauenhafter Gestank, und wieder schrie einer, jetzt ein anderer, denn Willis Schreien waren sie jetzt schon fast gewohnt. Er wußte nicht, wer schrie, er wollte nur schlafen, dann schloß er die Augen und schrie, schrie weiter, ohne zu wissen, daß er schrie, bis Gott seinen Wunsch erfüllt hatte...

Auch Kinder sind Zivilisten

»Es geht nicht«, sagte der Posten mürrisch.
»Warum?« fragte ich.
»Weil's verboten ist.«
»Warum ist's verboten?«
»Weil's verboten ist, Mensch, es ist für Patienten verboten, rauszugehen.«
»Ich«, sagte ich stolz, »ich bin doch verwundet.«
Der Posten blickte mich verächtlich an: »Du bist wohl 's erstemal verwundet, sonst wüßtest du, daß Verwundete auch Patienten sind, na geh schon jetzt.«
Aber ich konnte es nicht einsehen.
»Versteh mich doch«, sagte ich, »ich will ja nur Kuchen kaufen von dem Mädchen da.«
Ich zeigte nach draußen, wo ein hübsches kleines Russenmädchen im Schneegestöber stand und Kuchen feilhielt.
»Mach, daß du reinkommst!«
Der Schnee fiel leise in die riesigen Pfützen auf dem schwarzen Schulhof, das Mädchen stand da, geduldig, und rief leise immer wieder: »Chuchen... Chuchen...«
»Mensch«, sagte ich zu dem Posten, »mir läuft's Wasser im Munde zusammen, dann laß doch das Kind eben reinkommen.«
»Es ist verboten, Zivilisten reinzulassen.«
»Mensch«, sagte ich, »das Kind ist doch ein Kind.«
Er blickte mich wieder verächtlich an. »Kinder sind wohl keine Zivilisten, was?«
Es war zum Verzweifeln, die leere, dunkle Straße war von Schneestaub eingehüllt, und das Kind stand ganz allein da und rief immer wieder: »Chuchen...«, obwohl niemand vorbeikam.
Ich wollte einfach rausgehen, aber der Posten packte mich

schnell am Ärmel und wurde wütend. »Mensch«, schrie er, »hau jetzt ab, sonst hol ich den Feldwebel.«

»Du bist ein Rindvieh«, sagte ich zornig.

»Ja«, sagte der Posten befriedigt, »wenn man noch 'ne Dienstauffassung hat, ist man bei euch ein Rindvieh.«

Ich blieb noch eine halbe Minute im Schneegestöber stehen und sah, wie die weißen Flocken zu Dreck wurden; der ganze Schulhof war voll Pfützen, und dazwischen lagen kleine weiße Inseln wie Puderzucker. Plötzlich sah ich, wie das hübsche kleine Mädchen mir mit den Augen zwinkerte und scheinbar gleichgültig die Straße hinunterging. Ich ging ihr auf der Innenseite der Mauer nach.

»Verdammt«, dachte ich, »ob ich denn tatsächlich ein Patient bin?« Und dann sah ich, daß da ein kleines Loch in der Mauer war neben dem Pissoir, und vor dem Loch stand das Mädchen mit dem Kuchen. Der Posten konnte uns hier nicht sehen.

»Der Führer segne deine Dienstauffassung«, dachte ich.

Die Kuchen sahen prächtig aus: Makronen und Buttercremeschnitten, Hefekringel und Nußecken, die von Öl glänzten. »Was kosten sie?« fragte ich das Kind.

Sie lächelte, hob mir den Korb entgegen und sagte mit ihrem feinen Stimmchen: »Dreimarkfinfzig das Stick.«

»Jedes?«

»Ja«, nickte sie.

Der Schnee fiel auf ihr feines, blondes Haar und puderte sie mit flüchtigem silbernem Staub; ihr Lächeln war einfach entzückend. Die düstere Straße hinter ihr war ganz leer, und die Welt schien tot...

Ich nahm einen Hefekringel und kostete ihn. Das Zeug schmeckte prachtvoll, es war Marzipan darin. »Aha«, dachte ich, »deshalb sind die auch so teuer wie die anderen.«

Das Mädchen lächelte. »Gut?« fragte sie. »Gut?«

Ich nickte nur: mir machte die Kälte nichts, ich hatte einen dicken Kopfverband und sah aus wie Theodor Körner. Ich probierte noch eine Buttercremeschnitte und ließ das prachtvolle Zeug langsam im Munde zerschmelzen. Und wieder lief mir das Wasser im Munde zusammen...

»Komm«, sagte ich leise, »ich nehme alles, wieviel hast du?«

Sie fing vorsichtig mit einem zarten, kleinen, ein bißchen schmutzigen Zeigefinger an zu zählen, während ich eine Nußecke verschluckte. Es war sehr still, und es schien mir fast, als wäre ein leises sanftes Weben in der Luft von den Schneeflocken. Sie zählte sehr langsam, verzählte sich ein paarmal, und ich stand ganz ruhig dabei und aß noch zwei Stücke. Dann hob sie ihre Augen plötzlich zu mir, so erschreckend senkrecht, daß ihre Pupillen ganz nach oben standen, und das Weiße in den Augen war so dünnblau wie Magermilch. Irgend etwas zwitscherte sie mir auf Russisch zu, aber ich zuckte lächelnd die Schultern, und dann bückte sie sich und schrieb mit ihren schmutzigen Fingerchen eine 45 in den Schnee; ich zählte meine fünf dazu und sagte: »Gib mir auch den Korb, ja?«

Sie nickte und reichte mir den Korb vorsichtig durch das Loch, ich langte zwei Hundertmarkscheine hinaus. Geld hatten wir satt, für einen Mantel bezahlten die Russen siebenhundert Mark, und wir hatten drei Monate nichts gesehen als Dreck und Blut, ein paar Huren und Geld...

»Komm morgen wieder, ja?« sagte ich leise, aber sie hörte nicht mehr auf mich, ganz flink war sie weggehuscht, und als ich traurig meinen Kopf durch die Mauerlücke steckte, war sie schon verschwunden, und ich sah nur die stille russische Straße, düster und vollkommen leer; die flachdachigen Häuser schienen langsam von Schnee zugedeckt zu werden. Lange stand ich so da wie ein Tier, das mit traurigen Augen durch die Hürde hinausblickt, und erst als ich spürte, daß mein Hals steif wurde, nahm ich den Kopf ins Gefängnis zurück.

Und jetzt erst roch ich, daß es da in der Ecke abscheulich stank, nach Pissoir, und die hübschen, kleinen Kuchen waren alle mit einem zarten Zuckerguß von Schnee bedeckt. Ich nahm müde den Korb und ging aufs Haus zu; mir war nicht kalt, ich sah ja aus wie Theodor Körner und hätte noch eine Stunde im Schnee stehen können. Ich ging, weil ich doch irgendwohin gehen mußte. Man muß doch irgendwohin gehen, das muß man doch. Man kann ja nicht stehen bleiben und sich zuschneien lassen. Irgendwohin muß man gehen, auch wenn man verwundet ist in einem fremden, schwarzen, sehr dunklen Land...

Ich kann sie nicht vergessen

Ich kann sie nicht vergessen; immer wieder, wenn ich nur einen Augenblick auftauche aus dem Strudel des alltäglichen Lebens, der mich mit stetigem Druck unter der Oberfläche menschlicher Wirklichkeit zu halten versucht; wenn ich das saugende, bohrende, nie stillstehende herabziehende Treiben in mitten des tierischen Ernstes, den sie Leben nennen, nur für eine Sekunde verlassen kann und stillstehe irgendwo, wo mich ihr blödes Geschrei nicht erreicht: immer ist dann ihr Bild da, so nah und deutlich und verwirrend schön, wie ich es vor Jahren gesehen habe: damals trug sie einen kragenlosen Mantel, der den zarten Hals ganz freiließ; gelblicher Stoff machte die weiße Haut leuchten wie von sanften Schimmern abendlicher Sonne; eine Krone aus braunem Haare türmte sich lose über hübschen Ohren, und auf allem lag der kaum sichtbare, verlockende Hauch törichter Unschuld. Jeder Tropfen meines Blutes trägt ihr Bild, und wenn ich so stehen bleibe, der Gedanke an sie wach wird, tragen alle meine Blutstropfen ihr Bild zusammen, riesengroß wie eine neue Flamme, die die Horizonte überleuchtet und mich verbrennt.

Damals hatten sie mich verlorengegeben. Der Hauptmann hatte gesagt, wir sollten einen Gegenstoß machen, und der Leutnant hatte mit uns einen Gegenstoß gemacht. Aber da war nichts zu stoßen. Wir rannten blind einen bewaldeten Hügel hinauf an einem Frühlingsabend: zärtliche Schönheit lag über allem, und unendliche Stille beherrschte das angenommene Kampffeld. Wir verharrten auf der Spitze des Hügels, blickten, so weit wir sehen konnten, und sahen nichts. Dann rannten wir den Hügel hinunter ins Tal, einen anderen Hügel hinauf und warteten wieder. Nirgendwo war Feind zu sehen. Da und dort an Gebüschrändern verlassene Löcher, angefangene Stellungen der Unsrigen, an deren Rändern der sinnlose Plunder des Krieges hastig liegen gelassen worden war. Es war immer noch still, unheimliches Schweigen lastete unter dem großen Gewölbe des Frühlingshimmels, der sich langsam mit den dunkleren Schleiern der Dämmerung zuzog. Es war so still, daß die Stimme des Leutnants uns erschreckte: »Weiter!« sagte er. Aber als wir weitergehen wollten, rauschte plötzlich der Himmel auf uns nieder wie ein Vogel mit Fabelschwingen, die Erde barst, und ich dachte, daß wir begraben würden...

Aber nur ich war verwundet, die anderen hatten sich schnell fallen lassen, schnell genug, und waren in die verlassenen Löcher gesprungen; ich sah noch, daß dem Feldwebel die Pfeife aus dem Mund fiel, dann glaubte ich, sie hätten mir meine Beine unter dem Leib weggeschlagen...

Fünf gingen sofort laufen, nachdem die erste Ladung niedergegangen war. Nur der Leutnant blieb mit zwei Mann zurück, die packten mich hastig und rannten mit mir den Abhang hinunter, während oben, wo wir gelegen hatten, eine neue Ladung niederging.

Erst viel später spürte ich Schmerzen, als wieder alles still war und sie mich niederlegten auf den Waldboden, weil ich zu schwer wurde. Der Leutnant wischte den Schweiß ab und betrachtete mich, aber ich sah ganz genau, daß er nicht dorthin blickte, wo meine Beine gewesen waren. »Laß nur«, sagte er, »wir bringen dich schon zurück.«

Der Leutnant steckte mir eine brennende Zigarette in den Mund, und ich weiß noch: während der Schmerz wieder stärker wurde, spürte ich doch zum ersten Male, daß das Leben schön war. Ich lag in der Sohle des Tales auf dem großen Waldweg, an dem ein kleiner Bach entlang führte; oben zwischen den hohen schlanken Fichten war nur ein schmaler Streifen Himmel zu sehen, der jetzt silbern war, fast weiß. Die Vögel sangen, und es herrschte Stille, unsagbar wohltuende Stille, und ich blies den Rauch der Zigarette in langen blauen Fäden nach oben, und ich fand, daß das Leben schön war, und weinte...

»Sei ruhig«, sagte der Leutnant.

Sie trugen mich dann weg. Aber es war ein weiter Weg, fast zwei Kilometer bis dahin, wohin der Hauptmann zurückgegangen war, und ich war schwer. Ich glaube, daß die Verwundeten schwer sind. Der Leutnant ging vorne und trug zwei Gabeln der Bahre und die anderen beiden hinten, und so gingen wir langsam aus dem Walde heraus, quer durch Wiesen und Felder, wieder durch einen Wald, und sie mußten absetzen und den Schweiß abtrocknen, während der Abend immer tiefer sank. Immer noch war es still, als wir das Dorf erreichten. Sie brachten mich in das Zimmer, wo jetzt der Hauptmann war.

Links und rechts an den Wänden waren die Schulbänke hochgestapelt, und das Pult war mit Handgranaten bedeckt. Als ich reingetragen wurde, verteilten sie gerade die Handgranaten. Der Hauptmann stand am Telephon und schrie jemand an, daß er ihn erschießen lassen würde. Dann stieß er einen Fluch aus und hing ein. Sie legten mich hinter das Pult, wo noch andere Verwundete lagen. Einer hockte da, dem hatten sie die Hand kaputtgeschossen, der sah sehr zufrieden aus.

Der Leutnant meldete dem Hauptmann den Verlauf des Gegenstoßes, und der Hauptmann schrie den Leutnant an, daß er ihn erschießen lassen würde, und der Leutnant sagte: »Jawohl.« Da schrie der Hauptmann noch mehr, und der Leutnant sagte wieder: »Jawohl«, und der Hauptmann schrie nicht mehr. Sie steckten jetzt große Fackeln in Blumentöpfe und stampften rings um die Fackeln die Erde fest, denn es war dunkel geworden, und elektrischer Strom schien keiner da zu sein. Dann hatten sie die Handgranaten verteilt, und das Zimmer wurde ganz leer, da waren nur noch zwei Feldwebel, ein Schreiber, der Leutnant und der Hauptmann. Der Hauptmann sagte zum Leutnant: »Lassen Sie Sicherungsposten aufziehen rings um das Nest, wir wollen versuchen, ein paar Stunden zu schlafen. Morgen geht es früh weiter.«

»Zurück?« fragte der Leutnant leise.

»Raus!« schrie der Hauptmann, und der Leutnant ging raus.

Als der Leutnant gegangen war, blickte ich zum ersten Mal auf meine Beine und sah, daß sie noch da waren, sie sahen vollkommen blutig aus, und ich spürte sie nur nicht, ich spürte nur Schmerz, da wo sonst meine Beine zu spüren gewesen waren. Und ich fror jetzt. Neben mir lag einer, der hatte wohl einen Bauchschuß, der war ganz still und bleich und rührte sich kaum, und fühlte nur manchmal ganz still und vorsichtig auf die Decke, die über seinem Bauch lag. Keiner kümmerte sich um uns. Ich glaube, bei den Fünfen, die laufen gegangen waren, war auch der Sani gewesen. Plötzlich kam der Schmerz in meinen Bauch und kroch ganz schnell höher, es kam wie flüssiges Blei heraufgeflossen bis an mein Herz, und ich glaube, ich schrie, ich schrie, glaube ich, furchtbar, und ich weiß nicht, wie lange ich schrie, denn ich wurde ohnmächtig...

Und dann sah ich sie. Zuerst hörte ich Musik. Ich wurde wach und sah, daß mein Gesicht auf der Seite lag, und ich blickte in das Gesicht des Kumpels mit dem Bauchschuß und sah, daß er tot war. Die Decke war ganz schwarz von geronnenem Blut, und er war tot. Und ich hörte Musik, sie mußten irgendwo einen Radioapparat gefunden haben. Sie spielten etwas ganz Modernes, das mußte aus dem Ausland sein, dann wurde diese Musik ausgeputzt wie von einem nassen Lappen, und sie spielten Marschmusik, dann kam etwas wie Mozart, und sie ließen diese Musik. Und dann sagte eine Stimme über mir ganz leise: »Mozart«, und ich blickte dorthin und sah ihr Gesicht und hörte im gleichen Augenblick, daß das nicht Mozart sein konnte, und ich sagte zu diesem Gesicht: »Nein, das ist nicht Mozart.«

Sie beugte sich über mich, und ich sah jetzt, daß sie eine Ärztin war oder eine Medizinstudentin, sie sah so jung aus, hatte aber ein Hörrohr in der Hand. Jetzt sah ich nur ihre lose, sanfte braune Haarkrone, denn sie bückte sich über meine Beine und zog die Decke weg, so daß ich nichts sehen konnte. Dann hob sie den Kopf, sah mich und sagte: »Doch Mozart.« Und sie packte meinen Ärmel und fing an, ihn hochzustreifen, und ich sagte leise: »Nein, unmöglich Mozart.«
Die Musik spielte immer noch weiter, und ich wußte jetzt ganz sicher, daß es niemals Mozart sein konnte. Manches hörte sich wie richtiger Mozart an, aber es waren Passagen drin, die konnten unmöglich Mozart sein.
Mein Arm war ganz weiß. Sie tat erst mit ihren sanften Fingern, als fühle sie meinen Puls, dann pickte sie mich plötzlich und spritzte mir was in den Arm.
Dabei kam ihr Kopf ganz nah, und ich flüsterte ihr zu: »Gib mir einen Kuß.« Sie wurde ganz rot, zog die Nadel heraus, und im gleichen Augenblick sagte eine Stimme im Radio: »Dittersdorf.« Sie lächelte plötzlich, und auch ich lächelte, denn ich sah sie jetzt richtig und ganz, weil die einzige Fackel, die übrig geblieben war, hinter ihr auf dem Pult stand. »Schnell«, sagte ich lauter, »gib mir einen Kuß.« Sie wurde wieder rot und sah noch schöner aus; das Licht der Fackel beleuchtete die Decke oben und verteilte sich wie ein kreisendes Rot, unruhig und wild rings an den Wänden. Sie blickte sich schnell um, dann beugte sie sich über mich und gab mir einen Kuß, und ich sah für diesen Augenblick ihre geschlossenen Lider ganz nah und spürte die sehr sanften Lippen, während die Fackel ihr unruhiges Licht rundschleuderte und die Stimme des Hauptmanns wieder ins Telephon brüllte und nun andere Musik aus dem Trichter herausgepreßt wurde.
Dann schrie eine Stimme etwas, irgend einer schnappte mich und trug mich hinaus in die Nacht auf ein kaltes Auto,

und ich sah nur noch, daß sie dort stand und mir nachblickte, im Schein der Fackel zwischen den vielen Schulbänken, die aufgestapelt waren wie die lächerlichen Trümmer einer untergehenden Welt.

Ich glaube, nun sind sie alle wieder in ihren richtigen Berufen, der Hauptmann ist Turnlehrer, der Leutnant ist tot, und von den anderen weiß ich nichts; ich kannte sie ja erst ein paar Stunden. Gewiß sind die Schulbänke wieder heruntergestapelt, das elektrische Licht brennt wieder, und Fackeln werden nur zu ganz besonders romantischen Anlässen angebrannt; und der Hauptmann brüllt jetzt statt: »Ich lasse Sie erschießen!« etwas Harmloseres, vielleicht: »Sie Dummkopf!« oder: »Du Feigling«, wenn einer die Riesenwelle nicht machen kann. Meine Beine sind wieder ganz heil, und ich kann ganz gut gehen, und sie sagen auf den Ämtern, ich müßte arbeiten; aber ich habe eine andere, viel wichtigere Beschäftigung: ich suche sie. Ich kann sie nicht vergessen. Die Leute sagen, daß ich verrückt bin, weil ich keine Anstrengung mache, um die Riesenwelle in die Luft zu hauen und mit meinen Beinen ein braves staatsbürgerliches Getrampel zu veranstalten und nachher, voll Eifer und Ungeduld, auf ein Lob hoffend, in der Riege zu stehen.
 Zum Glück sind sie verpflichtet, mir eine Rente zu geben, und ich kann es mir leisten, zu warten und zu suchen, denn ich weiß, daß ich sie finden werde...

In der Finsternis

»Mach jetzt die Kerze an«, sagte eine Stimme.

Man hörte nichts, nur dieses seltsame, so furchtbar sinnlose Rascheln, wenn jemand nicht schlafen kann.

»Du sollst die Kerze anmachen«, sagte dieselbe Stimme schärfer.

Endlich konnte man den Geräuschen entnehmen, daß ein Mensch sich bewegte, die Decke beiseite schlug und sich aufrichtete; man hörte das daran, daß der Atem nun von oben kam. Auch das Stroh raschelte.

»Na?« sagte die Stimme.

»Der Leutnant hat gesagt, wir sollen die Kerze erst auf Befehl anmachen, in der Not...«, sagte eine jüngere, sehr zaghafte Stimme.

»Du sollst die Kerze anmachen, du verdammter Rotzjunge«, schrie jetzt die ältere Stimme.

Auch er richtete sich jetzt auf, und ihre Köpfe lagen im Dunkeln nebeneinander, und ihre Atemstöße verliefen parallel.

Der, der zuerst gesprochen hatte, verfolgte gereizt die Bewegungen des anderen, der die Kerze irgendwo im Gepäck versteckt hatte. Seine Atemstöße wurden ruhiger, als er endlich das Geräusch der Zündholzschachtel vernahm.

Dann zischte das Zündholz auf, und es wurde Licht: ein kümmerliches gelbes Licht.

Sie blickten sich an. Immer, wenn es wieder hell wurde, blickten sie sich zuerst an. Dabei kannten sie sich gut, viel zu gut. Sie haßten sich fast, so gut kannten sie sich; sie kannten ihren Geruch, fast den Geruch jeder Pore, und doch blickten sie sich an, der Ältere und der Jüngere. Der Jüngere war blaß und schmal und hatte ein Niemandsgesicht, und der Ältere war blaß und schmal und unrasiert und hatte ein Niemandsgesicht.

»Na«, sagte der Ältere, jetzt ruhiger, »wann wirst du endlich lernen, daß man nicht alles tut, was die Leutnants sagen...«

»Er wird...«, wollte der Jüngere anfangen.

»Er wird gar nichts«, sagte der Ältere wieder scharf und zündete eine Zigarette an dem Licht an, »er wird die Schnauze halten, und wenn er sie nicht hält und ich bin gerade nicht da, dann sag ihm, er soll warten, bis ich käm, ich hätte das Licht angemacht, verstehst du. Ob du verstehst?«

»Jawohl.«

»Laß dieses Scheißjawohl, sag ruhig ja zu mir. Und mach das Koppel ab«, er schrie jetzt wieder: »zieh dieses verdammte Scheißkoppel aus, wenn du schläfst.«

Der Jüngere blickte ihn ängstlich an und zog das Koppel aus und legte es neben sich ins Stroh.

»Roll den Mantel zusammen und leg ihn als Kopfkissen hin. So. Ja... und nun schlaf, ich wecke dich, wenn du sterben mußt...«

Der Jüngere rollte sich auf die Seite und versuchte zu schlafen. Man sah nur den braunen verfilzten Wirbel junger Haare, einen sehr dünnen Hals und die leeren Schultern des Uniformrockes. Die Kerze flackerte ein wenig und ließ ihr spärliches Licht schaukeln in dem dunklen Erdloch, als sei sie ein großer gelber Schmetterling, der nicht weiß, wo er sich niederlassen soll.

Der Ältere saß noch immer halb hockend und stieß den Rauch der Zigarette heftig vor sich gegen die Erde. Die Erde war dunkelbraun, an manchen Stellen sah man die weißen Schnittflächen, wo der Spaten eine Wurzel durchschlagen oder etwas höher eine Zwiebel durchschnitten hatte. Die Decke bestand aus ein paar Brettern, über die die Zeltbahn geworfen war, und in den Zwischenräumen der Bretter hing die Zeltbahn etwas runter, weil die Erde, die darüber lag, schwer war, schwer und naß. Draußen regnete es. Es rauschte.

Ein sanftes, unsagbar stetiges Rauschen, und der Ältere, der immer starr gegen die Erde blickte, sah jetzt einen kleinen, sehr dünnen Wasserstrahl, der unter der Decke her in das Loch floß. Das kleine Wasser staute sich ein bißchen vor irgendwelchen Erdbrocken, aber es floß stetig nach, und dann schwemmte es an den Erdbrocken vorbei bis zum nächsten Hindernis, und das waren die Füße des Mannes, und das immer mehr nachfließende Wasser umschwemmte die Füße des Mannes, so daß seine schwarzen Stiefel wie eine regelmäßige Halbinsel in dem Wasser lagen. Der Mann spuckte den Zigarettenstummel in die Pfütze und zündete an der Kerze eine neue an. Dabei nahm er die Kerze oben vom Rand des Loches und stellte sie neben sich auf einen Maschinengewehrkasten. Die Hälfte, in der der Jüngere lag, lag jetzt fast ganz im Dunkeln. Das schwankende Licht erreichte diese Hälfte nur noch in kurzen, aber heftigen Zuckungen, die immer mehr nachließen.

»Schlaf jetzt, verdammt«, sagte der Ältere, »hörst du, du sollst schlafen.«

»Jawohl ... ja«, sagte die schwache Stimme, aber man hörte, daß sie wacher war als eben, als es dunkel gewesen war.

»Augenblick«, sagte der Ältere wieder milder. »Noch eine oder zwei Zigaretten, dann mach ich aus, und wir versaufen wenigstens im Dunkeln.«

Er rauchte weiter und wandte manchmal den Kopf nach links, wo der Junge lag, aber er spuckte auch den zweiten Stummel in die größer werdende Pfütze, zündete die dritte an, und immer noch hörte er am Atem da neben sich, daß das Kind nicht schlafen konnte.

Dann nahm er den Spaten, hieb in die weiche Erde und richtete hinter der Decke, die den Ausgang bildete, einen kleinen Wall aus Erde auf. Hinter diesem Wall richtete er eine zweite Schicht aus Erde auf. Die Pfütze zu seinen Füßen deckte er mit einem Spaten voll Erde zu. Draußen war nichts zu hören als das milde Rauschen des Regens; ganz langsam schien sich die Erde, die oben auf der Zeltbahn lag, auch vollzusaugen, denn es tropfte jetzt auch leise von oben.

»Scheiße«, murmelte der Ältere. »Schläfst du jetzt?«

»Nein.«

Der Ältere spuckte den dritten Stummel hinter den Wall aus Erde und blies die Kerze aus. Gleichzeitig zog er seine Decke wieder hoch, trat sich unten mit den Füßen zurecht und legte sich aufseufzend zurück. Es war ganz still und ganz dunkel, und wieder nur dieses sinnlose Rascheln, wenn einer nicht schlafen kann, und das Rauschen des Regens, sehr milde.

»Willi ist verwundet«, sagte plötzlich die Stimme des Jüngeren, nachdem ein paar Minuten Stille gewesen war. Die Stimme war so wach wie nie, fast frisch.

»Wieso«, fragte der Ältere zurück.

»Ja, verwundet«, sagte die jüngere Stimme, fast triumphierend, sie war froh, daß sie eine wichtige Neuigkeit wußte, von der die ältere Stimme offenbar nichts wußte. »Beim Scheißen verwundet.«

»Du bist verrückt«, sagte der Ältere, dann seufzte er wieder und fuhr fort: »Das nenn ich Schwein, das nenn ich ein verdammtes Glück, gestern vom Urlaub gekommen und heute beim Scheißen verwundet. Schwer?« – »Nein«, sagte der Jüngere lachend, »das heißt: auch nicht leicht. Schußbruch, aber Arm.«

»Schußbruch am Arm! Vom Urlaub gekommen und beim Scheißen verwundet, Schußbruch am Arm! Solch ein Schwein ... wobei denn eigentlich?«

»Wie sie das Wasser geholt haben gestern abend«, sagte die jüngere Stimme, sie sprach jetzt sehr eifrig. »Wie sie das Wasser geholt haben, da sind sie hinten den Berg runter, mit den Kanistern, und der Willi hat zu dem Feldwebel Schubert gesagt: ›Ich muß scheißen, Herr Feldwebel!‹ – ›Nichts zu machen‹, hat der Feldwebel gesagt. Aber der Willi hat einfach nicht mehr gekonnt, er ist einfach weg und die Hose runter und Bums! Granatwerfer. Und sie haben ihm die Hose richtig hochziehen müssen. Der linke Arm war verwundet, und mit dem rechten hat er den linken gehalten und ist so abgehauen zum Verbinden, die Hose runter. Die haben gelacht, alle haben gelacht, auch der Feldwebel Schubert hat gelacht.« Er fügte das letztere fast entschuldigend hinzu, als wolle er sein eigenes Lachen entschuldigen, denn er lachte jetzt...

Aber der Ältere lachte nicht.

»Licht«, fluchte er laut, »los, gib die Hölzer her, Licht!« Er ließ das Zündholz aufflammen und fluchte vor sich hin: »Ich will wenigstens Licht, wenn ich schon nicht verwundet werde. Wenigstens Licht, sie sollen wenigstens für Kerzen sorgen, wenn sie Krieg spielen wollen. Licht! Licht!« Er schrie wieder und zündete wieder eine Zigarette an.

Die jüngere Stimme hatte sich aufgerichtet und kramte mit dem Löffel in einer fettigen Büchse, die sie auf den Knien hielt. So hockten sie stumm nebeneinander in dem gelben Licht. Der Ältere rauchte heftig, und der Jüngere sah jetzt schon ziemlich fettig aus: sein ganzes Kindergesicht war beschmiert, fast überall an den Rändern der verfilzten Haare klebten Brotkrümel. Dann fing der Jüngere an, mit einem Stück Brot die Fettbüchse auszukratzen.

Plötzlich wurde es still: der Regen hatte aufgehört. Sie hielten beide inne und blickten sich an: der Ältere mit der Zigarette in der Hand und der Junge, der das Brot in den zitternden Fingern hielt. Es war unheimlich still, erst nach ein paar Atemzügen hörten sie, daß irgendwo noch aus der Zeltbahn Regen tropfte.

»Verdammt«, sagte der Ältere, »ob der Posten noch dasteht? Nichts zu hören.« Der Jüngere steckte das Stück Brot in den Mund und warf die Blechbüchse neben sich ins Stroh.

»Ich weiß nicht«, sagte der Jüngere, »sie wollen uns ja Bescheid sagen, wenn wir ablösen sollen...«

Der Ältere erhob sich schnell. Er blies das Licht aus, stülpte den Stahlhelm über und schlug die Decke beiseite. Was durch die Öffnung hereinkam, war kein Licht. Nur kühle feuchte Finsternis, dann schnippte der Ältere die Zigarette aus und steckte den Kopf hinaus.

»Verdammt«, murmelte er draußen, »nichts zu sehen. He!« rief er halblaut. Dann kam sein dunkler Kopf wieder zurück, und er fragte: »Wo ist denn das nächste Loch?«

Der Jüngere tastete sich hoch und stand nun neben dem anderen in der Öffnung.

»Sei mal still«, sagte der Ältere plötzlich scharf und leise. »Da kriecht was rum.«

Sie blickten dahin, wo vorne war. In der stillen Finsternis war wirklich das Geräusch eines kriechenden Menschen zu hören, und ganz plötzlich ein so seltsamer Knacks, daß sie beide zusammenzuckten: es war ein Geräusch, als hätte jemand eine lebendige Katze gegen die Wand geschleudert: das Geräusch brechender Knochen.

»Verflucht«, murmelte der Ältere, »da stimmt was nicht. Wo steht der Posten?« – »Da«, sagte der Jüngere, er tastete im Dunkeln nach der Hand des anderen und hob sie hoch nach rechts. »Da«, sagte er, »da ist auch das Loch.«

»Warte«, sagte der Ältere, »hol auf jeden Fall die Knarre.«

Wieder hörten sie da vorne einen furchtbaren Knacks, dann Stille und das Kriechen eines Menschen.

Der Ältere tastete sich durch den Schlamm, manchmal stehen bleibend und leise horchend, bis er endlich nach wenigen Metern das sehr dunkle Gemurmel einer Stimme hörte, dann sah er sehr schwachen Lichtschimmer aus der Erde, ertastete den Eingang und rief: »He, Kumpel.«

Die Stimme verstummte, das Licht wurde gelöscht und eine Decke beiseite geschoben, und der dunkle Schädel eines Menschen tauchte aus der Erde auf.

»Was ist denn?«

»Wo ist der Posten?«
»Da – hier.«
»Wo?«
»Hallo, he ... Neuer ... he!«
Es kam keine Antwort, das Kriechen war nicht mehr zu hören, es war überhaupt nichts mehr zu hören, nur Finsternis lag vorne, stille Finsternis. »Verflucht, das ist komisch«, sagte die Stimme des Mannes, der aus der Erde gekommen war. »Hallo ... he ... er stand doch gleich hier am Bunker, ein paar Schritte nur weg...«

Dann zog er sich hoch und stand nun neben dem, der ihn gerufen hatte. »Vorne kroch jemand«, sagte der, der gekommen war, »ganz bestimmt. Jetzt ist das Schwein still.«

»Mal sehen«, sagte der, der aus der Erde gekommen war. »Sollen wir mal sehen?«

»Hm, auf jeden Fall muß ein Posten hierhin.«

»Ihr seid dran.«

»Ja, aber...«

»Sei still!«

Wieder hörte man vorne das Kriechen eines Menschen, es mochte zwanzig Schritte entfernt sein.

»Verdammt«, sagte der, der aus der Erde gekommen war, »du hast recht.«

»Vielleicht noch einer von gestern abend, der lebt und versucht wegzukriechen.«

»Oder neue.«

»Aber der Posten, verflucht.«

»Gehen wir?«

»Ja.«

Die beiden ließen sich plötzlich auf die Erde nieder und bewegten sich, im Schlamm kriechend, vorwärts. Von unten, von der Wurmperspektive, sah alles anders aus. Jede winzige Bodenwelle wurde zum Gebirge, hinter dem sehr weit weg etwas seltsam zu sehen war: eine etwas hellere Finsternis: der

Himmel. Sie hielten die Pistolen in der Hand und krochen weiter, Meter um Meter durch den Schlamm.

»Verflucht«, sagte der, der aus der Erde gekommen war, leise, »ein Iwan von gestern abend.«

Der andere stieß auch bald auf einen Toten, ein stummes bleiernes Bündel, und dann hielten sie plötzlich still, und ihr Atem stockte: da war wieder dieses Knacken ganz nah, wie wenn jemand gewaltig einen in die Fresse schlüge. Dann hörten sie jemand keuchen.

»Hallo«, rief der, der aus der Erde gekommen war, »wer ist da?«

Auf ihren Anruf hin erlosch jedes Geräusch, es war etwas wie eine Atemlosigkeit in der Luft, dann sagte eine Stimme, sehr zaghaft: »Ich bin's...« – »Verflucht, was hast du da zu suchen und uns verrückt zu machen, du altes Arschloch«, rief der, der aus der Erde gekommen war. »Ich such was«, sagte die Stimme wieder da vorne.

Die beiden hatten sich erhoben und gingen nun auf die Stelle zu, wo die Stimme von unten gekommen war.

»Ein Paar Schuhe such ich«, sagte die Stimme, aber sie standen jetzt bei ihm. Ihre Augen hatten sich wieder an die Dunkelheit gewöhnt, und sie sahen jetzt ringsum Leichen liegen, zehn oder ein Dutzend, sie lagen da wie Baumstümpfe, schwarz und unbewegt, und an einem dieser Baumstümpfe hockte der Posten und nestelte an den Füßen herum.

»Du hast auf deinem Posten zu stehen«, sagte der, der aus der Erde gekommen war.

Der andere, der den aus der Erde gerufen hatte, ließ sich blitzschnell niederfallen und beugte sich über das Gesicht des Toten. Der, der am Boden gehockt hatte, hielt jetzt plötzlich die Hände vors Gesicht und fing ganz leise und feige an zu wimmern wie ein Tier.

»Oh«, sagte der, der den aus der Erde gerufen hatte, und

dann fügte er leise hinzu: »Du brauchst wohl auch Zähne, was, Goldzähne, wie?«

»Wie?« fragte der, der aus der Erde gekommen war, und der unten hockte, wimmerte noch stärker.

»Oh«, sagte der eine wieder, und es schien, als liege das Gewicht der Welt auf seiner Brust.

»Zähne?« fragte der, der aus der Erde gekommen war, dann warf auch er sich blitzschnell neben den, der am Boden hockte, und riß ihm einen Stoffbeutel aus der Hand.

»Oh«, sagte auch er, und alles, was er an menschlichem Entsetzen geben konnte, sprach aus diesem Laut.

Der, der den anderen aus der Erde gerufen hatte, wandte sich ab, denn der, der aus der Erde gekommen war, hatte seine Pistole dem, der unten hockte, an den Kopf gesetzt und drückte jetzt ab.

»Zähne«, murmelte er, als der Knall verklungen war. »Goldzähne.«

Sie gingen sehr langsam zurück und traten sehr vorsichtig auf, solange sie in dem Bereich waren, wo die Toten lagen.

»Ihr seid dran«, sagte der, der aus der Erde gekommen war, bevor er wieder in der Erde verschwand.

»Ja«, sagte der eine nur, und auch er schlich sich langsam durch den Schlamm zurück, bevor er wieder in der Erde verschwand.

Er hörte gleich, daß der Jüngere noch immer nicht schlief; wieder dieses sinnlose Rascheln, wenn jemand nicht schlafen kann.

»Mach Licht«, sagte er leise.

Die gelbe Flamme zuckte wieder auf und erhellte schwach das kleine Loch.

»Was ist los«, fragte der Junge entsetzt, als er das Gesicht des Älteren sah.

»Der Posten ist weg, du mußt aufziehen.«

»Ja«, sagte das Kind, »gib mir die Uhr bitte, damit ich die anderen wecken kann.«

»Hier.«

Der Ältere hockte sich auf sein Stroh und zündete eine Zigarette an, er blickte nachdenklich dem Jungen zu, der das Koppel umschnallte, den Mantel überzog und sich eine Handgranate entschärfte und dann mit müdem Gesicht die Maschinenpistole auf Munition untersuchte.

»Ja«, sagte der Kleine dann, »auf Wiedersehen.«

»Auf Wiedersehen«, sagte der Ältere, und er blies die Kerze aus und lag in völligem Dunkel ganz allein in der Erde...

Trunk in Petöcki

Der Soldat spürte, daß er jetzt endlich betrunken war. Gleichzeitig fiel ihm in aller Deutlichkeit wieder ein, daß er keinen Pfennig in der Tasche hatte, um die Zeche zu bezahlen. Seine Gedanken waren so eisklar wie seine Beobachtungen, er sah alles ganz deutlich; die dicke Wirtin saß im Düstern hinter der Theke und häkelte sehr vorsichtig mit ihren kurzsichtigen Augen; dabei unterhielt sie sich leise mit einem Mann, der einen ausgesprochen magyarischen Schnurrbart hatte: ein richtiges reizendes Puszta-Paprika-Operettengesicht, während die Wirtin bieder und ziemlich deutsch aussah, etwas zu brav und unbeweglich, als daß sie des Soldaten Vorstellungen von einer Ungarin erfüllt hätte. Die Sprache, die die beiden wechselten, war ebenso unverständlich wie gurgelnd, leidenschaftlich wie fremd und schön. Im Raum herrschte ein dikker grüner Dämmer von den vielen dichtstehenden Kastanienbäumen der Allee draußen, die zum Bahnhof führte: ein herrlicher dicker Dämmer, der nach Absinth aussah und auf eine köstliche Weise gemütlich war. Der Mann mit diesem fabelhaften Schnurrbart hockte halb über einem Stuhl und lehnte breit und bequem über der Theke.

Das alles beobachtete der Soldat ganz genau, während er wußte, daß er nicht, ohne umzufallen, bis zur Theke hätte gehen können. »Es muß sich ein bißchen setzen«, dachte er, dann lachte er laut, rief »Hallo!«, hob der Wirtin sein Glas entgegen und sagte auf deutsch: »Bitte schön.« Die Frau stand langsam von ihrem Stuhl auf, legte ebenso langsam das Häkelzeug aus der Hand und kam lächelnd mit der Karaffe auf ihn zu, während der Ungar sich auch umwandte und die Orden auf der Brust des Soldaten musterte. Die Frau, die auf ihn zugewatschelt kam, war so breit wie groß, ihr Gesicht war gutmütig, und sie sah herzkrank aus; ein dicker Kneifer an einer verschlissenen schwarzen Schnur saß auf ihrer Nase. Auch schienen ihr die Füße weh zu tun; während sie das Glas füllte, stützte sie den einen Fuß hoch und eine Hand auf den Tisch; dann sagte sie eine sehr dunkle ungarische Phrase, die sicher »Prost« hieß oder »wohl bekomm's«, oder vielleicht gar eine allgemeine liebenswürdige mütterliche Zärtlichkeit, wie sie alte Frauen an Soldaten zu verteilen pflegen...

Der Soldat steckte eine Zigarette an und nahm einen tiefen Schluck aus seinem Glas. Allmählich fing die Wirtsstube an, sich vor seinen Augen zu drehen; die dicke Wirtin hing irgendwo quer im Raum, die verrostete alte Theke stand jetzt senkrecht, und der wenig trinkende Ungar turnte oben irgendwo im Raum herum wie ein Affe, der zu feinen Kunststücken abgerichtet ist. Im nächsten Augenblick hing alles auf der anderen Seite quer, der Soldat lachte laut, schrie »Prost« und nahm noch einen Schluck, dann noch einen und machte eine neue Zigarette an.

Zur Tür kam jetzt ein anderer Ungar herein, der war dick und klein und hatte ein verschmitztes Zwiebelgesicht und nur einen sehr winzigen Schnurrbart auf der Oberlippe. Er pustete schwer die Luft aus, schleuderte seine Mütze auf einen Tisch und hockte sich vor die Theke. Die Wirtin gab ihm Bier...

Dieses sanfte Geplauder der drei war herrlich, es war wie ein stilles Summen am Rande einer anderen Welt. Der Soldat nahm noch einen tiefen Schluck, das Glas war leer, und nun stand alles wieder an seinem richtigen Platz. Der Soldat war fast glücklich, er hob wieder das Glas, sagte lachend wieder »Bitte schön«.

Die Frau schenkte ihm ein.

»Jetzt habe ich fast zehn Glas Wein«, dachte der Soldat, »und ich will jetzt Schluß machen, ich bin so herrlich betrunken, daß ich fast glücklich bin.« Die grüne Dämmerung wurde dichter, die weiter entfernten Ecken der Wirtsstube waren schon von undurchsichtigen, fast tiefblauen Schatten erfüllt. »Es ist eine Schande«, dachte der Soldat, »daß hier keine Liebespaare sitzen. Es wäre eine reizende Kneipe für Liebespaare, in diesem schönen, grünen und blauen Dämmer. Es ist eine Schande um jedes Liebespaar draußen irgendwo in der Welt, das jetzt im Hellen herumhocken oder herumrennen muß, wo hier in der Kneipe Platz wäre, zu plaudern, Wein zu trinken und sich zu küssen...«

»Mein Gott«, dachte der Soldat, »jetzt müßte hier Musik sein und alle diese herrlichen, dunkelgrünen und dunkelblauen Ecken voll Liebespaare, und ich, ich würde ein Lied singen. Verdammt«, dachte er, »ich würde glatt ein Lied singen. Ich bin sehr glücklich, und ich würde diesen Liebespaaren ein Lied singen, dann würde ich überhaupt nicht mehr an den Krieg denken, jetzt denke ich immer noch ein bißchen an diesen Mistkrieg. Dann würde ich gar nicht mehr an den Krieg denken.«

Gleichzeitig beobachtete er genau seine Armbanduhr, die jetzt halb acht zeigte. Er hatte noch zwanzig Minuten Zeit. Dann nahm er einen sehr tiefen und langen Zug von dem herben, kühlen Wein, und es war fast, als habe man ihm eine schärfere Brille aufgesetzt: er sah jetzt alles näher und klarer und sehr fest, und es erfüllte ihn eine herrliche, schöne, fast vollkommene Trunkenheit. Er sah jetzt, daß die beiden Männer da an der Theke arm waren, Arbeiter oder Hirten, mit ihren verschlissenen Hosen, und daß ihre Gesichter müde waren und von einer furchtbaren Ergebenheit trotz des wilden Schnurrbarts und der zwiebeligen Pfiffigkeit...

»Verdammt«, dachte der Soldat, »das war schrecklich damals, als es kalt war und ich wegfahren mußte, da war es ganz hell und alles voll Schnee, und wir hatten noch ein paar Minuten Zeit, und nirgends war eine Ecke, eine dunkle, schöne, menschliche Ecke, wo wir uns hätten küssen und umarmen können. Alles war hell und kalt...«

»Bitte schön!« rief er der Wirtin zu; dann blickte er, während sie näher kam, auf seine Uhr: er hatte noch zehn Minuten Zeit. Als die Wirtin zugießen wollte, in sein halbgefülltes Glas, hielt er die Hand darüber, schüttelte lächelnd den Kopf und rieb Daumen und Zeigefinger gegeneinander. »Zahlen«, sagte er, »wieviel Pengö?«

Dann zog er sehr langsam seine Jacke aus und streifte den wunderbaren grauen Pullover mit dem Rollkragen ab und legte ihn neben sich auf den Tisch vor die Uhr. Die Männer vorne waren verstummt und blickten ihm zu, auch die Wirtin schien erschrocken. Sie schrieb jetzt sehr vorsichtig eine 14 auf die Tischplatte. Der Soldat legte seine Hand auf ihren dicken, warmen Unterarm, hielt mit der anderen den Pullover hoch und fragte lachend: »Wieviel?« Dabei rieb er wieder Daumen und Zeigefinger gegeneinander und fügte hinzu: »Pengö.«

Die Frau blickte ihn kopfschüttelnd an, aber er zuckte die Schultern und deutete ihr an, daß er kein Geld habe, so lange, bis sie zögernd den Pullover ergriff, ihn links drehte und eifrig untersuchte, sogar daran roch. Sie rümpfte ein wenig die Nase, lächelte dann und schrieb schnell mit dem Bleistift eine 30 neben die 14. Der Soldat ließ ihren warmen Arm los, nickte ihr zu, hob das Glas und trank wieder einen Schluck.

Während die Wirtin auf die Theke zuging und eifrig mit den beiden Ungarn an zu gurgeln fing, öffnete der Soldat einfach den Mund und sang: er sang »Zu Straßburg auf der Schanz«, und er spürte plötzlich, daß er gut sang, zum erstenmal im Leben gut, und gleichzeitig spürte er, daß er wieder mehr betrunken war, daß alles wieder leise schwankte, und dabei sah er noch einmal auf die Uhr und stellte fest, daß er drei Minuten Zeit hatte zu singen und glücklich zu sein, und fing ein neues Lied an: »Innsbruck, ich muß dich lassen«, während er lächelnd die Scheine einsteckte, die die Wirtin vor ihm auf den Tisch legte...

Es war jetzt ganz still in der Kneipe, die beiden Männer mit den zerschlissenen Hosen und den müden Gesichtern hatten sich ihm zugewandt, und auch die Wirtin war auf ihrem Rückweg stehen geblieben und horchte still und ernst wie ein Kind.

Dann trank der Soldat sein Glas leer, steckte eine neue Zigarette an und spürte jetzt, daß er ein bißchen schwanken würde. Doch bevor er zur Tür hinausging, legte er einen Schein auf die Theke, deutete auf die beiden Männer und sagte »Bitte schön«, und die drei starrten ihm nach, als er endlich die Tür öffnete, um in die Kastanienallee zu treten, die zum Bahnhof führte und voll köstlicher, dunkelgrüner und dunkelblauer Schatten war, in denen man sich zum Abschied hätte küssen und umarmen können...

Die Essenholer

Am finsteren Gewölbe des Himmels standen die Sterne wie dumpfe Punkte aus bleiernem Silber. Plötzlich geriet Bewegung in die scheinbare Unordnung; die sanft glänzenden Punkte wanderten aufeinander zu und ordneten sich zu einem spitzbogenartigen Gebilde, dessen beiderseitige, sich oben straffende Spannung durch einen glänzenderen Stern gehalten wurde. Kaum war ich mir dieses milden Wunders bewußt geworden, als sich unten an jedem Ende des Bogens ein Stern löste und die beiden Punkte langsam nach unten glitten, wo sie in der unendlichen Schwärze versanken. Angst wurde in mir wach und breitete sich immer mehr aus, denn nun folgten immer zwei, je einer von links und rechts, und sanken nach unten, und manchmal glaubte ich, sie zischend verlöschen zu hören. So fielen sie alle herunter, Stern um Stern, je zwei ein gemeinsam sinkendes, matt glänzendes Paar, bis jener eine, größere allein noch oben stand, der die spitzbogenartige Spannung gehalten hatte. Mir schien, als schwanke, zittere und zögere er ... dann sank auch er, langsam und feierlich, mit einer niederdrückenden Feierlichkeit; und je mehr er sich dem schwarzen Untergrund näherte, um so mehr auch blähte sich in mir die Angst wie eine scheußliche Wehe, und im gleichen Augenblick, wo der große Stern unten angekommen war und ich trotz aller Angst mit Neugierde darauf wartete, nun das vollendete Dunkel des Gewölbes zu sehen, in diesem Augenblick barst die Finsternis mit einem gräßlichen Knall ...

... Ich erwachte und spürte noch einen Hauch jener wirklichen Detonation, die mich geweckt hatte. Ein Teil der Böschung lag mir auf Kopf und Schultern, und der Atem der Granate schwelte noch in der schwarzen und stillen Luft. Ich streifte den Dreck von mir, beugte mich vor, um die Zeltbahn über den Kopf zu ziehen und eine Zigarette anzuzünden, da hörte ich an Hansens Gähnen, daß auch er geschlafen hatte und nun erwacht war; er hielt mir seinen Unterarm mit dem Leuchtzifferblatt der Uhr entgegen und sagte leise: »Pünktlich wie Satan selbst, auf die Sekunde zwei Uhr, du mußt gehen.« Unsere Köpfe trafen sich vorne unter der Zeltbahn. Während ich das Zündholz über Hansens Pfeife hielt, warf ich einen kurzen Blick in sein schmales und unsagbar gleichgültiges Gesicht.

Wir rauchten schweigend. Im Dunkeln war nichts zu hören als das harmlose Brummen irgendwelcher Zugmaschinen, die Munition anschleppten. Stille und Dunkelheit schienen verschmolzen und lagen wie ein ungeheures Gewicht auf unseren Nacken...

Als meine Zigarette zu Ende war, sagte Hans wieder leise: »Du mußt jetzt gehen, und denk dran, daß ihr ihn mitnehmt, er liegt vorne an der alten Flakstellung.« Und als ich mühsam aus meinem Loch herausgeklettert war, fügte er hinzu: »Weißt du, es ist ein Halber, in einer Zeltbahn.«

Ich tastete mich mit Händen und Füßen über die zerwühlte Erde, bis ich jenen Pfad erreichte, den die Melder und Essenholer im Laufe von Monaten getreten hatten. Ich hatte das Gewehr umgehängt und den alten Tuchbeutel mit der Hand in die Tasche festgeklemmt. Als ich einige hundert Schritte gegangen war, unterschied ich in der Dunkelheit schon dunklere Flecke; Bäume und Reste von Häusern und endlich die halbzerschossene Baracke der alten Flakstellung. Angstvoll lauschte ich, ob die Stimmen der anderen nicht zu hören wären, aber auch als ich näher gekommen war und deutlich das dunkle, viereckige Erdloch sah, in dem das Geschütz gestanden hatte, hörte ich noch nichts, doch ich sah sie, die anderen, auf den alten Munitionskisten hockend wie große, stumme Vögel in der Nacht, und ich empfand es als unsagbar bedrückend, daß sie kein Wort miteinander sprachen. In ihrer

Mitte lag ein Bündel in einer Zeltbahn, so wie jene Bündel, die wir mitsamt unserer Ausrüstung von den Bekleidungskammern abzuschleppen pflegten, um das nach Mottenpulver stinkende, häßliche Zeug auf unseren Buden zu sortieren und anzupassen. Es war seltsam, daß mir in dieser Nacht, mitten in der Wirklichkeit des Krieges, die Erinnerung an die Gewohnheiten der Kaserne so greifbar und deutlich wurde wie nie, und ich dachte mit Schaudern daran, daß der, der nun als formlose Masse in der Zeltbahn lag, einmal angeschnauzt worden war wie wir alle, als er ein solches Bündel von der Bekleidungskammer empfangen hatte.

»'n Abend«, sagte ich leise, und ein undeutliches Murmeln antwortete mir.

Ich hockte mich auch nieder, irgendwo auf einen Stapel Papphülsen von Zweizentimetermunition, die schon seit Monaten hier herumlagen, teilweise noch mit dem Inhalt, so wie die Flak in wirrer und ängstlicher Flucht sie hatte liegenlassen müssen.

Niemand rührte sich. Wir saßen alle dort, die Hände in den Taschen, und warteten und brüteten, und wohl jeder von uns warf manchmal einen Blick auf das stumme und dunkle Bündel in unserer Mitte. Endlich sagte der Zugmelder, indem er aufstand:

»Sollen wir gehen?«

Statt einer Antwort erhoben wir uns alle, es war so sinnlos, dort zu hocken, wir gewannen nichts dabei; es war ja im Grunde so gleichgültig, ob wir hier hockten oder vorne in unseren Löchern, und außerdem sollte es heute Schokolade geben, vielleicht gar Schnaps, Grund genug, möglichst schnell zum Essenempfang zu gehen.

»Erste Gruppe wieviel?«

»Fünf«, antwortete eine matte Stimme.

»Zweite?«

»Sechs.«

»Und drei?«

»Vier«, antwortete ich.

»Wir sind zwei«, rechnete der Zugmelder leise, »na, sagen wir einundzwanzig, was? Es soll nämlich Schabau geben.«

»Gut.«

Der Zugmelder trat nun als erster an das Bündel heran, wir sahen, daß er sich bückte, dann sagte er: »Jeder nimmt eine Ecke, es ist ein junger Pionier, ein halber Pionier.«

Auch wir bückten uns, und jeder ergriff eine Ecke der Zeltbahn, dann sagte der Zugmelder: »Los«, und wir hoben an und schleppten uns vorwärts, dem Dorfrand entgegen...

Jeder Tote ist so schwer wie die ganze Erde, aber dieser halbe war so schwer wie die Welt. Allen Schmerz und alle Last des ganzen Weltalls schien er in sich aufgesogen zu haben. Wir keuchten und stöhnten, und ohne ein Wort der Verständigung setzten wir nach wenigen dreißig Schritten wieder ab.

Und immer kürzer wurden die Abstände, immer schwerer und schwerer wurde der halbe Pionier, als sauge er immer neue Last in sich hinein. Es schien mir, als müßte die schwache Kruste der Erde einbrechen unter diesem Gewicht, und wenn wir erschöpft das Bündel sinken ließen, schien es mir, als würde es uns niemals wieder gelingen, den Toten aufzuheben. Zugleich dünkte mich, als wüchse das Bündel ins Unermeßliche. Die drei an den anderen Ecken schienen unendlich fern von mir, so weit, daß mein Ruf sie nicht würde erreichen können. Auch ich selber wuchs, meine Hände wurden riesig, und mein Kopf wuchs ins Gräßliche, der Tote aber, das Totenbündel, blähte sich wie ein ungeheurer Schlauch, als sauge und sauge es das Blut aller Schlachtfelder aller Kriege in sich hinein.

Alle Gesetze der Schwere und des Maßes waren aufgehoben und hinausgehoben in die Unendlichkeit, die sogenannte Wirklichkeit war aufgeblasen von den düsteren und schattenhaften Gesetzen einer anderen Wirklichkeit, die ihrer spottete.

Der halbe Pionier schwoll und schwoll wie ein ungeheurer Schwamm, der sich mit bleiernem Blut vollsaugt. Kalter Schweiß brach aus meinem Körper und mischte sich mit jenem schaudervollen Schmutz, der sich in langen Wochen auf meinem Leibe angesammelt hatte. Ich roch mich selbst wie eine Leiche...

Während ich immer weiter und weiter den Pionier schleppte, gehorchend jenem seltsamen Drang, der uns alle gleichmäßig um eine bestimmte Sekunde wieder eine Ecke greifen hieß; während wir weiter und weiter, immer in kurzen Stücken, die Last der Welt dem Dorfrand zuschleiften, schwand mir fast das Bewußtsein vor einer grauenvollen Angst, die aus dem wachsenden, immer mehr wachsenden Bündel in mich überging wie ein Gift. Ich sah nichts mehr und hörte nichts, und doch war mir jede Einzelheit des Vorganges bewußt...

Abschuß und Heransausen der Granate hatte ich nicht gehört; die Explosion zerriß alle Gespinste traumhafter, halbbewußter Qual, mit leeren Händen starrte ich ins Leere, während ferne irgendwo an einem Hügelrand das Echo der Explosion wie ein vielfaches Gelächter widerhallte; vor mir, hinter mir und zu beiden Seiten vernahm ich jenes seltsame, hell lachende Echo, als sei ich in einem Bergkessel gefangen, und es klang in meinen Ohren wie das blecherne Scheppern jener vaterländischen Lieder, die an den Mauern der Kaserne herauf und herunter gekrochen waren. Mit einer fast wesenlosen, neugierigen Spannung wartete ich darauf, daß irgendwo an meinem Körper sich ein Schmerz melden oder das Fließen warmen Blutes spürbar werden würde; nichts, nichts von dem; aber plötzlich spürte ich, daß meine Füße halb über einem Hohlraum standen, daß meine Fußspitzen bis zur Hälfte des Fußes im Leeren schwankten, und da ich mit der nüchternen Neugierde eines Erwachenden niederblickte, sah ich, schwärzer als die Schwärze ringsum, einen großen Trichter zu meinen Füßen...

Ich ging mutig nach vorne in den Trichter hinein, aber ich fiel nicht und sank nicht; weiter, weiter ging ich, immer weiter auf wunderbar sanftem Boden unter dem vollendeten Dunkel des Gewölbes. Lange überlegte ich so im Weiterschreiten, ob ich nun dem Fourier einundzwanzig, siebzehn oder vierzehn melden sollte... bis der große gelbe, glänzende Stern vor mir aufstieg und sich am Gewölbe des Himmels festpflanzte; und leise strahlend fanden sich auch paarweise die anderen Sterne ein, die sich nun zu einem Dreieck zusammenschlossen. Da wußte ich, daß ich an einem anderen Ziele war und wahrheitsgemäß vier und einen halben würde melden müssen, und als ich lächelnd vor mich hinsagte: viereinhalb, sprach eine große und liebevolle Stimme: Fünf!

Wanderer, kommst du nach Spa...

Als der Wagen hielt, brummte der Motor noch eine Weile; draußen wurde irgendwo ein großes Tor aufgerissen, Licht fiel durch das zertrümmerte Fenster in das Innere des Wagens, und ich sah jetzt, daß auch die Glühbirne oben an der Decke zerfetzt war; nur ihr Gewinde stak noch in der Schrauböffnung, ein paar flimmernde Drähtchen mit Glasresten. Dann hörte der Motor auf zu brummen, und draußen schrie eine Stimme: »Die Toten hierhin, habt ihr Tote dabei?« »Verflucht«, rief der Fahrer zurück, »verdunkelt ihr schon nicht mehr?«

»Da nützt kein Verdunkeln mehr, wenn die ganze Stadt wie eine Fackel brennt«, schrie die fremde Stimme. »Ob ihr Tote habt, habe ich gefragt?«

»Weiß nicht.«

»Die Toten hierhin, hörst du? Und die anderen die Treppe hinauf in den Zeichensaal, verstehst du?«

»Ja, ja.«

Aber ich war noch nicht tot, ich gehörte zu den anderen, und sie trugen mich die Treppe hinauf. Erst ging es in einen langen, schwach beleuchteten Flur, dessen Wände mit grüner Ölfarbe gestrichen waren; krumme, schwarze, altmodische Kleiderhaken waren in die Wände eingelassen, und da waren Türen mit Emailleschildchen: VIa und VIb, und zwischen diesen Türen hing, sanftglänzend unter Glas in einem schwarzen Rahmen, die Medea von Feuerbach und blickte in die Ferne; dann kamen Türen mit Va und Vb, und dazwischen hing ein Bild des Dornausziehers, eine wunderbare rötlich schimmernde Photographie in braunem Rahmen.

Auch die große Säule in der Mitte vor dem Treppenaufgang war da, und hinter ihr, lang und schmal, wunderbar gemacht, eine Nachbildung des Parthenonfrieses in Gips, gelblich schimmernd, echt, antik, und alles kam, wie es kommen mußte: der griechische Hoplit, bunt und gefährlich, wie ein Hahn sah er aus: gefiedert, und im Treppenhaus selbst, auf dieser Wand, die hier mit gelber Ölfarbe gestrichen war, da hingen sie alle der Reihe nach: vom Großen Kurfürsten bis Hitler...

Und dort, in diesem schmalen kleinen Gang, wo ich endlich wieder für ein paar Schritte gerade auf meiner Bahre lag, da war das besonders schöne, besonders große, besonders bunte Bild des Alten Fritzen mit der himmelblauen Uniform, den strahlenden Augen und dem großen, golden glänzenden Stern auf der Brust.

Wieder lag ich dann schief auf der Bahre und wurde vorbeigetragen an den Rassegesichtern: da war der nordische Kapitän mit dem Adlerblick und dem dummen Mund, die westische Moselanerin, ein bißchen hager und scharf, der ostische Grinser mit der Zwiebelnase und das lange adamsapfelige Bergfilmprofil; und dann kam wieder ein Flur, wieder lag ich für ein paar Schritte gerade auf meiner Bahre, und bevor die Träger in die zweite Treppe hineinschwenkten, sah ich es noch eben: Das Kriegerdenkmal mit dem großen, goldenen Eisernen Kreuz obendrauf und dem steinernen Lorbeerkranz.

Das ging alles sehr schnell: ich bin nicht schwer, und die Träger rasten. Immerhin: alles konnte auch Täuschung sein; ich hatte hohes Fieber, hatte überall Schmerzen. Im Kopf, in den Armen und Beinen, und mein Herz schlug wie verrückt; was sieht man nicht alles im Fieber!

Aber als wir an den Rassegesichtern vorbei waren, kam alles andere: die drei Büsten von Caesar, Cicero, Marc Aurel, brav nebeneinander, wunderbar nachgemacht, ganz gelb und echt, antik und würdig standen sie an der Wand, und auch die Hermessäule kam, als wir um die Ecke schwenkten, und ganz hinten im Flur – der Flur war hier rosenrot gestrichen –, ganz,

ganz hinten im Flur hing die große Zeusfratze über dem Eingang zum Zeichensaal; doch die Zeusfratze war noch weit. Rechts sah ich durch das Fenster den Feuerschein, der ganze Himmel war rot, und schwarze, dicke Wolken von Qualm zogen feierlich vorüber...

Und wieder mußte ich links sehen, und wieder sah ich Schildchen über den Türen OIa und OIb, und zwischen den bräunlichen muffigen Türen sah ich nur Nietzsches Schnurrbart und seine Nasenspitze in einem goldenen Rahmen, denn sie hatten die andere Hälfte des Bildes mit einem Zettel überklebt, auf dem zu lesen war: »Leichte Chirurgie«...

»Wenn jetzt«, dachte ich flüchtig... »Wenn jetzt«, aber da war es schon: das Bild von Togo: bunt und groß, flach wie ein alter Stich, ein prachtvoller Druck, und vorne, vor den Kolonialhäusern, vor den Negern und dem Soldaten, der da sinnlos mit seinem Gewehr herumstand, vor allem war das große, ganz naturgetreu abgebildete Bündel Bananen: links ein Bündel, rechts ein Bündel, und auf der mittleren Banane im rechten Bündel, da war etwas hingekritzelt, ich sah es; ich selbst mußte es hingeschrieben haben...

Aber nun wurde die Tür zum Zeichensaal aufgerissen, und ich schwebte unter der Zeusbüste hinein und schloß die Augen. Ich wollte nichts mehr sehen. Der Zeichensaal roch nach Jod, Scheiße, Mull und Tabak, und es war laut. Sie setzten mich ab, und ich sagte zu den Trägern: »Steck mir 'ne Zigarette in den Mund, links oben in der Tasche.«

Ich spürte, wie einer mir an der Tasche herumfummelte, dann zischte ein Streichholz, und ich hatte die brennende Zigarette im Mund. Ich zog daran. »Danke«, sagte ich.

»Alles das«, dachte ich, »ist kein Beweis. Letzten Endes gibt es in jedem Gymnasium einen Zeichensaal, Gänge, in denen krumme, alte Kleiderhaken in grün und gelbgestrichene Wände eingelassen sind; letzten Endes ist es kein Beweis, daß ich in meiner Schule bin, wenn die Medea zwischen

VIa und VIb hängt und Nietzsches Schnurrbart zwischen OIa und OIb. Gewiß gibt es eine Vorschrift, die besagt, daß er da hängen muß. Hausordnung für humanistische Gymnasien in Preußen: Medea zwischen VIa und VIb, Dornauszieher dort, Caesar, Marc Aurel und Cicero im Flur und Nietzsche oben, wo sie schon Philosophie lernen. Parthenonfries, ein buntes Bild von Togo. Dornauszieher und Parthenonfries sind schließlich gute, alte, generationenlang bewährte Schulrequisiten, und gewiß bin ich nicht der einzige, der den Einfall gehabt hat, auf eine Banane zu schreiben: Es lebe Togo. Auch die Witze, die sie in den Schulen machen, sind immer dieselben. Und außerdem besteht die Möglichkeit, daß ich Fieber habe, daß ich träume.«

Schmerzen hatte ich jetzt nicht mehr. Im Auto war es noch schlimm gewesen; wenn sie durch die kleinen Schlaglöcher fuhren, schrie ich jedesmal; da waren die großen Trichter schon besser: das Auto hob und senkte sich wie ein Schiff in einem Wellental. Aber jetzt schien die Spritze schon zu wirken, die sie mir irgendwo im Dunkeln in den Arm gehauen hatten: ich hatte gespürt, wie die Nadel sich durch die Haut bohrte und wie es unten am Bein ganz heiß wurde.

»Es kann ja nicht wahr sein«, dachte ich, »so viele Kilometer kann das Auto ja gar nicht gefahren sein: fast dreißig. Und außerdem: du spürst nichts: kein Gefühl sagt es dir: nur die Augen; kein Gefühl sagt dir, daß du in deiner Schule bist, in deiner Schule, die du vor drei Monaten erst verlassen hast. Acht Jahre sind keine Kleinigkeit, solltest du nach acht Jahren das alles nur mit den Augen erkennen?«

Hinter meinen geschlossenen Lidern sah ich alles noch einmal, wie ein Film lief es ab: unterer Flur, grüngestrichen, Treppe rauf, gelbgestrichen, Kriegerdenkmal, Flur, Treppe rauf, Caesar, Cicero, Marc Aurel ... Hermes, Nietzscheschnurrbart, Togo, Zeusfratze...

Ich spuckte meine Zigarette aus und schrie; es war immer

gut, zu schreien; man mußte nur laut schreien; schreien war herrlich, ich schrie wie verrückt. Als sich jemand über mich beugte, machte ich immer noch nicht die Augen auf; ich spürte einen fremden Atem, warm und widerlich roch er nach Tabak und Zwiebeln, und eine Stimme fragte ruhig: »Was ist denn?«

»Was zu trinken«, sagte ich, »und noch 'ne Zigarette, die Tasche oben.«

Wieder fummelte einer an meiner Tasche herum, wieder zischte ein Streichholz, und jemand steckte mir 'ne brennende Zigarette in den Mund.

»Wo sind wir?« fragte ich.

»In Bendorf.«

»Danke«, sagte ich und zog.

Immerhin schien ich wirklich in Bendorf zu sein, zu Hause also, und wenn ich nicht außergewöhnlich hohes Fieber hatte, stand wohl auch fest, daß ich in einem humanistischen Gymnasium war: eine Schule war es bestimmt. Hatte die Stimme unten nicht geschrien: »Die anderen in den Zeichensaal!«? Ich war ein anderer, ich lebte, die lebten, waren offenbar die anderen. Der Zeichensaal war also da, und wenn ich richtig hörte, warum sollte ich nicht richtig sehen, und dann stimmte es wohl auch, daß ich Caesar, Cicero und Marc Aurel erkannt hatte, und das konnte nur in einem humanistischen Gymnasium sein; ich glaube nicht, daß sie diese Kerle in den anderen Schulen auf den Fluren an die Wand stellen.

Endlich brachte er mir Wasser: wieder roch ich den Tabak- und Zwiebelatem aus seinem Gesicht, und ich machte, ohne es zu wollen, die Augen auf: da war ein müdes, altes, unrasiertes Gesicht über einer Feuerwehruniform, und eine alte Stimme sagte leise: »Trink, Kamerad.«

Ich trank; es war Wasser, aber Wasser ist herrlich; ich spürte den metallenen Geschmack des Kochgeschirrs auf meinen Lippen, und es war schön zu spüren, welch eine Menge

Wasser noch nachdrängte, aber der Feuerwehrmann riß mir das Kochgeschirr von den Lippen und ging: ich schrie, aber er wandte sich nicht um, zuckte nur müde die Schultern und ging weiter; einer, der neben mir lag, sagte ruhig: »Hat gar keinen Zweck zu brüllen, sie haben nicht mehr Wasser; die Stadt brennt, du siehst es doch.« Ich sah es durch die Verdunkelung hindurch, es glühte und wummerte hinter den schwarzen Vorhängen, Rot hinter Schwarz, wie in einem Ofen, auf den man neue Kohlen geschüttet hat. Ich sah es: ja, die Stadt brannte.

»Wie heißt die Stadt?« fragte ich den, der neben mir lag.
»Bendorf«, sagte er.
»Danke.«

Ich blickte ganz gerade vor mich hin auf die Fensterreihe, und manchmal zur Decke. Die Decke war noch tadellos, weiß und glatt, mit einem schmalen klassizistischen Stuckrand; aber sie haben doch in allen Schulen klassizistische Stuckränder an den Decken in den Zeichensälen, wenigstens in den guten, alten humanistischen Gymnasien. Das ist doch klar.

Ich mußte mir jetzt zugestehen, daß ich im Zeichensaal eines humanistischen Gymnasiums in Bendorf lag. Bendorf hat drei humanistische Gymnasien: die Schule »Friedrich der Große«, die Albertus-Schule und – vielleicht brauche ich es nicht zu erwähnen –, aber die letzte, die dritte war die Adolf-Hitler-Schule. Hing nicht in der Schule »Friedrich der Große« das Bild des Alten Fritz besonders bunt, besonders schön, besonders groß im Treppenhaus? Ich war auf dieser Schule gewesen, acht Jahre lang, aber warum konnte nicht in den anderen Schulen dieses Bild genauso an derselben Stelle hängen, so deutlich und auffallend, daß es den Blick fangen mußte, wenn man die erste Treppe hinaufstieg?

Draußen hörte ich jetzt die schwere Artillerie schießen. Sonst war es fast ruhig; nur manchmal drang das Fressen der Flammen durch, und im Dunkeln stürzte irgendwo ein Giebel ein. Die Artillerie schoß ruhig und regelmäßig, und ich dachte: Gute Artillerie! Ich weiß, das ist gemein, aber ich dachte es. Mein Gott, wie beruhigend war die Artillerie, wie gemütlich: dunkel und rauh, ein sanftes, fast feines Orgeln. Irgendwie vornehm. Ich finde, die Artillerie hat etwas Vornehmes, auch wenn sie schießt. Es hört sich so anständig an, richtig nach Krieg in den Bilderbüchern... Dann dachte ich daran, wieviel Namen wohl auf dem Kriegerdenkmal stehen würden, wenn sie es wieder einweihten, mit einem noch größeren goldenen Eisernen Kreuz darauf und einem noch größeren steinernen Lorbeerkranz, und plötzlich wußte ich es: wenn ich wirklich in meiner alten Schule war, würde mein Name auch darauf stehen, eingehauen in Stein, und im Schulkalender würde hinter meinem Namen stehen – »zog von der Schule ins Feld und fiel für...«

Aber ich wußte noch nicht, wofür, und wußte noch nicht, ob ich in meiner alten Schule war. Ich wollte es jetzt unbedingt herauskriegen. Am Kriegerdenkmal war auch nichts Besonderes gewesen, nichts Auffallendes, es war wie überall, es war ein Konfektionskriegerdenkmal, ja, sie bekamen sie aus irgendeiner Zentrale...

Ich sah mir den Zeichensaal an, aber die Bilder hatten sie abgehängt, und was ist schon an ein paar Bänken zu sehen, die in einer Ecke gestapelt sind, und an den Fenstern, schmal und hoch, viele nebeneinander, damit viel Licht hereinfällt, wie es sich für einen Zeichensaal gehört? Mein Herz sagte mir nichts. Hätte es nicht etwas gesagt, wenn ich in dieser Bude gewesen wäre, wo ich acht Jahre lang Vasen gezeichnet und Schriftzeichen geübt hatte, schlanke, feine, wunderbar nachgemachte römische Glasvasen, die der Zeichenlehrer vorne auf einen Ständer setzte, und Schriften aller Art, Rundschrift, Antiqua, Römisch, Italienne. Ich hatte diese Stunden gehaßt wie nichts in der ganzen Schule, ich hatte die Langeweile gefressen stundenlang, und niemals hatte ich Vasen zeichnen können oder Schriftzeichen malen. Aber wo waren meine Flüche, wo war mein Haß angesichts dieser dumpfgetönten, langweiligen Wände? Nichts sprach in mir, und ich schüttelte stumm den Kopf.

Immer wieder hatte ich radiert, den Bleistift gespitzt, radiert... nichts...

Ich wußte nicht genau, wie ich verwundet war; ich wußte nur, daß ich meine Arme nicht bewegen konnte und das rechte Bein nicht, nur das linke ein bißchen; ich dachte, sie hätten mir die Arme an den Leib gewickelt, so fest, daß ich sie nicht bewegen konnte.

Ich spuckte die zweite Zigarette in den Gang zwischen den Strohsäcken und versuchte, meine Arme zu bewegen, aber es tat so weh, daß ich schreien mußte; ich schrie weiter; es war immer wieder schön, zu schreien; ich hatte auch Wut, weil ich die Arme nicht bewegen konnte.

Dann stand der Arzt vor mir; er hatte die Brille abgenommen und blinzelte mich an; er sagte nichts; hinter ihm stand der Feuerwehrmann, der mir das Wasser gegeben hatte. Er flüsterte dem Arzt etwas ins Ohr, und der Arzt setzte die Brille auf: deutlich sah ich seine großen grauen Augen mit den leise zitternden Pupillen hinter den dicken Brillengläsern. Er sah mich lange an, so lange, daß ich wegsehen mußte, und er sagte leise: »Augenblick, Sie sind gleich an der Reihe...«

Dann hoben sie den auf, der neben mir lag, und trugen ihn hinter die Tafel; ich blickte ihnen nach: sie hatten die Tafel auseinandergezogen und quer gestellt und die Lücke zwischen Wand und Tafel mit einem Bettuch zugehängt; dahinter brannte grelles Licht...

Nichts war zu hören, bis das Tuch wieder beiseite geschlagen und der, der neben mir gelegen hatte, hinausgetragen wurde; mit müden, gleichgültigen Gesichtern schleppten die Träger ihn zur Tür.

Ich schloß wieder die Augen und dachte: »Du mußt doch

herauskriegen, was du für eine Verwundung hast und ob du in deiner alten Schule bist.«

Mir kam das alles so kalt und gleichgültig vor, als hätten sie mich durch das Museum einer Totenstadt getragen, durch eine Welt, die mir ebenso gleichgültig wie fremd war, obwohl meine Augen sie erkannten, nur meine Augen; es konnte doch nicht wahr sein, daß ich vor drei Monaten noch hier gesessen, Vasen gezeichnet und Schriften gemalt hatte, daß ich in den Pausen hinuntergegangen war mit meinem Marmeladenbutterbrot, vorbei an Nietzsche, Hermes, Togo, Caesar, Cicero, Marc Aurel, ganz langsam bis in den Flur unten, wo die Medea hing, dann zum Hausmeister, zu Birgeler, um Milch zu trinken, Milch in diesem dämmerigen kleinen Stübchen, wo man es auch riskieren konnte, eine Zigarette zu rauchen, obwohl es verboten war. Sicher trugen sie den, der neben mir gelegen hatte, unten hin, wo die Toten lagen, vielleicht lagen die Toten in Birgelers grauem kleinen Stübchen, wo es nach warmer Milch roch, nach Staub und Birgelers schlechtem Tabak...

Endlich kamen die Träger wieder herein, und jetzt hoben sie mich auf und trugen mich hinter die Tafel. Ich schwebte wieder, jetzt an der Tür vorbei, und im Vorbeischweben sah ich, daß auch das stimmte: über der Tür hatte einmal ein Kreuz gehangen, als die Schule noch Thomas-Schule hieß, und damals hatten sie das Kreuz weggemacht, aber da blieb ein frischer dunkelgelber Flecken an der Wand, kreuzförmig, hart und klar, der fast noch deutlicher zu sehen war als das alte, schwache, kleine Kreuz selbst, das sie abgehangen hatten; sauber und schön blieb das Kreuzzeichen auf der verschossenen Tünche der Wand. Damals hatten sie aus Wut die ganze Wand neu gepinselt, aber es hatte nichts genützt: der Anstreicher hatte den Ton nicht richtig getroffen: das Kreuz blieb da, bräunlich und deutlich, aber die ganze Wand war rosa. Sie hatten geschimpft, aber es hatte nichts genützt: das

Kreuz blieb da, braun und deutlich auf dem Rosa der Wand, und ich glaube, ihr Etat für Farbe war erschöpft, und sie konnten nichts machen. Das Kreuz war noch da, und wenn man genau hinsah, konnte man sogar noch eine deutliche Schrägspur über dem rechten Balken sehen, wo jahrelang der Buchsbaumzweig gehangen hatte, den der Hausmeister Birgeler dorthinter klemmte, als es noch erlaubt war, Kreuze in die Schulen zu hängen...

Das alles fiel mir in der kleinen Sekunde ein, als ich an der Tür vorbeigetragen wurde hinter die Tafel, wo das grelle Licht brannte.

Ich lag auf dem Operationstisch und sah mich selbst ganz deutlich, aber sehr klein, zusammengeschrumpft, oben in dem klaren Glas der Glühbirne, winzig und weiß, ein schmales, mullfarbenes Paketchen wie ein außergewöhnlich subtiler Embryo: das war also ich da oben.

Der Arzt drehte mir den Rücken zu und stand an einem Tisch, wo er in Instrumenten herumkramte; breit und alt stand der Feuerwehrmann vor der Tafel und lächelte mich an; er lächelte müde und traurig, und sein bärtiges, schmutziges Gesicht war wie das Gesicht eines Schlafenden; an seiner Schulter vorbei auf der schmierigen Rückseite der Tafel sah ich etwas, was mich zum ersten Male, seitdem ich in diesem Totenhaus war, mein Herz spüren machte: irgendwo in einer geheimen Kammer meines Herzens erschrak ich tief und schrecklich, und es fing heftig an zu schlagen: da war meine Handschrift an der Tafel. Oben in der obersten Zeile. Ich kenne meine Handschrift: es ist schlimmer, als wenn man sich im Spiegel sieht, viel deutlicher, und ich hatte keine Möglichkeit, die Identität meiner Handschrift zu bezweifeln. Alles andere war kein Beweis gewesen, weder Medea noch Nietzsche, nicht das dinarische Bergfilmprofil noch die Banane aus Togo, und nicht einmal das Kreuzzeichen über der Tür: das alles war in allen Schulen dasselbe, aber ich glaube nicht, daß sie in anderen Schulen mit meiner Handschrift an die Tafeln schreiben. Da stand er noch, der Spruch, den wir damals hatten schreiben müssen, in diesem verzweifelten Leben, das erst drei Monate zurücklag: Wanderer, kommst du nach Spa...

Oh, ich weiß, die Tafel war zu kurz gewesen, und der Zeichenlehrer hatte geschimpft, daß ich nicht richtig eingeteilt hatte, die Schrift zu groß gewählt, und er selbst hatte es kopfschüttelnd in der gleichen Größe darunter geschrieben: Wanderer, kommst du nach Spa...

Siebenmal stand es da: in meiner Schrift, in Antiqua, Fraktur, Kursiv, Römisch, Italienne und Rundschrift; siebenmal deutlich und unerbittlich: Wanderer, kommst du nach Spa...

Der Feuerwehrmann war jetzt beiseite getreten auf einen leisen Ruf des Arztes hin, so sah ich den ganzen Spruch, der nur ein bißchen verstümmelt war, weil ich die Schrift zu groß gewählt hatte, der Punkte zu viele.

Ich zuckte hoch, als ich einen Stich in den linken Oberschenkel spürte, ich wollte mich aufstützen, aber ich konnte es nicht: ich blickte an mir herab, und nun sah ich es: sie hatten mich ausgewickelt, und ich hatte keine Arme mehr, auch kein rechtes Bein mehr, und ich fiel ganz plötzlich nach hinten, weil ich mich nicht aufstützen konnte; ich schrie; der Arzt und der Feuerwehrmann blickten mich entsetzt an, aber der Arzt zuckte nur die Schultern und drückte weiter auf den Kolben seiner Spritze, der langsam und ruhig nach unten sank; ich wollte wieder auf die Tafel blicken, aber der Feuerwehrmann stand nun ganz nah neben mir und verdeckte sie; er hielt mich an den Schultern fest, und ich roch nur den brandigen, schmutzigen Geruch seiner verschmierten Uniform, sah nur sein müdes, trauriges Gesicht, und nun erkannte ich ihn: es war Birgeler.

»Milch«, sagte ich leise...

Unsere gute, alte Renée

Wenn man morgens so gegen zehn oder elf zu ihr kam, sah sie wie eine richtige dicke Frühstücksschlampe aus. Der formlose, großgeblümte Kittel konnte die runden und massigen Schultern nicht bewältigen, die verkratzten Papilloten hingen in dem mürben Haar wie Senkbleie, die an schlammigem Tang hängengeblieben sind, das Gesicht war geschwollen, und Krümel vom Frühstücksbrot klebten um den Halsausschnitt herum. Sie machte auch gar keinen Hehl aus ihrer morgendlichen Unschönheit, denn sie empfing nur bestimmte Gäste – meist nur mich –, von denen sie wußte, daß es ihnen nicht um ihre weiblichen Reize, sondern um ihre guten Schnäpse zu tun war. Denn ihre Schnäpse waren gut, auch teuer; damals noch hatte sie einen ausgezeichneten Cognac, und überdies gab sie Kredit. Abends war sie wirklich reizend. Sie war gut geschnürt, ihre Schultern und Brüste waren hoch und fest, sie spritzte sich irgendein feuriges Zeug in Haar und Augen, und es gab fast keinen, der ihr widerstand, und vielleicht war ich einer der wenigen, die sie morgens empfing, weil sie wußte, daß ich auch abends gegen ihre Schönheit standhaft zu bleiben pflegte.

Morgens, so gegen zehn oder elf Uhr, war sie scheußlich. Auch ihre Laune war dann schlecht, moralisch, und sie gab dann tiefsinnige Sentenzen von sich. Wenn ich klopfte oder klingelte (es war ihr lieber, wenn ich klopfte. »Es hört sich so intim an«, sagte sie), dann hörte ich das Schlurfen ihrer Tritte, die Gardine hinter der Milchglastür wurde beiseite geschoben, und ich sah ihren Schatten; sie blickte durch das Blumenmuster, dann hörte ich ihre tiefe Stimme murmeln: »Ach, du bist's«, und sie schob den Riegel beiseite.

Sie sah wirklich abstoßend aus, aber es war die einzig brauchbare Kneipe am Ort zwischen siebenunddreißig drekkigen Häusern und zwei verkommenen Châteaus, und ihre Schnäpse waren gut, überdies gab sie Kredit, und zu all diesen Vorzügen kam hinzu, daß man wirklich nett mit ihr plaudern konnte. Und der bleiern lange Vormittag verging im Nu. Ich blieb meist nur so lange, bis wir ferne die Kompanie singend vom Dienst zurückkommen hörten, und es war jedesmal ein unheimliches Gefühl, wenn man den ewig gleichen Gesang hörte, der näher und näher kam in der ewig gleichen, trägen Stille des furchtbaren Kaffs.

»Da kommt die Scheiße«, sagte sie jedesmal, »der Krieg.«

Und wir beobachteten dann zusammen die Kompanie mit dem Oberleutnant, den Feldwebeln, Unteroffizieren, den Soldaten, wie sie alle müde und mit mißmutigen Gesichtern an diesem Milchglasfenster vorüberzogen, wir beobachteten die Kompanie durch das Blumenmuster. Zwischen den Rosen und Tulpen waren ganze Streifen klaren Glases, und man konnte sie alle sehen, Reihe um Reihe, Gesicht um Gesicht, alle griesgrämig und hungrig und völlig lustlos...

Sie kannte fast jeden Mann persönlich, wirklich jeden Mann. Auch die Antialkoholiker und die absoluten Weiberfeinde, denn es war die einzig brauchbare Kneipe am Ort, und selbst der wildeste Asket hat manchmal das Bedürfnis, auf eine heiße und schlechte Suppe ein Glas Limonade zu trinken, oder abends gar ein Glas Wein, wenn er gefangen ist in einem Kaff von siebenunddreißig schmutzigen Häusern, zwei verkommenen Châteaus, in einem Kaff, das im Schlamm zu versinken und in Faulheit und Langeweile sich aufzulösen scheint...

Aber sie kannte nicht nur unsere Kompanie, sie kannte alle ersten Kompanien aller Bataillone des Regiments, denn nach einem genau ausgeklügelten Einsatzplan kehrte jede erste Kompanie jedes Bataillons nach einer gewissen Zeit in dieses Kaff zurück, um hier sechs Wochen »Ruhe und Reserve« abzumachen.

Damals, als wir zum zweiten Male unsere Ruhe und Reserve mit Exerzieren und Langeweile dort abzumachen hatten, ging es bergab mit ihr. Sie hielt nicht mehr auf sich. Sie schlief jetzt meistens bis elf, schenkte mittags im Morgenrock Bier und Limonade aus, schloß nachmittags wieder, denn während der Dienstzeit war das Dorf leer wie eine ausgelaufene Jauchegrube – und erst abends gegen sieben, nachdem sie den Nachmittag verdämmert hatte, öffnete sie ihre Bude. Außerdem gab sie nicht mehr acht auf ihre Einnahmen. Sie pumpte jedem, trank mit jedem, ließ sich zum Tanz verleiten mit ihrem massigen Leib, grölte dann und fiel, wenn der Zapfenstreich nahte, in krampfhaftes Schluchzen.

Damals, als wir zum zweiten Male in das Dorf kamen, hatte ich mich gleich krank gemeldet. Ich hatte mir eine Krankheit ausgesucht, derentwegen der Arzt mich unbedingt zum Spezialarzt nach Amiens oder Paris fahren lassen mußte. Ich war gut gelaunt, als ich so gegen halb elf bei ihr klopfte. Das Dorf war vollkommen still, die leeren Straßen voll Schlamm. Ich hörte das Schlurfen der Pantoffeln wie früher, das Rascheln der Gardine, Renées Murmeln: »Ah, du bist's.« Dann huschte es freudig über ihr Gesicht. »Ah, du bist's«, wiederholte sie, als die Tür auf war, »seid ihr wieder einmal da?«

»Ja«, sagte ich, warf die Mütze auf einen Stuhl und folgte ihr. »Bring das Beste, was du hast.«

»Das Beste, was ich habe?« fragte sie ratlos.

Sie wischte ihre Hände am Kittel ab. »Ich hab Kartoffeln geschält, entschuldige.« Dann gab sie mir ihre Hand; ihre Hand war noch immer klein und fest, eine hübsche Hand. Ich setzte mich auf einen Barstuhl, nachdem ich von innen den Riegel vorgeschoben hatte.

Sie selbst stand ziemlich unschlüssig hinter der Theke.

»Das Beste, was ich habe?« fragte sie ratlos.

»Ja«, sagte ich, »los.«

»Hm«, machte sie, »ist aber sündhaft teuer.«
»Macht nichts, ich hab Geld.«
»Gut«, sie wischte noch einmal ihre Hände ab. Die Zungenspitze erschien zum Zeichen äußerster Ratlosigkeit zwischen den fahlen Lippen.
»Hast du etwas dagegen, wenn ich mich mit meinen Kartoffeln zu dir setze?«
»Aber nein«, sagte ich, »los, und trink einen mit mir.«
Als sie verschwunden war hinter dieser schmalen, braunen, verkratzten Tür, die zu ihrer Küche führte, blickte ich mich um. Es war alles noch wie voriges Jahr. Über der Theke hing das Bild ihres angeblichen Mannes, eines hübschen Marinesoldaten mit schwarzem Schnurrbart, ein buntes Photo, das den Burschen umrahmt von einem Rettungsring zeigte, auf den man »Patrie« gemalt hatte. Dieser Bursche hatte kalte Augen, ein brutales Kinn und einen ausgesprochen patriotischen Mund. Ich mochte ihn nicht. Daneben hingen ein paar Blumenbilder und süßlich sich küssende Paare. Alles war wie vor einem Jahr. Vielleicht war die Einrichtung etwas schäbiger, aber hätte sie noch schäbiger werden können? An dem Barstuhl, auf dem ich hockte, war das eine Bein geleimt – ich wußte noch genau, daß es bei einer Schlägerei Friedrichs mit Hans kaputt gegangen war, einer Schlägerei um ein häßliches Mädchen namens Lisette –, und dieses Bein zeigte noch genau die trostlose Rotznase von der Leimspur, die man vergessen hatte, mit Glaspapier wegzureiben.
»Cherry Brandy«, sagte Renée, die in der Linken eine Pulle und unter den rechten Arm geklemmt eine Spülschüssel mit Kartoffeln und Kartoffelschalen trug.
»Gut?« fragte ich.
Sie schnalzte mit den Lippen. »Beste Qualität, mein Lieber, wirklich gut.«
»Schenk ein, bitte.«
Sie stellte die Flasche auf die Theke, ließ die Schüssel auf

einen kleinen Hocker hinter der Theke gleiten und nahm zwei Gläser aus dem Schrank. Dann füllte sie die flachen Schalen mit dem roten Zeug.

»Prost, Renée!« sagte ich.

»Prost, mein Junge!« sagte sie.

»Nun erzähl mir was. Nichts Neues?«

»Ach«, sagte sie, während sie flink die Kartoffeln weiterschälte, »nichts Neues. Ein paar sind wieder mit Geld durchgegangen, Gläser haben sie mir kaputt geschmissen. Die gute Jacqueline kriegt wieder ein Kind und weiß nicht, von wem. Regen hat es geregnet und Sonne hat es geschienen, ich bin eine alte Frau geworden und mache hier weg.«

»Weg machst du, Renée?«

»Ja«, sagte sie ruhig. »Du kannst es mir glauben, es macht keinen Spaß mehr. Die Jungen haben immer weniger Geld, werden immer frecher, die Schnäpse werden schlechter und teurer. Prost, mein Junge!«

»Prost, Renée!«

Wir tranken beide das wirklich gute, feurige rote Zeug, und ich schenkte sofort wieder ein.

»Prost!«

»Prost!«

»So«, sagte sie endlich und warf die letzte geschälte Kartoffel in einen halb mit Wasser gefüllten Kessel, »das genügt für heute. Jetzt will ich mir die Finger waschen gehen, daß dir der Kartoffelgeruch aus der Nase kommt. Stinken Kartoffeln nicht gräßlich, findest du nicht, daß Kartoffelschalen gräßlich stinken?«

»Ja«, sagte ich.

»Du bist ein guter Junge.«

Sie verschwand wieder in der Küche.

Der Cherry war wirklich großartig. Ein süßes Feuer aus Kirschen floß in mich hinein, und ich vergaß diesen dreckigen Krieg.

»So gefall ich dir besser, wie?«

Sie stand nun richtig angezogen in der Tür mit einer gelblichen Bluse, und man roch, daß sie ihre Finger mit guter Seife gewaschen hatte.

»Prost!« sagte ich.

»Prost!« sagte sie.

»Du machst wirklich weg, das ist nicht dein Ernst?«

»Doch«, sagte sie, »mein voller Ernst.«

»Prost«, sagte ich und schenkte ein.

»Nein«, sagte sie, »erlaube, daß ich Limonade trinke, ich kann so früh nicht.«

»Gut, aber erzähle.«

»Ja«, sagte sie, »ich kann nicht mehr.« Sie blickte mich an, und in ihren Augen, diesen verschwommenen, geschwollenen Augen, war eine furchtbare Angst. »Hörst du, mein Junge, ich kann nicht mehr. Das macht mich verrückt, diese Stille. Horch doch mal.« Sie faßte meinen Arm so fest, daß ich erschrak und wirklich horchte. Und es war seltsam: es war nichts zu hören, und doch war es nicht still, etwas Unbeschreibliches war in der Luft, etwas wie Gurgeln: das Geräusch der Stille.

»Hörst du«, sagte sie, und es war etwas Triumphierendes in ihrer Stimme, »das ist wie ein Misthaufen.«

»Misthaufen?« fragte ich, »Prost!«

»Ja«, sagte sie und trank einen Schluck Limonade. »Es ist genau wie ein Misthaufen, dieses Geräusch. Ich bin vom Lande, weißt du, oben aus einem Nest bei Dieppe, und wenn ich zu Hause abends im Bett lag, dann hörte ich das ganz genau: es war still und doch nicht still, und später hab ich es gewußt: Das ist der Misthaufen, dieses unbestimmte Knacken und Gurgeln und Schlurfen und Schmatzen, wenn die Leute meinen, es ist still. Dann arbeitet der Misthaufen, Misthaufen arbeiten immer, es ist genau dasselbe Geräusch. Hör doch mal!« Sie faßte mich wieder so fest am Arm und blickte mich wieder mit ihren verschwommenen und geschwollenen Augen so eindringlich und flehend an...

Aber ich schenkte mir wieder ein und sagte: »Ja«, und obwohl ich sie genau verstand und auch dieses seltsame, scheinbar so sinnlose Geräusch der gurgelnden Stille vernahm, ich fürchtete mich nicht wie sie, ich fühlte mich behütet, obwohl es trostlos war, da zu hocken in diesem dreckigen Nest, in diesem dreckigen Krieg und mit einer desperaten Kneipenwirtin morgens um elf Uhr Cherry Brandy zu trinken.

»Still«, sagte sie dann, »horch jetzt.« In der Ferne hörte ich jetzt das regelmäßige, sehr eintönige Singen der Kompanie, die vom Dienst zurückkam. Aber sie hielt sich nur die Ohren zu. »Nein«, sagte sie, »das nicht! Das ist das Schlimmste. Jeden Morgen um dieselbe Minute dieses lustlose Singen, das macht mich ganz verrückt.«

»Prost«, sagte ich lachend und goß ein, »hör doch mal.«

»Nein«, schrie sie, »deshalb will ich ja weg, das macht mich krank.«

Sie hielt sich standhaft die Ohren zu, während ich ihr zulächelte, weiter trank und den Gesang verfolgte, der immer näher kam und sich wirklich bedrohlich anhörte in der Stille des Dorfes. Auch das Geräusch der Stiefel wurde nun laut, das Schimpfen der Unteroffiziere in den Pausen, wenn nicht gesungen wurde, und das Rufen des Oberleutnants, der immer wieder Mut und Kraft fand, zu schreien: »Ein Lied, ein Lied!«

»Ich kann nicht mehr«, flüsterte Renée, die fast in Tränen ausbrach vor Erschöpfung und sich tapfer die Ohren zuhielt, »das macht mich ganz krank, so auf dem Misthaufen zu liegen und zu hören, wie sie singen...«

Ich stand ganz allein am Fenster diesmal, als sie vorübermarschierten, Reihe um Reihe, Gesicht um Gesicht, hungrig und müde, mit einer fast begeisterten Verbitterung in den

Gesichtern, und doch lustlos und griesgrämig und in ihren Augen irgendwo die Angst...

»Komm«, sagte ich zu Renée, als sie einmarschiert waren und der Gesang verklungen war. Ich nahm ihr die Hände von den Ohren. »Sei doch nicht dumm.«

»Nein«, sagte sie hartnäckig, »ich bin nicht dumm, ich geh hier weg, ich mach irgendwo ein Kino auf, in Dieppe oder Abbéville.«

»Und was wird aus uns, denk doch an uns.«

»Meine Nichte kommt hierher«, sagte sie und blickte mich an, »ein hübsches, junges Ding, das wird Schwung in den Laden bringen, ich habe mich entschlossen, meiner Nichte den Laden zu geben.«

»Wann«, fragte ich.

»Morgen.«

»Morgen schon?« fragte ich erschreckt.

»Ach«, sagte sie lachend, »sie ist doch jung und hübsch. Sieh hier!« Sie zog ein Photo aus ihrer Schublade, aber das Mädchen auf dem Bild sah gar nicht sympathisch aus, sie war jung und hübsch, aber kalt, und sie hatte genau den patriotischen Mund wie der Mann, der auf dem Bild über der Theke war mit seinem Rettungsring...

»Prost«, sagte ich traurig, »morgen schon.«

»Prost«, sagte sie und schenkte auch sich ein.

Die Flasche war leer, und ich schien auf dem Barstuhl zu schwanken wie ein Schiff auf hoher See, und doch waren meine Gedanken klar.

»Zahlen, bitte«, sagte ich.

»Dreihundert«, sagte sie.

Aber als ich die Scheine zückte, winkte sie ganz plötzlich und sagte: »Nein, laß nur, zum Abschied. Du bist der einzige, der mir je ein bißchen gefallen hat. Versauf es bei meiner Nichte, wenn du willst. Morgen.«

»Auf Wiedersehen, also«, sagte ich.

»Auf Wiedersehen«, und sie winkte mir zu, und ich sah im Hinausgehen, wie sie die Gläser in das Nickelbecken tauchte, um sie zu spülen, und ich wußte, daß die Nichte niemals so hübsche, kleine, feste Hände haben würde wie sie, denn die Hände sind fast wie der Mund, und es mußte furchtbar sein, wenn sie patriotische Hände haben würde...

Wiedersehen mit Drüng

Der brennende Schmerz an meinem Kopf ließ mich übergangslos in die Wirklichkeit der Zeit und des Ortes treten, aus einem Traum, wo dunkle Gestalten in erdgrünen Mänteln meinen Schädel mit harten Fäusten geschlagen hatten: ich lag in einer niedrigen Bauernstube, deren Decke wie der Deckel eines Grabes aus grünem Dämmer sich auf mich herabzusenken schien; grün waren die wenigen Lichter, die den Raum als solchen überhaupt erkennen ließen; ein sanftes, gelbüberglitzertes Grün dort, wo ein schwarzer Türrahmen von einem hellen Lichtstreifen scharf umzeichnet war, und dieses Grün verdunkelte sich bis zur Farbe alten Mooses in jenen Schatten über meinem Gesicht.

Ich erwachte völlig, als eine plötzliche, würgende Übelkeit mich hochriß, ich mich aufbäumte und auf den unsichtbaren Boden erbrach. Der Inhalt meines Magens schien unendlich tief zu fallen, wie in einen bodenlosen Brunnen, ehe es endlich wie das Aufschlagen einer Flüssigkeit auf Holz zu mir drang; ich erbrach noch einmal, schmerzvoll über den Rand der Bahre gebeugt, und als ich mich erleichtert zurücklehnte, war der Zusammenhang mit dem Vergangenen so klar, daß mir sofort eine Rolle Drops einfiel, die in einer meiner Taschen von der abendlichen Verpflegung noch stecken mußte. Ich tastete mit meinen schmutzigen Fingern meine Manteltaschen ab, ließ klirrend ein paar lose Patronen in den grünen Abgrund fallen, alles durch meine Hände gleiten: Zigarettenschachtel, Pfeife, Zündhölzer, Taschentuch, einen zusammengeknüllten Brief, und als ich in den Manteltaschen das Gesuchte nicht fand, drückte ich das Koppel auf, blechern knallte das Schloß gegen das eiserne Gestänge der Bahre. Endlich fand ich die Rolle in einer Hosentasche, riß das Papier ab und steckte eins der säuerlichen Bonbons in den Mund.

Augenblicksweise, wenn der Schmerz mich bis in die letzte Faser meines Empfindens erfüllte, wurden mir die Zusammenhänge von Zeit, Ort und Geschehen wieder verwirrt, dann schien auch der Abgrund links und rechts von mir sich zu vertiefen, und ich fühlte mich schwebend auf der Bahre wie auf einem unendlich hohen Postament, das sich immer mehr der grünen Decke entgegenhob. In diesen Augenblicken auch glaubte ich manchmal, tot zu sein, hingestellt in eine schmerzvolle Vorhölle der Ungewißheit, und die Tür – eingerahmt von ihrem Lichtstreifen – erschien mir wie eine Pforte zu Licht und Erkenntnis, die eine gütige Hand würde öffnen müssen; denn ich selbst war in diesen Augenblicken unbeweglich wie ein Denkmal, tot, und lebendig war nur der brennende Schmerz, der von meiner Kopfwunde ausstrahlte und mit einer scheußlichen, allgemeinen Übelkeit verbunden war.

Dann wieder ebbte der Schmerz ab, wie wenn jemand eine Zange locker läßt, und ich empfand die Wirklichkeit als weniger grausam: dieses sich abstufende Grün war milde den gequälten Augen, die vollkommene Stille wohltuend den gemarterten Ohren, und die Erinnerung lief in mir ab wie ein Bildstreifen, an dem ich keinen Teil hatte. Alles schien unendlich weit zurückzuliegen, während es erst eine Stunde vergangen sein konnte.

Ich versuchte, Erinnerungen aus meiner Kindheit wach werden zu lassen, schulgeschwänzte Tage in verlassenen Parks, und diese Erlebnisse schienen näher, mich betreffender als jenes Geschehnis vor einer Stunde, obwohl der Schmerz in meinem Kopf davon herrührte und mich anders hätte empfinden lassen müssen.

Was vor einer Stunde geschehen war, sah ich jetzt sehr deutlich, aber fern, als blickte ich vom Rande unseres Erdballs in eine andere Welt, die durch einen himmelweiten glasigklaren Abgrund von der unseren geschieden war. Dort sah ich jemand, der ich selbst sein mußte, in nächtlicher Finsternis über zerwühlte Erde schleichen, manchmal wild angeleuchtet diese trostlose Silhouette durch eine fern abgeschossene Leuchtrakete; ich sah diesen Fremden, der ich selbst sein mußte, sich qualvoll mit offenbar schmerzenden Füßen über die Unebenheiten des Bodens bewegen, oft kriechen, aufstehen, wieder kriechen, wieder aufstehen; endlich einem dunklen Tale zustreben, wo mehrere dieser dunklen Gestalten sich um ein Gefährt versammelten. In diesem gespenstischen Erdteil, der nur Qual und Finsternis enthielt, reihte der Fremde sich stumm einer Schlange ein, die aus blechernen Kanistern Kaffee und Suppe in ihre Töpfe füllen ließ, von irgend jemand, den sie nicht kannten, nie gesehen hatten, einem, der von dichten Schatten verborgen war und stumm löffelte; eine ängstliche Stimme, deren Besitzer auch verborgen blieb, zählte Brot, Zigaretten, Wurststücke und Süßigkeiten in die Hände der Wartenden. Und plötzlich wurde dieses stumme und düstere Spiel im Talgrund jäh erhellt durch eine rötliche Flamme, deren Folge Geschrei war, Wimmern und das erschreckte Wiehern eines verwundeten Pferdes; und neue düsterrote Flammen schlugen immer wieder aus der Erde, Gestank und Krach stiegen auf, dann schrie das Pferd, ich hörte, wie es anzog und mit klapperndem Geschirr davonraste; und ein neues kurzes, wildes Feuer deckte jenen zu, der ich selbst sein mußte.

Und nun lag ich hier auf meiner Bahre, sah diesen grünen, sich stetig stufenden Dämmer in der russischen Bauernstube, in der nur das helle Viereck des beleuchteten Türrandes stand.

Inzwischen war die Übelkeit geringer geworden, wohltuend hatte sich das säuerliche Bonbon in dem widerlichen Schleim, der meine Mundhöhle füllte, ausgebreitet; die Zange des Schmerzes griff nun seltener zu, und ich packte in meine Manteltasche, zog Zigaretten und Zündhölzer heraus und zündete an. Das aufflammende Licht ließ dunkle, feuchte

Wände erkennen, giftig gelb beflackert, und als ich das verlöschende Holz beiseite warf, sah ich zum ersten Male, daß ich nicht allein war.

Ich sah neben mir die grauen, grünverschmierten Wülste einer schlampig übergeworfenen Decke, sah den Schirm einer Mütze wie einen sehr harten Schatten über einem blassen Gesicht, und das Hölzchen erlosch.

Jetzt auch fiel mir ein, daß ich weder an Händen noch Füßen behindert war, ich trat meine Decke beiseite, setzte mich hoch und war nun erschrocken, wie nahe ich dem Erdboden stand; kaum kniehoch war dieser unendlich scheinende Abgrund. Ich zündete ein neues Hölzchen an: mein Nachbar lag unbewegt, sein Gesicht hatte die Farbe sehr zarten Dämmers, der durch dünnes, grünes Glas fällt, doch ehe ich hatte näher treten können, um wirklich unter dem Schatten des Mützenschirms sein Gesicht zu erkennen, war das Zündholz wieder erloschen, und ich entsann mich, daß in einer meiner Taschen auch ein Kerzenrest verborgen sein mußte.

Wieder griff die Zange des Schmerzes fester zu, ich konnte mich noch eben taumelnd im Dunkeln auf den Rand meiner Bahre setzen, die Zigarette zu Boden fallen lassen, und da ich nun der Tür den Rücken zuwandte, sah ich nichts als Finsternis, grüne, dicke Finsternis, die eben Schatten genug enthielt, daß sie mir sich drehend erscheinen konnte, während der Schmerz in meinem Kopf der Motor zu sein schien, der die Drehung verursachte; je mehr der Schmerz in meinem Kopf anschwoll, um so heftiger drehten sich auch diese Finsternisse wie verschiedene Scheiben, deren Drehung sich überschnitt, bis alles wieder still stand.

Sobald der Anfall vorüber war, tastete ich nach meinem Verband: mein Kopf kam mir sehr dick, sehr geschwollen vor in meinen Händen; ich spürte die harte, fast beulenartige Kruste geronnenen Blutes, fühlte auch die peinlich empfindsame Stelle, an der der Splitter sitzen mußte. Ich wußte jetzt, daß dieser Fremde dort tot war. Es gibt eine Art von Schweigen und Stummheit, die nichts mehr mit Schlaf, nichts mit Ohnmacht mehr zu tun hat, etwas unendlich Eisiges, Feindliches, Verächtliches, das mir im Dunklen doppelt feindselig erschien.

Ich fand nun endlich den Kerzenrest und zündete ihn an. Das Licht war gelb und milde, es schien sich mit einer Art Bescheidenheit langsam auszubreiten und zur größten Möglichkeit seiner Flamme zu entwickeln, und als die Kerze ihren Radius vollendet hatte, sah ich den festgestampften Lehmboden, die bläulich gekalkten Wände, eine Bank, den erloschenen Ofen, vor dessen ausgeleierter Tür ein Haufen Asche lag.

Dann erst klebte ich die Kerze auf den Rand meiner Bahre fest, so daß das Zentrum ihres Scheins auf des Toten Gesicht fiel. Ich war nicht erstaunt, Drüng zu sehen. Eher war ich erstaunt über mein eigenes Nichterstaunen, denn ich hätte tief erschrocken sein müssen: fünf Jahre hatte ich Drüng nicht mehr gesehen, und auch damals nur flüchtig, kaum daß wir die notwendigsten Höflichkeiten miteinander getauscht hatten. Wir waren Schulkameraden gewesen, neun Jahre lang, aber zwischen uns hatte eine so tiefe, nicht feindselige, sondern gleichgültige Abneigung bestanden, daß wir in diesen neun Jahren insgesamt kaum eine Stunde miteinander gesprochen hatten.

Es war so unverkennbar Drüngs schmales Gesicht, seine spitze Nase, die nun steif und grünlich aus der knappen Ebene seines Gesichtes hervorstieß, seine geschlitzten, stets etwas gequollenen Augen, die nun eine fremde Hand schon geschlossen hatte; so eindeutig war es Drüngs Gesicht, daß es der Bestätigung nicht bedurft hätte, zu der ich nun mich über ihn beugte und zwischen dem Wulst der Decke den Zettel hervorsuchte, der mit einer weißlichen Schnur an einem

Knopf seines Mantels befestigt war. Dort las ich im Kerzenschein: Drüng, Hubert, Obergefreiter, die Nummer eines Regiments und in der Rubrik: Art der Verletzung: Mehrere Granatsplitter, Bauch. Unter diese Notiz hatte eine flinke akademische Hand Exitus geschrieben.

Drüng war also wirklich tot, oder hätte ich jemals an dem gezweifelt, was eine flinke, akademische Hand irgendwohin schrieb? Ich las noch einmal die Nummer des Regiments, die mir völlig ungeläufig war; dann nahm ich Drüng die Mütze ab, die seinem Gesicht mit ihrem schwarzen, höhnischen Schatten etwas Grausames gab, und ich erkannte nun sein dunkelblondes, stumpfes Haar, das manchmal im Wechsel der neun Jahre nahe vor meinen Augen gewesen war.

Ich saß ganz nahe neben der Kerze, die flackernd ihren Schein rundschaukeln ließ, während der stärkste Kern ihres gelben Lichtes immer Drüngs Gesicht hielt und die matteren Ausläufer Decke, Wand und Boden streiften. Ich saß Drüng so nahe, daß mein Atem seine fahle Haut streifte, auf der die Bartstoppeln häßlich und rötlich wucherten, und plötzlich sah ich zum ersten Male Drüngs Mund. Während mir seine übrige Erscheinung in der täglichen Begegnung vieler Jahre so bekannt geworden war, daß ich ihn – wohl ohne es zu wissen – auch unter vielen erkannt hätte, sah ich jetzt, daß ich seinen Mund nie betrachtet hatte: er war mir vollkommen fremd: fein und schmal, und in seinen festverkniffenen Winkeln saß noch immer der Schmerz, so lebendig, daß ich glaubte, mich getäuscht zu haben. Dieser Mund schien die mühsam verhaltenen Schreie des Schmerzes auch jetzt noch gewaltsam zurückzuhalten, um sie nicht aufquellen zu lassen wie einen roten Sprudel, der die Welt ersäufen würde.

Neben mir flackerte warm der Atem der Kerze, die immer wieder hochzuckte, immer wieder zurückgeschlagen zu werden schien, sich immer wieder langsam ausbreitete. Ich betrachtete Drüngs Gesicht jetzt, ohne ihn zu sehen. Ich sah ihn lebend, als mickrigen, schüchternen Sextaner, den schweren Ranzen auf den mageren Schultern, wie er frierend darauf wartete, daß die Schultore sich öffneten. Dann stürzte er an dem büffeligen Hausmeister vorbei, postierte sich, ohne den Mantel auszuziehen, an den Ofen, den er mit defensiven Augen bewachte. Drüng hatte immer gefroren, denn er war blutarm, arm überhaupt, Sohn einer Witwe, deren Mann im Krieg gefallen war. Damals war er zehn Jahre alt, und er war immer so geblieben, neun Jahre lang, frierend, blutarm, arm überhaupt, Sohn einer Witwe, deren Mann gefallen war. Niemals hatte er Zeit gehabt zu jenen Torheiten, die die Erinnerung erst erinnernswert machen, während der tierische Ernst der Pflicht uns später oft als Torheit erscheint; niemals war er frech geworden, neun Jahre lang brav, fleißig, immer »in der Mitte mit seinen Leistungen«. Mit vierzehn war er pickelig geworden, mit sechzehn wieder glatt und mit achtzehn wieder pickelig, und er hatte immer gefroren, auch im Sommer, denn er war blutarm, arm überhaupt, Sohn einer Witwe, deren Mann im Weltkrieg gefallen war. Ein paar Freunde hatte er gehabt, mit denen zusammen er fleißig gewesen war, brav und in der Mitte; ich hatte kaum mit ihm gesprochen, er wenig mit mir, und nur manchmal, wie es im Laufe von neun Jahren wahrscheinlich ist, hatte er vor mir gesessen, und sein stumpfes, dunkelblondes Haar war vor mir gewesen, ganz nah, und er hatte immer vorgesagt – jetzt erst fiel mir ein, daß er immer vorgesagt hatte, treu und zuverlässig, und wenn er etwas nicht gewußt hatte, hatte er auf eine ganz bestimmte, bockige Art mit den Schultern gezuckt.

Ich hatte längst angefangen zu weinen, während die Kerze nun ihr erbreitertes Licht wild und mit leisem Stöhnen umherwarf, so daß die kümmerliche Bude zu wackeln schien wie die Kajüte eines Schiffs auf hoher See. Längst spürte ich – ohne daß ich mir dessen bewußt geworden war –, daß die Tränen über mein Gesicht liefen, oben warm und wohltuend, und unten am Kinn kalte Tropfen, die ich automatisch mit der Hand wegwischte wie ein heulendes Kind. Aber nun, als mir einfiel, daß er mir stets treu vorgesagt hatte, völlig unbedankt, pünktlich und zuverlässig, ohne die falsche Tücke von anderen, denen ihr Wissen zu wertvoll schien, es zu verschenken – nun schluchzte ich laut, und die Tränen tropften durch meinen verfilzten Bart in die lehmverschmierten Finger.

Nun auch fiel mir Drüngs Vater ein. Immer, wenn wir Geschichte hatten und die Lehrer mit erhobener Stimme vom Weltkrieg erzählten, falls das Thema auf dem Lehrplan stand und innerhalb dieses Themas wieder Verdun – dann hatten sich alle Blicke Drüng zugewandt, und Drüng erhielt in diesen Stunden einen besonderen, kurz anhaltenden Glanz, denn wir hatten nicht oft Geschichte, nicht so oft stand der Weltkrieg auf dem Lehrplan, und noch weniger war es erlaubt oder angebracht, von Verdun zu erzählen...

Die Kerze zischte jetzt, und es brodelte von heißem Wachs in dem Pappetöpfchen, das nach dem großen Heerführer Hindenburg benannt war, dann kippte der haltlos gewordene Docht in den flüssigen Rest der Brühe – doch das Zimmer wurde jetzt strahlend hell, und ich schämte mich meiner Tränen, dieses Licht war kalt und nackt und gab der düsteren Bude eine falsche Helligkeit und Sauberkeit...

Erst als sie mich bei den Schultern packten, merkte ich, daß die Tür geöffnet und zwei geschickt worden waren, mich ins Operationszimmer zu tragen. Ich warf noch einen Blick auf Drüng, der mit zusammengekniffenen Lippen liegenblieb; dann hatten sie mich auf die Bahre zurückgelegt und trugen mich hinaus.

Der Arzt sah müde und ärgerlich aus! Er sah gelangweilt zu, während mich die Träger unter eine grelle Lampe auf einen Tisch legten, der übrige Raum war in rötliches Dunkel gehüllt. Dann trat der Arzt auf mich zu, und ich sah ihn deutlicher: seine dicke Haut war gelblich blaß mit violetten

Schatten, und das dichte schwarze Haar lag wie eine Kappe auf dem Kopf. Er las den Zettel, der vorne an meine Brust geheftet war, und ich roch deutlich seinen Zigarettenatem, sah die blassen Wülste seines dicken Halses und die Maske einer müden Verzweiflung über seinem Gesicht.
»Dina«, rief er leise, »abmachen.«
Er trat zurück, und aus dem rötlichen Hintergrund kam eine Frauengestalt in weißem Kittel; ihr Haar war ganz mit einem blaßgrünen Tuch umwickelt, und als sie nun nähergekommen war, sich über mich beugte und den Verband über der Stirn vorsichtig entzweischnitt, sah ich an dem ruhigen und hellen Oval ihres freundlichen Gesichts, daß sie blond sein mußte. Ich weinte immer noch, und durch die Tränen hindurch erschien mir ihr Gesicht schmelzend und schwimmend, und auch ihre großen, sanften hellbraunen Augen schienen zu weinen, während der Arzt mir hart und trocken erschienen war trotz meiner Tränen.

Sie riß mit einem Ruck die harten blutigen Lappen von meiner Wunde, ich schrie auf und ließ die Tränen weiterlaufen. Der Arzt stand mit bösem Gesicht nun am Rande des Lichtkreises, und der Rauch seiner Zigarette kam in scharfen blauen Stößen bis in unsere Nähe. Still war Dinas Gesicht, die sich nun öfter vorbeugte und mit ihren Fingern meinen Kopf berührte, da sie begonnen hatte, meine verklebten Haare aufzuweichen.

»Rasieren!« sagte der Arzt kurz und warf den Stummel wütend auf die Erde.

Nun griff die Zange des Schmerzes wieder öfter zu, als die Russin rings um die klaffende Wunde das schmutzige, verfilzte Haar zu rasieren anfing. Wieder drehten sich verschiedene Scheiben mit seltsamen Überschneidungen, für Augenblicke war ich ohne Besinnung, wachte wieder auf, und ich spürte in den wachen Sekunden, wie die Tränen immer reichlicher flossen, an meinen Wangen herunterliefen und sich zwischen Hemd und Kragenbinde sammelten, unaufhaltsam, als sei eine Quelle angebohrt.

»Weinen Sie nicht, verflucht!« schrie der Arzt ein paarmal, und da ich nicht mehr aufhören konnte, auch nicht wollte, schrie er: »Schämen Sie sich.« Ich aber schämte mich nicht, ich spürte nur, wie Dina manchmal ihre Hände liebkosend auf meinem Hals ruhen ließ, und ich wußte, daß es sinnlos gewesen wäre, dem Arzt zu erklären, warum ich weinen mußte. Was wußte ich von ihm und er von mir, von Dreck und Läusen, Drüngs Gesicht und neun Schuljahren, die pünktlich zu Ende gewesen waren, als der Krieg ausbrach.

»Verflucht«, schrie er, »seien Sie endlich still!« Dann kam er plötzlich auf mich zu, sein Gesicht wurde unheimlich groß, zornig hart im Näherkommen, und ich spürte noch das erste Bohren des Messers, sah nichts mehr und schrie nur sehr laut.

Sie hatten hinter mir die Tür geschlossen, den Schlüssel herumgedreht, und ich sah jetzt, daß ich wieder in diesem Warteraum war. Immer noch flackerte meine Kerze, ließ ihr Licht flüchtend über alle Dinge gleiten. Ich ging sehr langsam, ich fürchtete mich, es war alles so still, und ich spürte keine Schmerzen mehr. Niemals war ich so ohne Schmerz gewesen, so leer. Ich erkannte meine Bahre an den zerwühlten Decken, blickte die Kerze an, die immer noch so brannte, wie ich sie verlassen hatte. Der Docht schwamm jetzt in dem flüssigen Wachs, nur noch eine winzige Spitze ragte senkrecht genug heraus, um zu brennen, und jeden Augenblick mußte sie versinken. Ich tastete ängstlich meine Taschen ab, aber meine Taschen waren leer, ich lief zur Tür zurück, rappelte, schrie, rappelte, schrie. Sie konnten uns doch nicht im Dunkeln lassen! Aber draußen schien niemand zu hören; und als ich zurückging, brannte die Kerze immer noch, immer noch schwamm der Docht, immer noch ragte ein kleines Stück steil genug heraus, um zu brennen und ein unregelmäßiges, flakkerndes wildes Licht zu erzeugen; mir schien, als sei dieses

Stück kleiner geworden, und es konnte nur noch eine Sekunde dauern, und wir waren im Dunkeln.

»Drüng«, rief ich ängstlich, »Drüng!«

»Ja«, sagte seine Stimme, »was ist denn?«

Ich spürte, daß mein Herz still stand, und es war kein anderes Geräusch mehr ringsum als das fürchterlich stille Fressen dieses Kerzenrestes, der kurz vor dem Verlöschen stand.

»Ja?« fragte er wieder, »was ist denn?«

Ich machte einen Schritt nach links, beugte mich über ihn und blickte ihn an: er lag da und lachte. Er lachte sehr leise und schmerzlich, auch Güte war in seinem Lächeln. Er hatte die Decken abgeworfen, und ich sah durch ein großes Loch in seinem Bauch das grünliche Zelttuch der Bahre. Er lag da ganz ruhig und schien zu warten. Ich blickte ihn lange an, den lachenden Mund, das Loch in seinem Bauch, die Haare: es war Drüng.

»Na, was ist?« fragte er noch einmal.

»Die Kerze«, sagte ich leise und blickte wieder ins Licht: es brannte immer noch, ich sah den Schein, der gelb und hastig, ewig verzuckend und immer wieder brennend, das ganze Zimmer erleuchtete. Ich hörte, wie Drüng sich aufrichtete, die Bahre knirschte leise, der Rest einer Decke wurde abgestreift, und nun sah ich ihn wieder an.

»Du brauchst keine Angst zu haben«, er schüttelte den Kopf, »das Licht geht nicht aus, es brennt immer und immer, ich weiß es.«

Aber im nächsten Augenblick verfiel sein blasses Gesicht noch mehr, er packte mich zitternd am Arm; ich fühlte seine schmalen, harten Finger. »Sieh an«, flüsterte er angstvoll, »jetzt geht sie aus.«

In dem Pappetöpfchen aber schwamm immer noch der ankerlose Docht, und immer noch nicht war er ganz versunken.

»Nein«, sagte ich, »sie müßte längst aus sein, sie konnte keine zwei Minuten mehr brennen.«

»O verflucht!« schrie er, sein Gesicht verzerrte sich, und er schlug mit der flachen Hand auf das Licht, heftig, die Bahre krachte, und für einen Augenblick fiel grünliches Dunkel über uns, aber als er die zuckende Hand hochnahm, schwamm immer noch der Docht, war immer noch Licht da, und ich blickte durch das Loch in Drüngs Bauch auf einen hellen gelben Flecken an der Wand hinter ihm.

»Nichts zu machen«, sagte er und legte sich zurück, »leg dich auch, wir müssen warten.«

Ich rückte meine Bahre ganz nahe neben seine, die eisernen Stangen berührten sich, und als ich mich hinlegte, war das Licht genau zwischen uns, flackernd und schaukelnd, stets gewiß und stets ungewiß, denn es hätte längst verlöscht sein müssen, ging aber nie aus; und manchmal hoben wir gleichzeitig unsere Köpfe und blickten uns ängstlich an, wenn die zuckende Flamme kürzer zu werden schien; und vor unseren armen Augen war das schwarze Türblatt, von einem hellen Viereck sehr gelben Lichtes umzogen ...

... und so lagen wir dort und warteten, erfüllt von Angst und Hoffnung, frierend und doch warm von dem Schrecken, der uns in die Glieder fuhr, wenn die Flamme zu erlöschen drohte und sich unsere grünen Gesichter oben über dem Pappetöpfchen trafen, hingestellt mitten hinein in diese wimmelnden Lichter, die uns umflossen wie lautlose Nebelwesen, und plötzlich sahen wir, daß das Licht verlöscht sein mußte, der Docht war versunken, kein Zipfelchen ragte mehr über die wächserne Oberfläche hinaus, und doch blieb es hell – bis unsere erstaunten Augen Dinas Gestalt sahen, die durch die verschlossene Tür zu uns getreten war, und wir wußten, daß wir nun lächeln durften, und nahmen ihre ausgestreckten Hände und folgten ihr ...

Damals in Odessa

Damals in Odessa war es sehr kalt. Wir fuhren jeden Morgen mit großen rappelnden Lastwagen über das Kopfsteinpflaster zum Flugplatz, warteten frierend auf die großen grauen Vögel, die über das Startfeld rollten, aber an den beiden ersten Tagen, wenn wir gerade beim Einsteigen waren, kam der Befehl, daß kein Flugwetter sei, die Nebel über dem Schwarzen Meer zu dicht oder die Wolken zu tief, und wir stiegen wieder in die großen rappelnden Lastwagen und fuhren über das Kopfsteinpflaster in die Kaserne zurück.

Die Kaserne war sehr groß und schmutzig und verlaust, und wir hockten auf dem Boden oder lagen über den dreckigen Tischen und spielten Siebzehn-und-Vier, oder wir sangen und warteten auf eine Gelegenheit, über die Mauer zu gehen. In der Kaserne waren viele wartende Soldaten, und keiner durfte in die Stadt. An den beiden ersten Tagen hatten wir vergeblich versucht auszukneifen, sie hatten uns geschnappt, und wir mußten zur Strafe die großen, heißen Kaffeekannen schleppen und Brote abladen; und dabei stand in einem wunderbaren Pelzmantel, der für die sogenannte Front bestimmt war, ein Zahlmeister und zählte, damit kein Brot plattgeschlagen wurde, und wir dachten damals, daß Zahlmeister nicht von Zahlen, sondern von Zählen kommt. Der Himmel war immer noch neblig und dunkel über Odessa, und die Posten pendelten vor den schwarzen, schmutzigen Mauern der Kaserne auf und ab.

Am dritten Tage warteten wir, bis es ganz dunkel geworden war, dann gingen wir einfach an das große Tor, und als der Posten uns anhielt, sagten wir »Kommando Seltschini«, und er ließ uns durch. Wir waren zu drei Mann, Kurt, Erich und ich, und wir gingen sehr langsam. Es war erst vier Uhr und schon ganz dunkel. Wir hatten ja nichts gewollt, als aus den großen, schwarzen, schmutzigen Mauern heraus, und nun, als wir draußen waren, wären wir fast lieber wieder drinnen gewesen; wir waren erst seit acht Wochen beim Militär und hatten viel Angst, aber wir wußten auch: wenn wir wieder drinnen gewesen wären, hätten wir unbedingt heraus gewollt, und dann wäre es unmöglich gewesen, und es war doch erst vier Uhr, und wir konnten nicht schlafen, wegen der Läuse und dem Singen und auch, weil wir fürchteten und zugleich hofften, am anderen Morgen könnte gutes Flugwetter sein, und sie würden uns auf die Krim hinüberfliegen, wo wir sterben sollten. Wir wollten nicht sterben, wir wollten auch nicht auf die Krim, aber wir mochten auch nicht den ganzen Tag in dieser schmutzigen, schwarzen Kaserne hocken, wo es nach Ersatzkaffee roch und wo sie immerzu Brote abluden, die für die Front bestimmt waren, immerzu, und wo immer Zahlmeister in Mänteln, die für die Front bestimmt waren, dabei standen und zählten, damit kein Brot plattgeschlagen wurde.

Ich weiß nicht, was wir wollten. Wir gingen sehr langsam in diese dunkle, holprige Vorstadtgasse hinein, zwischen unbeleuchteten, niedrigen Häusern war die Nacht von ein paar verfaulenden Holzpfählen eingezäunt, und dahinter irgendwo schien Ödland zu liegen, Ödland wie zu Hause, wo sie glauben, es wird eine Straße gelegt, wo sie Kanäle bauen und mit Meßstangen herumfummeln, und es wird doch nichts mit der Straße, und sie werfen Schutt, Asche und Abfälle dahin, und das Gras wächst wieder, derbes, wildes Gras, üppiges Unkraut, und das Schild »Schutt abladen verboten« ist schon nicht mehr zu sehen, weil sie zu viel Schutt dahingeschüttet haben...

Wir gingen sehr langsam, weil es noch so früh war. Im Dunklen begegneten uns Soldaten, die in die Kaserne gingen, und andere kamen aus der Kaserne und überholten uns; wir hatten Angst vor den Streifen und wären am liebsten zurückgegangen, aber wir wußten ja auch, wenn wir wieder in der

Kaserne waren, würden wir ganz verzweifelt sein, und es war besser, Angst zu haben als nur Verzweiflung in den schwarzen, schmutzigen Mauern der Kaserne, wo sie Kaffee schleppten, immerzu Kaffee schleppten und für die Front Brote abluden, immerzu Brote für die Front, und wo die Zahlmeister in den schönen Mänteln herumliefen, während es uns schrecklich kalt war.

Manchmal kam links oder rechts ein Haus, aus dem dunkelgelbes Licht herausschien, und wir hörten Stimmen, russische Stimmen, hell und fremd und beängstigend, kreischend. Und dann kam in der Dunkelheit ein ganz helles Fenster, da war viel Lärm, und wir hörten Soldatenstimmen, die sangen: »Ja, die Sonne von Mexiko.«

Wir stießen die Tür auf und traten ein: da drinnen war es warm und qualmig, und es waren Soldaten da, acht oder zehn, und manche hatten Weiber bei sich, und sie tranken und sangen, und einer lachte ganz laut, als wir hereinkamen. Wir waren jung und auch klein, die Kleinsten von der ganzen Kompanie; wir hatten ganz nagelneue Uniformen an, und die Holzfasern stachen uns in Arme und Beine, und die Unterhosen und Hemden juckten schrecklich auf der bloßen Haut, und auch die Pullover waren ganz neu und stachelig.

Kurt, der Kleinste, ging voran und suchte einen Tisch aus; er war Lehrling in einer Lederfabrik, und er hatte uns immer erzählt, wo die Häute herkamen, obwohl es Geschäftsgeheimnis war, und er hatte uns sogar erzählt, was sie daran verdienten, obwohl das ganz strenges Geschäftsgeheimnis war. Wir setzten uns neben ihn.

Hinter der Theke kam eine Frau heraus, eine dicke Schwarze mit einem gutmütigen Gesicht, und sie fragte, was wir trinken wollten; wir fragten zuerst, was der Wein kostete, denn wir hatten gehört, daß alles sehr teuer war in Odessa.

Sie sagte: »Fünf Mark die Karaffe«, und wir bestellten drei Karaffen Wein. Wir hatten beim Siebzehn-und-Vier viel Geld verloren und den Rest geteilt; jeder hatte zehn Mark. Einige von den Soldaten aßen auch, sie aßen gebratenes Fleisch, das noch dampfte, auf Weißbrotschnitten, und Würste, sehr dicke Würste, die nach Knoblauch rochen, und wir merkten jetzt erst, daß wir Hunger hatten, und als die Frau den Wein brachte, fragten wir, was das Essen kostete. Sie sagte, daß die Würste fünf Mark kosteten und Fleisch mit Brot acht; sie sagte, das wäre frisches Schweinefleisch, aber wir bestellten drei Würste. Manche von den Soldaten küßten die Weiber oder nahmen sie ganz offen in den Arm, und wir wußten nicht, wo wir hingucken sollten.

Die Würste waren heiß und fett, und der Wein war sehr sauer. Als wir die Würste aufgegessen hatten, wußten wir nicht, was wir tun sollten. Wir hatten uns nichts mehr zu erzählen, vierzehn Tage hatten wir im Waggon nebeneinander gelegen und uns alles erzählt, Kurt war in einer Lederfabrik gewesen, Erich kam von einem Bauernhof, und ich, ich war von der Schule gekommen; wir hatten immer noch Angst, aber es war uns nicht mehr kalt...

Die Soldaten, die die Weiber geküßt hatten, schnallten jetzt ihre Koppel um und gingen mit den Weibern hinaus; es waren drei Mädchen, sie hatten runde, liebe Gesichter, und sie kicherten und zwitscherten, aber sie gingen jetzt mit sechs Soldaten weg, ich glaube, es waren sechs, fünf bestimmt. Es blieben nur noch die Betrunkenen, die gesungen hatten: »Ja, die Sonne von Mexiko.« Einer, der an der Theke stand, ein großer, blonder Obergefreiter, drehte sich jetzt um und lachte uns wieder aus; ich glaube, wir saßen auch sehr still und brav da an unserem Tisch, die Hände auf den Knien, wie beim Unterricht in der Kaserne. Dann sagte der Obergefreite etwas zu der Wirtin, und die Wirtin brachte uns weißen Schnaps in ziemlich großen Gläsern. »Wir müssen ihm jetzt zuprosten«, sagte Erich und stieß uns mit den Knien an, und ich, ich rief so lange: »Herr Obergefreiter«, bis er merkte, daß ich ihn meinte, dann stieß uns Erich mit den Knien wieder an, wir standen auf und riefen zusammen: »Prost, Herr Obergefreiter.« Die anderen Soldaten lachten alle laut, aber der Obergefreite hob sein Glas und rief uns zu: »Prost, die Herren Grenadiere...«

Der Schnaps war scharf und bitter, aber er machte uns warm, und wir hätten gerne noch einen getrunken.

Der blonde Obergefreite winkte Kurt, und Kurt ging hin und winkte uns auch, als er ein paar Worte mit dem Obergefreiten gesprochen hatte. Er sagte, wir wären ja verrückt, weil wir kein Geld hätten, wir sollten doch etwas verscheuern; und er fragte, von wo wir kämen und wo wir hin müßten, und wir sagten ihm, daß wir in der Kaserne warteten und auf die Krim fliegen sollten. Er machte ein ernstes Gesicht und sagte nichts. Dann fragte ich ihn, was wir denn verscheuern könnten, und er sagte: Alles.

Verscheuern könnte man hier alles, Mantel und Mütze oder Unterhosen, Uhren, Füllfederhalter.

Wir wollten keinen Mantel verscheuern, wir hatten zuviel Angst, es war ja verboten, und es war uns auch sehr kalt, damals in Odessa. Wir suchten unsere Taschen leer: Kurt hatte einen Füllfederhalter, ich eine Uhr und Erich ein ganz neues, ledernes Portemonnaie, das er bei einer Verlosung in der Kaserne gewonnen hatte. Der Obergefreite nahm die drei Sachen und fragte die Wirtin, was sie dafür geben wollte, und sie sah alles ganz genau an, sagte, daß es schlecht sei, und wollte zweihundertfünfzig Mark geben, hundertachtzig allein für die Uhr.

Der Obergefreite sagte, daß das wenig sei, zweihundertfünfzig, aber er sagte auch, mehr gäbe sie bestimmt nicht, und wenn wir am nächsten Tag vielleicht auf die Krim flögen, wäre ja alles egal, und wir sollten es nehmen.

Zwei von den Soldaten, die gesungen hatten: »Ja, die Sonne von Mexiko...«, kamen jetzt von den Tischen und klopften dem Obergefreiten auf die Schultern; er nickte uns zu und ging mit ihnen hinaus.

Die Wirtin hatte mir das ganze Geld gegeben, und ich bestellte jetzt für jeden zwei Portionen Schweinefleisch mit Brot und einen großen Schnaps, und dann aßen wir noch einmal jeder zwei Portionen Schweinefleisch, und noch einmal tranken wir einen Schnaps. Das Fleisch war frisch und fett, heiß und fast süß, und das Brot war ganz mit Fett durchtränkt, und wir tranken dann noch einen Schnaps. Dann sagte die Wirtin, sie hätte kein Schweinefleisch mehr, nur noch Wurst, und wir aßen jeder eine Wurst und ließen uns Bier dazu geben, dickes, dunkles Bier, und wir tranken noch einen Schnaps und ließen uns Kuchen bringen, flache, trokkene Kuchen aus gemahlenen Nüssen; dann tranken wir noch mehr Schnaps und wurden gar nicht betrunken; es war uns warm und wohl, und wir dachten nicht mehr an die vielen Stacheln aus Holzfasern in den Unterhosen und dem Pullover; und es kamen neue Soldaten herein, und wir sangen alle: »Ja, die Sonne von Mexiko...«

Um sechs Uhr war unser Geld auf, und wir waren immer noch nicht betrunken; wir gingen zur Kaserne zurück, weil wir nichts mehr zu verscheuern hatten. In der dunklen, holprigen Straße brannte nun gar kein Licht mehr, und als wir durch die Wache kamen, sagte der Posten, wir müßten auf die Wachstube. In der Wachstube war es heiß und trocken, schmutzig, und es roch nach Tabak, und der Unteroffizier schnauzte uns an und sagte, die Folgen würden wir schon sehen. Aber in der Nacht schliefen wir sehr gut, und am anderen Morgen fuhren wir wieder auf den großen, rappelnden Lastwagen über das Kopfsteinpflaster zum Flugplatz, und es war kalt in Odessa, das Wetter war herrlich, klar, und wir stiegen endgültig in die Flugzeuge ein; und als sie hochstiegen, wußten wir plötzlich, daß wir nie mehr wiederkommen würden, nie mehr...

Liebesnacht

Er sah ihren Scheitel unter sich, die schmale weiße Straße ihres Scheitels, spürte ihre Brüste an seiner Haut, ihren warmen Atem im Gesicht, und seine Augen fielen unendlich weit in die schmale weiße Straße ihres Scheitels hinein. Irgendwo auf dem Teppich lag sein Koppel mit der deutlich sichtbaren erhabenen Aufschrift: »Gott mit uns«, daneben seine Feldbluse, deren Kragenbinde schmutzig war, und irgendwo tickte eine Uhr.

Das Fenster stand offen und draußen auf einer Terrasse hörte er das sanfte Klirren kostbarer Gläser, hörte Männer leise lachen und Frauen kichern, der Himmel war sanftblau, eine herrliche Sommernacht.

Und er hörte ihr Herz schlagen, ganz nah an seiner Brust, und immer wieder fiel sein Blick in die schmale weiße Straße ihres Scheitels hinein.

Es war dunkel, aber der Himmel hatte noch diese sanfte sommerliche Helligkeit, und er wußte, daß er ihr so nah war, wie er ihr näher nicht hätte sein können und doch unendlich weit entfernt.

Sie sprachen kein Wort miteinander. Er spürte, daß die Uhr ihn forttickte, das Ticken der Uhr war stärker als der Herzschlag an seiner Brust, von dem er nicht wußte, ob es ihrer oder seiner war. Alles das hieß: Urlaub bis zum Wecken. Es hieß: schlaf noch mal bei einer, aber schlaf richtig bei ihr. Er hatte sogar eine Flasche Wein bekommen.

Er sah die Flasche ganz deutlich, sie stand im Dunkeln auf der Kommode, und sie war nur ein schmaler heller Streifen Licht. Das war die Flasche, ein heller Streifen Licht im Dunkeln. Sie war leer. Auf dem Teppich, wo Feldbluse, Hose und Koppel lagen, mußte auch der Korken liegen.

Später hatte sie an seiner Brust gelegen, er hatte den Arm

um sie geschlungen und rauchte mit der freien Hand; sie sprachen kein Wort; alle ihre Zusammenkünfte zeichneten sich durch Stummheit aus; er hatte immer gedacht, daß man mal mit einer würde sprechen können, aber sie sprach nicht.

Der Himmel draußen wurde dunkler, das leise Kurgastlachen erlosch auf der Terrasse, das Kichern der Frauen wurde zum Gähnen, und später hörte er den Kellner, der die Gläser heftiger zum Klirren brachte, wenn er vier oder fünf in einer Hand zusammenpackte, um sie wegzutragen. Dann wurden auch die Flaschen weggetragen, es klang voller, und zuletzt wurden die Tischtücher abgenommen, die Stühle aufeinandergestellt, Tische gerückt, und er hörte eine Frau lange und innig und sehr sorgfältig fegen: die ganze Nacht schien nur aus dem Kehren dieser unsichtbaren Frau zu bestehen, sie machte es lautlos und ruhig, sehr regelmäßig und sanft, er hörte das Huschen des Besens und sah die Schritte der Frau von einem Ende der Terrasse zum anderen, dann kam eine müde fette Stimme, die zur Tür hinausfragte: »Noch nich fertig?« und die Frau antwortete ebenso müde: »Doch – gleich.«

Kurz danach war es ganz still draußen, der Himmel war dunkelblau geworden, sehr sanft und ruhig und sehr weit entfernt kam noch Musik hinter den schweren Vorhängen eines Nachtlokals heraus. So hatten sie nebeneinander gelegen, bis die Rotweinflasche langsam aus der Finsternis herausstieg, ein Lichtstreifen, der immer breiter und heller wurde, sich vollendete zur plastischen Rundung, dunkelgrün und leer, und die Feldbluse auf dem Boden mit der eingeknöpften schmutzigen Kragenbinde wurde wieder sichtbar und das Koppel mit der deutlichen erhabenen Aufschrift: »Gott mit uns!«

Als der Krieg zu Ende war

Es wurde gerade hell, als wir an die deutsche Grenze kamen: links ein breiter Fluß, rechts ein Wald, an dessen Rändern man sogar erkannte, wie tief er war; es wurde still im Waggon; langsam fuhr der Zug über zurechtgeflickte Gleise, an zerschossenen Häusern vorbei, zersplitterten Telegrafenmasten. Der Kleine, der neben mir hockte, nahm seine Brille ab und putzte sie sorgfältig.

»Mein Gott«, flüsterte er mir zu, »hast du die geringste Ahnung, wo wir sind?«

»Ja«, sagte ich, »der Fluß, den du eben gesehen hast, heißt bei uns Rhein, der Wald, den du da rechts siehst, heißt Reichswald – und jetzt kommt Kleve.«

»Bist du von hier?«

»Nein.« Er war mir lästig; die ganze Nacht hindurch hatte er mich mit seiner dünnen Primanerstimme verrückt gemacht, mir erzählt, wie er heimlich Brecht gelesen habe, Tucholsky, Walter Benjamin, auch Proust und Karl Kraus; daß er Soziologie studieren wollte, auch Theologie, und mithelfen würde, Deutschland eine neue Ordnung zu geben, und als wir dann im Morgendämmer in Nijmwegen hielten und irgend jemand sagte, jetzt komme die deutsche Grenze, hatte er ängstlich rundgefragt, ob jemand Garn gegen zwei Zigarettenstummel tausche, und als niemand sich meldete, hatte ich mich erboten, meine Kragenembleme, die – glaube ich – Spiegel genannt wurden, abzureißen und in dunkelgrünes Garn zu verwandeln; ich zog den Rock aus und sah ihm zu, wie er sorgfältig mit einem Stück Blech die Dinger abtrennte, sie dann auseinanderzupfte und dann tatsächlich anfing, sich damit seine Fahnenjunkerlitzen um die Schulterklappen herum anzunähen. Ich fragte ihn, ob ich diese Näharbeit auf den Einfluß von Brecht, Tucholsky, Benjamin oder Karl Kraus zurückführen dürfe oder ob es vielleicht ein uneingestandener Einfluß von Jünger sei, der ihn veranlasse, mit des Däumerlings Waffe seinen Rang wiederherzustellen; er war rot geworden und hatte gesagt, mit Jünger wäre er fertig, habe er abgerechnet; nun, als wir in Kleve einfuhren, unterbrach er seine Näharbeit, hockte neben mir, mit des Däumerlings Waffe in der Hand.

»Zu Kleve fällt mir nichts ein«, sagte er, »gar nichts. Dir?«

»Ja«, sagte ich, »Lohengrin, die Margarinemarke ›Schwan im Blauband‹ und Anna von Cleve, eine der Frauen Heinrichs des Achten –«

»Tatsächlich«, sagte er, »Lohengrin – aber wir aßen zu Hause Sanella. Willst du die Stummel nicht haben?«

»Nein«, sagte ich, »nimm sie deinem Vater mit. Ich hoffe, er wird dich ohrfeigen, wenn du mit den Litzen auf der Schulter nach Hause kommst.«

»Das verstehst du nicht«, sagte er, »Preußen, Kleist, Frankfurt/Oder, Potsdam, Prinz von Homburg, Berlin.«

»Nun«, sagte ich, »Kleve war, glaube ich, ziemlich früh schon preußisch – und irgendwo drüben auf der anderen Rheinseite liegt eine kleine Stadt, die Wesel heißt.«

»Gott ja«, sagte er, »natürlich Schill.«

»Über den Rhein sind die Preußen nie so recht rübergekommen«, sagte ich, »sie hatten nur zwei Brückenköpfe: Bonn und Koblenz.«

»Preußen«, sagte er.

»Blomberg«, sagte ich. »Brauchst du noch Garn?« Er wurde rot und schwieg.

Der Zug fuhr langsam, alle drängten sich an die offene Waggontür und blickten auf Kleve; englische Posten auf dem Bahnhof: lässig und zäh, gleichgültig und doch wachsam: noch waren wir Gefangene; an der Straße ein Schild: nach Köln. Lohengrins Burg oben zwischen herbstlichen Bäumen.

Oktober am Niederrhein, holländischer Himmel; die Kusinen in Xanten, die Tanten in Kevelaer; der breite Dialekt und das Schmugglergeflüster in den Kneipen; Martinszüge, Weckmänner, Breughelscher Karneval, und überall roch es, auch wenn es nicht danach roch, nach Printen.

»Versteh mich doch«, sagte der Kleine neben mir.

»Laß mich in Ruhe«, sagte ich; obwohl er noch gar kein Mann war, er würde wohl bald einer sein, und deshalb haßte ich ihn; er war beleidigt und hockte sich hin, um die letzten Stiche an seinen Litzen zu tun; ich hatte nicht einmal Mitleid mit ihm: ungeschickt, mit blutverschmiertem Daumen, bohrte er die Nadel in das blaue Tuch seiner Fliegerjacke; seine Brillengläser waren so beschlagen, daß ich nicht feststellen konnte, ob er weinte oder ob es nur so schien; auch ich war nahe am Weinen: in zwei Stunden, höchstens drei, mußten wir in Köln sein, und von dort aus war es nicht weit bis zu der, die ich geheiratet, deren Stimme nie nach Ehe geklungen hatte.

Die Frau kam plötzlich hinter dem Güterschuppen heraus, und bevor die Posten zur Besinnung gekommen waren, stand sie schon vor unserem Waggon und wickelte aus dem blauen Tuch aus, was ich zunächst für ein Kind gehalten hatte: ein Brot; sie reichte es mir, und ich nahm es; es war schwer, ich wankte einen Augenblick lang und fiel fast vornüber aus dem anfahrenden Zug; das Brot war dunkel, noch warm, und ich wollte ›danke, danke‹ rufen, aber das Wort kam mir zu dumm vor, und der Zug fuhr jetzt schneller, und so blieb ich knien mit dem schweren Brot im Arm; bis heute weiß ich nicht mehr von der Frau, als daß sie ein dunkles Kopftuch trug und nicht mehr jung war.

Als ich mit dem Brot im Arm aufstand, war es noch stiller im Waggon als vorher; sie blickten alle auf das Brot, das unter ihren Blicken immer schwerer wurde; ich kannte diese Augen, kannte die Münder, die zu diesen Augen gehörten, und ich hatte monatelang darüber nachgedacht, wo die Grenze zwischen Haß und Verachtung verläuft, und hatte die Grenze nicht gefunden; eine Zeitlang hatte ich sie in Annäher und Nichtannäher eingeteilt, als wir von einem amerikanischen Lager (wo das Tragen von Rangabzeichen verboten war) in ein englisches (wo das Tragen von Rangabzeichen erlaubt war) überstellt worden waren, und mit den Nichtannähern hatte mich eine gewisse Sympathie verbunden, bis ich feststellte, daß sie gar keine Ränge gehabt hatten, deren Zeichen sie hätten annähen können; einer von ihnen, Egelhecht, hatte sogar versucht, eine Art Ehrengericht zusammenzutrommeln, das mir die Eigenschaft, ein Deutscher zu sein, hätte absprechen sollen (und ich hatte mir gewünscht, dieses Gericht, das nie zusammentrat, hätte die Macht gehabt, mir diese Eigenschaft tatsächlich abzusprechen). Was sie nicht wußten, war, daß ich sie, die Nazis und Nichtnazis, nicht wegen ihrer Näherei und ihrer politischen Ansichten haßte, sondern weil sie Männer waren, Männer, vom gleichen Geschlecht wie die, mit denen ich sechs Jahre lang zusammen hatte sein müssen; die Begriffe Mann und dumm waren für mich fast identisch geworden.

Im Hintergrund sagte Egelhechts Stimme: »Das erste deutsche Brot – und ausgerechnet er bekommt es.«

Seine Stimme war nahe am Schluchzen, auch ich war nahe dran, aber die würden nie verstehen, daß es nicht nur wegen des Brotes war, nicht nur, weil wir die deutsche Grenze nun überschritten hatten, hauptsächlich deshalb, weil ich zum ersten Mal seit acht Monaten für einen Augenblick die Hand einer Frau auf meinem Arm gespürt hatte.

»Du«, sagte Egelhecht leise, »wirst wahrscheinlich sogar dem Brot noch die Eigenschaft absprechen, deutsch zu sein.«

»Ja«, sagte ich, »ich werde einen typischen Intellektuellentrick anwenden und mich fragen, ob das Mehl, aus dem dieses Brot gebacken worden ist, nicht vielleicht holländischer, englischer oder amerikanischer Herkunft ist. Komm her«, sagte ich, »teil es, wenn du Lust hast.«

Die meisten von ihnen haßte ich, viele waren mir gleichgültig, und der Däumerling, der sich nun als letzter an die Annäherfront begeben hatte, fing an, mir lästig zu werden, und doch schien es mir angebracht, dieses Brot mit ihnen zu teilen, ich war sicher, daß es nicht für mich allein bestimmt gewesen war.

Egelhecht kam langsam nach vorn: er war groß und mager, so groß und mager wie ich, und er war sechsundzwanzig Jahre alt, so alt wie ich; er hatte mir drei Monate lang klarzumachen versucht, daß ein Nationalist kein Nazi sei, daß die Worte Ehre, Treue, Vaterland, Anstand nie ihren Wert verlieren könnten – und ich hatte seinem gewaltigen Wortaufwand immer nur fünf Worte entgegengesetzt: Wilhelm II., Papen, Hindenburg, Blomberg, Keitel, und es hatte ihn rasend gemacht, daß ich nie von Hitler sprach, auch nicht, als am 1. Mai der Posten durchs Lager lief und durch einen Schalltrichter ausposaunte: »Hitler is dead, dead is he.«

»Los«, sagte ich, »teil das Brot.«

»Abzählen«, sagte Egelhecht. Ich gab ihm das Brot, er zog seinen Mantel aus, legte ihn mit dem Futter nach oben auf den Boden des Waggons, zog das Futter glatt, legte das Brot drauf, während rings um uns abgezählt wurde. »Zweiunddreißig«, sagte der Däumerling, dann blieb es still. »Zweiunddreißig«, sagte Egelhecht und blickte mich an, der ich hätte dreiunddreißig sagen müssen; aber ich sagte die Zahl nicht, wandte mich ab und blickte nach draußen: die Landstraße mit den alten Bäumen: Napoleons Pappeln, Napoleons Ulmen, unter denen ich mit meinem Bruder gerastet hatte, wenn wir von Weeze mit den Rädern an die holländische Grenze fuhren, um billig Schokolade und Zigaretten zu kaufen.

Ich spürte, daß die hinter mir furchtbar beleidigt waren; ich sah die gelben Schilder an der Straße: nach Kalkar, nach

Xanten, nach Geldern, hörte hinter mir die Geräusche von Egelhechts Blechmesser, spürte, wie das Beleidigtsein wie eine dicke Wolke anwuchs; sie waren immer aus irgendeinem Grund beleidigt, sie waren es, wenn ihnen ein englischer Posten eine Zigarette schenken wollte, und sie waren beleidigt, wenn er ihnen keine schenken wollte; sie waren beleidigt, wenn ich auf Hitler schimpfte, und Egelhecht war tödlich beleidigt, wenn ich nicht auf Hitler schimpfte, der Däumerling hatte heimlich Benjamin und Brecht, Proust, Tucholsky und Karl Kraus gelesen, und als wir über die deutsche Grenze fuhren, nähte er sich seine Fahnenjunkerlitzen an. Ich zog die Zigarette aus der Tasche, die ich für meinen Stabsgefreitenwinkel bekommen hatte, drehte mich um und setzte mich neben den Däumerling. Ich sah zu, wie Egelhecht das Brot teilte: halbiert, dann die Hälften geviertelt, jedes Viertel wieder in acht Teile. So würde für jeden ein schöner dicker Brocken herausspringen, ein dunkler Brotwürfel, den ich auf sechzig Gramm schätzte.

Egelhecht war jetzt dabei, das letzte Achtel zu vierteln, und jeder, jeder wußte, daß die, die Mittelscheiben bekamen, mindestens fünf bis zehn Gramm mehr bekommen würden, weil das Brot in der Mitte gewölbt gewesen war und Egelhecht die Scheiben gleich dick geschnitten hatte. Dann aber schnitt er die Wölbung der beiden Mittelscheiben ab und sagte: »Dreiunddreißig – der Jüngste fängt an.« Der Däumerling blickte mich an, wurde rot, beugte sich rüber, nahm ein Stück Brot und steckte es sofort in den Mund; es ging alles reibungslos, bis Bouvier, der immer von seinen Flugzeugen gesprochen und mich halb verrückt damit gemacht hatte, sein Stück genommen hatte; jetzt wäre ich an der Reihe gewesen, nach mir Egelhecht, aber ich rührte mich nicht. Ich hätte die Zigarette gern angezündet, aber ich hatte keine Hölzer, und niemand bot mir eins an. Die ihr Brot schon hatten, hielten erschrocken im Kauen inne; die ihr Brot noch nicht hatten, wußten gar nicht, was vor sich ging, und begriffen doch: ich wollte das Brot nicht mit ihnen teilen; sie waren beleidigt, während die anderen (die ihr Brot schon hatten) nur verlegen waren; ich versuchte nach draußen zu sehen: auf Napoleons Pappeln, Napoleons Ulmen, auf diese lückenhafte Allee, in deren Lücken holländischer Himmel hing, aber dieser Versuch, mich unbeteiligt zu geben, mißlang; ich hatte Angst vor der Schlägerei, die jetzt kommen mußte; ich war kein guter Raufer, und selbst wenn ich's gewesen wäre, es hätte nicht viel geholfen, sie hätten mich zusammengeschlagen wie damals in dem Lager bei Brüssel, als ich gesagt hatte, ich wäre lieber ein toter Jude als ein lebender Deutscher. Ich nahm die Zigarette aus dem Mund, teils, weil sie mir lächerlich vorkam, teils, weil ich sie heil durch die Schlägerei bringen wollte, und ich blickte auf den Däumerling, der mit knallrotem Kopf neben mir hockte. Dann nahm Gugeler, der nach Egelhecht an der Reihe gewesen wäre, sein Stück Brot, steckte es sofort in den Mund, und die anderen nahmen ihres; es waren noch drei Stücke Brot da, als der nach vorne kam, den ich noch gar nicht richtig kannte; er war erst in dem Lager bei Brüssel in unser Zelt gekommen; er war schon alt, fast fünfzig, klein, mit einem dunklen, narbigen Gesicht, und er hatte, wenn wir anfingen, uns zu streiten, nie etwas gesagt, er war aus dem Zelt hinausgegangen und am Stacheldrahtzaun entlanggelaufen wie einer, der diese Art von Herumlaufen kennt. Ich kannte nicht einmal seinen Vornamen; er trug irgendeine sehr verblichene Tropenuniform und ganz zivile Halbschuhe. Er kam aus dem Hintergrund des Waggons direkt auf mich zu, blieb vor mir stehen und sagte mit einer überraschend sanften Stimme: »Nimm das Brot« – und als ich's nicht nahm, schüttelte er den Kopf und sagte: »Ihr habt ein verteufeltes Genie, aus allem eine symbolische Handlung zu machen. Es ist Brot, nichts als Brot, und die Frau hat es dir geschenkt, die Frau – komm.« Er hob ein Stück Brot auf, drückte es mir in die rechte Hand, die hilflos herunterhing, und drückte meine Hand um das Brot herum fest. Seine Augen waren ganz dunkel, nicht schwarz, und sein Gesicht sah nach vielen Gefängnissen aus. Ich nickte, setzte meine Handmuskeln in Bewegung, das Brot festzuhalten; es ging ein tiefes Seufzen durch den Waggon, Egelhecht nahm sein Brot, dann der Alte in der Tropenuniform. »Verdammt«, sagte der Alte, »ich bin schon zwölf Jahre aus Deutschland weg, aber langsam fange ich an, hinter euch Verrückte zu kommen.« Noch bevor ich das Brot in den Mund stecken konnte, hielt der Zug, und wir stiegen aus.

Freies Feld, Rübenäcker, keine Bäume; ein paar belgische Posten mit dem flandrischen Löwen auf Mütze und Kragen liefen am Zug entlang und riefen: »Raus, alle raus!«

Der Däumerling blieb neben mir; er putzte seine Brille, blickte auf das Stationsschild, sagte: »Weeze – fällt dir auch dazu was ein?«

»Ja«, sagte ich, »liegt nördlich von Kevelaer und westlich von Xanten.«

»Ach«, sagte er, »Kevelaer, Heinrich Heine.«

»Und Xanten: Siegfried, falls du's vergessen hast.«

Tante Helene, dachte ich. Weeze. Warum waren wir nicht bis Köln durchgefahren? Von Weeze war nicht mehr viel zu sehen außer ein paar ziegelroten Restklecksen zwischen Baumwipfeln. Tante Helene in Weeze hatte einen großen Laden gehabt, einen richtigen Dorfladen, und jeden Morgen steckte sie uns Geld zu, damit wir auf der Niers Kahn fahren konnten oder mit den Rädern nach Kevelaer; sonntags die Predigten in der Kirche: deftig klang es über Schmuggler- und Ehebrecherhäupter hin.

»Los«, sagte der belgische Posten, »mach doch voran, oder willst du nicht nach Hause?«

Ich ging ins Lager rein. Zuerst mußten wir an einem englischen Offizier vorbei, der gab uns einen Zwanzigmarkschein, den empfangen zu haben wir quittieren mußten. Dann mußten wir zum Arzt; der war ein Deutscher, war jung und grinste; er wartete, bis zwölf oder fünfzehn von uns im Zimmer waren, dann sagte er: »Wer so krank ist, daß er nicht heute, heute noch nach Hause fahren kann, braucht nur die Hand hochzuheben«, und dann lachten ein paar von uns über diesen wahnsinnig witzigen Witz; dann gingen wir einzeln an seinem Tisch vorbei, bekamen einen Stempel auf unseren Entlassungsschein und gingen zur anderen Tür hinaus. Ich blieb ein paar Augenblicke an der offenen Tür stehen, hörte wie er sagte: »Wer so krank ist, daß –«, dann ging ich weiter, hörte das Lachen, als ich schon am anderen Ende des Flures war, und ging zur nächsten Station: das war ein englischer Feldwebel, der stand im freien Feld neben einer nicht überdachten Latrine. Der Feldwebel sagte: »Zeigt eure Soldbücher her und alles, was ihr noch an Papieren habt.« Er sagte das auf deutsch, und wenn sie dann ihr Soldbuch herauszogen, zeigte er auf die Latrine und forderte sie auf, es in die Latrine zu werfen. Dabei sagte er, ebenfalls auf deutsch: »Hinein ins Vergnügen«, und dann lachten die meisten über diesen Witz. Ich hatte überhaupt festgestellt, daß die Deutschen plötzlich Sinn für Witz zu haben schienen, wenn es Ausländerwitz war: sogar Egelhecht hatte im Lager über den amerikanischen Hauptmann gelacht, der auf den Drahtverhau gezeigt und gesagt hatte: »Boys, nehmt es nicht tragisch, jetzt seid ihr endlich frei.«

Der englische Feldwebel fragte auch mich nach Papieren, aber ich hatte keine außer dem Entlassungsschein; mein Soldbuch hatte ich gegen zwei Zigaretten einem Amerikaner verkauft; ich sagte also: »Keine Papiere« – und das machte ihn so ärgerlich, wie der amerikanische Feldwebel gewesen war, dem ich auf die Frage: »Hitlerjugend, SA oder Partei?« geantwortet hatte: »No«. Er hatte mich angebrüllt und mir Strafdienst aufgebrummt, er hatte mich verflucht und meine Großmutter irgendwelcher sexueller Vergehen bezichtigt, deren Natur ich in Ermangelung amerikanischer Slangkenntnisse nicht herausbekommen hatte; es machte sie wütend, wenn etwas nicht in ihr Klischee paßte. Der englische Feldwebel wurde rot vor Wut, stand auf und fing an, mich abzutasten, und er brauchte nicht lange zu tasten, bis er mein Tagebuch gefunden hatte: es war dick, aus Papiersäcken zurechtgeschnitten, mit Drahtklammern zusammengeheftet, und ich hatte darin alles verzeichnet, was mir von Mitte April bis Ende September begegnet war: von meiner Gefangennahme durch den amerikanischen Sergeanten Stevenson bis zu der letzten Eintragung, die ich im Zug noch gemacht hatte, als wir durch das düstere Antwerpen fuhren und ich auf Mauern las: Vive le Roi! Es waren mehr als hundert Seiten Sackpapier, dicht beschrieben, und der wütende Feldwebel nahm es mir ab, warf es in die Latrine und sagte: »Didn't I ask you for papers?« Dann durfte ich gehen.

Wir standen dicht gedrängt am Lagertor und warteten auf die belgischen Lastwagen, von denen es hieß, daß sie uns nach Bonn fahren sollten. Bonn? Warum ausgerechnet nach Bonn? Irgend jemand erzählte, daß Köln gesperrt, weil von Leichen verseucht sei, und ein anderer erzählte, daß wir dreißig, vierzig Jahre lang würden Schutt schaufeln müssen, Schutt, Trümmer, »und sie werden uns nicht einmal Loren geben, wir müssen den Schutt in Körben wegtragen.« Zum Glück stand niemand in meiner Nähe, mit dem zusammen ich im Zelt gelegen hatte oder im Waggon gefahren war. Das Gequatsche aus Mündern, die ich noch nicht kannte, war eine Spur weniger ekelhaft, als es aus den Mündern, die ich kannte, gewesen wäre. Irgendwo vor mir sagte jemand: »Aber von dem Juden hat er dann das Brot genommen«, und ein anderer sagte: »Ja, das sind die Typen, die den Ton angeben werden.« Von hinten stieß mich einer an und fragte: »Hundert Gramm Brot gegen eine Zigarette, wie wär's?« und er hielt mir die Hand von hinten vors Gesicht, und ich sah, daß es eins der Brotstücke war, die Egelhecht im Waggon verteilt hatte. Ich schüttelte den Kopf. Ein anderer sagte: »Die Belgier verkaufen Zigaretten das Stück zu zehn Mark.« Das kam mir sehr billig vor: im Lager hatten die Deutschen Zigaretten das Stück für hundertzwanzig Mark gehandelt. »Will einer Zigaretten?« – »Ja«, sagte ich und gab meinen Zwanzigmarkschein in eine anonyme Hand.

Alle trieben mit allen Handel. Es war das einzige, was sie ernsthaft interessierte. Für zweitausend Mark und eine verschlissene Uniform bekam jemand einen Zivilanzug, Tausch und Umziehen wurden irgendwo vollzogen in der wartenden Menge, und ich hörte plötzlich jemand schreien: »Die Unterhose gehört dazu, das ist doch klar. Auch die Krawatte.« Jemand verkaufte seine Armbanduhr für dreitausend Mark. Der Haupthandelsgegenstand war Seife. Die in amerikanischen Lagern gewesen waren, hatten viel Seife, manche zwanzig Stück, denn es hatte jede Woche Seife gegeben, aber nie Wasser zum Waschen, und die in englischen Lagern gewesen waren, hatten überhaupt keine Seife. Die grünen und roten Seifenstücke gingen hin und her. Manche hatten an der Seife ihren bildnerischen Ehrgeiz entdeckt, Hündchen, Kätzchen, Gartenzwerge daraus gemacht, und jetzt stellte sich heraus, daß der bildnerische Ehrgeiz den Handelswert herabgemindert hatte: ungeformte Seife stand höher im Kurs als geformte, bei der Gewichtsverlust zu befürchten war.

Die anonyme Hand, in die ich den Zwanzigmarkschein gelegt hatte, tauchte tatsächlich wieder auf und drückte mir zwei Zigaretten in meine Linke, und ich war fast gerührt über so viel Ehrlichkeit (aber nur so lange war ich fast gerührt, bis ich erfuhr, daß die Belgier die Zigaretten für fünf Mark verkauften; offenbar galten hundert Prozent Gewinn als honoriger Satz, besonders unter ›Kameraden‹). Wir standen etwa zwei Stunden da, eingepfercht, und ich erinnere mich nur an Hände: handeltreibende Hände, die Seife von rechts nach links, von links nach rechts weitergaben, Geld von links nach rechts und von rechts wieder nach links; es war, als wäre ich in ein Schlangennest geraten; Hände von allen Seiten bewegten sich nach allen Seiten, reichten über meine Schultern und über meinen Kopf hinweg Ware und Geld in alle Richtungen.

Es war dem Däumerling gelungen, wieder in meine Nähe zu kommen. Er hockte neben mir auf dem belgischen Lastwagen, der auf Kevelaer zu, durch Kevelaer hindurch, auf Krefeld zu, um Krefeld herum nach Neuss fuhr; es war still über den Feldern, in den Städten, wir sahen kaum Menschen, wenig Tiere, und der dunkle Herbsthimmel hing niedrig; links von mir saß der Däumerling, rechts der belgische Posten, und wir blickten über die Plache hinweg auf die Landstraße, die ich so gut kannte: mein Bruder und ich, wir waren sie oft entlanggefahren. Der Däumerling setzte immer wieder an, um sich zu rechtfertigen, aber ich schnitt ihm jedesmal das Wort ab, und er setzte immer wieder an, um geistreich zu erscheinen; er konnte es nicht lassen. »Aber zu Neuss«, sagte er, »kann dir doch einfach nichts einfallen. Was kann einem zu Neuss denn einfallen?«

»Novesia-Schokolade«, sagte ich, »Sauerkraut und Quirinus, aber von der Thebäischen Legion hast du sicher noch nie gehört.«

»Nein«, sagte er und wurde schon wieder rot.

Ich fragte den belgischen Posten, ob es wahr sei, daß Köln gesperrt, von Leichen verseucht sei, und er sagte: »Nein – aber es sieht schlimm aus, stammst du von da?«

»Ja«, sagte ich.

»Mach dich auf was gefaßt ... hast du noch Seife?«

»Ja«, sagte ich.

»Komm her«, sagte er und zog ein Paket Tabak aus der Tasche, öffnete es und hielt mir den hellgelben, frischen Feinschnitt unter die Nase, »für zwei Stück Seife gehört es dir – ist das ein faires Angebot?«

Ich nickte, suchte in meiner Manteltasche nach der Seife, gab ihm zwei Stück und steckte den Tabak ein. Er gab mir seine Maschinenpistole zu halten, während er die Seife in seinen Taschen versteckte; er seufzte, als ich sie ihm zurückgab. »Diese verfluchten Dinger«, sagte er, »werden wir wohl noch eine Weile halten müssen. Euch geht's gar nicht so schlecht, wie ihr glaubt. Warum weinst du denn?«

Ich zeigte nach rechts: der Rhein. Wir fuhren auf Dormagen zu. Ich sah, daß der Däumerling den Mund aufmachen wollte, und sagte rasch: »Sei um Gottes willen still, sei endgültig still.« Wahrscheinlich hatte er mich fragen wollen, ob mir zum Rhein was einfiele. Gott sei Dank war er jetzt tief beleidigt und sagte bis Bonn nichts mehr.

Von Köln standen tatsächlich noch einige Häuser; irgendwo sah ich sogar eine fahrende Straßenbahn, auch Menschen, sogar Frauen: eine winkte uns zu; wir bogen von der Neusser Straße in die Ringe ein und fuhren die Ringe entlang, und ich wartete die ganze Zeit über auf die Tränen, aber sie kamen nicht; sogar die Versicherungsgebäude auf den Ringen waren zerstört, und vom Hohenstaufenbad sah ich noch ein paar hellblaue Kacheln. Ich hoffte die ganze Zeit über, der Lastwagen würde rechts irgendwo abbiegen, denn wir hatten auf dem Karolingerring gewohnt; aber der Wagen bog nicht ab, er fuhr die Ringe hinunter: Barbarossaplatz, Sachsenring, Salierring, und ich versuchte nicht hinzusehen, und ich hätte nicht hingesehen, wenn die Lastwagenkolonne sich nicht vorn am Chlodwigplatz gestaut und wir nicht vor dem Haus gehalten hätten, in dem wir gewohnt hatten, und ich blickte also hin. Der Begriff ›total zerstört‹ ist irreführend; es gelingt nur in Ausnahmefällen, ein Haus total zu zerstören: es muß dreimal, viermal getroffen werden, und am sichersten ist, wenn es anschließend noch brennt; das Haus, in dem wir gewohnt hatten, war wirklich im Sinne amtlicher Termini total zerstört, aber es war es nicht im technischen Sinne. Das heißt, ich konnte es noch erkennen: den Eingang und die Klingelknöpfe, und ich möchte meinen, daß ein Haus, an dem man noch den Eingang und die Klingelknöpfe erkennen kann, nicht im strengen Sinne des technischen Terminus total zerstört ist; an dem Haus, in dem wir gewohnt hatten, war aber noch mehr zu erkennen als die Klingelknöpfe und der Eingang: zwei Räume im Souterrain waren noch fast heil, im Hochparterre absurderweise sogar drei: ein Mauerrest stützte den dritten Raum, der wahrscheinlich die Prüfung durch eine Wasserwaage nicht bestanden hätte; von unserer Wohnung in der ersten Etage war noch ein Raum heil, aber nach vorne, zur Straße hin aufgeknackt, darüber türmte sich ein hoher, schmaler Giebel, kahl, mit leeren Fensterhöhlen; das Interessante aber waren zwei Männer, die sich in unserem Wohnzimmer umherbewegten, als wäre es vertrauter Boden für ihre Füße; der eine nahm ein Bild von der Wand, den Terborchdruck, den mein Vater so geliebt hatte, ging mit dem Bild nach vorne und zeigte es einem dritten Mann, der unten vor dem Haus stand, aber dieser dritte Mann schüttelte den Kopf wie jemand, den ein versteigerter Gegenstand nicht interessiert, und der Mann oben ging mit dem Terborch wieder zurück und hängte ihn wieder an die Wand; er rückte das Bild sogar gerade; mich rührte dieser Zug zur Präzision – er trat sogar zurück, um festzustellen, ob das Bild wirklich gerade hing, dann nickte er befriedigt. Inzwischen nahm der zweite das andere Bild von der Wand: einen Kupferstich von Lochners Dombild, aber auch dieses schien dem dritten Mann, der unten stand, nicht zu gefallen; schließlich kam der erste, der den Terborch wieder hingehängt hatte, nach vorne und bildete mit seinen Händen einen Schalltrichter und rief: »Klavier in Sicht«, und der Mann unten lachte, nickte, bildete seinerseits mit seinen Händen einen Schalltrichter und rief: »Ich hole die Gurte.« Ich konnte das Klavier nicht sehen, wußte aber, wo es stand: rechts in der Ecke, die ich nicht einsehen konnte und wo gerade der Mann mit dem Lochnerbild verschwand.

»Wo hast du denn in Köln gewohnt?« fragte der belgische Posten.

»Oh, irgendwo«, sagte ich und machte eine vage Geste in Richtung auf die westlichen Vororte.

»Gott sei Dank, es geht weiter«, sagte der Posten. Er nahm seine Maschinenpistole wieder auf, die er vor sich auf den Boden des Wagens gelegt hatte, und rückte sich seine Mütze zurecht. Der flandrische Löwe auf seiner Mütze vorne war ziemlich schmutzig. Als wir in den Chlodwigplatz einbogen, konnte ich die Ursache der Stauung entdecken: eine Art Razzia schien hier im Gang gewesen zu sein. Überall standen Autos der englischen Militärpolizei, darauf Zivilisten mit hocherhobenen Händen und ringsum eine regelrechte Menschenmenge, still und doch aufgeregt: überraschend viele Menschen in einer so stillen, zerstörten Stadt.

»Das ist der Schwarzmarkt«, sagte der belgische Posten, »hin und wieder räumen sie mal hier auf.«

Noch bevor wir Köln verlassen hatten, auf der Bonner Straße schon, fiel ich in Schlaf, und ich träumte von der Kaffeemühle meiner Mutter: die Kaffeemühle wurde an einem Gurt heruntergelassen von dem Mann, der den Terborch vergebens angeboten hatte, aber der Mann unten verwarf die Kaffeemühle; der andere zog sie wieder hoch, öffnete die Dielentür und versuchte, die Kaffeemühle dort anzuschrauben, wo sie gehangen hatte: gleich links hinter der Küchentür, aber es war keine Wand mehr da, an der er sie hätte festschrauben können, und trotzdem versuchte es der Mann immer wieder (dieser Zug zur Ordnung rührte mich sogar im Traum). Er suchte mit dem Zeigefinger der rechten Hand nach Dübeln, fand sie nicht und drohte zornig mit der Faust in den grauen Herbsthimmel hinauf, der der Kaffeemühle keinen Halt bot; schließlich gab er es auf, band den Gurt wieder um die Mühle, ging nach vorne, ließ die Kaffeemühle hinunter und bot sie dem dritten an, der sie wiederum verwarf, und der andere zog sie wieder hoch, wickelte den Gurt ab und verbarg die Kaffeemühle wie eine Kostbarkeit unter seiner Jacke; dann fing er an, den Gurt aufzuwickeln, rollte ihn zu einer Art Scheibe zusammen und warf ihn dem dritten Mann da unten ins Gesicht. Die ganze Zeit über beunruhigte mich die Frage, was aus dem Mann geworden sein konnte, der den Lochner vergebens angeboten hatte, aber ich konnte ihn nicht entdecken; irgend etwas hinderte mich, in die Ecke zu blicken, wo das Klavier stand, der Schreibtisch meines Vaters, und ich war unglücklich über die Vorstellung, daß er in den Notizbüchern meines Vaters lesen könnte. Der Mann mit der Kaffeemühle stand jetzt an der Wohnzimmertür und versuchte die Kaffeemühle an der Türfüllung festzuschrauben, er schien fest entschlossen, der Kaffeemühle Platz und Dauer zu verleihen, und ich fing an, ihn gern zu haben, noch bevor ich entdeckte, daß er einer von unseren vielen Freunden war, die meine Mutter unter der Kaffeemühle getröstet hatte, einer, der schon im Anfang des Krieges bei einem Bombenangriff getötet worden war.

Noch vor Bonn weckte mich der belgische Posten. »Komm«, sagte er, »reib dir die Augen, die Freiheit ist nahe«, und ich setzte mich zurecht und dachte an die vielen, die unter meiner Mutter Kaffeemühle gesessen hatten: Schulschwänzer, denen sie die Angst vor Klassenarbeiten nahm, Nazis, die sie zu belehren, Nichtnazis, die sie zu stärken versuchte: sie alle hatten auf dem Stuhl unter der Kaffeemühle gesessen,

Trost und Anklage, Verteidigung und Aufschub erlangt, mit bitteren Worten waren ihre Ideale zerstört und mit milden Worten ihnen angeboten worden, was die Zeiten überdauern würde: Gnade den Schwachen, Trost den Verfolgten.

Alter Friedhof, Markt, Universität. Bonn. Durchs Koblenzer Tor in den Hofgarten. »Adieu«, sagte der belgische Posten, und der Däumerling sagte mit müdem Kindergesicht: »Schreib mir doch mal.« – »Ja«, sagte ich, »ich schick dir meinen ganzen Tucholsky.«

»Fein«, sagte er, »auch den Kleist?«

»Nein«, sagte ich, »nur, was ich doppelt habe.«

Vor dem Stacheldrahtgatter, durch das wir endgültig entlassen wurden, stand ein Mann zwischen zwei großen Waschkörben; in dem einen Waschkorb hatte er sehr viele Äpfel, in dem anderen ein paar Stücke Seife; er rief: »Vitamine, Kameraden, ein Apfel – ein Stück Seife.« Und ich spürte, wie mir das Wasser im Mund zusammenlief; ich hatte gar nicht mehr gewußt, wie Äpfel aussehen; ich gab ihm ein Stück Seife, bekam einen Apfel und biß sofort hinein; ich blieb stehen und sah zu, wie die anderen herauskamen; er brauchte gar nichts mehr zu rufen: es war ein stummer Handel; er nahm einen Apfel aus dem Korb, bekam ein Stück Seife und warf das Stück Seife in den leeren Korb: es klang dumpf und hart, wenn die Seife aufschlug; nicht alle nahmen Äpfel, nicht alle hatten Seife, aber die Abfertigung ging so rasch wie in den Selbstbedienungsläden, und als ich meinen Apfel gerade aufgegessen hatte, hatte er seinen Seifenkorb schon halb voll. Es ging alles rasch und reibungslos und ohne Worte, und selbst die, die sehr sparsam und sehr berechnend gewesen waren, konnten dem Anblick der Äpfel nicht widerstehen, und ich fing an, Mitleid mit ihnen zu haben. Die Heimat begrüßte ihre Heimkehrer so liebevoll mit Vitaminen.

Es dauerte lange, bis ich in Bonn ein Telefon gefunden hatte; schließlich erzählte mir ein Mädchen im Postamt, daß nur Ärzte und Priester Telefon bekämen, und auch die nur, wenn sie keine Nazis gewesen wären. »Sie haben so schreckliche Angst vor den Werwölfen«, sagte das Mädchen. »Sie haben nicht zufällig 'ne Zigarette für mich?« Ich nahm mein Paket Tabak aus der Tasche und sagte: »Soll ich Ihnen eine drehen?«, aber sie sagte nein, das könne sie schon, und ich sah ihr zu, wie sie Zigarettenpapier aus ihrer Manteltasche nahm und sich sehr geschickt und rasch eine volle Zigarette drehte. »Wen wollen Sie denn anrufen?« sagte sie, und ich sagte: »Meine Frau«, und sie lachte und sagte, ich sähe gar nicht verheiratet aus. Ich drehte mir auch eine Zigarette und fragte sie, ob es vielleicht irgendeine Möglichkeit gäbe, ein Stück Seife zu verkaufen; ich brauchte Geld, Fahrgeld, und besäße keinen Pfennig. »Seife«, sagte sie, »zeigen Sie her.« Ich suchte ein Stück Seife aus meinem Mantelfutter heraus, und sie riß es mir aus der Hand, roch daran und sagte: »Mein Gott, echte Palmolive – die kostet, kostet – ich gebe Ihnen fünfzig Mark dafür.« Ich blickte sie erstaunt an, und sie sagte: »Ja, ich weiß, sie geben bis zu achtzig dafür, aber ich kann mir das nicht leisten.« Ich wollte die fünfzig Mark nicht haben, aber sie bestand darauf, daß ich sie nähme, sie schob mir den Schein in die Manteltasche und lief aus dem Postamt raus; sie war ganz hübsch, von einer hungrigen Hübschheit, die den Mädchenstimmen eine bestimmte Schärfe verleiht.

Was mir am meisten auffiel, im Postamt und als ich weiter durch Bonn schlenderte, war die Tatsache, daß nirgendwo ein farbentragender Student zu sehen war, und es waren die Gerüche: alle Leute rochen schlecht, und in allen Räumen roch es schlecht, und ich verstand, wie verrückt das Mädchen auf die Seife gewesen war; ich ging zum Bahnhof, versuchte herauszukriegen, wie ich nach Oberkerschenbach kommen könnte (dort wohnte die, die ich geheiratet hatte), aber niemand konnte es mir sagen; ich wußte von dem Nest nur, daß es irgendwo nicht sehr weit von Bonn in der Eifel lag; es gab auch nirgendwo Landkarten, auf denen ich hätte nachsehen können; wahrscheinlich waren sie der Werwölfe wegen verboten. Ich habe immer gern genau gewußt, wo ein Ort liegt, und es machte mich unruhig, daß ich von diesem Oberkerschenbach nichts Genaues wußte und nichts Genaues erfahren konnte. Ich wälzte alle Bonner Adressen, die ich kannte, hin und her, fand aber keinen Arzt und keinen Priester darunter; endlich fiel mir ein Theologieprofessor ein, den ich kurz vor dem Krieg mit einem Freund besucht hatte; er hatte irgend etwas mit Rom und dem Index gehabt, und wir waren einfach zu ihm gegangen, unsere Sympathie zu bekunden; ich wußte den Namen der Straße nicht mehr, wußte aber, wo sie lag, und ging die Poppelsdorfer Allee hinunter, dann links, noch einmal links, fand das Haus und war erleichtert, als ich den Namen an der Tür las. Der Professor kam selbst an die Tür; er war sehr alt geworden, mager, gebeugt und sehr weißhaarig. Ich sagte: »Sie kennen mich sicher nicht mehr, Herr Professor, ich war damals bei Ihnen, als Sie den Stunk mit Rom und mit dem Index hatten – kann ich Sie einen Augenblick sprechen?« Er lachte, als ich Stunk sagte, sagte: »Bitte«, als ich fertig war, und ging mir voraus in sein Studierzimmer; was mir auffiel war, daß es nicht mehr nach Tabak roch, sonst war es unverändert mit all den Büchern, den Zettelkästen und den Gummibäumen. Ich sagte dem Professor, ich hätte gehört, daß nur Priester und Ärzte Telefon hätten, und ich müßte unbedingt mit meiner Frau telefonieren; er ließ mich – was sehr selten ist – ganz ausreden und sagte dann, er sei zwar Priester, aber keiner von denen, die Telefon hätten, denn: »Sehen Sie«, sagte er, »ich bin kein Seelsorger.« »Vielleicht sind Sie ein Werwolf«, sagte ich; ich bot ihm Tabak an, und er tat mir leid, als ich sah, wie er auf meinen Tabak blickte; es tut mir immer leid, wenn alte Leute auf etwas verzichten müssen, was sie gern haben. Seine Hände zitterten, als er sich eine Pfeife stopfte, und sie zitterten nicht nur, weil er alt war. Als er sie endlich angezündet hatte – ich hatte keine Streichhölzer und konnte ihm nicht dabei helfen –, sagte er zu mir, nicht nur Ärzte und Priester hätten Telefon, auch »diese Tingeltangel, die man überall aufmacht, wo Soldaten sind«, und ich sollte es doch in einem dieser Tingeltangel versuchen; es sei einer gleich um die Ecke. Er weinte, als ich ihm zum Abschied noch ein paar Pfeifen Tabak auf den Schreibtisch legte, und er fragte mich unter Tränen, ob ich auch wisse, was ich tue, und ich sagte, ja, ich wüßte es, und ich forderte ihn auf, die paar Pfeifen Tabak als einen verspäteten Tribut entgegenzunehmen für die Tapferkeit, die er damals mit Rom bewiesen habe. Ich hätte ihm gern noch ein Stück Seife geschenkt, ich hatte noch fünf oder sechs Stück im Mantelfutter, aber ich fürchtete, es würde ihm vor Freude das Herz brechen; er war so alt und schwach.

›Tingeltangel‹ war sehr vornehm ausgedrückt; aber das störte mich weniger als der englische Posten vor der Tür dieses Tingeltangels. Er war noch jung und sah mich streng an, als ich bei ihm stehenblieb. Er zeigte auf das Schild, das Deutschen das Betreten dieses Tingeltangels verbot, aber ich sagte ihm, meine Schwester sei drinnen beschäftigt, ich sei gerade heimgekehrt ins teure Vaterland und meine Schwester habe den Hausschlüssel. Er fragte mich nach dem Namen meiner Schwester, und es schien mir als das sicherste, den deutschesten aller deutschen Mädchennamen zu nennen, und ich sagte: »Gretchen«; ja, sagte er, das sei die Blonde, und er ließ mich rein; ich erspare mir die Beschreibung des Hausinneren, indem ich auf einschlägige ›Fräulein‹-Literatur, auf Film und Fernsehen verweise; ich erspare mir sogar die Beschreibung von Gretchen (siehe oben); wichtig ist nur, daß Gretchen von einer erstaunlich schnellen Auffassungsgabe war und bereit, gegen ein Honorar von einem Stück Palmolive eine Telefonverbindung mit dem Pfarramt in Kerschenbach (von dem ich hoffte, daß es überhaupt existierte) herzustellen und die, die ich geheiratet hatte, ans Telefon rufen zu lassen. Gretchen sprach fließend englisch ins Telefon und erklärte mir, daß ihr Freund es über die Dienstleitung versuchen werde, das ginge schneller. Ich bot ihr, während wir warteten, Tabak an, aber sie hatte Besseres; ich wollte ihr das Stück Seife als verabredetes Honorar als Vorschuß auszahlen, aber sie sagte, nein, sie verzichte darauf, sie wolle nichts dafür nehmen, und als ich auf der Auszahlung bestand, fing sie an zu weinen und beichtete mir, daß einer ihrer Brüder in Gefangenschaft sei, der andere tot, und ich hatte Mitleid mit ihr, denn es ist nicht schön, wenn Mädchen wie Gretchen weinen; sie gestand mir sogar, daß sie auch katholisch sei, und als sie gerade ihr Erstkommunionsbild aus irgendeiner Schublade ziehen wollte, läutete das Telefon, und Gretchen nahm den Hörer ab und sagte: »Herr Pfarrer«, aber ich hatte schon gehört, daß es keine männliche Stimme war. »Moment«, sagte Gretchen und reichte mir den Hörer. Ich war so aufgeregt, daß ich den Hörer nicht halten konnte, er fiel mir tatsächlich aus der Hand, zum Glück auf Gretchens Schoß; die nahm ihn auf, hielt ihn mir ans Ohr, und ich sagte: »Hallo – bist du's?«

»Ja«, sagte sie, » – du, wo bist du?«

»Ich bin in Bonn«, sagte ich, »der Krieg ist aus – für mich.«

»Gott«, sagte sie, »ich kann es nicht glauben. Nein – es ist nicht wahr.«

»Doch«, sagte ich, »es ist wahr – hast du meine Karte damals bekommen?«

»Nein«, sagte sie, »welche Karte?«

»Als ich in Gefangenschaft kam – da durften wir eine Karte schreiben.«

»Nein«, sagte sie, »ich weiß seit acht Monaten nichts von dir.«

»Diese Schweine«, sagte ich, »diese verfluchten Schweine – ach, sag mir nur noch, wo Kerschenbach liegt.«

»Ich« – sie weinte so heftig, daß sie nicht mehr sprechen konnte, ich hörte sie schluchzen und schlucken, bis sie endlich flüstern konnte: »– am Bahnhof in Bonn, ich hole dich ab«, dann hörte ich sie nicht mehr, irgend jemand sagte auf englisch etwas, das ich nicht verstand.

Gretchen nahm den Hörer ans Ohr, lauschte einen Augenblick, schüttelte den Kopf und legte auf. Ich blickte sie an und wußte, daß ich ihr die Seife nicht mehr anbieten konnte. Ich konnte auch nicht ›danke‹ sagen, das Wort kam mir dumm vor. Ich hob hilflos die Arme und ging hinaus.

Ich ging zum Bahnhof zurück, mit der Frauenstimme im Ohr, die noch nie nach Ehe geklungen hatte.

Heinrich Böll
Billard um halb zehn
Roman

KiWi 372

In einem seiner komplexesten Romane erzählt Heinrich Böll am Beispiel der Geschichte dreier Generationen einer rheinischen Architektenfamilie ein deutsches Schicksal in der ersten Jahrhunderthälfte. Diese Familie, gleichzeitig Erbauer und Zerstörer, steht in ihrer Zwiespältigkeit für einen Grundkonflikt, den Böll mit der Symbolik vom »Lamm« und vom »Büffel« interpretiert: dem Konflikt zwischen dem autonom denkenden Einzelnen und der opportunistischen Mehrheit.

KiWi Paperbackreihe bei Kiepenheuer & Witsch

Heinrich Böll
Der Engel schwieg

Roman

KiWi 345

Dieser frühe Roman Bölls, 1949-1951 geschrieben und mehr als 40 Jahre danach zum ersten Mal veröffentlicht, führt ins Nachkriegsdeutschland. Er liest sich wie die Kraftquelle der Erinnerung, die das Böllsche Werk geprägt hat, und erzählt die Geschichte eines Kriegsheimkehrers auf der Suche nach Brot, nach einer Bleibe und nach Menschen. Eine Liebesgeschichte, in dem alle wichtigen Motive der späteren Werke Bölls aufgenommen wurden. Der Schlüssel zum Romancier Heinrich Böll.

KiWi Paperbackreihe bei Kiepenheuer & Witsch

Heinrich Böll
Gruppenbild mit Dame
Roman

KiWi 352

Heinrich Bölls Roman *Gruppenbild mit Dame* ist der Höhepunkt seines schriftstellerischen Werkes und die literarische Summe einer historischen Epoche, ein Panorama der deutschen Vor- und Nachkriegsgeschichte von großer Beobachtungsschärfe und künstlerischem Reiz. Sein Kern ist der Gegenmythos der Liebe, verkörpert durch eine Frauengestalt, an der sich die gesellschaftliche Wirklichkeit vielfältig bricht.

KiWi Paperbackreihe bei Kiepenheuer & Witsch

Hans Scheurer (Hrsg.)
Heinrich Böll
Bilder eines Lebens

171 Abbildungen. Leinen

Der vorliegende Bildband erinnert in besonderer Weise an einen Autor, dessen konsequente Haltung und Integrität beispielhaft geblieben sind.
Er bietet keine illustrierte Biographie, sondern »Bilder eines Lebens«. Dafür hat die Familie Böll ihr Privatarchiv geöffnet und bislang unbekannte Fotos zur Verfügung gestellt.

Kiepenheuer & Witsch

Erich Maria Remarque
Der Feind
Erzählungen

Herausgegeben und mit einem Nachwort
von Thomas Schneider

KiWi 366

Mehr als 60 Jahre nach ihrem ersten Erscheinen in der amerikanischen Zeitschrift *Collier's Weekly* (1930/31) sind diese Erzählungen Remarques für den deutschen Leser eine Novität. Sie entstanden in der Nachfolge seines Romans »Im Westen nichts Neues« und berühren die gleiche Frage: Was wird aus den Menschen, die den Krieg erlebt haben?

KiWi Paperbackreihe bei Kiepenheuer & Witsch

Joseph Roth
Reise nach Russland

Feuilletons, Reportagen,
Tagebuchnotizen 1920 – 1930
Herausgegeben von Klaus Westermann

KiWi 378

Der vorliegende Band, herausgegeben von Klaus Westermann, versammelt alle wichtigen journalistischen Arbeiten Joseph Roths über »das neue Rußland« sowie seine Tagebuchnotizen: unübertroffen meisterliche Studien über eine Gesellschaft im Umbruch und ihre Probleme.

KiWi Paperbackreihe bei Kiepenheuer & Witsch